MAXIME CHATTAM

Né en 1976 à Herblay, dans le Val-d'Oise, Maxime Chattam fait au cours de son enfance de fréquents séjours aux États-Unis, à New York, à Denver, et surtout à Portland (Oregon), qui devient le cadre de *L'âme du mal*. Après avoir écrit deux ouvrages (qu'il ne soumet à aucun éditeur), il s'inscrit à 23 ans aux cours de criminologie dispensés par l'université Saint-Denis. Son premier thriller, *Le 5e règne*, publié sous le pseudonyme Maxime Williams, paraît en 2003 aux éditions Le Masque. Cet ouvrage a reçu le prix du Roman fantastique du festival de Gérardmer. Maxime Chattam se consacre aujourd'hui entière-ment à l'écriture. Après la trilogie composée de *L'âme du mal*, *In tenebris*, et *Maléfices*, il a écrit *Le sang du temps* (Michel Lafon, 2005) et *Le cycle de la vérité* en trois volumes aux éditions Albin Michel : *Les arcanes du chaos* (2006), *Prédateurs* (2007) et *La théorie Gaïa* (2008).

L'Alliance des trois (2008), *Malronce* (2009) et *Le cœur de la Terre* (2010)*, composant sa nouvelle série, *Autre-monde*, ont paru chez le même éditeur.

Retrouvez toute l'actualité de l'auteur sur :
www.maximechattam.com

LA THÉORIE GAÏA

DU MÊME AUTEUR
CHEZ POCKET

MAXIME CHATTAM

LA THÉORIE GAÏA

ALBIN MICHEL

© Éditions Albin Michel, 2008
ISBN 978-2-226-18942-2

En 2007, la Fédération internationale de la Croix-Rouge révélait que le nombre des catastrophes naturelles avait bondi de 60 % en dix ans. Sur la période 1997-2006, il a été recensé 6 806 désastres, contre 4 241 pour la décennie 1987-1996. Le nombre de morts a doublé, atteignant près d'un million deux cent mille victimes.

Tout porte à croire que le phénomène est exponentiel.

Le pire reste donc à venir.

Si au plaisir de la lecture vous souhaitez ajouter celui de l'ambiance musicale, voici les thèmes principaux qui m'ont accompagné pendant l'écriture :

— *Le Parfum*, de Tom Tykwer, Johnny Klimek et Reinhold Heil.

— *Alien*, de Jerry Goldsmith.

— *Zodiac – original score*, de David Shire.

À présent, n'oubliez pas que cette aventure se situe… bientôt. Aussi, toute similitude avec une situation actuelle ne serait peut-être pas si fortuite que cela… À nous de décider de notre avenir.

Edgecombe, le 27 janvier 2008

1

L'horloge digitale du four était l'unique source de luminosité dans toute la cuisine. De petites barres bleues affichaient 5 : 27 en projetant un halo timide. Il faisait frais en ce beau matin, le thermostat du chauffage central n'avait pas encore réactivé les radiateurs. Sur le plan de travail, *Le Monde* de la veille était couché dans l'ombre, la tribune à peine lisible : « NOUVEAU TREMBLEMENT DE TERRE EN CALIFORNIE. »

Une ampoule illumina la maison au loin, en haut d'un escalier, et quelques secondes plus tard ce fut la cuisine qui sortit de sa léthargie. Les néons crépitèrent et firent courir un frémissement étincelant sur l'inox des appareils d'électroménager. Emma DeVonck entra pour préparer le café et deux bols de chocolat chaud. Elle était grande, brune, les cheveux si épais qu'ils formaient une toison indomptable tombant sur ses épaules. Emma était une attirante femme de trente-cinq ans.

Pourtant son nez était tout ce qu'il y a de plus banal, ses lèvres sans aucun ourlet sensuel ou forme appelant au baiser. En fait, Emma avait même un menton un peu trop rond pour être tout à fait joli selon les critères esthétiques du moment. Ce qui la rendait belle c'était un savant mélange d'attitudes de femme sûre d'elle qui n'atténuaient pas sa grâce naturelle, un pétillement de vive intelligence dans le regard, et cette féminité de tous les instants qu'elle ne sacrifiait aucunement aux exigences de sa vie de chercheuse scientifique.

Ce matin-là, Emma avait enfilé un jean et un petit haut qui se nouait aux épaules et qui mettait ses seins volumineux en valeur tout en masquant le petit ventre qui lui rappelait ses trois grossesses.

Peter, son mari, apparut à son tour, fraîchement rasé et élégant dans un costume marron dont il tenait la veste dans une main.

— Les enfants descendent ? s'enquit Emma.

— Ils sont tous sortis de la salle de bains, c'est déjà un bon point, répondit Peter avec une pointe d'accent qui trahissait ses origines néerlandaises.

Il était tout aussi grand que sa femme, châtain aux yeux verts, encore athlétique bien qu'il approchât doucement de la quarantaine.

Avant qu'il ne termine de nouer sa cravate dans le reflet du micro-ondes, deux bols de chocolat chaud étaient apparus sur la table de la cuisine, avec deux cafés et cinq verres de jus d'orange.

Peter tira sur le ruban de soie et sans quitter des yeux sa manœuvre millimétrée ironisa :

— Il faudra qu'on m'explique un jour comment tu fais pour être une mère de famille opérationnelle, une épouse renversante et un chercheur de renommée internationale !

— Tu veux dire : une chercheuse que ses prises de position sulfureuses ont internationalement grillée ?

— C'est ce que j'aime en toi ! Ce côté sulfureux !

— Oui, eh bien crois-moi : le plus simple dans tout ça c'est encore ce job ! (Sur quoi, elle s'empressa de crier depuis le seuil de la cuisine :) Zach, Mélissa, Léa ! Le petit déj est servi ! Dépêchez-vous on va être en retard !

Un troupeau d'éléphants dévala les marches avant d'envahir la cuisine où chacun trouva sa place à table.

— Quelle idée de se lever à une heure pareille, soupira Zach, l'aîné, du haut de ses treize ans.

— Moi j'aime bien ! répliqua Léa, la benjamine, âgée de six ans.

Mélissa, l'enfant « du milieu », vit la une du journal et gémit :

— C'est vrai que c'est la fin du monde ? Le père de Fabien il lui a dit que c'était l'apoclassique !

— On dit apocalypse, corrigea Peter, mais ce sont des âneries.

— Alors pourquoi il y a des catastrophes partout et tout le temps ? contra Zach. Ma prof de maths a dit que si ça continuait les intempéries provoqueraient plus de morts par an que les guerres du Golfe et du Vietnam réunies !

— Oui, eh bien je vais demander à la rencontrer ta prof de maths !

— La Terre est en train de péter les plombs ! s'amusa à dramatiser Zach.

— Alors c'est vrai ou c'est pas vrai ? insista Mélissa que la peur gagnait.

Emma vola au secours de son mari :

— Non, Mélissa, c'est… c'est plutôt comme si… la Terre avait un rhume, tout va s'arranger.

— Sauf que les microbes qui ont provoqué le rhume, c'est nous, insista Zach, on est des microbes et si la Terre veut guérir elle doit d'abord se débarrasser des micro…

— Zach !

Emma gratifia son fils aîné d'un regard noir qui le fit taire. La petite Léa s'indigna :

— Pourquoi on va être morts ?

Emma retint un soupir et cette fois ce furent des éclairs que Zach lut dans ses yeux.

— Mais non, c'est ton frère qui raconte des bêtises, intervint Peter.

— On est obligés d'aller chez papy et mamie ? fit Mélissa avec un air renfrogné.

Emma sauta sur le sujet salvateur :

— Ma chérie, il va falloir encore quelques années avant que je te laisse toute seule dans la maison quand ton père et moi devons nous absenter ! Tiens, mange tes céréales.

— Combien de temps vous partez ? s'inquiéta Léa.

— Je ne sais pas, ma puce, je te l'ai dit hier : c'est une urgence. Ça peut prendre plusieurs jours.

— Mais d'habitude il y a papa !

Emma observa son mari qui lui rendit son regard, tout aussi perplexe.

Pour eux, la situation était aussi excitante que confuse depuis le coup de téléphone de la veille au soir. Leur interlocuteur, un certain François Gerland, s'était présenté comme membre de la Commission européenne. C'était Peter qui avait décroché. Il avait écouté Gerland lui parler brièvement, lui dire qu'une urgence scientifique nécessitait sa présence dans le sud de la France sans plus attendre, et ce pour quelques jours. Urgent et ultra-secret, avait-il insisté. Au point qu'on ne pouvait en discuter au téléphone. Le professeur DeVonck serait bien entendu rétribué, mais devait impérativement se rendre disponible dès le lendemain, et ne poser aucune question, seulement lui faire confiance. Ils avaient besoin de lui sans délai.

Ce Gerland assenait ses répliques comme s'il les avait apprises par cœur : sans pause, sans hésitation, et pourtant Peter avait perçu de la nervosité dans sa voix. Gerland avait répété : « Pas de questions maintenant, vous comprendrez en arrivant sur place. C'est dans vos cordes, et ça devrait vous intéresser. Il me faut une réponse définitive tout de suite. » Peter avait laissé planer un long silence avant de lâcher dans un soupir :

« C'est bon, je viens. Je m'arrangerai avec mon labo. Dites-moi où vous retrouver.

— Le professeur Benjamin Clarin passera vous prendre chez vous à six heures demain matin, je lui ai donné les instructions. Prenez des vêtements chauds, vous serez en altitude.

— Ben ? Le frère de ma femme ?

— Oui. À ce propos, pourriez-vous me passer votre femme, le docteur DeVonck, s'il vous plaît ? »

Peter était resté sans voix avant de balbutier :

« Oui, bien sûr… Vous comptez la faire venir également ?

— Tout à fait. Mais sur un autre site, très loin d'ici. »

Plus tard, Peter et Emma en avaient longuement discuté au lit, une fois les enfants couchés. L'un comme l'autre avaient accepté par curiosité. Que pouvait bien leur vouloir la Commission européenne ? Depuis que les dégradations climatiques s'étaient transformées en catastrophes régulières, l'Europe avait gagné en pouvoir. Chaque pays avait accepté de ne plus travailler seul dans son coin, rejoignant un à un la tutelle de l'organe générique. Et en huit mois à peine l'Europe avait acquis plus d'autonomie et de contrôle que durant toute son histoire. Des décisions cruciales étaient prises dans les bureaux et amphithéâtres de la Commission avant d'être appliquées à tous, sans délai. L'urgence primait. La communauté scientifique n'ayant aucune certitude sur ce qui attendait la planète à moyen terme, il fallait agir rapidement.

Quel délicat problème scientifique pouvait donc requérir leur présence ? Jamais auparavant on ne les avait appelés pour une urgence. Il y avait là une dose de mystère aussi excitante qu'inquiétante, et Emma avait plaisanté avant d'éteindre la lumière :

« Tout cela ressemble à un film d'espionnage ou à un roman de Michael Crichton. »

Ils s'étaient endormis avec difficulté, espérant seulement qu'on leur confierait le bon rôle dans ce qui ne serait pas une mission douteuse.

Les enfants couraient à présent dans l'escalier, leur sac à la main, puis ils enfilèrent leur manteau. Emma tendit un verre de jus d'orange à Zach :

— Tu n'as rien mangé alors bois-le, ordonna-t-elle.

— M'man, geignit-il, les grands-parents vont me faire un méga-déjeuner tout à l'heure !

— Bois-le ! Au moins je serai sûre que tu as ça dans le ventre.

Peter les interrompit :

— Ben est là. Tout le monde dehors !

Ils investirent le monospace du jeune chercheur.

— Salut la jeune troupe !

Un chœur joyeux lui répondit.

Ben avait mis le chauffage à fond, mais il faisait presque aussi froid que dehors, les nuits d'octobre rendaient la moindre sortie matinale désagréable et tout le monde s'emmitoufla dans ses vêtements.

Ils quittèrent le quartier résidentiel de Rueil-Malmaison pour Saint-Cloud où ils déposèrent les trois enfants chez les parents d'Emma et Ben. Le jour ne s'était toujours pas levé, dans le ciel, aucune trace d'aube naissante, rien que les lumières artificielles de la ville.

Lorsqu'ils repartirent, le véhicule avait retrouvé le silence, et l'habitacle gagnait en chaleur. Peter, assis à l'arrière, se pencha vers son beau-frère :

— Où va-t-on ?

— Aéroport du Bourget.

— Alors, tu en sais plus que nous ?

Le jeune homme secoua la tête.

— Je comptais sur vous pour éclairer ma lanterne !

Ben avait ses cheveux noirs en bataille. Son piercing à l'arcade sourcilière et le bout de tatouage qu'on apercevait sur sa main et qui recouvrait en fait tout son bras droit lui donnaient plus l'air d'un surfeur que d'un scientifique. À vingt-sept ans il vivait en parfait célibataire, adepte de musique, de concerts et de voyages, convaincu que partager son quotidien avec quelqu'un était nuisible au développement personnel.

— Je vais vous dire, ajouta-t-il, j'ai accepté la proposition uniquement parce que ça ne ressemble à rien de ce que j'ai pu faire jusqu'à présent ! Le côté « type étrange qui m'appelle à vingt heures pour m'offrir une mission spéciale », j'adore ! On se croirait dans un film !

— Pareil pour nous, commenta Peter en riant.

Mais il n'y avait aucune joie dans ce rire. Rien que des interrogations. Le paysage défilait : périphérique déjà chargé, scintillant de globules rouges dans un sens et blancs dans l'autre. Autoroute Al coiffée d'un halo de pollution brun, défilé des ponts, des panneaux, des enseignes lumineuses au sommet des talus. Artère de la civilisation encombrée jusqu'à la saturation. L'arrêt cardiaque guettait.

Peter scruta Ben dans le rétroviseur. Quelle sorte de recherche… vitale, semblait-il, pouvait nécessiter la présence d'un sociologue spécialisé dans la dynamique comportementale ? Il songea à sa femme : docteur en paléoanthropologie dont les hypothèses sur l'évolution faisaient scandale. Et enfin à lui-même : biologiste et généticien… Curieuse équipe. Sur un coup de tête ils avaient tous trois sauté sur l'occasion de sortir de leur train-train.

Mais que savaient-ils de tout cela ?

Urgence, répéta Peter in petto. *Urgence comme… catastrophe ?*

E-mail envoyé depuis la station météorologique de Mizen Head (Irlande) à l'Agence européenne pour l'Environnement

Monsieur,

En rouvrant cette station météo pour en faire le centre d'étude du Gulf Stream et de ses perturbations, vous nous avez demandé d'évaluer la situation et de dresser un bilan de nos connaissances actuelles sur son influence.

Vous recevrez le rapport prochainement. Il n'est bien entendu que la première ébauche d'un long travail. Nous espérons à ce titre que le financement tant promis finira par nous être octroyé. Inutile de vous rappeler l'importance de cette étude.

Nous pouvons, dès aujourd'hui, prévoir avec certitude de très fortes modifications des climats, à une vitesse encore jamais connue sur la Terre. Toutes les balises atlantiques montrent un repli progressif du Gulf Stream sous, semble-t-il, la pression des fontes de glace aux pôles et au Groenland, ainsi que de tous les petits glaciers du monde, faisant chuter la salinité des océans.

Les conséquences à très court terme (déjà en action) sont une chute des températures hivernales sur toute la façade ouest-européenne et en partie sur les pays scandinaves. En revanche, nous ne sommes pas en mesure d'affirmer que la hausse des températures estivales est liée. Mais les modèles de prédictions reposent en grande partie sur l'analyse d'un ralentissement survenu il y a 15 000 ans, et rien ne permet d'affirmer que l'amplitude thermique sera du même ordre.

Bien que je ne dispose à ce jour que de ma seule intuition pour l'étayer, mon opinion est que nous entrons dans une période de bouleversements climatiques sans précédent. Pour la raison objective que jamais, dans l'histoire de notre planète, l'atmosphère (et donc les vents qui façonnent une partie de nos climats) et les océans n'avaient été à ce point malmenés par des agressions qui n'ont de cesse de les transformer. Pis encore, c'est la première fois qu'un changement de cet ordre est en grande partie provoqué par une espèce vivante : les humains ! Dois-je ajouter que cela s'est fait à une vitesse si violente, à peine deux siècles, que je me permettrais d'affirmer que notre Terre est dépassée ? Il existe, c'est vrai, une urgence, mais elle n'est plus environnementale.

Elle est sanitaire. Car c'est l'espèce humaine tout entière qui est menacée.

2

Le monospace garé, le trio de scientifiques s'empara des sacs de voyage et s'approcha de l'entrée.

— J'ai bouclé ma valise à la va-vite, j'espère qu'ils fournissent les serviettes de toilette, plaisanta Ben pour détendre ses camarades visiblement anxieux.

— Ils t'ont dit de prendre quoi ? interrogea Peter.

— Des vêtements chauds, on va en altitude.

— J'ai eu les mêmes instructions

— Pas moi, intervint Emma. Au contraire, vêtements légers pour supporter la chaleur et de quoi marcher.

— Je vais exiger un minimum de renseignements avant que tu ne partes, répliqua Peter. Tout de même, on n'expédie pas les gens à l'autre bout du monde sans explication !

Emma savait son mari tendu, elle pratiquait le décryptage de Peter DeVonck depuis presque quinze ans et pouvait interpréter chaque intonation, chaque geste, chaque regard qui sortait du cadre de ses réactions normales. C'était ce qu'Emma appelait « la phase 2 de l'Amour » : après la fusion-passion venait l'apprentissage de l'autre, le véritable autre, celui qu'il fallait apprendre à aimer sans se projeter, pour tenir la longueur. La phase la plus délicate, car une telle familiarité entraînait en général le relâchement, puis l'agacement, à moins d'un travail quotidien sur soi. Emma était ainsi, à tout analyser. Et c'était ce qui tenait son couple, ce qui le cimentait jusqu'à faire d'eux un modèle que leurs proches jalousaient.

Un homme dans la quarantaine, relativement petit, un peu rond, en chaussures de marche, pantalon de velours et col roulé, les attendait devant une porte vitrée. Ses cheveux blonds impeccablement coiffés, de fines lunettes sur le nez, il se frottait les mains pour se réchauffer.

— Je suis François Gerland, de la Commission européenne, se présenta-t-il. Enchanté.

Ils échangèrent une poignée de main, avant que Ben ne désigne son monospace :

— Je peux le laisser garé ici le temps de notre… séjour ?

— Donnez-moi vos clés, je vais le faire déplacer, ne vous en faites pas. Je suis sincèrement confus pour tout ce mystère, mais soyez assurés que nous allons éclaircir l'affaire. Nous aurons tout le temps dans l'avion. Pour l'heure nous sommes un peu pressés par le planning (il adressa un regard malicieux à Emma) : surtout vous, docteur.

Sur quoi il les invita à entrer dans le bâtiment principal.

— Si j'ai bien compris, ma femme quitte le territoire français tandis que nous partons pour les Pyrénées ? intervint Peter.

— Les Pyrénées, oui ! Je vous félicite pour votre esprit de déduction, hier soir je n'ai parlé que du sud de la France et d'altitude… Pour vous, docteur DeVonck, ajouta-t-il en se tournant vers Emma, c'est un peu plus compliqué. Vous ne quittez pas à proprement parler le territoire français mais… Vous comprendrez une fois dans l'avion. (Il enchaîna aussitôt sur un ton léger :) Ça ne doit pas être simple au quotidien de s'appeler tous deux docteur DeVonck…

— On m'appelle plutôt professeur, dit Peter.

Ils remontèrent un long couloir éclairé par des ampoules blanches. Aucune trace de vie nulle part, les locaux semblaient déserts.

— Dites-moi, commença Peter sans se départir de son flegme habituel, jusqu'à présent nous n'avons posé aucune question, mais vous ne croyez pas qu'il serait temps de nous dire où nous partons ? Je n'aime pas l'idée que ma femme disparaisse sans savoir ni où elle va, ni pour quoi. Commission européenne ou pas.

— Bien sûr ! Je vais y venir.

Ils s'arrêtèrent devant un comptoir où les attendait une jeune femme en tailleur, fraîchement maquillée. Gerland lui tendit les clés du monospace en indiquant qu'il fallait s'en occuper. Elle collecta leurs pièces d'identité qu'elle scanna, puis les remercia d'un sourire éclatant.

Gerland, d'un pas rapide, les entraîna dans un autre couloir, plus étroit.

— Je vais faire le voyage avec vous, assura-t-il. Soyez sans crainte, j'aurai tout le loisir de satisfaire votre curiosité.

Peter s'immobilisa, posa une main amicale mais ferme sur l'épaule du petit homme blond et changea de ton :

— Je m'apprête à sauter dans un avion pour je ne sais quelle destination, et ma femme va en faire autant. Jusqu'à présent nous avons été conciliants, alors arrêtez de faire durer le suspense, voulez-vous ?

Emma ne put réprimer un ricanement. Depuis cinq bonnes minutes elle se demandait combien de temps encore il allait tenir. Les gens avaient tendance à vouloir mener Peter à leur guise, abusés par l'attitude placide de ce grand scientifique élégant, jusqu'à ce qu'il dévoile la véritable nature de son caractère bien trempé.

Gerland cilla, surpris, balbutia quelques mots avant de se ressaisir et de les inviter à le suivre. Il poussa une porte et ils débouchèrent sur le tarmac. Les moteurs de deux jets privés ronflaient et sifflaient à cinquante mètres.

— Elle part pour la Polynésie française, cria enfin Gerland par-dessus le vacarme.

— Je ne savais pas qu'il y avait des fouilles là-bas ! intervint Emma.

— Des fouilles ? répéta Gerland. Ah ! Je vois. Ce n'est pas ce que vous croyez, il n'y a aucune recherche de ce genre.

Emma fit une grimace d'incompréhension.

— Vous savez que je suis paléoanthropologue, alors s'il n'y a pas de...

— Mon collègue sur place vous briefera, la coupa Gerland.

Il les invita à avancer en direction des Falcon où deux couples en uniforme patientaient pour les accueillir. Gerland désigna un des appareils à Emma.

— Soyez rassurés, s'écria-t-il à l'intention des DeVonck, vous pourrez vous contacter une fois sur place, tout cela est un peu brusque et énigmatique, j'en suis navré, mais c'est hélas nécessaire.

Ben haussa les sourcils et lâcha ce qui ressemblait à un sarcasme mais ses mots se perdirent dans le vrombissement des turbines tandis qu'il embrassait sa sœur.

Peter serra sa femme dans ses bras.

— Je t'appelle dès que je suis arrivée, le rassura-t-elle. Et si la Commission européenne m'exaspère, je rentre, ne t'en fais pas !

— Pas de bêtises, lui dit-il avec une pointe d'inquiétude. Tout ça était très amusant hier soir mais maintenant j'aime moins.

Ils s'enlacèrent une dernière fois pendant qu'un steward montait le sac d'Emma. Gerland s'approcha d'eux alors qu'ils se séparaient.

— Il y a une pochette avec votre nom à l'intérieur, cela répondra à quelques questions pour commencer. Je suis désolé de ne pas faire le voyage avec vous, mais quelqu'un vous attendra à l'aéroport de Papeete. Faites un bon vol, docteur DeVonck.

Et avant qu'Emma ait pu répondre, Gerland entraînait déjà son mari à l'intérieur de l'autre appareil.

L'hôtesse grimpa avec elle pendant qu'on remontait la passerelle et verrouillait la porte. Elle l'invita à s'asseoir dans un confortable siège en lui proposant du champagne.

— Non, il est encore un peu tôt. Merci.

Une enveloppe en papier kraft et un petit ordinateur portable étaient posés sur la tablette face à elle. Par le hublot, Emma chercha à apercevoir son mari et son frère. Tout avait été si rapide. Gerland était soit pressé par le temps, soit cachottier au point d'éviter les questions.

Un peu des deux, j'ai l'impression.

Ne distinguant que le nez de l'autre Falcon, elle retourna aux documents.

« Docteur Emmanuelle DeVonck » était écrit au feutre noir sur l'enveloppe, qu'elle découvrit cachetée de cire. *On ne plaisante pas*, songea-t-elle en le brisant.

L'unique objet à l'intérieur glissa aussitôt entre ses doigts.

Un DVD sur lequel était inscrit : « Confidentiel – Docteur E. DeVonck – Projet GERIC ».

Sans attendre le décollage, elle alluma l'ordinateur et enfourna la galette numérique dans son compartiment.

Les réacteurs se mirent à siffler.

3

Peter vit le Falcon qui emportait sa femme prendre son élan et lever le nez dans le nuage ondoyant de ses réacteurs. Quelques secondes plus tard ils sentirent à leur tour la poussée de leur appareil qui s'arrachait du sol.

En entrant dans l'habitacle il avait été surpris de découvrir qu'ils n'étaient pas seuls. Trois hommes en tenue décontractée occupaient le fond du jet. Ils avaient à peine répondu à son salut. Leur carrure, les coupes de cheveux ainsi que les visages fermés évoquaient des militaires. Le décollage effectué, Peter se pencha vers Gerland :

— Qui sont ces hommes au fond ?

— Je vous les présenterai tout à l'heure, ils sont là pour assurer notre sécurité.

— Parce que nous sommes en danger ? s'étonna Peter en se contractant sur son siège.

Gerland se fendit d'un large sourire qui se voulait rassurant :

— Non, bien sûr que non ! En fait, ce sont mes collègues qui m'ont obligé à les emmener. Mais maintenant que nous voilà installés, laissez-moi vous expliquer toute l'affaire.

Ben se pencha pour mieux entendre. Le jeune homme était le seul à avoir accepté le champagne de l'hôtesse. Il porta la coupe à ses lèvres pendant que l'avion amorçait son virage.

— Bien entendu, tout ce que je vais vous dire est et doit demeurer confidentiel. C'est une situation de crise, et la précipitation dont nous faisons preuve risque de vous surprendre, mais il y va… de l'intégrité et de la réputation de la CE, avec tout ce que cela implique. Je ne vous fais pas de dessin, mais sachez que si quelque chose transpirait avant que nous ayons découvert ce qui se trame, les répercussions pour nos institutions seraient catastrophiques. Pour commencer, je suis François Gerland, je travaille comme…

— Coordinateur au BEPA, le coupa Ben. J'ai pianoté votre nom sur Internet hier soir. D'ailleurs je vous trouve mieux en vrai que sur la photo, vous aviez l'air coincé.

Quel petit hypocrite! songea Peter qui connaissait assez son beau-frère pour savoir quand celui-ci se payait la tête de quelqu'un.

— Et qu'est-ce que le BEPA ? intervint-il. Désolé, ce n'est pas ma culture.

Gerland ajusta ses lunettes, en un geste que Peter interpréta comme un tic.

— Un sigle anglais. Ils sont tous tirés de l'anglais à la Commission. Bureau des Conseillers de Politique européenne. Notre rôle est essentiellement de prodiguer conseils et recommandations sur les questions de politique européenne auprès du président et des commissaires. Le BEPA est directement placé sous leur autorité, ce qui fait que le grand public n'en entend pas parler. Je travaille dans le domaine institutionnel, je suis coordinateur entre les différents…

— D'accord, mais je ne vois pas le rapport entre la politique européenne et nous, ici, dans cet avion privé en partance pour les Pyrénées, interrompit Peter, agacé de le voir tourner autour du pot.

Gerland plissa les lèvres en fixant ses deux voisins avant de hocher la tête et de reprendre :

— Il y a cinq jours, l'IAS, qui est notre service d'audit interne, a soumis en urgence au président de la Commission un rapport qui dévoilait l'existence d'une caisse noire à la Direction générale Justice, liberté et sécurité. Cette caisse noire, dont le montage très complexe et quasi indétectable aurait pu demeurer long-temps dissimulé parmi les comptes, était gérée par un certain Gustave LeMoll, directeur des services de sécurité intérieure et de justice pénale. Bien entendu, il a aussitôt été convoqué devant le président mais il a tout nié en bloc. Craignant un scandale majeur, le pré-sident a décidé de garder l'affaire secrète quelques jours, le temps de l'éclaircir. Du coup LeMoll n'a pas été arrêté, ce qui… était une erreur. Une fouille a été ordonnée dans ses locaux, mais un incendie s'est déclaré dans la nuit. Pratique, n'est-ce pas ?

— C'est LeMoll qui a tout fait cramer ? interrogea Ben.

— Probablement, c'est son accréditation qui a été utilisée pour entrer dans les bâtiments ce soir-là. Quoi qu'il en soit, le président a opté pour une enquête interne avant que la presse ne s'en mêle. L'Europe a déjà du plomb dans l'aile, si en plus on découvre qu'elle est corrompue et incapable de traquer elle-même le ver dans sa pomme, je vous laisse imaginer les conséquences !

— À quoi servait cette caisse noire ? demanda Peter.

Gerland leva la main :

— C'est là que j'interviens. Nous n'avons rien pu sauver dans les bureaux de LeMoll, en revanche nous avons trouvé un dossier intéressant chez lui, égaré dans des piles de paperasses. Dans son grand ménage LeMoll n'a oublié que celui-là, maigre mais mieux que rien. Il concernait l'utilisation d'une partie des capitaux de la caisse noire – attention, nous parlons ici de plusieurs millions d'euros ! – attribués au fonctionnement de deux sites : l'un dans les Pyrénées, l'autre sur une île de Polynésie française. Vous le savez peut-être mais depuis des années on parle de la fermeture de l'observatoire du pic du Midi, il coûte trop cher. Cette fermeture a failli devenir effective il y a un an. C'est la CE qui a investi des capitaux pour sauver le site. Officiellement, nous ne faisons que financer sans intervenir. En réalité, il semblerait que LeMoll se soit servi de ce financement pour justifier l'envoi d'un groupe de scientifiques financés par sa fameuse caisse noire.

— Et cet argent, c'est celui de la Communauté européenne ? s'enquit Peter.

— Non, et nous ne sommes pas parvenus à en identifier la provenance.

— Je ne vois toujours pas le rapport entre nous et cette histoire, fit Peter qui perdait patience.

Son ton le surprit lui-même et il réalisa à quel point il était angoissé par ce contexte malsain dans lequel sa femme et lui s'étaient engagés. *C'est parce qu'elle n'est pas là, parce que je ne peux pas veiller sur elle que ce type m'énerve. S'il m'avait tout dit avant de partir, je n'aurais pas laissé Emma s'envoler toute seule.*

— Le rapport ? répéta Gerland. Ce dossier trouvé chez LeMoll contenait une note récente. Il effectuait des recherches et celles-ci semblaient dans l'impasse. LeMoll proposait de faire appel à vous deux pour le traitement et l'analyse des données au pic du Midi tandis qu'il citait votre femme pour définir de nouveaux axes de recherche sur le site de Polynésie.

— À qui était destinée cette note ? intervint Ben.

— Nous l'ignorons.

— Et qu'y a-t-il sur le pic du Midi ?

— Des gendarmes sont au téléphérique pour en bloquer l'accès. Personne ne monte ou ne descend tant que nous ne sommes pas sur place.

— Si je comprends bien, vous nous avez fait sauter dans un avion sans rien nous dire, pour vous accompagner au sommet d'une montagne dont vous ignorez tout ? résuma Peter sur un ton étrangement calme.

— Ne le prenez pas mal, professeur DeVonck, nous nous attendons à trouver des dossiers scientifiques dont le contenu nous échappe et qui, selon LeMoll en personne, seraient de votre ressort.

— Et pour ma femme ?

— Un collègue à moi est arrivé hier sur place, deux gendarmes l'ont rejoint pour se rendre sur l'île en question. Ils veilleront sur votre femme pour la conduire sur le site et lui demander de décoder ce qu'ils trouveront.

— Là-bas non plus vous n'avez aucune idée de ce qui l'attend ? insista Peter.

Gêné, Gerland réajusta ses lunettes :

— Rassurez-vous, il n'y a rien à craindre ! On ne parle ni de mafia ni de je ne sais quel film d'espionnage. C'est une mission spéciale de la Commission européenne pour sauver ce qui peut encore l'être, dans un scandale sans précédent au sein de nos institu…

— Vous êtes complètement irresponsable, gronda Peter en dégrafant sa ceinture et en se levant.

— Professeur DeVonck, calmez-vous, je suis coordinateur d'un bureau de conseil politique, croyez-vous qu'on me nommerait en charge de cette affaire s'il y avait quoi que ce soit de dangereux ?

— Alors que font les trois gorilles au fond ?

— Le BEPA est directement placé sous les ordres du président, ça évite bien des problèmes et permet une discrétion totale.

Peter avisa l'hôtesse et lui désigna la porte de sortie :

— Peut-on faire demi-tour, s'il vous plaît ?

— Pardon ?

— Vous m'avez très bien compris, je souhaite rentrer à Paris. Immédiatement. (Il se tourna vers Gerland :) Et si vous pouviez contacter l'avion de ma femme et lui ordonner d'en faire autant, je vous en saurais gré.

Gerland secoua la tête, déstabilisé.

— Non, je crains que ce ne soit pas possible. Je dois être là-bas ce matin, le temps nous est compté avant que toute l'affaire explose publiquement. Je ne vous réclame qu'un bref instant, il y aura des fichiers de données sur place, rien que je puisse décoder en une poignée d'heures. Tout ce que je vous demande c'est d'y jeter un coup d'œil rapide, et de me dire ce que LeMoll finançait. S'il vous a cités tous les trois c'est que vous êtes capables de m'aider. Et s'il s'avère que rien ne nécessite votre présence, vous repartirez aussitôt, je vous en donne ma parole. Mais, croyez-moi, l'affaire peut exploser d'un moment à l'autre. Si la CE se fait prendre la main dans le sac, c'est terminé ! Si au contraire nous pouvons livrer le scandale LeMoll en sachant exactement de quoi il retourne, alors nous sauvons les apparences. Je ne pouvais pas prendre le risque d'attendre d'être sur place pour vous contacter. Vous pouvez me considérer comme incompétent dans ma gestion de la situation, je l'assume, mais, s'il vous plaît, accompagnez-moi sur place.

Peter soupira. L'hôtesse à ses côtés fronçait toujours les sourcils, sans comprendre. Gerland abattit sa dernière carte :

— Si ça peut vous rassurer, je monterai avec nos gardes du corps et, une fois au sommet, lorsque nous aurons fait le tour de l'observatoire pour vous garantir toute sécurité, vous pourrez nous rejoindre. Aussitôt votre expertise accomplie, je vous trouve deux places sur le premier vol pour Paris.

Gerland le suppliait du regard.

— En ce qui me concerne, je monte, fit Ben d'un ton enjoué. Pour une fois qu'on a l'occasion de s'amuser un peu !

Peter le dévisagea. Puis il baissa les bras.

— D'accord. Mais je veux parler à ma femme dès qu'elle arrive sur place.

Gerland s'essuya le front d'un revers de main.

— C'est promis.

Peter revint s'asseoir.

— Encore une chose : ce LeMoll, c'est un scientifique ? interrogea-t-il.

— Non, pas du tout. C'est un avocat qui a fait de la politique.

— Vous avez enquêté parmi son entourage et ses connaissances, pour savoir s'il était lié d'une manière ou d'une autre à des intérêts, des groupes pharmaceutiques ou je ne sais quoi ?

— C'est en cours, nous faisons de notre mieux avec les moyens limités que la discrétion nous impose.

— J'espère au moins que depuis l'incendie vous l'avez fait incarcérer.

Gerland s'humecta les lèvres, son regard se déroba. Il expliqua d'une petite voix :

— C'est que… Il est mort. Il s'est suicidé la nuit de l'incendie. Au petit matin, sa gouvernante l'a retrouvé dans la baignoire. Il s'était ouvert les veines.

4

Une grosse camionnette Mercedes les attendait à la sortie de l'aéroport de Pau. La fraîcheur matinale se glissa sous leurs vêtements, leur arrachant quelques frissons. Le ciel avait disparu derrière un voile gris haut perché.

Dans le véhicule, Ben se pencha vers Peter :

— D'après toi, quel est le genre de recherches qui exigerait une paléoanthropologue, ainsi qu'un généticien et un sociologue de la dynamique comportementale pour l'analyse des données ?

— C'est ce que je me demandais. Une étude archéologique des migrations humaines ? Pour retracer les différents flux d'une région ?

— En Polynésie ? Ç'a été fait mille fois ! Et puis quel rapport avec la CE ? Pourquoi prendre le risque d'une caisse noire pour ça, franchement ?

Peter haussa les épaules.

— Je n'en sais rien, mais je ne reste ici que pour jeter un œil sur des dossiers liés à la génétique, je fais mon rapport et je rentre. C'est ce que tu devrais faire, Ben. Ne t'implique pas là-dedans plus que de raison.

Le jeune sociologue baissa la voix :

— Tout est obscur, c'est vrai, mais détends-toi, Peter. Ce Gerland n'est pas machiavélique non plus !

— Justement, je n'en suis pas sûr, chuchota Peter. Franchement, tu ne trouves pas ça un peu gros, toi ? Si la CE a vraiment découvert une brebis galeuse, qu'elle la dénonce, et l'enquête publique prouvera que LeMoll agissait seul et que les institutions européennes n'ont rien à se reprocher.

— Tu parles d'une opération de com ! Avec un coup comme celui-là, Gerland a raison : c'est la cata, les gens n'ont déjà pas confiance en l'Europe, ils voient ça comme un nid de politiciens comploteurs et lobbyistes. Alors fais exploser ce scandale et c'est terminé !

Peter s'enfonça dans son siège.

— Peut-être, mais… ça me paraît louche. J'ai comme l'impression qu'il nous manque des pièces du puzzle.

— Alors pourquoi viens-tu ?

Peter dévisagea son beau-frère.

— À ton avis ? Gerland expédie ma femme à l'autre bout du monde et nous coince dans son avion privé ! Désolé de paraître parano mais c'est une forme de prise d'otages. Habile, intelligente, mais il n'empêche ! Ce type ne me plaît pas. Point à la ligne.

Ben capitula :

— C'est vrai que c'est un peu… malicieux, mais en même temps faut comprendre la situation. Il se bat pour garder son job. Si la presse découvre de quoi il retourne avant que la CE ne le sache elle-même, lui et ses camarades sont grillés à jamais ! C'est un techno-crate à qui on a collé la pression. Nos trois noms sur la note de LeMoll ont dû scintiller comme la promesse de pouvoir sauver ses miches. Et si tu voyais le bon côté des choses ? Sois flatté d'être sur la liste de ce LeMoll !

— Justement, pourquoi nous trois en particulier ?

Ben fit la moue en se retournant : l'aéroport s'éloignait derrière eux. Il lança :

— Emma a des théories avant-gardistes, elle n'a pas peur de sortir des sentiers battus. Toi et moi… on est plutôt anticonformistes, non ? enfin, surtout moi ! Et on se connaît bien, si l'un accepte, les autres peuvent suivre, ça crée une dynamique de groupe. Particulièrement s'il faut bosser ensemble sur un projet secret ! LeMoll était donc assuré de notre collaboration et de notre loyauté, aucun d'entre nous n'aurait planté les deux autres ! Et puis, on n'est pas mauvais dans nos disciplines respectives, non ? Avec ce qu'il faut de renommée, bref, on est les candidats idéaux pour ce genre d'opération.

Peter l'observa d'un air amusé, un rien protecteur :

— On dirait que ça te plaît, hein ?

— Ça m'intrigue ! En revanche, je comprends que tu sois préoccupé à cause d'Emma. Ne t'en fais pas, tu la connais, c'est une coriace ! À la maison c'était elle qui faisait régner l'ordre ! Même adolescent je n'ai jamais pu la mettre K-O !

— Justement ! Quand elle a une idée en tête, elle est capable de tout. Mais c'est surtout ce qui gravite autour de LeMoll qui m'inquiète. Il n'a rien d'un avocat, ce type qui commandait des recherches en génétique, anthropologie et sociologie ! Et puis… La Polynésie française ? Qu'est-ce qu'il pouvait bien chercher là-bas ? Non, quelque chose cloche dans toute cette affaire.

Son regard quitta Ben pour parcourir la cime des montagnes qui les dominaient comme des colosses patients, érodés par la sagesse du temps. Des capes blanches recouvraient leurs épaules voûtées. Peter inspira lentement, avant de murmurer :

— Je ne sais pas où on met les pieds, Ben, mais il va falloir être prudents.

La camionnette quitta Pau pour prendre l'A64 pendant trois quarts d'heure, puis des départementales, de plus en plus étroites et sinueuses à mesure qu'ils gagnaient en altitude.

Le temps s'altéra, les nuages tombèrent et s'épaissirent jusqu'à manger le sommet des montagnes.

Leur destination, La Mongie, apparut enfin, construite dans la plus pure tradition des stations de montagne : les immeubles bruns et blancs se disputaient l'horizon, barres droites ou en paliers cernées par les chalets du village. Accrochée au flanc de la montagne, à l'ombre des crêtes qui la surplombaient, La Mongie semblait en hibernation. Les rues étaient désertes, les volets fermés. Quelques rares voitures étaient garées ici et là, mais pas une silhouette en vue. Le climat indomptable de ces dernières années avait vidé la plupart des hôtels et, même en pleine saison, peu de téméraires osaient désormais s'aventurer sur les pistes skiables. Les blizzards avaient pris possession de la région, les tempêtes de neige noyant sans relâche les sommets de toute l'Europe. Même les habitants du pays avaient fini par capituler, effrayés par dame Nature comme on ne l'avait jamais été de mémoire de montagnard. Oui, on disait qu'assurément, la Terre était en colère. Comme partout sur la planète, les premières menaces avaient émergé au début des années 2000 pour s'intensifier peu à peu. Aujourd'hui, confronté au phénomène, l'Homme ne pouvait que hocher la tête avec mélancolie, impuissant à agir sur son monde.

La camionnette abandonna les six voyageurs au pied du téléphérique, une construction massive, tout en pierre, percée de rares fenêtres minuscules qui lui donnaient des airs de donjon. Une estafette blanche stationnait en face, avec trois occupants. Gerland alla leur parler, pendant que Peter et Ben se dégourdissaient les jambes.

— J'ai bien fait de prendre ma doudoune ! se félicita le jeune sociologue en faisant le tour du panorama. C'est mort ici, on se croirait dans un bouquin de Dean Koontz !

— Connais pas, commenta Peter qui guettait le manège de Gerland avec les trois inconnus. Ils ont l'air très accommodants.

— Pardon ?

— Ces types là-bas, Gerland nous a dit que c'était la gendarmerie qui gardait l'accès au téléphérique. Tu trouves qu'ils ressemblent à des gendarmes, toi ? En civil ? À les voir, on croirait que Gerland est leur supérieur. Ils n'arrêtent pas d'acquiescer à tout ce qu'il dit.

— Qu'est-ce que j'en sais, moi ? Fais-lui un peu confiance !

Gerland s'en revenait lorsque l'un des hommes lui tendit un colis suffisamment grand pour contenir un ballon de football. Gerland écouta les explications avant de rejoindre Peter et Ben.

— Personne n'est descendu ou monté depuis qu'ils sont en faction, rapporta-t-il.

— Je croyais que personne n'était au courant, fit Peter en désignant l'estafette.

— Ne vous en faites pas, le président de la Commission a le bras assez long pour nous venir en aide.

Peter afficha une expression dubitative. Il eut soudain la certitude que Gerland mentait. Rien dans son histoire ne semblait crédible. Puis il songea à Emma, et cela l'aida à se contenir, à prendre son mal en patience. Il jetterait un coup d'œil sur ce qu'on voulait lui montrer, donnerait son avis et repartirait aussitôt. *Si tout ça ne prend qu'une journée ou deux et qu'on ne s'implique pas personnellement, que risque-t-on ?*

— C'est vous qui gérez, conclut-il.

Chacun prit son sac et ils rejoignirent la benne du téléphérique après que Gerland eut échangé quelques phrases avec le technicien. Les trois gardes du corps n'avaient pas décroché un mot depuis l'atterrissage. Ils portaient des lunettes noires, des gants en cuir, mais Peter n'avait pas repéré la moindre arme.

Lorsque la cabine s'élança, il eut un pincement au cœur. Il avait le sentiment de quitter la terre des hommes pour un territoire lointain, isolé et perdu dans les nuages. L'ascension ne fit que confirmer son impression, ils entraient dans une poisse filandreuse qui peu à peu venait se coller aux vitres. Et si la montagne lui était apparue une heure plus tôt telle une assemblée de colosses en cape blanche, c'était désormais dans le sillage de fantômes titanesques qu'il progressait, n'apercevant leurs flancs creusés qu'en de rares moments.

Tous les passagers fixaient ce rideau blanc oppressant, dans un silence que seul le roulis mécanique brisait lorsqu'ils passaient un pylône.

Gerland portait toujours le colis volumineux sous un bras.

— Qu'est-ce que c'est ? demanda Peter.

— C'est pour l'observatoire. Un transporteur l'a apporté ce matin, juste avant notre arrivée. Les gendarmes l'ont intercepté avant qu'il ne le livre au technicien. Et vous ne devinerez jamais d'où il provient !

— Polynésie ?

— Exact. Un certain Petrus de l'île de Fatu Hiva. Le site que votre femme va visiter.

Gerland commença à tirer sur le scotch marron qui enveloppait le paquet, peinant à le déchirer, jusqu'à ce qu'un des hommes de main lui tende un couteau surgi de sa poche.

Gerland découpa un sillon sur le côté et ouvrit le carton. Il dut lacérer un autre emballage avant de pencher la tête pour distinguer le contenu.

Toute couleur déserta aussitôt son visage. Il déglutit puis, très délicatement, plia les genoux pour déposer le carton sur le sol, comme en un rituel sacré, avant de reculer.

Lorsqu'il croisa le regard de Peter, ce dernier fut étonné d'y lire autant de peur.

Gerland avait perdu toute assurance.

La caisse trônait au centre de la nacelle, défiant quiconque de s'approcher, telle la boîte de Pandore.

Et à en croire les yeux du petit homme, elle contenait tous les maux de la terre.

5

Emma repoussa le plateau-repas et se cala dans son siège. Ses yeux tombèrent sur la couverture du roman de Guillaume Musso qu'elle avait emporté. Habituellement elle dévorait ses livres, plusieurs décennies de fidélité littéraire à ce maître du thriller romantique. Pourtant, elle était incapable de se concentrer sur l'histoire.

Rien ne va plus. Si Musso ne me fait plus d'effet, alors..., se moqua-t-elle.

La vérité était que son esprit flottait ailleurs.

Six heures qu'elle était dans cet engin, et autant de temps à se triturer les méninges. Le DVD qu'elle avait visionné au décollage présentait François Gerland, en chemise et cravate, face à une webcam. Il avait révélé comment l'IAS, sur un banal contrôle, avait eu un soupçon avant de creuser davantage et de découvrir l'existence d'une caisse noire au sein même de la Commission européenne. LeMoll, son silence, son suicide, tout lui était expliqué brièvement. Jusqu'à la révélation de leurs trois noms, et en particulier du sien lié au site de l'île Fatu Hiva en Polynésie. De ce lieu mystérieux, Gerland ne connaissait que le nom de code : Projet GERIC. Il semblait être le centre opérationnel des recherches de LeMoll, tandis que l'observatoire du pic du Midi avait été réhabilité en tant que bureau d'études. Emma, grande amateur de romans policiers – ils titillaient son esprit logique –, avait de suite embrayé sur de folles hypothèses avant de revenir à plus de réalisme. Si Fatu Hiva était le laboratoire, l'observatoire était un quartier général idéal. Situé en France, plus près donc de LeMoll, mais suffisamment éloigné de Bruxelles et Strasbourg pour éviter toute perquisition. Particulièrement isolé, l'observatoire était loin des curieux et devait proba-blement disposer d'une piste d'atterrissage pour hélicoptères, le rêve pour un type comme LeMoll, pressé et obsédé par le secret.

Cependant, ce qui l'intriguait le plus, c'était le choix de leurs noms, le sien et ceux de Peter et Benjamin. En six heures de vol, elle avait soupesé les théories les plus loufoques qui pouvaient expliquer leur présence, mais aucune ne la satisfaisait.

Que savait-elle des îles Marquises – là où se trou-vait Fatu Hiva – qui puisse se relier à sa profession ? Plusieurs sites archéologiques témoignaient certes de la richesse culturelle des civilisations préeuropéennes dans la région, mais ils n'étaient pas entretenus, ou peu. La Polynésie était célèbre pour ses pétroglyphes, ces étranges motifs gravés dans la pierre, dont au final on ne savait pas grand-chose – fruit d'une culture orale n'ayant pas traversé les siècles. Beaucoup évoquaient des êtres anthropomorphes, ou des pieuvres, ou des formes géométriques complexes, et Emma les avait aussitôt rapprochés, non sans un certain amusement, de la mythologie fantasque chthonienne chère au romancier H.P. Lovecraft.

Elle réfléchit à l'origine des migrations ayant peuplé les archipels du Pacifique Sud. On estimait aujourd'hui que les Polynésiens, les Maohis, descendaient des peuples du Sud-Est asiatique, après avoir situé leur origine en Amérique du Sud. Emma avait suivi de près ces polémiques, et en grande lectrice qu'elle était, il lui restait des souvenirs palpitants de Thor Heyerdahl, l'auteur culte des amateurs de récits de voyages. Mais elle était paléoanthropologue, son champ de recherche concernait une époque bien antérieure à ces questions sur les courants migratoires locaux. De plus, elle s'était spécialisée dans l'adaptabilité des espèces vivantes, *l'intelligence* de l'existence. Bien qu'intégrant une large amplitude, son champ d'étude allait de la faune édiacarienne à l'Homo erectus – même si elle donnait parfois des conférences sur Sapiens – et ses ramifications, soit une époque remontant de 630 millions à 200 000 ans. Bien en deçà de ce qui pouvait concerner aujourd'hui la Polynésie.

L'hôtesse interrompit sa réflexion en lui proposant une boisson et ramassa le plateau.

— Nous allons avoir une courte escale à LAX[1] pour faire le plein de kérosène, précisa-t-elle, mais la météo n'étant pas très bonne sur Tahiti, nous devrons repartir aussitôt pour arriver avant l'orage.

— Encore un orage ! Décidément, quand j'étais gamine, ils nous faisaient peur parce qu'ils étaient rares. Maintenant ils éclatent à tout bout de champ !

L'hôtesse répliqua sur le même ton en récupérant un morceau de pain qui traînait sur la tablette :

1. L'aéroport international de Los Angeles.

— Le pire c'est qu'on s'y habitue, c'est presque… normal !

Emma ne répondit pas. Elle ne s'y habituait pas, elle, parce qu'ils étaient le symptôme violent de la maladie de la planète. Et c'était cette planète-là qui servirait de berceau à ses enfants. Son moral chuta en piqué.

Avisant le téléphone accroché à la paroi, Emma demanda :

— Il fonctionne ?

— Oui, bien sûr. Selon les conditions extérieures il peut y avoir des parasites ou des coupures mais je vous en prie.

— Je dois glisser ma carte de crédit pour le faire fonctionner ?

L'hôtesse eut un regard indulgent.

— Non, c'est compris dans le forfait.

Emma composa le numéro de ses parents à Saint-Cloud ; aussitôt, la voix de sa mère la rassura. Les enfants étaient à l'école, chacun avait pris possession de sa chambre dans la grande maison familiale, et leur séjour se passerait bien, insista la vieille dame qui devinait l'anxiété de sa fille. Emma l'embrassa et ne tarda pas à raccrocher.

Elle repensa au visage rond de Gerland sur l'écran de l'ordinateur portable : « *Prenez de quoi écrire, voici les coordonnées et le nom du représentant de la CE présent sur place, il doit être arrivé la veille. Il s'appelle Jean-Louis Mongowitz, son numéro là-bas est le… »* Emma avait tout noté, ainsi que l'identité du chauffeur qui viendrait la prendre à la descente du second avion, un certain Timothée Clemant. Se rendre sur Fatu Hiva relevait du parcours du combattant. Son jet privé la laisserait à l'aéroport de Papeete à Tahiti, de là un autre avion, plus petit, la conduirait dans l'archipel des Marquises jusqu'à l'île de Hiva Oa où ce Timothée l'attendrait pour prendre un bateau jusqu'à Fatu Hiva, la plus reculée et la moins peuplée des bandes de terre de toutes les Marquises. Gerland lui avait présenté l'île en quelques mots. À peine plus de cinq cents habitants répartis sur deux villages arrimés à la côte. Fatu Hiva – quinze kilomètres sur cinq – émergeait de l'océan par ses deux volcans endormis, recouverts d'une végétation luxuriante. Elle avait tout de l'île déserte tropicale qu'on voyait dans les films. Jean-Louis Mongowitz l'attendrait sur le quai d'Omoa, le village le plus au sud, avec un guide local. Ils ne savaient pas où se trouvait le site abritant le projet GERIC mais doutaient qu'il soit difficile à localiser en pareil endroit. Les « gens du coin » ne pouvaient manquer l'arrivée de métropolitains sur leur minuscule paradis sauvage. Qu'il se situe au cœur même d'un des deux villages ou au milieu de la forêt, quelques questions suffiraient pour le repérer.

Emma reprit le téléphone et tendit la main pour saisir son bloc-notes où était inscrit le numéro de ce Mongowitz. Ça ne lui coûtait rien de s'annoncer et de tâter le terrain. Elle dut attendre presque une minute avant que la tonalité puis la sonnerie se déclenchent. Emma allait raccrocher lorsqu'on répondit enfin. Ou plutôt respira dans l'appareil. Soudain la chercheuse pensa au décalage horaire, dix heures de moins qu'à Paris, il devait être une heure et demie du matin.

— Oh, je suis confuse, fit-elle, je vous réveille ? Je suis le docteur Emmanuelle DeVonck, c'est François Gerland qui m'envoie.

Mongowitz, si c'était bien lui, ne répondit pas. Il se contenta de respirer lourdement dans le récepteur.

— Allô ? Allô ? répéta Emma. Monsieur Mongowitz ? Je… Je vous rappellerai plus tard pour vous prévenir de mon arrivée. Je vous souhaite une bonne nuit, avec toutes mes excuses.

Emma avait presque ôté le combiné de son oreille lorsqu'une petite voix sifflante lança un timide :

— Attends…

— Pardon ?

Avait-elle rêvé ?

— Vous êtes là ? demanda-t-elle, gênée d'insister en pleine nuit.

Un frottement désagréable lui fit brusquement écarter l'appareil de son oreille, puis une sorte de ricanement, et on raccrocha.

Emma demeura figée un moment, avant de regagner son siège. Était-ce vraiment un ricanement ? Peut-être un grincement ? Son lit ? Non… ça ressemblait tout à fait à un petit rire étouffé, presque cruel.

Emma secoua la tête. Elle se faisait des idées. C'était l'inconvénient de ses lectures policières ou fantastiques, cela lui donnait des sensations négatives, orientées vers le pire.

Elle contempla la mer de nuages qu'ils survolaient. Le tapis immaculé ressemblait à une écorce protégeant la Terre. *Comme si ce qui s'y passe devait rester secret, les actes honteux des hommes*. Et voilà qu'elle recommençait ! Elle était dans sa phase blues.

En déjeunant un peu plus tôt, elle avait projeté une goutte de sauce de coq au vin sur le capiton du hublot. Et la tache rouge, en une curieuse association d'idées, fit ressurgir un pan de sa culture des Marquises.

L'archipel avait longtemps abrité le cannibalisme. Officiellement disparu dans la seconde moitié du XIXe siècle, il restait néanmoins un vestige de l'histoire locale, autrefois considéré comme un privilège et un moyen d'accroître ses forces. Manger le vaincu était un rite sacré.

Emma n'apprécia guère l'idée, et soudain la vision de cette île qui l'attendait entre deux orages et au milieu de nulle part ne lui sembla plus aussi idyllique.

6

Peter écarta les bords et scruta le contenu du carton… Un bocal empli d'un liquide ambré dans lequel flottait une masse rose et grise. La forme générale et les stries le renseignèrent aussitôt.

Un cerveau.

Et sa taille laissait planer peu de doute quant à son origine. *Un cerveau humain.* Peter avala sa salive. Il vit un boîtier de CD scotché sur le côté, étiqueté « Pat.07 ».

Ben, qui avait tout suivi par-dessus l'épaule de Peter, commenta d'une voix tremblante :

— C'est quoi ce délire ?

Les trois gardes du corps se regardèrent avant d'approcher. Le premier lâcha ce qui ressemblait à un juron.

En allemand, devina Peter.

— Je crois… murmura-t-il avant de se reprendre et d'articuler plus distinctement : Je crois qu'il est temps de demander aux gendarmes de monter nous rejoindre.

Gerland demeura immobile, avant d'acquiescer mollement.

— C'est probablement un spécimen médical, fit-il, pour analyse.

— Bien sûr, se rassura Peter, mais je ne vois aucun document légal, aucune autorisation, et je doute que ce genre de marchandise voyage librement.

— Nous allons lire ce CD et nous aviserons ensuite, se reprit Gerland. S'il n'éclaircit pas la provenance de ce… cerveau, j'appellerai la gendarmerie. Tant pis pour les conséquences.

Peter eut envie de le secouer, de lui dire que s'il n'y avait aucune trace légale, il pouvait tout autant s'agir d'un homicide, et là au diable l'image de la CE ! Mais il n'en fit rien. *Ne cède pas à l'imagination, c'est toujours le pire, elle ne sert que la littérature.* Ce qui lui fit penser à Emma, ses lectures avaient déteint sur lui, pas de doute !

Au même moment, la cabine perça le cocon de nuages et le ciel bleu apparut tout d'un coup. À cent mètres au-dessus d'eux se découpait le sommet du pic du Midi, recouvert par les installations de l'observatoire. L'ensemble était bien plus important que Peter ne s'y était attendu. C'était un fort, haut et vaste, coiffé de plusieurs dômes blancs, unique signe de sa fonction première, surplombé par un immense bâtiment moderne, un peu à l'écart. Ce dernier avait des airs de plate-forme pétrolière échouée là après le déluge, avec ses tourelles arrondies ou pointues, ses antennes si hautes qu'elles évoquaient une tour de forage, et ses bâtiments de vie sur plusieurs étages.

L'ouvrage en pierre s'accrochait au bord de la falaise, ses fenêtres et ses terrasses suspendues dominaient un gouffre béant sous le soleil aveuglant. On ne pouvait que ressentir une première impression mêlée d'effroi et d'admiration. Une promesse à la fois de vertige et de poésie.

Le téléphérique se mit à ralentir à l'approche de son hangar sombre.

Deux hommes en anorak noir se tenaient penchés sur les barrières, cherchant à distinguer les occupants de la nacelle. *Ils n'ont pas l'air enchantés*, nota Peter. En quelques secondes ils gagnèrent le terminus de cette impressionnante montée, les baies vitrées furent enveloppées de tôle et de béton et les portes s'ouvrirent automatiquement. Le froid les saisit, tétanisant Peter dans son costume trop léger.

Gerland se racla bruyamment la gorge et sortit le premier pour s'adresser aux deux solides gaillards.

— Bonjour. Je voudrais voir le responsable, s'il vous plaît.

— Vous êtes ? fit le plus costaud.

— François Gerland de la Commission européenne. Celle-là même qui finance ce site, si vous voyez ce que je veux dire.

Face au ton tranchant et plein de sous-entendus, l'armoire à glace hocha lentement la tête.

— Je vais vous le chercher. Loïc, fais-leur visiter la terrasse en attendant.

— Non, je vais plutôt vous suivre, trancha Gerland avec une autorité dont Peter ne l'aurait jamais cru capable.

Le technocrate meubla le flottement qui suivit d'un sourire factice, fixant son interlocuteur dans les yeux.

— Bien, capitula ce dernier. Puisque vous payez, vous êtes le patron je suppose.

Gerland tendit un index dans sa direction, comme pour souligner qu'il avait en effet cerné la problématique et sa solution, après quoi tous s'élancèrent dans un dédale de couloirs étroits et mal éclairés. Après cinq minutes de descentes et montées d'escaliers, de couloirs et de bifurcations, Peter fut complètement perdu. Il y avait un côté surréaliste à errer ainsi au sommet des Pyrénées, dans ce bunker improbable, avec une telle compagnie. Tous les hommes demeuraient silencieux et pourtant la tension semblait vriller l'air ambiant. Peter restait en alerte. Leurs deux « hôtes d'accueil » ne les lâchaient pas du regard, leurs énormes mains dans les poches.

Ne pas se fier à ce genre d'impression ! Tu es bien placé pour le savoir, Emma ne ressemble pas à un docteur en paléoanthropologie ! Et Ben a le physique d'une rock star !

Tout de même. Dans quoi s'étaient-ils embarqués ? Peter avait l'impression d'être une souris coincée sur un radeau au milieu d'un règlement de comptes entre deux bandes de chats sauvages. Il tourna la tête pour distinguer Ben qui les suivait, l'air tout aussi intrigué. Lorsqu'ils poussèrent une dernière porte, ce fut pour entrer dans une vaste pièce entourée aux deux tiers par des baies d'où ils dominaient tout le complexe de plusieurs dizaines de mètres. Au-delà s'étendait le panorama molletonneux dont émergeaient quelques sommets. Ben ne put retenir un long sifflement d'admiration qui fit se retourner les trois occupants de la pièce. Au centre, l'homme roux, cheveux courts et barbe fournie, témoigna le plus vif étonnement. Vêtu d'un gros pull en laine sur une salopette bleue, il regarda le guide des nouveaux venus d'un air courroucé. Celui-ci ne put que hausser les épaules.

— Je suis David Grohm, se présenta-t-il, responsable de l'observatoire. Et vous êtes…

— François Gerland, de la Commission européenne, dit le petit homme en lui tendant un document officiel. Puisque ce site est désormais financé par la CE, nous avons décidé de faire une visite de courtoisie afin de nous assurer que tout va bien. Vous n'avez pas reçu notre fax ?

Grohm haussa un sourcil. Son visage déjà peu aimable se contracta. La colère crispait ses mâchoires.

— Non, lâcha-t-il sèchement.

— Vous m'en voyez désolé, j'espère que nous ne tombons pas au mauvais moment.

— C'est que nous sommes en pleine étude et nous n'avons guère le temps d'acc…

— Ne vous en faites pas, nous n'aurons pas besoin de baby-sitter, la CE nous a demandé de vérifier que son financement était intelligemment utilisé, ne laissons donc aucune chance à nos détracteurs de nous blâmer. Nous aurons bien entendu accès à toutes les installations, nous étudierons vos rapports, bref, c'est un peu comme un audit, précisa Gerland avec le sourire.

— Vous… Vous nous fliquez en somme ?

— Oh non, répliqua le haut fonctionnaire en insistant un peu trop sur le mot. Tenez, voici d'autres papiers officiels. Nous sommes tous les quatre de la Commission et ces deux messieurs sont des scientifiques qui nous aideront à comprendre votre jargon.

Peter ouvrit grands les yeux. Il n'était absolument pas compétent en astronomie ou en astrophysique ! Pas plus que Ben ! Cette fois, Gerland y allait un peu fort. La surprise passée, Peter trouva la présence d'esprit de ne rien dire. Grohm et Gerland se faisaient face, avec la même intensité dans le regard que s'ils étaient en train de se livrer un duel.

Peter pouvait lire deux mots dans les pupilles de Grohm : fureur et frustration. Gerland poursuivit :

— J'ai étudié mon dossier avant de venir, je sais que de nombreuses chambres avaient été aménagées à l'époque où l'observatoire accueillait des touristes, nous ne dérangerons donc personne.

Stéphane, le plus proche des deux costauds en anorak noir, s'écarta, et Peter surprit le regard qu'il lançait à Grohm. Ce dernier répondit d'un signe « non », très subtil.

— Si vous voulez bien les indiquer aux scientifiques de mon équipe, insistait Gerland.

Grohm acquiesça nerveusement et demanda à Stéphane de les accompagner.

— Moi, je vais rester ici avec vous, docteur Grohm, ajouta aussitôt Gerland. J'ai tellement de questions à vous poser qu'il est préférable de s'y mettre tout de suite.

En sortant, Peter vit que les trois gardes du corps qui les accompagnaient depuis Paris avaient les mains dans les poches de leurs épais manteaux. Bien campés sur leurs jambes, ils ne manquaient pas un détail de ce qu'il se passait dans la pièce. Leurs regards passaient d'homme en homme, d'ombre en ombre, comme s'ils craignaient un coup fourré. Peter eut l'impression qu'ils allaient dégainer. La tension, déjà palpable dans le couloir, était maintenant à son comble et il sentit sa poitrine écrasée par l'angoisse.

Peter et Ben avaient été conduits de l'autre côté du site, à l'opposé du centre de commandement – c'était ainsi que Ben nommait la grande salle au sommet du bâtiment en verre. Ils n'étaient que trois à rejoindre les chambres, les deux autres gardes du corps s'étaient invités auprès de Gerland. Peter avait tendu la main à celui qui les accompagnait, il s'appelait Mattias, parlait avec un fort accent allemand et semblait plus préoccupé par les faits et gestes de Stéphane, leur guide, que par le décor. Ben de son côté n'en revenait pas de la taille de l'observatoire. Immense, des couloirs à l'infini, des portes partout, et des escaliers dans chaque angle. Plus de trois cents mètres de long, estima-t-il.

Ils arrivèrent devant une porte blindée que Stéphane ouvrit en tapant un code.

— C'est la séparation entre les quartiers de vie et les installations scientifiques, on va vous donner un code d'accès.

— Dites-le-nous tout de suite, qu'on ne reste pas coincés de l'autre côté tout l'après-midi ! quémanda Ben.

— Impossible, les codes sont nominatifs, il faut les générer et les entrer dans le système de sécurité d'abord. Ne vous en faites pas, si vous avez besoin de repasser la porte il y aura du monde pour vous aider, et sinon un téléphone est relié directement à la passerelle.

— La passerelle ?

— C'est la grande salle, elle ressemble à la passerelle d'un porte-avions. Si vous vous perdez quelque part, il suffit de décrocher un des téléphones qu'on voit partout et vous tomberez directement sur la passerelle. Il y a toujours quelqu'un.

— De toute façon vous et moi n'allons plus nous quitter, lui lança Mattias.

Les deux armoires à glace étaient à deux doigts de s'étriper.

Ben et Peter se consultèrent du regard. Quel genre d'observatoire disposait d'une pareille sécurité ?

Ils débouchèrent dans un autre couloir puis dans un réfectoire dont les fenêtres dominaient la mer de nuages. Trois hommes et une femme étaient attablés devant des cahiers de notes et des tasses de café fumant.

Stéphane indiqua un corridor à la peinture défraîchie :

— Les chambres au fond sont libres, mettez-vous où vous voulez. Il y a des draps et des serviettes dans le débarras, près des salles de bains. Pour nous joindre, vous avez un téléphone sur le mur, près de la porte. À plus tard.

Sans un geste pour le groupe à table, il fit demi-tour, aussitôt talonné par Mattias, ce qui entraîna un long face-à-face silencieux. Ben crut que cette fois ils allaient vraiment en venir aux mains, mais Stéphane eut un ricanement moqueur et se résigna à devoir promener son roquet. Ils disparurent derrière le battant blindé.

— La conciergerie n'est pas aimable, railla Ben en lâchant son sac de voyage.

Il salua les quatre scientifiques d'un signe de tête.

— Bonjour, je suis Benjamin Clarin, voici le professeur DeVonck et… là-bas, le mec qui vient de partir, c'est Mattias, un copain de voyage.

— Docteur dans quelle discipline ? interrogea le plus âgé des quatre, un homme dégarni d'une cinquantaine d'années en jean et pull.

— Je suis biologiste, spécialisé dans la génétique, précisa Peter.

À son grand étonnement personne ne releva. Ben jeta un rapide coup d'œil aux notes éparpillées et vit des brouillons de calculs, des orbites grossièrement tracées et des dizaines de noms complexes.

— Vous êtes astronomes, déduisit-il à voix haute.

— Parmi les sept présents ici. Je suis Jacques Frégent, voici Cédric, le moustachu là c'est Paul, et enfin notre petite Fanny.

Les deux hommes qui l'accompagnaient avaient entre trente et quarante ans, tous décontractés mais habillés chaudement.

Ben arrêta son regard sur la femme : jolie blonde, approchant de la trentaine, aux formes généreuses…

— Soyez les bienvenus, dit Jacques, et ne vous en faites pas, nous serons discrets.

Ben haussa les sourcils :

— Discrets ? C'est plutôt à nous de l'être, pour ne pas vous déranger !

Jacques eut un sourire doux mais qui trahissait une certaine fatigue.

— C'est… gentil à vous. Pour une fois qu'on ne nous fait pas remarquer qu'on dérange !

Peter s'approcha.

— Nous ne travaillons pas pour la Commission européenne si ça peut éclaircir la situation, annonça-t-il.

— Ah ? J'ai peur que ça ne l'éclaircisse pas, au contraire. Le site est financé à 90 % par la CE et à 10 % par la Région. Si vous n'êtes pas envoyé par la première, alors…

— Nous n'avons rien à voir avec l'un ou l'autre. C'est un peu compliqué, disons que c'est une mission brève.

— Vous êtes là pour quoi ? interrogea Fanny d'une voix particulièrement suave qui acheva de séduire Ben.

— Une sorte d'assistance technique, synthétisa Peter, et si tout se passe comme prévu nous serons partis avant la fin de la semaine. Enfin, s'ils nous laissent redescendre ! Quand je vois les mesures de sécurité !

Personne n'esquissa le moindre sourire et Cédric, le plus jeune, annonça la couleur :

— Vous allez vous rendre compte qu'ici, c'est pas franchement la camaraderie, enfin, sauf si vous restez parmi nous. Sinon les gars là-bas, c'est pas des rigolos ! Pour tout vous dire : on ne se mélange pas. Il y a les astronomes d'un côté, nous, et le Groupement de Recherche Européen de l'autre.

— Groupement de Recherche Européen, c'est leur nom ? releva Peter. C'est vague !

— GRE, oui, à prononcer « Grrrrr », intervint Paul en mimant le grognement d'un félin. Ils le portent bien ! Ça veut dire ce que ça veut dire : curieux s'abstenir !

Paul avait un accent très prononcé du Sud-Ouest.

— Ils ne se sont même pas présentés ? s'étonna Cédric. Vous n'avez pas signé le contrat et la clause de discrétion ?

— Grands dieux, non ! s'exclama Peter. Qu'est-ce que c'est ?

— On s'engage à ne rien dévoiler sur les activités scientifiques conduites ici par le GRE.

— Attendez, l'Europe ce n'est pas l'armée ! Ils n'ont rien à cacher et ne peuvent certainement pas vous faire signer ce genre de clause !

— D'après ce qu'on nous a raconté, commença Cédric, c'est ici que l'Europe valide les brevets, essentiellement médicaux, pour leur application à l'échelle européenne. Ce sont des études sensibles et ce site isolé est idéal. Aucun journaliste, aucun espion industriel. Rien d'illégal, rassurez-vous ! Enfin, c'est ce qu'on nous dit !

— Oui, je vous rappelle que nous on l'a signée cette clause, gronda Jacques.

Peter acquiesça et sortit son téléphone portable pour vérifier s'il n'avait pas un message de sa femme ou de ses beaux-parents. Il ne captait aucun réseau.

— Les portables ne fonctionnent pas ici ?

— On nous avait mis une antenne-relais il y a plusieurs années, révéla Jacques, mais depuis que Grohm et ses amis sont arrivés avec leurs tonnes de matériel elle ne marche plus. Il nous a promis maintes fois de la faire réparer, on attend toujours.

— Comme c'est pratique ! ironisa Ben. Belle coïncidence, ces types débarquent et dans la foulée vous perdez vos moyens de communication…

Fanny leva vers lui ses grands yeux noisette avec une expression qui semblait dire « *On ne vous a pas attendus pour penser à ça !* », et ses lèvres pulpeuses se retroussèrent sur un sourire.

— Vous allez vite découvrir qu'il y a plein de choses bizarres ici, messieurs.

7

Les chambres étaient spartiates, mais équipées d'un lit confortable et d'un petit bureau face à la fenêtre. Le paysage, de ce côté du bâtiment, laissait sans voix, avec la sensation d'être ailleurs que sur Terre, dans un paradis vierge au-dessus des nuages ; Ben constata que ces derniers se rapprochaient de l'observatoire, on ne distinguait plus les sommets au loin.

Le jeune homme vida son sac de voyage avant de rejoindre Peter – qui avait troqué son costume contre un jean et un pull en laine – au réfectoire. Jacques Frégent était dans la pièce suivante, une immense cuisine, occupé à faire sa vaisselle.

— Pour les repas, les frigos et les placards sont pleins, servez-vous. Fanny passera en début d'après-midi pour vous faire visiter si vous le souhaitez. En cas de besoin, il y a des téléphones sur les murs, les raccourcis vers tous les postes sont indiqués sur la plaquette murale, je serai au coronographe qui n'est pas très loin. Bon appétit.

Une fois seuls, Peter et Ben cuisinèrent deux steaks avec des haricots verts et partagèrent leur inquiétude. Ben était stupéfait d'apprendre que l'Europe possédait un laboratoire d'analyse au sommet d'une montagne !

— C'est un organe législatif ! Depuis quand l'Europe dispose-t-elle de ses propres labos ? s'était-il indigné. Je vais te dire : si je n'avais pas reconnu Gerland d'après le trombinoscope, je te dirais que tout ça est un vaste canular.

— Tu as vu la réaction du responsable, David Grohm, à notre arrivée ? Il était livide. Ce qu'ils font ici n'est pas clair.

— Pourquoi Frégent et les autres ne disent rien ?

— Pour ne pas perdre leur job ! Combien d'astronomes rêveraient de travailler ici ? Des centaines ! Et il n'y a que sept places ! De leur point de vue, la CE valide ici des brevets médicaux. C'est tout. Pourquoi iraient-ils chercher un journaliste pour lui raconter qu'il règne une ambiance d'espionnage industriel et qu'on leur a fait signer un contrat avec une clause de discrétion ? Dans les bouquins que vous lisez, toi et Emma, peut-être, mais dans la réalité les gens sont beaucoup plus prudents et peu curieux quand ça les arrange !

Fanny vint les prendre et leur fit visiter les coupoles abritant télescopes, lunettes astronomiques et coronographe. Ils rencontrèrent les trois autres membres de l'équipe : Olaf, un géant blond originaire d'Islande ; Myriam, une femme tout en rondeurs qui ne décrocha les yeux de son matériel que pour les saluer ; et Fabrice, le responsable technique des équipements. Après quoi Fanny les entraîna vers un salon en bois : de lourds fauteuils rembourrés étaient disposés sur un épais tapis, devant une cheminée en pierre qu'on devinait de facture récente, le tout faisant face à une longue baie que les nuages commençaient à aveugler.

— Ce salon est la seule chose de bien que les gars de la Commission européenne nous ont apportée en s'installant. Ça et la salle de sport.

— Ils sont ici depuis combien de temps ? s'enquit Peter.

— Presque un an.

— Ils sont arrivés du jour au lendemain ?

— Oui, enfin moi je n'étais pas encore là, je terminais mon doctorat à Toulouse, mais c'est ce que Jacques m'a raconté. Un beau matin il a reçu la visite d'un député, ou d'un chercheur je ne sais plus, d'un type de la CE en tout cas. Il lui a annoncé que c'étaient eux qui finançaient le site désormais et qu'ils allaient procéder à des modifications. C'était ça ou ils le fermaient, trop cher à l'usage. Un mois plus tard, ils débarquaient avec des tonnes de matériel et repoussaient les astronomes dans le fond du bâtiment pour accaparer tout le reste. Notez que c'est grand, donc, mis à part les coupoles qu'ils nous ont bien sûr laissées, on n'a besoin de rien d'autre. Il n'empêche, ça leur a fait tout drôle.

— Personne n'a protesté ? demanda Ben.

— Pour qu'ils nous virent ? Qu'ils diminuent le budget – déjà serré – de fonctionnement ? C'est la crise financière dans la plupart des pays de l'Union. Si la CE veut rentabiliser au maximum ses dépenses, ça doit passer par l'optimisation de toutes ses surfaces, je suppose.

— En ouvrant un laboratoire ?

— Je sais, c'est bizarre, mais je vous avais prévenus. Un jour Jacques a posé la question à David Grohm, le responsable du GRE. Il a répondu que la CE avait trop longtemps perdu de l'argent et du temps en passant par des laboratoires indépendants, que le moment était venu de constituer sa propre flotte.

« Cela limiterait la corruption des labos privés », ce sont ses mots. On n'a jamais pu lui en faire cracher un de plus à ce sujet ! C'est pas un comique celui-là, autant vous le dire.

— J'ai cru remarquer, souffla Ben. Et vous, ça ne vous dérange pas ?

— Moi j'ai la chance d'avoir un poste ici, je le prends comme il est, si vous voyez ce que je veux dire ! Cela fait sept mois que je suis là et je ne compte pas faire foirer cette chance. On peut circuler librement entre nos bureaux, c'est suffisant pour moi.

— Vous n'avez pas le droit au reste ? fit Peter.

— Non, strictement interdit. Le respect des règles d'hygiène et du secret industriel, selon eux.

— Et vous n'y êtes jamais allée ?

— Puisque je vous dis que c'est interdit ! Je suis entrée une fois dans les bureaux des cadres, c'est près de l'ancien musée, mais c'est tout.

Ben jeta un rapide coup d'œil vers les portes pour s'assurer qu'il n'y avait personne et s'approcha de Fanny :

— Des types comme celui qui nous a accompagnés tout à l'heure, ce Stéphane, vous n'allez pas me dire que ce sont des chercheurs ?

Fanny toisa les deux hommes, soudain mal à l'aise. Elle entrouvrit les lèvres mais ne répondit pas.

— Nous ne sommes pas ici pour vous créer des problèmes, je suis désolé, rectifia Peter.

Mais Ben insista :

— C'est juste qu'on aimerait savoir où on a mis les pieds.

Elle soupira et lança tout bas, d'une traite, comme soulagée de l'exprimer enfin :

— Ils sont quatre, baraqués et pas commodes. Souvent fourrés à la salle de sport. Une fois j'ai aperçu le tatouage de l'un d'eux. Un blason avec 1ᵉʳ RPIMA en dessous. J'ai regardé sur Internet, c'est le 1ᵉʳ Régiment de Parachutistes d'Infanterie de Marine, pas des tendres apparemment.

— La CE recrute dans l'armée maintenant ? De mieux en mieux ! s'esclaffa Peter.

— Et ils sont armés, précisa Fanny avec toujours le même soulagement. Je vous jure, j'ai vu qu'ils portaient des flingues.

Ce fut au tour de Peter de soupirer longuement. Ben lut l'anxiété sur son visage, il lui tapota amicalement l'épaule.

— Je sais que tu penses à Emma, ne t'en fais pas. De toute façon tu pourras lui dire de rentrer si tu ne le sens pas. Quand arrive-t-elle ?

— Demain matin. C'est un long voyage jusqu'en Polynésie. J'espère qu'au moins elle pourra me joindre.

— Votre femme ? devina Fanny.

Peter acquiesça. Il lui sourit.

— Conduisez-nous jusqu'à la passerelle, voulez-vous ?

— Je vais vous guider jusqu'à la prochaine porte, au-delà je n'ai pas le droit, il vous faudra les appeler pour qu'ils viennent vous chercher. Autant vous y habituer tout de suite, ce sont eux qui ont le contrôle de tout.

— C'est légal ça ? En matière de sécurité, s'il y a une urgence, un feu par exemple, et qu'il faut retourner au téléphérique, comment ferez-vous s'ils ne vous ouvrent pas ?

Fanny ne souriait pas lorsqu'elle répliqua aussi sec :

— On grille vivants ou on se jette dans le vide. Vous voyez, c'est pas si terrible ici, on a le choix.

Lorsqu'il poussa les battants ouvrant sur la passerelle, Peter éprouva une sensation de douche froide.

Une douche glacée. Il dut faire un effort pour avancer.

Dans un coin de la salle, David Grohm répondait lentement aux questions de Gerland et chaque fois qu'il fallait aller chercher des documents, le petit technocrate blond faisait accompagner le personnel du site par l'un de ses gardes du corps. Peter comprit qu'il se méfiait de tout le monde et redoutait la destruction des informations. Si on laissait Grohm seul pendant deux heures, il s'empresserait de brûler des kilos de dossiers et d'effacer des gigabits de ses ordinateurs. En surgissant sans prévenir Gerland avait limité la casse, et cette histoire de fax pour les prévenir de leur arrivée était à coup sûr un mensonge.

Dès qu'il vit Ben et Peter, il abandonna Grohm et vint à leur rencontre, pour les entraîner à l'écart.

— Il se fout de nous pour l'instant mais ça ne tiendra pas longtemps, exposa-t-il directement.

Ben fit une grimace peu convaincue :

— Je ne voudrais pas avoir l'air parano mais si tous les types de cette base apprennent que nous sommes là, et je pense que l'info a eu le temps de circuler depuis ce matin, ils sont en train de tout détruire pendant que vous faites la causette avec ce mec.

— C'est pourquoi j'ai fait fermer tous les bureaux et laboratoires par mes hommes, répliqua sèchement Gerland qui ne semblait pas apprécier qu'on le prenne pour un débutant. Et si vous voulez mon avis, les documents importants, l'administratif, sont ici, dans cette pièce. C'est le centre névralgique du pic, ces ordinateurs sont pleins à craquer de données et il y a quinze mètres cubes d'archives papier derrière.

Il montre son vrai visage, nota Peter. Dans l'avion il avait revêtu la façade « gentil garçon » pour les amadouer, désormais l'impitoyable politicien était à l'œuvre.

— Vous avez pu lire le CD qui accompagne le cerveau ? s'enquit Peter.

— Il est protégé par un mot de passe.

— Et vous pouvez le craquer ? demanda Ben.

— Je ne sais pas, on va étudier la question mais ce n'est pas une priorité.

— Pas une priorité ? releva Peter. Vous trouvez un cerveau humain dans un bocal et vous n'appelez pas ça une priorité ? Nous n'avons pas les mêmes, j'ai l'impression. Écoutez, si vous voulez que je reste, il va falloir appeler la gendarmerie maintenant. J'ai attendu parce que vous sembliez convaincant dans une cabine qui se balançait au-dessus du vide, mais j'ai bien réfléchi depuis et je n'aime pas la tournure que prend l'affaire.

Gerland acquiesça avec un soupir excédé.

— Bien, fit-il en faisant traîner le mot en longueur. Nous allons prévenir la gendarmerie pour qu'ils nous envoient du monde, ça vous va ? En échange de quoi, vous allez nous aider.

Gerland était las. *Il ne veut pas perdre de temps sur ce qui ne concerne pas directement son affaire*, devina Peter.

— Si les gendarmes montent, je reste.

Gerland hocha la tête, déçu de ne pouvoir tout maîtriser mais cependant rassuré d'avoir Peter et Ben à ses côtés.

— En attendant, je peux vous demander de rencontrer les scientifiques qui travaillent pour Grohm ? J'ai préparé un petit questionnaire rapide que vous pourrez leur soumettre afin de déterminer leurs champs de compétence. N'hésitez pas à prendre des initiatives, et ne vous faites pas marcher sur les pieds, rappelez-leur s'il le faut que leur salaire tombe grâce à nous.

— Je ne suis pas là pour jouer le méchant flic, l'arrêta Peter.

Gerland leva la main :

— Je comprends, voyez si vous pouvez déterminer qui fait quoi. Ils sont six, tous rassemblés dans la pièce du dessous.

— Vous avez listé tout le personnel ? demanda Ben.

— Oui, six chercheurs donc, plus quatre techniciens dont je vais m'occuper, et enfin Grohm pour les superviser. Tenez, voici le questionnaire. Ah, et à partir de maintenant vous circulez librement, sans escorte.

Il leur tendit un minuscule ordinateur portable ainsi que deux documents sur lesquels était inscrit un code pour chacun.

En s'éloignant, Ben se pencha vers Peter pour lui murmurer :

— Tu connais beaucoup de labos de recherche, toi, où il faut presque autant de « techniciens » commandos de l'armée que de scientifiques ?

Peter ne répondit pas mais n'en pensait pas moins. Il avait très envie d'aller faire un détour par les laboratoires avant de rencontrer l'équipe en question.

Rassuré que Gerland laisse monter la gendarmerie, son esprit allait pouvoir se focaliser sur sa tâche. Après tout, il ne demandait pas grand-chose sinon la présence des forces de l'ordre pour se couvrir. Maintenant, l'affaire allait prendre une tournure plus officielle.

Ben, Emma et lui seraient politiquement protégés. Si Gerland avait changé d'avis aussi facilement c'était parce qu'il pensait pouvoir tenir les gendarmes, devina Peter, en tout cas s'assurer qu'ils resteraient discrets quelque temps. En avait-il la capacité ?

Chacun son problème. Ce n'est pas à moi de couvrir un scandale…

Peter repensa aux hommes en civil qui avaient attendu dans leur camionnette au pied du téléphérique. Certes la CE avait le bras long pour les faire venir ici et servir Gerland, mais pas au point de museler les militaires français ; la CE pouvait peut-être leur demander un service, mais était incapable de leur imposer quoi que ce soit. Le bocal à cerveau allait être saisi et ils conduiraient leur enquête pour s'assurer qu'il s'agissait bien d'un organe destiné à des études médicales.

On allait également faire la lumière sur la présence ici de quatre individus armés. Rompre le poids du secret qui régnait sur l'observatoire. Oui, les gendarmes allaient faire tomber les masques tout en concédant à Gerland la discrétion de leur enquête… et tout le monde serait content.

Du moins Peter l'espérait.

8

Au moment de sortir du jet, Emma observa la première marche qui l'accueillait à Papeete. Elle sortit la tête de l'habitacle et d'un seul petit pas remonta le temps de dix heures. Pour elle, il était cinq heures du matin, elle avait quitté son mari et ses enfants depuis un jour entier, mais ici, c'était encore la veille. Il était dix-neuf heures à Tahiti. Heureusement, elle avait profité du confort de l'appareil pour dormir durant une large partie du trajet depuis l'escale de Los Angeles, et n'éprouvait d'autre fatigue que celle d'un trop long voyage.

Catherine (Emma avait sympathisé avec l'hôtesse et se permettait de l'appeler par son prénom) l'invita à descendre et l'accompagna jusqu'à une petite Jeep en portant sa valise. La voiture les conduisit tout droit vers un bimoteur déjà chargé de ses passagers de l'autre côté de la piste.

— Nous nous sommes arrangés afin que l'avion pour Hiva Oa vous attende, ça vous évite de perdre une nuit ici, lui expliqua Catherine.

L'hôtesse confia la valise à un grand type dont la peau hâlée trahissait les origines locales et tendit la main à Emma.

— Bon voyage. J'ai été ravie de vous rencontrer.

Avant qu'Emma puisse répondre, celui qui devait être le copilote la poussa gentiment mais fermement vers la passerelle sous prétexte qu'ils étaient très en retard, et il ordonna qu'on relève la porte aussitôt.

Emma trouva sa place parmi la douzaine d'autres passagers et put saluer Catherine par le hublot avant que celle-ci ne s'éloigne. Les hélices se mirent tout d'un coup à ronfler et un bourdonnement entêtant envahit l'avion.

Lorsqu'ils eurent atteint l'altitude de croisière, on leur servit une boisson et c'est à peine si Emma entendit l'hôtesse. Elle ne parvenait pas à penser à autre chose qu'à ce voyage. Mille et une questions se superposaient dans son esprit sans qu'elle puisse dégager la moindre réponse. Elle se demandait où se trouvaient Peter et Ben. En savaient-ils plus qu'elle à présent ? Assurément. Ils avaient déjà passé leur premier après-midi et leur première nuit sur le pic du Midi. Le contraste était amusant, elle sous le soleil des tropiques, eux dans le froid des montagnes. Ses pensées dérivèrent jusqu'à Zach, Mélissa et Léa. Comment allaient les enfants ? Bien, sans aucun doute. Ses parents avaient été très stricts avec elle et Benjamin ; pourtant, depuis qu'ils étaient grands-parents leur intransigeance en matière d'éducation s'était grandement adoucie. Leurs petits-enfants étaient gâtés et enveloppés d'affection. *Tout va bien, relax. Je fais un voyage vers les Marquises pour une mission originale, je ferais mieux d'en profiter !*

Sauf qu'elle ignorait la teneur exacte de sa mission.

Par le hublot, elle remarqua l'horizon de nuages peu à peu vernis d'une pellicule carmin tandis que le soleil s'enflammait pour célébrer l'approche de la nuit.

Sa voisine, une grosse femme très bronzée couverte de bijoux en or, était plongée dans un roman. Emma ne put résister à l'envie de lui demander :

— C'est un bon livre ?

Sans quitter sa lecture, la lourde tête surmontée d'une imposante toison couleur cuivre dodelina.

— C'est idiot, mal écrit, mais ça parle d'amour, gloussa-t-elle avec l'accent traînant des îles.

Emma éclata de rire.

— Si le héros est beau en plus…, plaisanta-t-elle.

— C'est bien ça le problème, beau à mourir.

La grosse femme reposa son roman pour saluer Emma.

— Je m'appelle Josiane.

— Emmanuelle.

— Vous faites du tourisme ?

— Non, pas vraiment. Je n'aurai pas le temps, j'en ai peur. Je suis là pour le travail.

— Moi aussi ! Je suis propriétaire de deux commerces sur Hiva Oa, mais je dois venir à Papeete deux ou trois fois le mois. Et vous ? Non ! Attendez, laissez-moi deviner. Hum… vous êtes… professeur !

— Pas tout à fait. Je suis chercheuse.

— Belle comme vous êtes ?

Emma esquissa un sourire.

— L'un n'empêche pas l'autre ! répliqua-t-elle. Vous lisez bien un roman pour célibataires, et pourtant vous avez une alliance, n'est-ce pas ?

Josiane fit la moue, un rayon de soleil couchant posa subitement sur son visage un masque d'or.

— Oh, cette breloque ? Je ferais bien de la retirer. Je suis divorcée.

— Désolée, je ne voulais pas…

— Ne vous en faites pas, c'est le troisième, je commence à avoir du métier. (Elle agita son annulaire…) Ceci explique cela (… et leva le roman d'amour).

— Je vous présente mes excuses. Je sais être maladroite.

Emma termina le gobelet de Coca qu'on lui avait servi.

— C'est rien, je vous dis. Un de perdu dix de retrouvés, il me reste donc encore sept bonshommes à épouser !

Désireuse de ne pas s'enfoncer dans cette conversation minée, Emma demanda :

— Savez-vous combien de temps devrait durer le voyage ?

— Trois heures, c'est ce qui est prévu. Mais ce soir on va le faire en moins que ça !

— Pourquoi donc ?

— À cause de la tempête ! On sera dans le sens du vent ; le pilote nous a expliqué ça tout à l'heure pendant qu'on vous attendait. (Elle perdit toute légèreté pour ajouter :) Ça va bientôt cogner. Pire qu'il y a deux jours si on en croit le bulletin météo !

— Il y a déjà eu une tempête ?

— Et pas une petite ! Elle a soulevé l'océan ! Heureusement, c'est passé au large des îles. Mais celle qui s'annonce pourrait être moins clémente. Vous avez eu de la chance d'attraper ce vol, ils annulent tous les suivants jusqu'à nouvel ordre.

Emma fronça les sourcils.

— Je dois me rendre à Fatu Hiva en arrivant tout à l'heure, vous croyez que ce sera possible ?

— Fatu Hiva ? répéta la passagère avec une sorte de recul, tandis que la traîne du crépuscule quittait son visage.

— Qu'y a-t-il ? Vous m'inquiétez tout d'un coup.

— C'est que… vous feriez bien d'oublier, la tempête va taper en plein sur l'île de Fatu Hiva. Vous connaissez cet endroit ?

— Non, mais…

— Il n'y a rien là-bas. Pas de restaurant, pas d'hôtel, pas même d'hôpital. Imaginez une tempête sur place ! Et dans le coin, depuis quelques années, les tempêtes c'est quelque chose. Les colères de Dieu ne sont qu'un caprice d'enfant en comparaison ! Croyez-moi, d'ici quinze à vingt heures, vous préférerez être en enfer que sur Fatu Hiva.

Les nuages engloutirent le soleil et, pendant un instant, cette mer céleste fut recouverte d'un tapis violet et bleu. Puis l'horizon aspira toute lumière, et les ombres de la nuit tombèrent sur la Terre d'un seul coup.

9

Peter et Ben prenaient leur petit déjeuner en compagnie des astronomes tandis qu'un peu plus loin David
Grohm était attablé avec trois de ses collègues.

Cette première nuit sur le pic avait été agitée pour
Peter, qui ne savait pas s'il fallait en accuser les vents
incessants qui sifflaient à sa fenêtre ou la tension qui
régnait sur le complexe. Le souffle puissant grondait à
l'extérieur et pourtant un sarcophage de nuages ne
quittait plus le pic. Privée de toute profondeur, la
grande baie vitrée ressemblait à d'immenses néons
blancs soulignant les ombres des visages.

Ben s'était assis à côté de Fanny.

— Bien dormi ? s'enquit-elle en tartinant une petite
brioche de miel.

— Il faut un temps d'adaptation, j'imagine, entre
l'altitude et le boucan que fait le vent !

Jacques Frégent, le doyen du groupe, se pencha vers
Peter :

— Alors, cette « assistance technique » ça se passe
bien ?

Peter sourit en se servant du café à la Thermos posée
sur la table :

— Je vous présente mes excuses, nous n'avons pas été très polis hier. Pour être plus précis, nous accompagnons François Gerland qui procède à une sorte d'audit de l'installation pour le compte de la CE. Nous sommes ses « conseillers scientifiques » si vous préférez.

— Il y a un risque de fermeture ? s'inquiéta soudainement Jacques.

— Non, non, enfin je ne le crois pas. Nous ne sommes pas là pour vous mais pour Grohm et les siens.

Les astronomes échangèrent un sourire amusé. Cédric, le trentenaire mal rasé, intervint :

— Ça va leur faire bizarre, c'est pas le genre à partager leurs travaux ! Bonjour l'ambiance !

— Remarquez, votre Gerland, là, il n'a pas l'air commode non plus ! fit remarquer Paul avec son accent chantant.

Gerland était venu dîner avec Peter et Ben la veille, à peine plus d'un quart d'heure, le visage fermé par la concentration, avant de repartir vers la passerelle. Il avait à peine salué les astronomes.

Myriam, la scientifique taciturne de l'équipe, demanda, sans lever les yeux de son bol :

— Maintenant qu'on a un contact avec des gens de la CE, vous pourriez nous expliquer en quoi consiste exactement la validation de brevets médicaux ? Ils ne font pas de tests sur des animaux au moins ?

— Non, pas ici, la rassura Ben. Je serais le premier à ouvrir les cages, sinon ! J'ai été militant de Greenpeace pendant deux ans au début de mes études universitaires !

— C'est essentiellement de la lecture de rapports, coupa Peter. Examen des protocoles de tests, recoupements de tous les rapports de développement du produit, détail des molécules employées, et s'il ne manque rien, si tout est conforme aux normes imposées par l'Europe, alors il y a validation.

— Aucun test sur les produits eux-mêmes ? s'étonna Jacques.

— Pas ici, j'ai vu un chromatographe pour l'analyse mais il ne sert que pour pousser les vérifications.

Peter et Ben se comprirent d'un regard.

La veille en fin d'après-midi ils avaient eu le temps de passer dans les laboratoires, constitués pour la plupart de bureaux avec ordinateurs, tableaux et armoires pleines de dossiers, mais quelques-uns étaient plus équipés : négatoscope pour l'étude de radios, vidéoprojecteur pour visionner les données sur grand écran ou batteries de téléphones. Peter avait même remarqué un microscope binoculaire de comparaison, et s'interrogeait encore sur son utilisation ici. Mais ce qui avait le plus intrigué les deux hommes, ce n'était pas tant le matériel – bien que le chromatographe, couvert de poussière, n'ait visiblement pas fonctionné depuis longtemps – que les documents qui couvraient les tables et les murs.

Plusieurs dizaines de radios de crânes, de plaquettes de scanner montrant des cerveaux humains en coupe remplaçaient le papier peint d'une pièce tout en longueur. Dans le bureau voisin, des kyrielles d'imprimés affichaient le génome humain, et dans le suivant, plus la moindre trace de documents médicaux, mais des montagnes de livres historiques et de thèses. Ben en avait extrait deux au hasard : *La Dynamique agressive au XIIIe siècle. L'explosion des crimes liés aux comportements systémiques* et *Criminologie par les statistiques dans l'histoire française prérévolutionnaire. La fiabilité des données historiques pénales.*

Les deux chercheurs ne s'étaient pas attardés, ce n'était qu'un premier contact avec les installations, mais ils n'avaient pas été déçus. Ils étaient tombés d'accord sur un point : trop tôt pour savoir ce qu'on étudiait vraiment ici, mais ils ne manqueraient pas de travail dans les jours à venir.

Ils avaient pris soin de bien refermer la porte d'accès au couloir des laboratoires avec la chaîne et le cadenas que Mattias avait installés au préalable. Gerland, Peter et Ben étaient les seuls à disposer d'une clé. Gerland était formel sur ce point : tant qu'ils ne sauraient pas ce qui se tramait, le personnel de Grohm ne pourrait pas réinvestir ses bureaux.

— Vous avez fait leur connaissance ? interrogea Fanny en montrant du menton l'équipe de Grohm aux tables les plus éloignées.

— C'est le programme de ce matin, confia Peter. Et vous ? Je suis étonné de vous voir ici de si bonne heure, je pensais que vous veilliez tard la nuit pour observer les étoiles.

— Ça arrive, et en général on tourne, mais on a aussi du boulot durant la journée, expliqua Jacques en lissant les rares cheveux qui lui restaient. Nous étudions notamment le soleil. Passez me voir à l'occasion au coronographe, si ça vous intéresse je vous en expliquerai les grands principes.

Peter le remercia et ils ne tardèrent pas à rejoindre la table de David Grohm. Le scientifique triturait sa barbe rousse en fixant les deux hommes.

— Vous allez encore nous empêcher longtemps d'accéder à nos bureaux ? Je ne suis pas sûr que ce soit très réglementaire…

— Pour toutes les doléances voyez M. Gerland, moi ça ne me regarde pas, trancha Peter.

Il avait surtout envie de jouer cartes sur table et de lui dire d'arrêter de se payer leur tête. Si Peter se doutait qu'ils ne validaient aucun brevet médical, il se demandait si Grohm savait qu'ils n'étaient eux-mêmes liés ni à Gerland ni à la CE.

— Nous allons devoir nous entretenir avec les membres de votre équipe, expliqua Peter. L'un après l'autre.

Grohm désigna les six chercheurs avec agacement :

— Ils sont à vous.

Les quatre « techniciens » que Fanny avait identifiés comme étant des militaires n'étaient pas présents.

Ben tendit la main vers la femme du groupe, une brune d'une quarantaine d'années :

— Honneur aux dames.

Ils s'entretinrent ainsi pendant toute la matinée dans une pièce ouvrant sur le vide occulté par les nuages. Peter et Ben suivaient le questionnaire établi par Gerland sur l'ordinateur portable qu'il leur avait confié la veille. Chacun devait décliner son état civil en entier, son niveau d'études, sa fonction sur le site et en quoi consistait exactement son rôle au quotidien. Peter fut surpris par le manque, voire l'absence, de réticence ou d'indignation. On les interrogeait comme les suspects d'un crime et ils se prêtaient au jeu sans rechigner. Ils étaient laborantins, pharmaciens ou médecins rattachés à la CE depuis seulement quelques mois et décortiquaient tous les documents qu'on leur envoyait pour la validation des brevets aux normes européennes. Certes l'endroit était atypique, mais on leur avait dit que la Commission devait optimiser ses installations, et ici au moins ils n'étaient pas ralentis par tous les tracas du secret médical ou de l'espionnage industriel. Un discours parfaitement rodé.

Peter voulut savoir qui les avait recrutés et s'ils avaient rencontré des représentants politiques de la Commission ; on lui répondit David Grohm chaque fois. Leurs salaires ? Versés par la Commission également, ils avaient les fiches de paie pour le prouver. C'était à se demander s'ils n'ignoraient pas la supercherie. *Une caisse noire vous alimente ! Pas la CE !* avait envie de hurler Peter pour les secouer. Il n'en fit rien, c'était à Gerland de gérer cela, pas à lui.

Néanmoins, quelque chose le contrariait. Tous les six donnaient le sentiment d'avoir été formatés, leurs réponses se ressemblaient trop, comme la distance qu'ils manifestaient, le peu d'émotion, ils ne faisaient que réciter en attendant que l'orage passe.

Lorsque Peter demandait ce qu'étaient les scanners de cerveau, on lui répondait : documents confidentiels confiés par un laboratoire pour démontrer les avantages d'une molécule. Il en était de même avec les radios de crânes ou les notes sur le génome humain, et faute d'avoir étudié en détail ces documents, Peter ne pouvait que noter les réponses.

Quand Ben les interpella sur la pièce pleine de thèses et de livres historiques, il enregistra plus d'hésitations, mais on lui expliqua dans l'ensemble que c'était une bibliothèque destinée à compléter les rapports, et qui se constituait au fil des produits qu'ils devaient valider.

Les six scientifiques n'apportaient aucune précision qui ne soit demandée et n'exprimaient aucune curiosité. Tous sauf un, le dernier, Georges Scoletti, pharmacien de son état. Il était plus hésitant, scrutant le moindre geste de ses interlocuteurs, se frottant nerveusement le cou entre chaque réponse. Il demanda à Peter et à Ben qui ils étaient, si la CE avait vraiment décidé de procéder à un audit ou si c'était une « magouille politique ». Peter et Ben s'efforcèrent d'esquiver les questions pour se concentrer sur l'homme. Mais comme les autres, il récita son texte, avec seulement moins d'assurance.

À midi, ils avaient terminé les auditions et Peter voulut aller voir Gerland.

— Moi je vais refaire un tour dans les bureaux, l'informa Ben, je voudrais vérifier deux ou trois points dans ce qu'ils ont dit. Tu en penses quoi ?

Peter mit le petit PC en veille et se leva.

— Qu'ils se foutent de nous, lâcha-t-il. Ils ont accordé leurs violons, et ils l'ont très bien fait, mais c'est du flan tout ça. Si on veut en savoir plus, il faut oublier les hommes et s'occuper des documents. Voilà ce que je vais dire à Gerland. On se retrouve pour déjeuner dans une heure.

Peter déambula dans les couloirs déserts en cherchant son chemin vers le grand bâtiment qui dominait l'observatoire. Il se perdit à deux reprises avant de retrouver l'escalier en question.

Fidèle au poste, Gerland trônait dans la grande salle. Les baies vitrées là aussi étaient masquées par l'épaisseur des nuages qui conféraient à la peau une teinte spectrale. Grohm était assis face à lui, les bras croisés sur la poitrine.

— Ah, professeur DeVonck, de bonnes nouvelles ? (Il s'écarta pour que Grohm ne puisse entendre la suite.) Vous y voyez plus clair ?

— Pas encore, sinon qu'ils sont tous calibrés comme des œufs. On dirait qu'on leur a appris un comportement type et qu'ils l'appliquent en attendant que nous repartions. On n'avancera pas grâce à eux. Nous allons éplucher les données dans les bureaux. Dites, je suis étonné de ne pas voir la gendarmerie.

— Nous avons un petit contretemps, docteur. Les vents se sont levés cette nuit et comme vous pouvez le voir, les nuages sont de la partie. Le téléphérique ne peut pas fonctionner dans ces conditions.

— Gerland, le coupa Peter, vous n'êtes pas en train de vous foutre de moi, j'espère ?

— Bien sûr que non ! Je vous garantis qu'à l'instant où les vents tomberont vous verrez débarquer les gendarmes.

— En uniforme.

Peter se méfiait des types en civil qu'il avait aperçus dans l'estafette.

Gerland soupira.

— En uniforme, très bien.

— Je n'aime pas cette atmosphère de mensonge, ce jeu du « qui manipule qui » empeste à plein nez. Ben et moi allons faire ce pour quoi vous nous avez appelés, mais tâchez de respecter votre part du marché sinon c'est terminé. Vent ou pas vent nous redescendrons.

Peter allait lui tourner le dos lorsqu'il ajouta :

— Et je veux parler à ma femme dès que possible !

Gerland mit un temps avant de hocher la tête, et cette courte hésitation déplut profondément à Peter.

10

Emma était groggy de fatigue lorsqu'elle sortit de l'aérogare, son bagage à la main. Il était vingt-deux heures passées – huit heures du matin en France – et ce dernier vol l'avait littéralement assommée.

Le minuscule aéroport de Hiva Oa était désert à cette heure, les quelques passagers de son avion s'étaient empressés de quitter les lieux et Emma était parmi les derniers à faire résonner ses pas dans le hall.

Un homme blanc, cheveux châtain clair très courts, pommettes hautes et regard d'un bleu séduisant, était accoudé à une barrière et patientait en observant la croupe rebondie d'une passagère qui s'éloignait. Il tenait une pancarte – qu'il avait laissée s'incliner – sur laquelle était écrit « Docteur DeVonck ».

Emma s'approcha et sortit l'homme de sa contemplation. Son expression fermée se métamorphosa en un large sourire :

— Docteur DeVonck ? Je suis Timothée Clemant. Appelez-moi Tim. Et laissez-moi vous débarrasser de ce bagage. Vous avez fait bon voyage ?

— Long, mais agréable.

— Je suis navré car ce n'est pas fini, mais ce petit coin du bout du monde vaut tous les efforts, croyez-moi !

— Dites, on m'a dit qu'une tempête risquait de s'abattre sur…

— Je viens juste d'écouter le bulletin, ils ne savent pas. À présent, ils pensent qu'elle pourrait passer au large des Marquises. En tout cas cela nous laisse tout le temps de faire le voyage jusqu'à Fatu Hiva. Venez, on va prendre le taxi jusqu'au port.

— On y va en bateau ? Maintenant ?

— Ne vous en faites pas, je connais le trajet, c'est plutôt simple : toujours tout droit !

Timothée semblait plein d'énergie, il marchait à toute allure en portant le sac d'Emma.

— Mais il fait nuit… insista-t-elle.

— Faites-moi confiance. Et puis les gars que vous rejoignez ce sont des impatients !

— Vous les connaissez ? Ils sont comment ?

— C'est à moi que vous demandez ça ? s'amusa-t-il. Désolé, je ne suis que le chauffeur, c'est tout. On m'a dit de vous déposer à l'embarcadère d'Omoa, c'est là qu'ils vous attendent.

Le taxi les abandonna dans la pénombre d'une jetée où mouillait un vieux chalutier réaménagé en petit cargo. Timothée le prépara au départ en quelques minutes et le moteur se mit à vrombir.

Il faisait encore bon pour un début de nuit en mer, aussi Emma quitta-t-elle la cabine qui sentait l'huile pour profiter de l'air frais. La masse noire tachetée de lumière qu'était Hiva Oa s'éloigna peu à peu, tandis qu'ils s'enfonçaient dans l'obscurité mouvante. Emma n'y connaissait rien en navigation mais trouvait impru-dent de quitter un port la nuit, de surcroît à l'approche d'une tempête, néanmoins elle s'en remettait à Tim qui semblait sûr de lui. Les technocrates de la CE ne prendraient pas le risque de la confier à un inconscient !

Rien n'est moins sûr ! songea-t-elle avec amertume.

Les feux de navigation ouvraient la nuit de leurs lueurs rouges et vertes, qui ne faisaient qu'ajouter à l'ambiance envoûtante.

Emma se massa les tempes, elle espérait que Jean-Louis Mongowitz n'avait rien prévu pour ce soir, elle n'avait plus qu'une envie : s'allonger dans un vrai lit et recharger ses batteries.

Le vent s'était intensifié et battait à ses joues comme sur un drapeau au mât. Les embruns sur sa peau la tenaient éveillée mais, après plus d'une demi-heure, elle perçut l'engourdissement et le froid qui commençaient à l'envahir. Elle rentra dans la cabine.

— On est encore loin ?

Tim agita la tête, un peu hésitant, le visage aussi fermé que lorsqu'elle l'avait aperçu à l'aéroport. Plus aucune trace de jovialité, rien qu'un masque impassible, le regard fixant l'obscurité. Elle se demanda s'il était lunatique ou si c'était juste la concentration.

— On devrait y être dans une bonne heure. Vous pouvez vous reposer si vous le voulez, il y a une couchette en bas des marches.

— Je préfère attendre d'être sur l'île, sinon je serai complètement désorientée en me réveillant. Vous êtes de là-bas ? Je veux dire : de Fatu Hiva ?

— Non, mais j'assure les ravitaillements et les navettes pour l'île, je connais bien l'endroit. De nuit ce sera impressionnant, autant vous prévenir, par contre au petit jour vous serez sous le charme de ce paradis sauvage.

Le tangage la berçait, de même que le ronflement des machines et le sifflement du vent. Emma dut lutter pour ne pas s'assoupir, ses paupières se refermaient toutes seules, comme si elles voulaient entraîner le reste du corps.

Ce fut une heure sans fin, longue comme une nuit.

La lune apparut pendant quelques minutes, entre deux rubans de nuages noirs. Elle souligna les milliers de creux que formait la mer devant eux et soudain, l'immense masse de Fatu Hiva déchira l'horizon jusque-là aveugle. L'île était tout sauf accueillante. Ses falaises dominées par des crêtes acérées la faisaient ressembler à une mâchoire sortie des flots. Une mâchoire monstrueuse vers laquelle ils fonçaient.

Une corolle de nuages dansa autour de la lune avant de se replier dessus tel le clapet d'une plante carnivore.

Frappée par cette vision morbide, Emma fut aussitôt en alerte.

Il fallut vingt minutes pour approcher les hauts pics qui se déversaient brutalement dans la houle. Et lorsqu'ils entrèrent dans la baie d'Omoa, Emma se sentit écrasée par les proportions du décor. Adossés à la nuit, deux murs colossaux semblaient se refermer lentement sur elle, les parois de pierre nue se perdaient dans les nuages noirs. Elle était soudain Jessica Lange dans *King Kong*, et cette île, assurément, serait le pire de ses cauchemars.

En frissonnant, elle tenta de réagir.

Je suis crevée, voilà ce que je suis ! Pas Jessica Lange, rien qu'une mère de famille à l'autre bout du monde et avec huit heures de décalage horaire dans les dents.

Pourtant le clapotement des vagues sur la proue n'était pas normal, elles résonnaient à la manière de ricanements secs et moqueurs. La mer était bien plus agitée qu'à leur départ et le vent gagnait en force. Emma se tourna vers Tim dont la silhouette baignait dans le halo du tableau de bord. Elle lut la tension sur son visage. Cette manœuvre devait être délicate, une zone de récifs pointus, probablement.

— Omoa devrait être juste devant.

Il n'avait pas terminé sa phrase que des lumières apparurent sur ce qui devait être une pente au creux de la baie.

Ils ralentirent bientôt et le bateau s'approcha de l'unique quai en bois.

Emma se tordit le cou pour tenter de distinguer quelqu'un, mais il n'y avait personne, rien qu'un vieux hangar et plusieurs constructions plongées dans l'ombre.

Le moteur gronda une dernière fois et ils touchèrent les pneus qui servaient à amortir l'amarrage. Emma vacilla et se rattrapa à une poignée tandis que Tim giclait de sa cabine pour enrouler une corde et arrimer le navire au débarcadère.

Personne ne vint les aider ou les accueillir.

Lorsque Emma remonta le petit quai, elle longea une longue plage de sable et de galets mélangés, surprise par la petitesse du village. Quelques habitations s'enroulaient autour d'une rue en terre battue qui se perdait dans la végétation luxuriante. Quelques lampes aussi, accrochées ici et là à des constructions, servaient d'éclairage public.

Et bien plus que l'absence de Mongowitz, ce fut le silence étrange qui régnait dans ce village qui la mit mal à l'aise.

Avant qu'elle ne remarque un autre élément.

Et cette fois, sa surprise se mua en peur.

11

Face à l'une des trois grosses armoires d'un bureau, Peter contemplait près de vingt-cinq mille pages de documents. Les pochettes cartonnées étaient étirées au maximum, les pliures près de se rompre. Les noms du laboratoire, du produit final et des principales molécules étaient inscrits sur la couverture de chaque dossier ainsi qu'un numéro répété sur la tranche.

Il y en avait partout.

La plupart étaient en attente de validation, d'autres, classés à l'écart, comportaient un tampon rouge « Autorisation n° », auquel on avait ajouté un chiffre à la main. Peter sortit sur le seuil de la pièce. Le couloir en L ouvrait sur une enfilade de pièces réduites au silence. On ne percevait que le chuintement du vent au loin. Deux puits de lumière diffusaient un semblant de clarté, un voile bleuté. En se concentrant, Peter perçut le bourdonnement d'un néon depuis l'un des bureaux, mais aucune trace de vie. Où que soient les occupants de l'observatoire, ils étaient très silencieux.

Peter ne savait par où commencer.

— Par ce que je sais faire, murmura-t-il pour lui-même.

Et il prit la direction de la salle où le génome humain recouvrait les murs. Dans la pièce mitoyenne qu'une porte de communication desservait, Ben était affalé dans un siège confortable et parcourait les thèses. Il leva à peine les yeux à son entrée.

Peter s'intéressa brièvement à un dossier en anglais qui vantait les mérites de ce qui ressemblait à un nouvel anticoagulant. Les armoires étaient pleines à craquer. Pleines de poussière aussi. Il passa l'index sur une liasse d'imprimés et suivit un sillon dans le duvet gris. Depuis combien de temps attendaient-ils d'être traités ? Grohm et son équipe avaient du retard, beaucoup de retard. Il alla s'asseoir face à l'ordinateur. Une configuration dernier cri équipée de tous les lecteurs de cartes possibles, d'une tour de disques durs externes et d'un onduleur, d'un scanner, d'une palette graphique et d'une imprimante laser très grand format... Un classeur était ouvert sur le bureau, visiblement des rapports et quelques schémas. Son regard glissa dessus mais accrocha soudain à des lettres familières. Il lut la phrase : « Les causes de l'aberration chromosomique qui conduit au syndrome XYY demeurent inconnues à ce jour, ce qui la distingue du syndrome de Klinefelter par exemple. Est-elle criminogène ? La question demeure intacte. »

Peter se cala dans son fauteuil.

XYY ? Il connaissait cette anomalie qui touche environ un homme sur mille et qui, dans la plupart des cas, n'est jamais diagnostiquée car difficile à cerner. La plupart des patients présentent une taille au-dessus de la moyenne, mais surtout une tendance à l'impulsivité, l'anxiété voire l'agressivité. Le caryotype – la cartographie génétique – de ces individus affiche une constitution chromosomique de 47 XYY. Un chromosome Y de trop.

Beaucoup d'hommes XYY éprouvent de réelles difficultés à s'adapter à la vie sociale. Peter se souvenait de ce qu'on avait écrit au sujet du syndrome XYY dans les années 60 : on le disait responsable de bien des comportements déviants, et certains chercheurs en avaient fait le *chromosome du crime* tant recherché. Dès lors, les études s'étaient succédé, pour prouver qu'il n'y avait pas plus de criminels porteurs du XYY que de XY « normaux », tandis que d'autres s'efforçaient de démontrer l'inverse. Dans les années 70 une étude avait rapporté que la population des quartiers de haute sécurité renfermait un excès de XYY. Faute de preuves et de statistiques fiables, cette théorie avait finalement sombré dans l'oubli. Tous les généticiens connaissaient ce mythe du chromosome du crime.

Peter feuilleta le lourd document et découvrit de nombreuses références aux anomalies chromosomiques. Chaque fois, on les rattachait à la violence, aux crimes. Sa curiosité professionnelle éveillée, il bascula à la couverture pour voir de quel médicament il pouvait s'agir : « ÉTUDE CHROMOSOMIQUE 1 – RAPPORT SUR LES CONNAISSANCES ACTUELLES ».

Aucun numéro de dossier, aucune identification de laboratoire ou de molécule à tester. Peter feuilleta encore, étonné qu'une telle étude soit uniquement orientée sur l'agressivité. Pour chaque pathologie, l'auteur tentait d'établir un lien entre l'anomalie et ses incidences sur le comportement violent de l'individu. Tout le rapport privilégiait cette approche.

Peter parcourut les autres dossiers entassés sur le bureau. Tous liés à un laboratoire et à un médicament, tous en attente. Puis il se souvint de ce que Ben et lui avaient aperçu dans la pièce qui servait de bibliothèque.

— Ben ? demanda-t-il sans se lever.

— Oui ?

— Tu pourrais me dire rapidement ce que contient la pièce où tu te trouves ?

— Beaucoup d'ouvrages historiques, de mythologie aussi, et énormément de thèses et d'essais sociologiques. Et tu sais quoi ? Ils ont tous ou presque un lien avec la…

— Violence ? le coupa Peter.

— Exactement. Qu'est-ce que tu as trouvé ?

— Je ne sais pas encore, je crois que je vais aller dans ma chambre pour potasser au chaud. Tu m'y rejoins avant le dîner pour qu'on fasse un point ?

Installé sur son lit, la couverture sur les jambes, une grande Thermos de café sur la table de chevet, Peter entreprit une lecture rapide de l'épais document. Il lui arrivait de prendre des notes sur un petit carnet, pour ne rien oublier.

Dehors, le temps ne s'était pas arrangé, les bourrasques venaient brusquement cogner aux fenêtres comme des oiseaux en perdition. Peter sursautait et contemplait le grand néant blanc pendant plusieurs secondes. La gendarmerie ne pourrait monter, il fallait se faire une raison, et Gerland n'y était pour rien. Peter surveillait l'heure. Il attendait le coup de fil d'Emma. Pourquoi n'appelait-elle pas ? Il dut s'obliger à replonger dans le travail.

Une longue liste de maladies génétiques s'égrenait sur plusieurs pages, avec pour chacune des notes sur l'aspect criminogène et les références des études existant sur le sujet. Une part importante était consacrée au syndrome XYY. Mais ce qui intriguait Peter plus encore que le reste c'était les annotations manuscrites qui figuraient en marge. Une écriture fine et tranchante au stylo, sans boucles, rien que des traits secs : « Proportion externe : entre 2 % et 54 % selon pays / décennies ; interne : 29 % » ou encore : « Proportions exponentielles – cf. étude Louis. »

Peter se souvint du nom d'un des chercheurs qu'ils avaient interrogés le matin même : Louis Estevenard, un quinquagénaire aux cheveux gris, peu bavard et tout en nerfs.

— Louis, je crois que vous et moi allons bavarder, murmura Peter.

À ce moment, un frottement de papier le tira de ses réflexions. Il en chercha la provenance quelques secondes avant de remarquer une petite enveloppe sous sa porte.

Peter bondit de sa couche pour la saisir et sortir. Une ombre glissa au bout du couloir avant qu'il ait pu l'identifier. Il s'élança à sa poursuite, en chaussettes. Il dépassa l'angle et vit un homme en train de disparaître en direction du réfectoire. Peter reconnut Georges Scoletti, le pharmacien anxieux.

— Georges !

L'homme se raidit d'un coup et se retourna, le visage rongé par l'inquiétude.

— Qu'est-ce que vous faisiez ? lui demanda Peter. C'est vous qui m'avez glissé ça ?

Georges secoua violemment la tête.

— Non, pas ici ! Pas maintenant !

— Mais c'est vous qui…

— Pas ici ! insista Georges en s'assurant nerveusement que personne n'entendait. Lisez le mot ! Il ne faut pas qu'on nous voie ensemble ! (Et il posa l'index devant ses lèvres :) Chuuuuuuut !

Sur quoi il disparut, laissant Peter seul avec l'enveloppe.

12

Emma s'efforça de se calmer, de se raisonner… elle inspira amplement, le cœur cognant fort dans sa poitrine. Elle venait de se rendre compte qu'il n'y avait aucune lumière allumée dans les maisons, les seules sources d'éclairage provenaient de ces lampes accrochées aux angles de quelques constructions en guise de lampadaires. *Il est presque minuit, c'est normal que tout le village dorme, non ?*

Emma soupira. La fatigue ne lui réussissait pas.

Ce sont mes lectures ! Il faut que j'arrête les Stephen King et autres bouquins d'horreur !

— Le comité d'accueil n'est pas là ? s'étonna Tim en la rejoignant.

— Non, et tout le monde dort apparemment !

Elle vit Tim contempler la rue qui disparaissait dans la végétation, son regard balayant les maisons plongées dans la pénombre.

— Dites, vous connaissez une pension, quelque chose dans ce goût-là où je pourrais passer la nuit ? demanda Emma.

— Je devrais pouvoir vous trouver une chambre d'hôte, ne vous en faites pas. Ils ne sont pas très sérieux vos amis, nous ne sommes pas en retard sur l'heure prévue pourtant.

— Ça commence bien, gronda Emma.

Tim saisit son sac de voyage et, une lampe de poche dans la main, lui fit signe de le suivre.

— Je m'occupe de votre hébergement, on verra demain matin si vos amis se manifestent.

Ils remontaient la rue principale – pour ne pas dire unique – en direction d'une chapelle blanche dans la nuit, quand Emma faillit percuter son guide qui s'était figé.

— Excusez-moi…

Tim ne répondit pas, trop occupé à scruter le sol devant eux. Emma suivit son regard : deux cartouches de chasse vides et, à la lueur de la lampe de Tim, une large auréole sombre.

— Rassurez-moi, ils ont l'habitude de chasser en plein milieu du village ? souffla Emma.

Elle parlait trop vite, sur un ton plus aigu que d'habitude. *La peur. Je n'arrive pas à me départir de cette peur depuis tout à l'heure. Quelque chose cloche ici. D'abord toutes les maisons éteintes, ensuite personne pour nous accueillir, et maintenant ça !*

— Non, ce n'est pas le genre. Il y a un problème, ajouta Tim en désignant d'autres douilles sur le sol.

Une vingtaine d'étuis rouges fleurissaient sur la route.

Emma se raidit. Elle observa les façades des maisons qui les encadraient. Des constructions en bois, peintes en blanc, presque toutes de plain-pied, cernées d'acacias et de mapes – les châtaigniers du Pacifique.

Elle vit soudain que la bâtisse la plus proche avait la porte d'entrée ouverte et elle tira Tim par la manche. Il la suivit.

Emma s'aventura sur la contre-allée et grimpa sur le perron.

— Il y a quelqu'un ? demanda-t-elle d'une petite voix.

Tim la dépassa et vint frapper énergiquement contre l'imposte.

— Hé ! oh ! fit-il. Vous êtes là ?

Il cogna à nouveau pendant qu'Emma se penchait pour examiner l'intérieur par la fente de la porte. N'y voyant rien, elle poussa le battant du pied.

— Bonsoir ! lança-t-elle sans y croire.

Tout cela lui plaisait de moins en moins. Tim passa la main pour chercher l'interrupteur qu'il actionna. Le hall et ce qui était le salon demeurèrent dans l'ombre.

— Il n'y a pas d'électricité, constata-t-il.

— Pourtant les lampes de la rue fonctionnent.

— Probablement reliées au groupe électrogène du village.

La lampe-torche leur tailla une piste sur le tapis de l'entrée. Le salon était impeccablement rangé à l'exception d'une chaise renversée sur le parquet.

Emma s'attendait à découvrir un corps sur le sol. Pourtant il n'y avait rien. Ni personne.

— Qu'est-ce qu'on fait ? On rentre ?

Tim lâcha le sac de voyage, franchit le seuil en guise de réponse et lança à nouveau :

— Il y a quelqu'un ?

Cette fois, le plancher au-dessus de leur tête grinça et quelque chose se déplaça rapidement à l'étage.

— C'est une souris, chuchota Tim.

— Une très grosse souris alors !

Pas convaincue, Emma s'approcha de l'escalier. Tout l'étage était plongé dans l'obscurité. Elle détecta un mouvement en haut des marches. Elle recula, la gorge nouée.

Un chat dévala les marches en miaulant.

Il vint se frotter contre ses chevilles en continuant de miauler.

— Je crois qu'on devrait sortir, murmura-t-elle. On est chez des gens après tout. S'ils rentrent on pourrait avoir des ennuis.

— La porte était ouverte, rappela Tim, et les circonstances…

— Je sais, c'est juste que je ne suis pas à l'aise.

Le chat fila dans le salon en miaulant et Emma décida de le suivre, guidée par la torche de Tim. Le félin s'arrêta dans la cuisine et, devant sa gamelle vide, insista en tournant en rond, frottant ses flancs contre les jambes d'Emma.

— Tu as faim ?

Elle n'eut pas à chercher bien loin, un paquet de croquettes était posé sur une étagère au-dessus de la coupelle. Elle en versa une bonne portion et le chat se mit à les engloutir en ronronnant.

— Il n'a rien mangé depuis deux jours ce chat !

— C'est juste un glouton qui se paye votre tête.

— Vous parlez chat ?

— Je sais lire les calendriers, répliqua-t-il en éclairant un bloc-notes comportant l'éphéméride accrochée au mur.

Toutes les pages avaient été arrachées jusqu'à celle du jeudi 18 octobre, date de la veille.

— OK, on sort d'ici, décréta Emma.

Une fois dehors, elle contempla à nouveau la rue. Des insectes stridulaient dans les fourrés, peinant à se faire entendre dans le bruissement, de plus en plus vigoureux, des feuillages.

— On va sonner chez les autres et si personne ne se manifeste, vous me conduisez sur l'île la plus proche. Ça vous va ?

Tim leva le nez et fit la moue en évaluant la force du vent dans les arbres.

— La plus proche est à une heure de bateau. Je ne m'y risquerai pas sans un bulletin météo ! Je veux savoir où en est cette fichue tempête, si elle passe au large ou non…

— On était à l'eau il y a à peine une demi-heure !

— L'océan est comme ça, docteur, il change en très peu de temps, et croyez-moi, vous n'aurez pas envie d'être sur mon bateau s'il est en rogne ! Mais je suis sûr qu'on va trouver quelqu'un. (Il désigna le clocher :) Tenez, ils sont peut-être tous là-dedans.

Emma lui emboîta le pas et ils marchèrent jusqu'au modeste édifice blanc à toit rose. Tim ralentit. Au-dessus du porche, une lampe éclairait le double battant en bois. Tim ajouta le rayon de sa lampe-torche. On l'avait forcé, brisant la serrure à coups répétés qui avaient laissé de profondes entailles. Tim poussa un vantail et entra, le faisceau de sa lampe fouillant l'obscurité épaisse. Seule la pâleur de la nuit nimbait les vitraux multicolores. L'odeur les assaillit alors.

Une puanteur de toilettes publiques pas lavées depuis des lustres. Emma se couvrit le nez avec sa manche.

Tim palpa ses poches pour en extraire un briquet et alluma plusieurs cierges. Les flammes s'allongèrent et ouvrirent une auréole de clarté sur des bancs renversés, une vierge fracassée sur le sol et des excréments dans un coin.

— Qu'est-ce qui s'est passé ici ? murmura Emma.

Tim s'accroupit près d'un banc dans lequel on avait fait un trou rond, pas très net. De longues griffures avaient arraché le vernis.

— On dirait qu'une bête sauvage est entrée, une bête avec des griffes !

— Arrêtez, vous me faites peur, confia Emma sans plaisanter.

Elle s'avança dans la petite nef, cherchant un indice qui pourrait les aider à comprendre. Et soudain s'immobilisa au pied de l'autel. Le tabernacle, un chandelier et une bible étaient renversés sur le corporal tombé au sol. De minuscules filets de sang séché avaient coulé sur l'autel. Quatre en tout, presque parallèles.

Emma suivit cette trace macabre jusqu'à une fente dans le dallage du chœur. Là, quatre ongles longs étaient arrachés.

Emma n'eut aucune peine à imaginer ce qui s'était produit.

Quelqu'un avait attrapé une femme ici, pour la traîner à l'extérieur. Elle s'était agrippée de toutes ses forces à l'autel, jusqu'à s'arracher les ongles plutôt que de se laisser entraîner.

Emma avala sa salive.

— On va sortir tout de suite, dit-elle. En fait, on va quitter l'île immédiatement.

13

Emma et Tim redescendaient la grande rue d'Omoa en direction de la plage. Emma mit ses mains en porte-voix pour crier par-dessus le vent :

— Il y a quelqu'un ? Ohé ! Est-ce que vous êtes là ?

Comme elle s'époumonait, Tim lui posa la main sur l'avant-bras :

— Il est préférable de ne plus crier. S'il y avait des gens dans le village, ils nous auraient déjà entendus. Je préfère qu'on ne se fasse plus remarquer.

— Qu'est-ce qui a pu faire une chose pareille ? Il n'y a pas d'animaux dangereux sur cette île, n'est-ce pas ?

— Non. Au pire les cochons sauvages peuvent charger, mais ce qui a ravagé cette église était beaucoup plus gros, plus puissant. Et plus féroce.

Emma avançait maintenant au pas de charge, pressée de quitter ce sinistre endroit. La pluie se mit à tomber tout d'un coup. Des gouttes larges comme des billes.

— Il ne manquait plus que ça, pesta-t-elle.

En une minute, le bruit de l'eau cinglant les grandes feuilles de la végétation et les toits recouvrit celui du vent.

— Un village entier, tout de même ! protesta Emma tout haut. Trois cents personnes ne peuvent pas avoir disparu d'un coup ! Ils sont forcément quelque part.

— Peut-être à Hanavave, l'autre village au nord.

— Peut-on le rejoindre rapidement ?

— Pas par la route, elle traverse les montagnes et ce n'est qu'une piste de terre battue. Par la mer ce n'est pas un problème, mais quand ça ne cogne pas.

Emma guettait autour d'elle, cherchant le moindre signe de présence humaine, ne sachant si celle-ci était à craindre ou à espérer. Quel genre de bête pouvait forcer tout un village à cet exode brutal ? Il y avait bien des étuis de chevrotine un peu partout, pourtant aucune carcasse dans les fourrés.

À moins qu'elle ne soit allée mourir plus loin... Emma secoua la tête et rattacha ses cheveux qui manquaient de discipline sous l'élastique. *Je n'aime pas ça, c'est... c'est glauque !*

En arrivant près de la plage elle entendit le fracas des rouleaux qui s'abattaient sur le sable et comprit que le temps avait forci bien plus que l'averse ne le laissait supposer. Le vent grondait, mélangeant une bruine saline à la pluie. À l'amarre, le mât de leur bateau oscillait dangereusement, les planches du quai tremblaient chaque fois que le navire heurtait les pneus.

— Ça va aller pour repartir ? s'inquiéta Emma.

— Il faudra bien, dit-il, crispé.

Il l'aida à embarquer et largua les amarres. Puis il fit rugir les moteurs et manœuvra parmi les vagues pour s'éloigner de la jetée. À ses côtés, dans la petite cabine, Emma se cramponnait de toutes ses forces. Le bateau vira de bord pour faire face au large. Les vagues le soulevaient littéralement. Deux creux successifs impressionnèrent Emma qui craignit de chavirer, mais Tim les passa sans encombre.

Le troisième se profila plus lentement, comme si l'océan prenait le temps d'inspirer profondément cette fois. L'eau se déroba sous la coque pour laisser l'esquif en suspens au sommet d'une crête que la colère faisait mousser.

Puis les vingt tonnes d'acier glissèrent droit vers cette vallée sombre et marbrée d'écume.

La proue percuta le mur d'eau en projetant ses passagers contre le poste de commande. Un rideau glacé recouvrit l'embarcation, s'insinua par la moindre ouverture jusque dans les cales. Aussitôt, l'étrave se redressa et fendit les flots avant de retomber brutalement.

Il y eut un hoquet mécanique sous leurs pieds et les machines calèrent.

Avant même que Tim puisse actionner le démarrage, une autre vague vint fouetter le navire qui dévia et se présenta à la suivante par le flanc.

Emma fut projetée contre la vitre si violemment qu'elle ne put se retenir, le bras contre son visage en un geste instinctif. Plusieurs lames giflèrent le bastingage et, le temps qu'Emma recouvre ses esprits, elle découvrit qu'ils étaient repoussés vers la plage.

Un raclement sinistre fit trembler la coque, puis tout s'immobilisa.

Tim jura en essayant de redémarrer les machines.

— On est échoués, avoua-t-il enfin.

Ils étaient percutés par la poupe sans discontinuer, et chaque fois l'eau se déversait sur le pont jusque dans l'intérieur du bateau.

Tim parvint à rallumer les moteurs et les lança à pleine puissance pour se dégager du banc de sable.

Sans résultat. Après plusieurs tentatives aussi vaines, il secoua la tête, résigné. L'eau ruisselait de ses cheveux sur son visage.

— Il faut sortir de là avant qu'il ne se renverse. Prenez le strict nécessaire, je vais chercher mes affaires.

Emma ouvrit son bagage trempé et en extirpa un sac à dos qu'elle remplit à la hâte. Tim réapparut en tenant une longue housse imperméable et aida Emma à atteindre l'avant du pont.

La plage n'était qu'à une dizaine de mètres.

Tim voulut la faire descendre à l'aide d'une corde, mais le ressac s'écrasait contre la coque.

Elle sauta dans la vague suivante. L'eau la happa avant de la recracher un peu plus loin. Curieusement, elle n'était pas aussi glaciale qu'Emma s'y était attendue. Elle força l'allure pour s'éloigner du danger et s'assura que Tim suivait. Il était juste derrière elle.

Ils furent littéralement éjectés sur le rivage.

Étendue sur le sable ruisselant, sous un ciel noir de jais, Emma avala sa salive en songeant à ses enfants, puis à son mari.

Elle espérait de tout cœur que les choses se passaient mieux pour Peter et Ben, car, en ce qui la concernait, un pressentiment lui susurrait que ce n'était là que le début d'un long cauchemar.

À son côté, essoufflé, Tim s'esclaffa, avec plus de cynisme que d'humour :

— Je crois que l'île ne veut pas qu'on parte.

Extrait du discours d'un citoyen
devant les Nations unies

Je sais que vous êtes occupés à régner, qu'il faut ménager les uns et les autres chaque fois que vous intervenez quelque part. Mais à quoi servez-vous lorsqu'on me dit qu'une personne meurt de faim toutes les quatre secondes dans le monde et que ni nos gouvernements ni vous n'agissez pour l'en empêcher ?

Ne me dites pas que c'est faux, que « l'on fait tout notre possible », je ne le croirai pas. Savez-vous combien les pays les plus riches consacrent à leurs subventions agricoles chaque année ? Plus de 300 milliards de dollars. Oui, vous avez bien entendu. 300 milliards de dollars. Et combien versent-ils aux pays en développement pour soutenir leur agriculture ? Moins de 10 milliards.

Et pourtant dans nos pays, entre un tiers et un quart de la nourriture produite est détruite au lieu d'être consommée, par simple gaspillage.

N'y a-t-il pas déséquilibre ? Et il coûte plus de 20 000 vies chaque jour !

Les fausses mesures que l'on prend aujourd'hui au nom d'un système économique tueur ne creusent pas seulement les tombes de tous ces gens mais préparent les nôtres. Nous pouvons encore agir aujourd'hui. Demain il sera trop tard.

Car d'autres phénomènes vont s'ajouter et nous dépasser.

La fonte des glaciers n'est désormais plus une prédiction de science-fiction mais une réalité ! Les glaciers disparaissent, certains sont les sources de grands fleuves qui alimentent en eau un milliard de personnes. Doit-on croire que si aujourd'hui nous ne pouvons assouvir la faim, demain la déshydratation réduira drastiquement la population mondiale ?

Peu à peu, le niveau des océans est en train de monter. Si nous continuons à ce rythme, bientôt les calottes glaciaires de l'ouest de l'Antarctique et du Groenland auront fondu, les scientifiques estiment alors la hausse à environ dix à douze mètres ! Imaginez la carte du monde totalement redessinée ! Les littoraux seront repoussés de plusieurs kilomètres dans les terres, des pays entiers disparaîtront, les zones d'agriculture seront totalement transformées et les populations obligées de se concentrer davantage encore, avec ce que cela implique de risques sanitaires, de violences liées aux privations.

Ne pensez-vous pas qu'il est temps de mettre nos querelles de pouvoir en berne et de prendre le problème au sérieux ?

Car les risques nous les connaissons ; l'avenir, les scientifiques nous le dépeignent chaque jour, et cette course contre la montre a commencé il y a déjà bien longtemps. Et pourtant personne ne bouge.

Je ne comprends pas. Faut-il qu'on dépose les cadavres sur vos pieds ?

La faim, la soif, la détérioration des climats, n'est-ce pas de sauvegarde de l'humanité que nous parlons ?

N'était-ce pas ça aussi, la fonction des Nations unies ?

Je sais que d'autres avant moi sont venus vous solliciter, vous implorer. Nous pensions que dans un monde riche et civilisé comme le nôtre les Nations unies pourraient agir. Avec rapidité.

Mais rien n'a changé.

Et le temps que je vous écrive ce que j'ai sur le cœur, vingt personnes sont mortes.

Parce qu'elles n'avaient pas à manger.

Et pendant ce temps, plusieurs centaines de kilos de nourriture viennent d'être jetés, de l'autre côté de la planète.

Plus de vingt mille morts par jour à cause de la faim.

Ce n'est qu'un début.

Car demain s'ajouteront la soif, la promiscuité et la peur.

La violence gagnera du terrain.

Où seront les Nations unies ?

14

Benjamin relut le texte imprimé sur le papier cartonné : « *Nous devons parler. Retrouvez-moi ce soir à minuit dans les cuisines près du réfectoire. N'en parlez à personne ! C'est vraiment très important.* »

— Ce Georges Scoletti, il n'aurait pas regardé trop de films d'espionnage ? ironisa-t-il. Il aurait pu venir te voir directement dans ta chambre et personne n'en aurait rien su ! Un rendez-vous à minuit, ça fait un peu… cliché !

— Il semblait réellement effrayé quand je me suis adressé à lui, précisa Peter qui prenait l'affaire au sérieux.

Ils étaient dans la chambre de ce dernier, le soleil s'était couché quelques minutes auparavant, quelque part dans cette poisse grise qui les entourait. À présent la fenêtre émettait un halo bleuté qui s'obscurcissait de minute en minute. Une petite veilleuse était allumée sur le bureau près du lit.

— Franchement, il se croit où ? demanda Ben. Ce ne sont pas la DGSE ou la CIA qui travaillent ici ! OK, je te concède que tout n'est pas clair, mais je trouve qu'il en fait un peu trop. Ce Georges veut sauver ses miches si l'affaire éclate, c'est tout. S'il nous balançait tout devant les autres, ça les inciterait peut-être à en faire autant ; perdus pour perdus, ils pourraient se lâcher et nous faire gagner du temps.

— Pour l'instant, c'est lui qui décide, je vais y aller tout à l'heure et on verra bien. Sinon, tu as trouvé quelque chose dans tes lectures ?

Ben leva les yeux au ciel.

— Parlons-en ! Leur bibliothèque ressemble à une collection obsessionnelle sur l'histoire de la violence ! Pour ce que j'en ai vu, il y a deux types de recherches distincts : scientifiques d'une part, avec thèses et livres documentés, et mythologiques d'autre part.

— Mythologiques ?

— Oui, je sais, on peut se demander ce que ça vient faire ici, mais c'est pourtant un bon tiers des ouvrages rassemblés. Ils parlent des vampires, de la *xeroderma...* je ne sais plus quoi !

— *Xeroderma pigmentosum*, je suppose. C'est une maladie génétique, heureusement très rare. En gros, les dimères de thymine empêchent la réplication de la cellule par l'ADN polymérase 1 et 3, ce qui rend le corps extrêmement sensible aux mutations liées à l'environnement. Les ultraviolets deviennent dangereux pour le patient, ce qui l'oblige à vivre loin de toute source de lumière solaire. Il y a aussi les porphyries, c'est un déficit d'une enzyme liée à la dégradation de l'hémoglobine, et qui nécessite des transfusions sanguines régulières. Ce sont les maladies qui ont donné naissance au mythe du vampire.

— En effet, ils mentionnent aussi les porphyries. Il y a également pas mal de choses sur les loups-garous, avec des détails sur l'hypertrichose qui va jusqu'à couvrir intégralement les malades de poils, associée à des maladies mentales ou tout simplement à un rejet des autres, qui favorise un comportement asocial, voire une dynamique d'agressivité. Bref, tout ce que j'ai lu tourne autour de ces cas particuliers.

Peter croisa les bras sur sa poitrine, intrigué.

On travaillait sur la génétique ici, sur les maladies rares, c'est ce que laissait présager l'étude sur les XYY, et maintenant ces références à la *xeroderma pigmentosum*, aux porphyries et à l'hypertrichose. Et si LeMoll avait touché de l'argent d'un puissant laboratoire pour valider des brevets encore secrets liés à ces maladies ? La chaîne de production pouvait se trouver en Polynésie française pour plus de discrétion encore et… Non, si un laboratoire voulait produire en secret ses médicaments, ce n'était pas un problème, il y avait plus près et surtout plus accessible. De toute façon cela ne rimait à rien ! Quel groupe pharmaceutique investirait des millions en recherches pour des maladies génétiques rares qui n'amortiraient jamais l'investissement ? Peter se promit de faire un tri dans les dossiers. Il devait vérifier si un nom revenait plus souvent que les autres parmi les laboratoires.

Sauf si Scoletti lui expliquait tout ce soir.

Ils allèrent dîner au réfectoire, en compagnie de l'équipe des astronomes. Grohm était absent, encore à la passerelle avec Gerland. Ils se faisaient, disait-on, livrer leurs repas sur place. Cela devenait de la séquestration.

Après s'être assuré que tout allait bien, Jacques Frégent leur raconta sa journée type, bientôt imité par Paul, le moustachu à l'accent chantant. Puis Olaf se lança dans le descriptif de toutes les coupoles, Charwin, Robley, Gentili…, précisant chaque fois leur usage essentiel. Peter écoutait avec intérêt tandis que

Ben avait plus de mal à suivre, plus intéressé par la jolie Fanny.

À aucun moment l'équipe de Grohm ne se préoccupa de leur table sinon pour jeter des coups d'œil amers en direction de Peter et Ben. Les six scientifiques pouvaient vaquer à leurs occupations tant qu'ils n'approchaient pas du couloir des laboratoires. Aussi leurs visages trahissaient-ils la frustration, et surtout l'inquiétude.

En soirée, Ben prit une pile de livres qu'il avait rapportés de la bibliothèque et s'éclipsa vers le petit salon. Peter l'avait entendu lors du repas proposer à Fanny de l'y rejoindre pour faire connaissance tout en travaillant. Peter s'était attendu à ce que la jeune femme – pas dupe – refuse, pourtant elle avait accepté d'un laconique : « Pourquoi pas ? » Et il avait songé une fois de plus à Emma. Pourquoi ce silence ? Il avait plusieurs fois tenté de la joindre. Vainement. De son côté elle devait connaître les mêmes difficultés. Gerland savait-il quelque chose ?

Peter resta dans sa chambre, en compagnie de son étude chromosomique d'un genre très particulier. Il devait se tenir éveillé jusqu'à minuit. La fatigue nerveuse conjuguée à l'altitude pesait pourtant sur ses paupières. Il n'était plus le fringant doctorant qui se couchait à pas d'heure, regardant des films ou étudiant le soir pendant qu'Emma lisait. Les années avaient peu à peu rogné son dynamisme, ne lui laissant que la marge nécessaire à son travail et quelques heures en soirée pour sa femme et ses enfants. À présent, son corps exigeait d'être couché à vingt-trois heures au plus tard, et si Emma parvenait à lire au lit, lui tombait comme une pierre.

Ainsi isolé au sommet du monde, Peter se rendait compte combien les années avaient filé. On ne voyait rien venir, c'est vrai.

Par prudence, il régla le réveil de sa montre sur minuit moins le quart et reprit sa lecture.

Les pages s'enchaînèrent, rapidement au début, puis avec plus de difficulté. Les lignes n'étaient plus aussi droites. Les mots prenaient de la distance avec leur sémantique. Puis Peter glissa dans le sommeil pour rouvrir les yeux en sursaut sous les assauts répétés des bips de sa montre.

Il alla s'asperger le visage pour terminer de se réveiller et enfila une polaire chaude. Lorsqu'il entra dans les vastes cuisines, celles-ci étaient plongées dans la pénombre. Par-delà le long rack du self-service on distinguait le réfectoire et au-delà la grande baie vitrée qui éclairait les lieux à l'instar d'un gigantesque aquarium d'eau trouble.

Le vent psalmodiait sa litanie envoûtante par-dessus le faible bourdonnement des frigos. Autrefois cet endroit avait accueilli des touristes, d'où la taille des cuisines, mais désormais tout était beaucoup trop vaste pour la poignée d'hommes et de femmes qui y vivaient.

Peter regarda sa montre. Minuit.

Il inspecta les deux portes qui menaient au réfectoire. Personne. Il retourna dans les cuisines, s'accota à l'un des plans de travail en inox et attendit. Tout le monde dormait dans l'observatoire. Peter se rendit compte qu'il ne savait pas où logeait Gerland. Ce type était tellement obsédé par Grohm qu'il était capable de dormir tout en haut, sur la passerelle, pour que personne ne vienne supprimer le contenu des ordinateurs. Cette grande salle devait être inconfortable au possible, avec toutes les fenêtres qui l'entouraient, la chaleur des unités centrales ventilant sans discontinuer… Peter repensa au coup de téléphone qui les avait conduits ici. Quelle plaie que cette « curiosité scientifique » qui les avait titillés sans qu'ils se posent de questions ! Il détestait les magouilles politiques et voilà qu'il se retrouvait plongé dedans !

Minuit et quart.

Peter se redressa et déambula entre les meubles de cuisson.

Il songea à ce que Gerland leur avait expliqué. LeMoll tirant les ficelles d'une escroquerie dont ils ignoraient l'origine. Une caisse noire finançant les activités de Grohm ici et en Polynésie. Tout cela sentait les pots-de-vin et les manipulations d'une multinationale pharmaceutique, il en était de plus en plus convaincu.

Il s'immobilisa en sentant un courant d'air frais sur sa main. Il remarqua la porte ouverte d'une chambre froide sur sa droite et s'en approcha. Il allait la refermer lorsqu'une intuition le poussa à l'ouvrir. Il tâtonna à la recherche de l'interrupteur. Les néons crépitèrent avant de projeter des éclairs blancs. D'épaisses volutes de condensation apparurent entre les racks pleins de nourriture. Des cristaux de glace se mirent à scintiller un peu partout sur les sacs et les tubulures des étagères.

Et une forme se découpa sous le tapis brumeux, allongée au sol.

Peter se raidit, et mit plus d'une seconde avant de réagir et de venir s'accroupir.

Ses mains percèrent le manteau vaporeux pour toucher ce corps inerte et il rencontra une surface rêche. Ses yeux s'habituèrent à la lumière et il découvrit qu'il s'était empressé auprès d'un long sac de petits pains. Il souffla pour chasser la tension de sa poitrine.

— Emma, tes lectures commencent vraiment à déteindre sur moi ! railla-t-il.

Il referma et décida qu'il avait assez attendu. Il se rendit au salon où Ben et Fanny avaient rendez-vous, pour n'y trouver personne sinon des braises rougeoyantes dans l'âtre. Il rebroussa chemin jusqu'aux chambres. Devant la porte de Ben, il frappa doucement.

— Ben, tu dors ? demanda-t-il tout bas.

Il perçut du mouvement derrière le battant, et celui-ci s'ouvrit lentement. Son beau-frère apparut, avec l'expression fatiguée de celui qui était sur le point de s'endormir.

— Je ne te dérange pas ?… demanda Peter avec de lourds sous-entendus dans la voix.

— Je t'attendais. Alors, qu'a dit Scoletti ?

— Rien, il n'est pas venu.

— Je m'en doutais ! Le tocard ! pesta Ben. Tout ça pour rien. Je me suis renseigné sur la chambre de ce monsieur : si tu veux on pourrait passer lui dire bonsoir.

Peter n'aimait pas forcer la main à quiconque, et son premier réflexe fut de refuser. Cependant, les circonstances le firent réfléchir. Après tout, c'était le pharmacien qui s'était manifesté le premier, et plus vite ils appréhenderaient ce qui se tramait ici, plus vite ils rentreraient chez eux.

Un demi-niveau plus bas et deux couloirs plus loin, ils frappèrent à une porte. Malgré l'heure tardive elle s'effaça presque aussitôt.

Georges Scoletti les vit et perdit le peu de couleurs qui restaient sur son visage.

— Je suis désolé, chuchota-t-il, j'ai commis une erreur, je n'aurais pas dû vous contacter, oubliez tout ça !

Peter ouvrit de grands yeux.

— Vous vous défilez ?

— Je suis navré, c'était une erreur, mon erreur. Au revoir.

Il allait refermer la porte mais Ben la bloqua du pied.

— Attendez une minute, c'est l'occasion de nous faire gagner du temps. De toute façon ce qui se passe ici va se savoir tôt ou tard, insista le jeune homme. Si vous nous aidez maintenant, vous avez une chance de vous en sortir…

— Vous ne comprenez pas, le coupa Scoletti en grattant nerveusement ses joues couvertes d'une barbe de plusieurs jours. Vous ne pouvez pas comprendre.

— Alors, expliquez-nous, lança Peter qui perdait patience.

— Je… Je ne peux pas. C'est… Vous ne savez *vraiment* pas dans quoi vous êtes tombés.

Il força sur son battant mais Ben posa la main dessus.

— Grohm et ses quatre tatoués vous font peur, c'est ça ? Écoutez, ce n'est pas la mafia, personne ne va menacer personne, nous aussi on est venus avec des gorilles, mais si vous nous aidez, toute cette histoire sera réglée en quelques jours, et vous rentrerez chez vous.

— De toute façon la gendarmerie ne va plus tarder à monter, si cela peut vous rassurer, ajouta Peter. Personne ne pourra vous intimider. Aidez-nous, Georges, et vous vous en tirerez bien mieux que vos compagnons.

La peur mangeait le visage blafard du pharmacien. Il secoua la tête doucement.

— Vous ne comprenez pas, vous ne pouvez pas. Et si vous saviez, vous repartiriez aussitôt d'ici en priant pour n'y avoir jamais mis les pieds. Ceux qui savent ne pourront plus jamais vivre normalement. Plus jamais.

Les yeux exorbités et les lèvres tremblantes, Scoletti referma sa porte, et Ben n'eut pas le cœur de s'interposer.

Il était bien trop médusé par une telle expression de terreur.

15

Emma se réveilla lentement, la perception à la lisière des rêves, noyant dans le flou tous les souvenirs, fictifs et réels.

Elle ne parvint pas tout de suite à identifier les lieux où elle se trouvait, ni à savoir ce qu'il s'était passé avant qu'elle se couche.

L'île de Fatu Hiva. Le village désert d'Omoa.

Les habitants disparus.

La peur.

Son cerveau fit le tri immédiatement. Il chassa les fantasmes nocturnes et ne garda que l'urgence des pensées concrètes. Emma écarta les couvertures pour se redresser et fouiller la pièce du regard.

Une chambre colorée, jaune pâle et orange, des meubles peints en bleu et blanc. Elle se souvint du naufrage. De ses vêtements trempés et du vent qui l'enserrait d'une poigne terrible tandis qu'ils regagnaient le village. Tim les avait conduits jusque dans la maison d'amis à lui. Il avait insisté pour qu'ils se mettent à l'abri pour la nuit, qu'ils laissent passer la tempête. Comme bien des portes sur l'île, celle de la maison n'était pas verrouillée ; une fois à

114

l'intérieur, Tim l'avait bloquée avec un lourd buffet. Ils s'étaient séchés, avaient enfilé des vêtements secs – trop larges pour Emma – empruntés dans les armoires en attendant que le sac à dos et son contenu sèchent. Malgré la tension, elle avait fini par s'endormir, épuisée, pour se réveiller la peur au ventre toutes les heures jusqu'au petit matin. Là, harassée et presque rassurée par l'arrivée du soleil, ses défenses avaient cédé et elle avait sombré dans un profond sommeil.

Emma se leva, renfila son pantalon humide mais conserva le tee-shirt emprunté sur lequel figurait un dessin d'Alan Moore avec l'inscription : « *From Hell* » et descendit dans la cuisine.

Tim était assis, du café dans une main, contemplant la rue par la fenêtre.

— Bonjour, fit-elle d'une voix enrouée par la fatigue.

— Bonjour. J'ai fait du café si vous voulez.

— Il est dix heures passées, vous n'auriez pas dû me laisser dormir si longtemps.

— Je vous ai appelée vers huit heures mais vous en écrasiez si fort que j'ai préféré ne pas insister.

— Vous n'avez vu personne ?

— Non, pas même un animal. J'ai été faire un tour en vous attendant, j'ai frappé à quelques portes, jeté un coup d'œil un peu partout. Rien. Personne.

Emma se servit un café et vint se poster près du marin.

— Il faut trouver un moyen de communication, dit-elle, essayer les autres téléphones. Mon portable est hors réseau.

La veille, ils avaient tenté d'appeler de l'aide avec le téléphone de la maison, mais il ne fonctionnait pas.

— On va aller faire un tour chez les voisins. Si ça ne donne rien non plus j'irai au batcau me servir de la radio.

— Vous croyez que c'est la tempête qui a coupé les lignes ?

— Je l'espère, souffla-t-il en portant la tasse à ses lèvres.

— On dirait que ça s'est calmé, il ne pleut plus.

Le ciel demeurait gris cependant, le plafond bas et menaçant.

Emma termina son café, grimpa à l'étage pour expédier une toilette de chat dans la salle de bains puis ils sortirent dans la rue principale constellée de débris divers. Le vent soufflait encore, mais avec bien moins de force que la veille.

— Qu'est-ce que c'est ? interrogea-t-elle en désignant la longue housse que Tim portait.

Ce dernier hocha doucement la tête.

— De toute façon, ça ne nous sera d'aucune utilité rangé là-dedans, autant vous le montrer.

Il ouvrit la fermeture à glissière, et apparut un fusil à pompe Franchi SPAS-12. La crosse pliante, tout en métal, était rabattue sur le dessus et une boîte de cartouches glissa hors du sac.

En temps normal Emma lui aurait demandé d'éloigner cet engin. Cette fois, elle se contenta de secouer la tête.

— Je ne m'en suis jamais servi, dit-il. Vous savez tirer ?

— Non… Non. Et j'aime autant ne pas savoir.

Tim chargea huit cartouches dans le magasin tubulaire, vida le reste de la boîte dans ses poches et abandonna la housse dans les herbes. Il enfila la sangle sur son épaule et fit signe à Emma qu'il était prêt.

— Allons vérifier ces téléphones.

Impressionnée par la présence de l'arme, Emma mit un moment avant d'avancer.

— Vous vous promenez souvent avec cet engin ?

— Non, je vous l'ai dit : je ne m'en suis jamais servi. J'ai beaucoup tiré sur des bouteilles quand j'étais gosse, avec les carabines de mon père, mais cette fois c'est du lourd. Je le garde avec moi sur le bateau, au cas où... C'est un coin calme les Marquises, on ne risque pas grand-chose. Cela dit, des contrebandiers s'en sont pris une fois à des pêcheurs puis à des touristes.

— Charmant.

— Ça n'a pas duré longtemps. Quoi qu'il en soit, j'ai ce monstre avec moi, il me rassure, d'autant que je fais pas mal de trajets le soir, ça rapporte davantage.

Ils gravirent les marches d'un perron et Tim frappa énergiquement à la porte.

— C'est votre boulot, de faire la navette ?

Tim acquiesça.

— Je fais beaucoup de livraisons, des vivres, du courrier, et parfois un peu de pêche.

— Mais vous privilégiez la nuit, vous êtes un solitaire, n'est-ce pas ?

— Qu'est-ce qui vous le fait penser ?

— Pardonnez-moi, mais vous n'êtes pas très bronzé pour un type qui passe sa vie dehors.

Un sourire sincère décontracta le visage de Tim tandis qu'il insistait sur le chambranle.

— Il y a du vrai. Je passe ma vie dans la cabine de mon bateau ! J'attrape les filles en leur promettant que ma peau sent le sel et le sable alors que c'est l'huile et l'essence !

— Un vrai romantique. Ça fait du bien de vous voir sourire, je me sens… oppressée ici.

Il la scruta un instant puis lança :

— On peut entrer, il n'y a personne.

Le téléphone ne fonctionnait pas non plus, et ils s'invitèrent dans les quatre maisons suivantes – dont deux n'étaient pas équipées – sans plus de réussite. Tout portait à croire qu'on avait abandonné les lieux dans la précipitation : couvertures renversées au sol, verres encore pleins sur la table ou pantoufle solitaire au milieu du salon.

En sortant, Emma remarqua que les lampes accrochées en hauteur aux angles des bâtisses étaient encore allumées.

— C'est l'éclairage public, il doit être alimenté par un groupe électrogène, expliqua Tim.

— Pendant que vous allez au bateau, je vais essayer de trouver où ça se coupe pour économiser l'essence. Si on doit passer encore une nuit ici avant qu'on vienne nous chercher, je préfère avoir un peu de lumière, on ne sait jamais.

Tim parut ennuyé.

— Je ne sais pas si c'est une bonne idée de se séparer, protesta-t-il.

— Hier soir je vous aurais dit la même chose mais j'ai dormi depuis, le jour m'a un peu rassurée. Si c'est une bête sauvage qui a fait fuir tout le monde, alors je l'entendrai approcher et je pourrai m'enfermer quelque part et hurler pour que vous veniez à mon secours. Ça vous va ?

— Et si c'est autre chose ?

Emma perdit la petite lueur amusée qui brillait dans son regard.

— Quoi donc ?

— Je ne sais pas, une bande de voyous, des « pirates » qui auraient décidé de s'en prendre au village.

— Je ne vois pas d'autre bateau que le vôtre dans la baie. Et s'il s'agissait vraiment de voleurs, ils auraient saccagé les maisons pour trouver des bijoux et de l'argent. Allez, rassurez-vous, je pense que nous n'avons plus rien à craindre. Avec un peu de chance même, tous les habitants ne vont plus tarder à revenir. Occupez-vous de votre radio, demandez qu'on vienne nous chercher. Plus vite on partira, plus vite je pourrai rassurer ma famille. Ils doivent s'inquiéter de n'avoir aucune nouvelle.

Tim finit par accepter et s'éloigna, pendant qu'Emma marchait dans la direction opposée. Les groupes électrogènes sont en général très bruyants, on avait dû mettre celui-ci à l'écart des habitations. Il suffisait de laisser traîner l'oreille pour suivre le bourdonnement.

Emma remontait l'artère principale en tendant le cou vers l'arrière de chaque maison qu'elle dépassait. Parfois un sentier à peine tracé s'enfonçait entre deux clôtures, et Emma s'y engageait sur une dizaine de mètres avant de faire demi-tour. Elle n'osait s'aventurer trop avant malgré la mission qu'elle s'était fixée. Son état d'esprit n'était certes plus le même que la veille au soir, la lumière du jour la rassurait, pourtant elle demeurait en état de malaise.

On ne fait pas disparaître tous les habitants d'un village en quelques heures.

Le vent avait balayé les troublantes cartouches de fusil, il ne restait échoués sur la piste que des branches éparses, des fleurs arrachées et des objets plus ou moins lourds volés aux jardins et aux terrasses.

Elle se tourna et découvrit que la plage, tout au bout de la ligne droite, était maintenant à quatre cents mètres. Emma contempla les environs. Omoa nichait au fond d'une vallée en cul-de-sac ; des collines couvertes de ce qui ressemblait à une épaisse jungle encadraient le village, ne laissant que la mer pour toute retraite.

Tim a parlé d'une route. Emma fouilla la fourrure d'émeraude du regard à la recherche d'une griffure, qu'elle discerna au sommet d'un des pics. Un étroit sillon disparaissant de l'autre côté, dans la vallée voisine. *Peut-être y a-t-il eu une alerte au tsunami !* Emma scruta à nouveau la plage. Si une vague de dix ou quinze mètres déferlait par la baie, tout le village, qui était plat dans son ensemble, serait balayé.

Ils auraient gagné les dernières maisons, celles que l'on voit en surplomb, ils n'auraient pas totalement abandonné leur village tout de même...

Emma décida de prendre de la hauteur pour tenter de repérer le groupe électrogène et elle s'engagea sur un chemin qui grimpait vers un petit promontoire. Malgré la tempête de la nuit qui avait considérablement rafraîchi l'atmosphère et le ciel gris qui empêchait la température de remonter, Emma sentit la sueur mouiller son front et ses reins. Au moins dominait-elle une partie d'Omoa qu'elle étudia avec attention.

La multitude d'arbres touffus ne lui facilitait pas la tâche. Un groupe d'oiseaux s'envola du toit d'une maison. Le vent balançait les branches, créant autant de mouvements parasites qui attiraient le regard. Enfin, elle aperçut ce qui pouvait ressembler à un groupe électrogène derrière une grange. Emma se concentra pour mieux le distinguer. *Oui, ça peut correspondre*, estima-t-elle. Au fond, sur sa droite, le liséré mousseux de la mer s'ourlait sans relâche pour s'étendre sur la longue plage. Le bateau de Tim gisait, un peu penché, à une dizaine de mètres du quai. La silhouette du jeune marin apparut, il se hissait à bord. Par acquit de conscience, Emma fouilla l'horizon, sans rien distinguer. Ni navire de sauvetage ni contrebandiers assoiffés de sang. *Tout ça est ridicule ! On ne vit plus au XVIIe siècle !*

Pourtant elle ne pouvait ignorer l'improbable situation d'Omoa. *Ce qui est vraiment étonnant c'est la précipitation qui semble avoir accompagné l'exode. Stop ! Ce n'est pas le moment de s'angoisser.*

Sans perdre de temps, Emma dévala le chemin en passant sous les grandes feuilles des arbres tropicaux. Elle pressa le pas pour redescendre la grande rue et se rapprocher de l'église qui lui servait de repère. Un des battants était resté entrouvert et Emma frissonna en songeant à ce qu'elle y avait vu la veille. Une fois dépassé l'édifice religieux, elle contourna une grange sans murs, rien qu'un toit de tôle sur des piliers en acier pour protéger de la pluie les sacs de grain. Le ronronnement d'un moteur sourdait non loin de là. Et droit devant elle, dans l'herbe, elle vit des plumes se soulever, se gonfler sous le souffle du vent. Des plumes sanglantes, par centaines…

Emma longea un enclos grillagé et ralentit le pas.

Le portail n'était pas fermé, la plupart des poules qui devaient former l'élevage avaient dû s'enfuir. Mais une trentaine de cadavres gisaient dans la boue. Amputés, décapités, on les avait massacrés. Une grande faux était encore plantée là, et Emma imagina la scène.

Un malade s'était amusé à faucher tout ce qui passait à portée de lame, courant probablement dans l'enclos pour exterminer le maximum de volatiles, car il y en avait partout, éventrés, entassés ou noyés dans les flaques. L'œuvre d'un malade mental.

Emma s'empressa de s'éloigner en se guidant au bruit du moteur. *Bon sang, mais qu'est-ce qui s'est passé ici ?* Elle ne se sentait pas très bien. La nausée montait. *Respire. Respire, ne te laisse pas aller.* Pourtant les images de ces petits corps mutilés se superposaient au paysage. *Un malade mental. Il n'y a pas d'autre explication. Il y a un fou sur cette île.*

Emma accéléra pour s'éloigner du carnage.

Elle contourna une maison à la peinture délavée et trouva le groupe électrogène à l'orée de la forêt. Deux fûts d'essence encore pleins l'encadraient. Elle chercha un moment comment l'arrêter, avant de tourner une molette qui commandait l'arrivée du carburant. La machine toussa avant de se taire sous les cliquetis du métal chaud.

D'abord, Emma pensa que ses oreilles lui jouaient un tour avant de comprendre que le bourdonnement persistait. Elle tourna sur elle-même pour en distinguer la provenance. *Ça vient de plus haut, dans la forêt.*

La colline s'arrachait au plat par une pente abrupte, rocheuse, sur laquelle s'accrochaient mousses, fougères et, plus surprenant : de hauts palmiers par centaines. La végétation était si abondante que la lumière du ciel peinait à filtrer.

Emma hésita à s'y aventurer. Le dingue qui avait massacré les poules pouvait s'y cacher. *Il faut que j'arrête de me raconter des conneries. C'est peut-être juste une bête sauvage, la même qui a fait fuir les habitants. Un troupeau plutôt, oui, c'est ça ! J'ai pensé à un dingue à cause de la faux, mais c'est moi qui ai fait l'association. Elle n'a peut-être rien à voir avec ça. C'est juste une bête, plusieurs bêtes...*

À mesure qu'elle se rassurait, Emma réalisait que son explication n'avait aucun sens. D'où avait pu débarquer un troupeau d'animaux sauvages assez impressionnants pour qu'on évacue dans l'urgence près de trois cents personnes ?

Intriguée par le bourdonnement, Emma sauta sur les premiers rochers et s'agrippa aux racines pour gravir la pente.

Le bourdonnement était tout près.

Plutôt un grouillement. Et une puanteur atroce.

Elle écarta les fougères et une nuée de mouches s'envola juste sous ses yeux. Elles tournoyèrent avant de se fixer à nouveau au sol, si nombreuses qu'elles dessinaient un tapis vivant, vorace, des milliers de trompes occupées à sucer goulûment les fluides des cadavres abandonnés là.

Une demi-douzaine de chiens, petits et gros, la tête fendue ou le ventre ouvert, commençaient à pourrir.

Emma se détourna brusquement, les lèvres serrées pour ne pas vomir.

Elle rebroussa chemin sans reprendre son souffle, poursuivie par sa propre horreur.

16

Tim avançait prudemment dans la grande rue, son fusil sur l'épaule, tout en cherchant Emma. Son pantalon mouillé produisait un frottement désagréable à chaque foulée.

Il fronça les sourcils en remarquant un panache de fumée noire sur sa droite. Au pas de course, il dépassa le hangar à grain et trouva Emma en sueur, s'appuyant sur une fourche. À ses pieds, un monceau de cadavres d'animaux brûlait en dégageant une puissante odeur d'essence.

— Qu'est-ce que c'est que… commença-t-il.

— Des chiens, répondit Emma d'un ton neutre. Je les ai entassés pour éviter qu'ils ne pourrissent à l'air libre.

Tim la dévisagea un moment. Aucune émotion ne filtrait. Elle paraissait enfermée dans une carapace pour faire le sale boulot.

— Une idée de ce qui a pu arriver ?

Emma leva les yeux vers lui, des yeux froids, presque inquiétants.

— On les a exterminés, ni plus ni moins. Les poules ont été déchiquetées, pour les chiens je ne sais pas trop, ils étaient… dévorés.

— Je suis désolé, fit Tim. Que vous ayez dû le faire seule.

— Vous avez pu joindre quelqu'un ?

Tim plissa les lèvres.

— J'ai bien peur d'avoir une autre mauvaise nouvelle, avoua-t-il. La radio ne fonctionne plus. Je pense qu'elle a pris l'eau pendant la nuit. J'ai jeté un coup d'œil mais je n'y connais pas grand-chose en électricité.

Emma soupira, ses épaules s'affaissèrent.

— Bon, de mal en pis. Qu'est-ce qu'on fait maintenant ?

— Il y a l'autre village, Hanavave. On peut s'y rendre, peut-être qu'ils y sont tous.

— À quelle distance ?

— Un peu moins de vingt kilomètres par la route, mais c'est une piste cahoteuse, très sinueuse. À pied on n'y serait probablement pas avant la tombée de la nuit, on devrait pouvoir emprunter une voiture.

— Il y en a sur l'île ?

— Oui, deux ou trois à Omoa. Il y a toujours un pick-up garé devant la baraque du vieil Alfred en haut du village. On va aller voir.

Emma hocha la tête. Les plumes des poules s'étaient embrasées et la chair commençait à dégager un parfum de viande corrompue par l'essence.

— C'est une bonne idée.

Elle avait les traits tirés, les yeux trop brillants, sans que l'on puisse dire si c'était la fumée ou l'émotion.

— Ça va ? demanda-t-il, un peu maladroit. Vous encaissez ?

Emma planta ses prunelles noires dans celles du jeune homme. Un regard dur.

— Non, ça ne va pas fort, mais oui, je vais encaisser. Allcz, filons, j'ai mis assez d'essence pour qu'ils brûlent jusqu'à ce soir.

— D'abord on va prendre de l'eau et de la nourriture.

— Au pire on en a pour une heure, non ? Vous voulez vraiment qu'on s'attarde pour des vivres ?

— Ce n'est pas pour faire des provisions, je meurs de faim. Désolé, docteur DeVonck, mais je me suis levé tôt et je réfléchis mieux le ventre plein.

Emma leva les bras en signe de capitulation.

— OK, pause déjeuner, je m'en charge. Et faites-moi plaisir, appelez-moi Emmanuelle, ou Emma.

Sur quoi ils abandonnèrent le bûcher, et entrèrent dans la première maison qui se présentait. Ils ne prenaient plus la peine de frapper ou d'appeler. Emma ouvrit le réfrigérateur, la coupure de courant n'avait pas encore gâté les victuailles. Elle découvrit des barquettes de dinde et les posa sur le plan de travail. Mais l'image des poules s'imposa à elle et tout réintégra aussitôt le réfrigérateur.

Elle s'intéressa alors aux placards, y débusqua des conserves de sardines à l'huile et de thon, du pain de mie longue conservation, et confectionna des sandwiches qu'elle emballa dans du papier aluminium.

— Voilà, j'ai de quoi…

Tim n'était pas dans la pièce, ni dans le salon.

— Tim ?

Emma glissa les sandwiches dans son sac à dos avec une bouteille d'eau qu'elle vola à la réserve et fonça dans le couloir.

— Tim ? Vous êtes là ?

Elle était certaine qu'ils étaient entrés ensemble. La moustiquaire bruyante n'aurait pu manquer de grincer s'il était retourné dehors.

— Tim, vous me faites peur…

Pour la première fois de sa vie, Emma eut envie d'une arme. Une arme à feu, pour se défendre, pour… *Non, je suis en train de me faire peur toute seule, il est sûrement sorti et je n'ai pas fait attention.*

Alors qu'elle s'apprêtait à quitter la maison, elle entendit un choc sourd au bout du couloir. Le corridor était plongé dans la pénombre, l'unique fenêtre occultée par des volets en bois. Deux portes barraient l'extrémité, dont l'une était fermée. Le bruit provenait de l'autre.

Elle s'approcha, tendit la main pour pousser le battant.

La lumière du jour peinait à se frayer un chemin depuis le salon, diffusant un halo que les ombres repoussaient. C'était une chambre. Un tapis rond recouvrait une partie du carrelage et une penderie béait face à elle.

— Tim ?

On bougea sur sa gauche. Emma pivota. Elle marcha sur le tapis qui n'était pas plus consistant qu'une flaque d'eau. Son pied glissa et elle se rattrapa à la commode.

Ce n'était pas un tapis.

Et tout en ouvrant grand la porte pour laisser pénétrer la lumière, elle fouilla du regard le fond de la chambre pour découvrir Tim avachi sur le lit.

Elle l'entendit inspirer longuement. Il laissa filer plusieurs secondes avant d'articuler :

— Il faut que vous regardiez ça, et sa voix contenait de la peur.

Il leva le caméscope qu'il tenait en main, le petit écran LCD ouvert sur le côté.

Emma s'approcha et glissa à nouveau. Elle fixa ses pieds et songea à cet étrange tapis qui venait de déteindre sur ses chaussures.

Elle trônait au milieu d'une large mare de sang.

17

Emma s'empressa de sauter en dehors de la flaque noire.

— On se tire d'ici tout de suite ! Je n'en peux plus de tout ce… ce macabre ! Venez, Tim, on sort.

Mais il ne bougea pas du lit, il lui tendait toujours le caméscope à bout de bras.

— Il faut que vous regardiez ça, répéta-t-il doucement.

Emma ne parvenait pas à détacher les yeux de tout ce sang sur le carrelage.

Un corps en contient combien ? Cinq litres en moyenne ? Bordel, mais qu'est-ce qui s'est passé ici ?

— Il faut que vous regardiez ça, répéta Tim plus fort.

Emma avisa plutôt la sortie et la lumière rassurante du jour au loin.

— MAINTENANT ! insista-t-il avec suffisamment de détresse pour qu'Emma reprenne le contrôle de ses nerfs.

Elle saisit le caméscope et chercha le bouton d'allumage.

— Appuyez juste sur PLAY. Ça va démarrer.

Elle s'exécuta et un écran bleu l'illumina. Soudain l'image se forma, toute noire, avec la date : « 17/10 » et l'heure : « 23 : 47. »

— C'était mercredi, la veille de mon arrivée, commenta-t-elle.

Tim ne répondit pas. Sur le petit écran, l'image était toujours aussi sombre, on ne distinguait aucune forme. Une sorte de chuintement parasitait le son. Emma rapprocha l'appareil de son oreille. Le grésillement devint plus intelligible et elle identifia une respiration, haletante. *Non, pas exactement, Plutôt... Oui, c'est ça : terrorisée.*

Celle ou celui qui filmait se tenait tout près du micro, serrant la caméra contre lui. Il y eut des mouvements et brusquement Emma vit de la lumière, des stries ambrées et parallèles, les unes au-dessus des autres.

Emma reconnut les lames inclinées de la grande penderie.

Le caméraman était *dans* le placard.

Un bruit sec et puissant fit vibrer le minuscule haut-parleur, Emma reconnut un coup de feu et la personne qui filmait se mit à sangloter. Des pleurs qu'elle tentait d'étouffer tant bien que mal. D'autres coups de feu suivirent. Et un long hurlement au loin.

Le bruit de fond était noyé par la distance mais Emma y perçut des cris, nombreux, de panique, de terreur. La caméra tremblait.

Le fracas du bois brisé fit sursauter l'image encore une fois. Les sanglots s'amplifièrent, de moins en moins contenus. La lumière des persiennes s'altéra tandis qu'une forme entrait dans le couloir.

Une silhouette imposante et rapide. Trop rapide pour laisser à la caméra le temps de la saisir.

Puis l'ombre se volatilisa. Elle était sortie du cadre. Plus aucun bruit.

La respiration hachée par des larmes de terreur, le caméraman tentait de se reprendre en inspirant profondément, plusieurs fois de suite.

Brusquement l'image devint floue tandis que la lumière se déversait dans la penderie, une forme massive passa et aveugla l'objectif. La personne se mit à hurler de toutes ses forces. D'abord de peur, puis d'horreur.

La caméra tomba au sol et roula pendant que les battants du placard claquaient et qu'on s'époumonait. Le râle monta dans les aigus avant de s'amplifier encore. Emma n'aurait jamais cru qu'un être humain pouvait émettre de tels sons et la chair de poule s'empara de son corps.

La longue plainte semblait ne jamais prendre fin, comme si la victime parvenait à trouver toujours plus d'air. Elle s'interrompit brutalement, remplacée par un hoquet humide, puis reprit, interminable, insoutenable, entrecoupée de borborygmes écœurants qui laissaient deviner la plaie ouverte à la gorge. Un long reniflement remplaça les cris, presque résigné, puis un sanglot, le dernier. Et le silence revint.

La caméra filmait le bas du placard, ce qui ressemblait à des boîtes à chaussures.

— Il n'y a plus rien ensuite, rapporta Tim, j'ai passé en avance rapide sans rien trouver d'autre.

— C'est abominable.

— Emma, je ne sais pas ce que c'était, mais ça a tué quelqu'un, il n'y a aucun doute.

Emma scruta ce qu'elle avait pris pour un tapis.

— On se tire, trancha-t-elle. La voiture, il nous la faut et on fonce à l'autre village.

— Qu'est-ce que c'était ?

— Je ne veux pas le savoir. Je veux partir.

Elle jeta le caméscope sur le lit avant de sortir retrouver l'air frais et surtout la lumière du jour. C'est en essayant de s'essuyer les pieds dans l'herbe, longuement, qu'Emma se rendit compte qu'elle transpirait. Tim la rejoignit, son fusil à la main.

— Venez, commanda-t-il.

Ils marchèrent en direction de la vallée, vers les dernières bâtisses. La végétation se faisait plus envahissante, plus dense également. Les constructions plus espacées. Tim restait aux aguets, scrutant les ombres qui jalonnaient leur parcours, prêt à faire feu.

Ils dépassèrent un bâtiment plus important que les autres où Emma vit des dessins d'enfants scotchés aux fenêtres. *Une école. Bien sûr, il y a aussi des enfants sur l'île…* Elle secoua la tête. Non, tout un village ne pouvait avoir été exterminé comme de vulgaires poulets, c'était impensable. *Pourtant les chiens ont été décimés, des clébards avec des dents de la taille d'un canif !*

— C'est après l'école, précisa Tim. On y est presque.

Ils passèrent devant une pelouse usée par le passage incessant des enfants, et derrière une petite maison. Tim s'arrêta net.

— Elle n'y est pas, lâcha-t-il. La voiture, elle n'y est pas.

— Il n'a pas un garage cet Alfred ?

Tim fit non de la tête et soupira.

— Oh putain ! s'écria-t-il. Pas une bagnole dans tout ce foutu bled ! Mais elles sont où ?

— Calmez-vous, on n'a pas besoin que vous craquiez maintenant. Bon, vous êtes certain qu'il n'y a pas un autre véhicule dans tout Omoa ?

— J'en ai bien peur. Il y a deux ou trois voitures normalement, mais elles sont garées dans la rue, il n'y a ni parking ni remise.

— Alors soyons pragmatiques. On va redescendre la rue et vérifier tout ce qui ressemble de près ou de loin à un hangar. Si on ne trouve rien on fonce à Hanavave à pied.

— On n'y sera jamais avant la nuit.

— Et alors ? Vous avez une lampe, non ? On ne risque pas de se perdre puisqu'il n'y a qu'une seule route sur l'île.

— C'est une mauvaise piste très pentue. Elle surplombe les falaises et si jamais il pleut à nouveau on peut être pris dans une coulée et s'écraser mille mètres plus bas ! Et puis... je ne suis pas sûr que ce soit une bonne idée d'être dehors la nuit tombée. Vous avez vu la vidéo.

— Oui, et je ne veux pas être ici si les malades qui ont fait ça reviennent.

— Emma... je... je ne voudrais pas passer pour le plouc local un peu trop crédule à vos yeux mais... je ne suis pas certain que le coupable soit humain.

— Humain ou animal, ça a massacré du monde !

— Ce que je veux vous dire c'est que c'est peut-être autre chose...

— Quoi ? Vous pensez à... à un monstre, c'est ça ?

Il haussa les épaules, confus.

— Je n'en sais rien, c'était atroce, et tout le village a subi le même sort on dirait, et en une seule nuit ! Vous croyez que des hommes ou des animaux pourraient faire une chose pareille ?

Emma pinça les lèvres.

— On ne va pas s'embarquer dans cette conversation, conclut-elle. Nous sommes crevés, sous le choc, et nous avons plus important à gérer. Il faut savoir quoi faire. Si on ne peut pas partir pour Hanavave maintenant, alors demain matin à la première heure nous déguerpissons d'ici.

— Je vais nous trouver une petite maison, avec peu de fenêtres, pour passer la nuit. On se barricadera.

— Écoutez, Tim, je crois qu'il ne faut pas céder à la paranoïa, d'accord ? Quoi qu'il se soit passé à Omoa, il semblerait que les auteurs n'y soient plus, c'est déjà un bon point.

— J'espère surtout qu'ils ont quitté l'île et qu'ils sont loin, sinon on risque d'avoir des problèmes cette nuit.

— Pourquoi ?

Tim leva le canon de son fusil vers le ciel où le ruban de fumée noire s'entortillait haut avant de se disperser.

— Parce que votre feu est visible à des kilomètres.

18

Au fond de la rame de métro, Fabien détaillait la une du *Parisien* que tenait ouvert un voyageur en face de lui. Un autre scandale politique en perspective, l'interview exclusive du nouveau gagnant d'un grand jeu de téléréalité et, au-dessus de la manchette, l'annonce du dernier bilan du séisme qui avait frappé l'Indonésie. Fabien avait vaguement suivi – c'était dans tous les journaux depuis deux jours – le tremblement de terre le plus violent qu'ait subi la région de mémoire d'homme. Ce que Fabien avait surtout remarqué c'était l'indécence du journal télévisé qui soulignait d'abord les dégâts sur l'économie de l'Asie du Sud-Est avant d'annoncer les centaines de milliers de victimes. Depuis, le Japon et la Californie vivaient en état d'alerte, craignant l'imminence du « Big One », le séisme légendaire que tous les sismologues prévoyaient et qui devait ravager ces régions.

Le métro se mit à ralentir. Fabien était presque arrivé à destination. Personne ne prêtait attention à lui, un homme d'une trentaine d'années, mal rasé, aux cheveux courts et lunettes fines, avec un petit ventre, une veste en cuir sur un pull, et une écharpe enroulée autour du cou dissimulant son menton, rien de bien singulier.

La station Saint-Augustin défila derrière les vitres et les portes s'ouvrirent bientôt. Fabien se mêla aux quelques badauds. Un samedi matin à sept heures et demie, il y a peu de monde. Quand il avait le choix il préférait se déplacer aux heures de pointe, en semaine ; là, il était certain de passer totalement inaperçu, une filature dans le maelström du métro à la sortie des bureaux relevait du pur fantasme.

L'air du boulevard Haussmann lui fouetta le visage et il rentra un peu plus sa tête dans les épaules. Il n'avait pas connu un froid aussi mordant en octobre depuis… depuis quand déjà ? Avait-il même le souvenir de la neige dans Paris sinon sur les images d'archives ou les cartes postales ? Ses parents se souvenaient des batailles de boules de neige à Noël quand ils étaient gamins, dans leur banlieue du sud, près d'Évry. Mais lui… il était de la génération sans neige. Celle des pandémies, du sida – encore que celle-ci ses parents l'aient bien connue –, du H5N1, de la recrudescence des grippes mortelles et de toutes ces maladies autrefois bénignes que les antibiotiques de moins en moins efficaces avaient rendues désormais dangereuses. Il se souvenait que sa grand-mère, deux ans plus tôt, juste avant qu'elle ne décède, lui avait dit :

— Mon pauvre chéri, quelle planète nous te léguons…

Fabien lui avait pris la main en souriant :

— Mamie, j'ai grandi dans ce contexte-là, depuis que je suis né j'apprends à côtoyer ses bons et ses mauvais côtés. Le monde que tu as connu est pour toi un souvenir mélancolique ; il n'est pour moi qu'une histoire qu'on raconte. Ne t'en fais pas, va, je ne suis pas malheureux. Et si on y regarde de près, je suis certain que ton époque aussi t'a procuré un lot d'inquiétudes, non ?

Il était sincère ce jour-là, même si l'accumulation de catastrophes naturelles et la désorganisation du climat avaient fini par l'angoisser, comme beaucoup d'autres.

Il tourna dans la rue d'Anjou et tapa un code sous une porte cochère, qui s'ouvrit sur une cour sombre. Fabien gagna le premier escalier recouvert d'un tapis rouge et s'arrêta au deuxième étage. Il pressa le bouton de la sonnette sous laquelle était écrit : « GERIC ». Le mécanisme électrique siffla et la porte se déverrouilla. À l'intérieur un homme en costume était assis derrière un comptoir d'accueil, oreillette en place. Il se leva pour saluer Fabien.

— J'ai rendez-vous avec M. DeBreuil.

— Il vous attend, suivez-moi.

Le secrétaire, dont la carrure et l'austérité évoquaient l'homme de main des polars, l'escorta jusqu'à un bureau haut de plafond, aux murs couverts de moulures, et dont la cheminée abritait un feu crépitant.

Une silhouette longiligne se déplia derrière le bureau et vint à la rencontre de Fabien, tandis que le secrétaire s'éloignait.

— Fabien, votre message de ce matin m'a quelque peu effrayé !

Fabien hocha la tête et désigna l'âtre.

— C'est la première fois que je vois une cheminée qui fonctionne à Paris !

DeBreuil ignora la remarque. Il invita Fabien à s'asseoir dans l'un des deux fauteuils clubs en cuir qui encadraient la cheminée. L'homme avait les cheveux gris, un peu trop longs sur la nuque, et les tempes blanches, des traits creux, aux rides rares mais profondes, le nez pointu, les lèvres presque avalées par sa bouche étroite. Tout son corps était à cette image : rétracté, épaules en avant, torse effacé sous son costume anthracite flottant. Néanmoins il dégageait une impression de force, tout en nerfs. Fabien le sentait capable de tout, ses longs doigts bosselés avaient probablement signé bien des drames dans la vie d'hommes et de femmes.

— Alors, dites-moi, qu'y a-t-il de si important que vous me fassiez quitter ma famille un samedi matin ?

Fabien resta sans voix une poignée de secondes, il n'aurait jamais imaginé DeBreuil avec une femme et des enfants.

— C'est l'observatoire du Midi, monsieur, avoua-t-il enfin.

DeBreuil cligna les paupières comme pour signifier qu'il comprenait maintenant pourquoi ils ne pouvaient en parler au téléphone.

— Nous en avons perdu le contrôle.

— Quoi ? aboya-t-il. Vous voulez bien développer ?

— Des hommes sont arrivés jeudi après-midi, ils viennent de la Commission européenne.

— Je croyais que LeMoll n'avait rien dit ! J'ai personnellement affirmé à Grohm qu'il ne risquait rien !

— On s'est trompés.

DeBreuil sauta hors de son siège.

— On s'est trompés ? Vous vous foutez de moi, Fabien ? On s'est trompés ? Vous ne réalisez pas ce qui est en train de se passer, j'ai l'impression.

— Au contraire, monsieur, nous jouons nos têtes.

— Ça, vous pouvez le dire ! Comment se fait-il que vous me l'annonciez seulement maintenant, on est samedi, nom de Dieu !

— L'équipe qui a débarqué là-bas a pris soin de verrouiller le site, ils en maîtrisent l'accès et les communications.

— C'est vraiment ces fouineurs de la Commission, vous êtes sûr ?

— Tout semble le confirmer. Il y a des chercheurs avec eux, un généticien et un sociologue.

DeBreuil se massa le front, encore plus soucieux tout à coup.

— Comment peuvent-ils savoir ? demanda-t-il sur un ton brusquement calme et froid.

— LeMoll n'a rien dit, je me suis personnellement occupé de lui. Néanmoins… il a peut-être laissé traîner des documents que je n'aurais pas récupérés.

DeBreuil soupira avec agacement.

— Nous sommes dans la merde, mon petit. Je n'aime pas le dire mais c'est véritablement le cas ! S'ils trouvent quoi que ce soit, ça deviendra public et alors là…

— Je travaille à résoudre le problème, précisa Fabien. J'ai contacté mon équipe, ils sont prêts à intervenir au plus vite.

— Comment avez-vous appris l'arrivée de la Commission ?

— Un de nos gars sur place est parvenu à déjouer leur surveillance, il a accédé à Internet et m'a prévenu ce matin très tôt par mail.

DeBreuil se crispa, sa main blanchit sur le dossier du fauteuil.

— S'ils sont sur le pic du Midi, alors ils ont su pour Fatu Hiva ! Ça expliquerait qu'on ait perdu la liaison avec l'île presque au même moment !

Cette fois les prunelles de DeBreuil s'affolèrent tandis qu'il analysait les conséquences possibles.

— Toujours aucune nouvelle ? s'étonna Fabien.

— Non, rien. Le pire scénario commence à se dessiner. Le pire du pire. Que les documents du pic soient découverts serait catastrophique, mais si nos installations sur Fatu Hiva sont compromises, c'est la fin.

— Je pense qu'on peut encore rectifier la situation, si vous me le permettez. Rien n'est paru dans la presse, ça veut dire que la Commission européenne s'est fixé deux ou trois jours pour tout tirer au clair avant que le scandale n'éclate. Si on arrive à reprendre le contrôle en déplaçant ou en détruisant les documents, ils ne pourront rien faire.

— Chargez-vous de l'observatoire, je m'occupe de l'île, ordonna DeBreuil, la bouche tremblante de tension.

— Elle est isolée, c'est notre force.

— Coupez les communications du pic, qu'ils ne puissent plus émettre. Et il faut parvenir à les coincer là-haut le temps nécessaire.

— La météo s'en chargera, un avis de tempête est lancé pour les prochains jours. J'ai vérifié ce matin.

— Faites ce qu'il faut, Fabien, mais faites-le vite et bien !

— Oui, monsieur, je suis là pour ça.

DeBreuil s'humecta les lèvres et vint se rasseoir en face de son interlocuteur. Il se pencha vers lui pour que leurs visages soient tout proches et il murmura :

— Parce que nous ne jouons pas seulement nos têtes, mon brave. Si ce que nous avons découvert devient public, je vous garantis que la société basculera dans l'horreur et le chaos avant que vos enfants soient en âge de se défendre.

Il prit le temps d'avaler sa salive. Ses yeux étaient zébrés de rouge, et il posa ses mains moites sur les genoux de Fabien pour ajouter :

— Et ce n'est pas vous, du fond de votre cellule, qui pourrez les protéger de ce qui se déversera sur le monde.

19

Peter se réveilla tôt ce samedi matin. L'esprit vif, déterminé à passer à la vitesse supérieure. Sinon, à ce rythme-là, ils y passeraient les fêtes de Noël. Il se glissa sous la douche en pestant.

À huit heures moins le quart, le réfectoire était encore vide. Il se fit chauffer un petit pain et pendant ce temps alla au téléphone mural. Même un samedi matin à cette heure ses beaux-parents seraient debout. Il composa leur numéro et attendit plusieurs secondes avant de comprendre qu'il n'y avait pas de ligne. Il raccrocha trois fois pour vérifier qu'elle ne revenait pas et soupira en retrouvant sa tasse de café.

La porte s'ouvrit sur Gerland. Le petit homme avait les traits tirés par la fatigue.

— Vous êtes bien matinal, fit-il en apercevant Peter.

— Je pourrais vous retourner la politesse.

— Notez que je m'en réjouis, nous avons du boulot ! Alors, vous avez avancé, vous pouvez m'en dire un peu plus ? demanda-t-il en guignant le café que Peter avait préparé.

— Pas encore. Ce week-end sera décisif, je l'espère.

— Je compte sur vous. Grohm est un vrai mur. Il m'envoie paître dès que j'insiste. À l'en croire tout est clair : ils valident les brevets et rien de plus.

Peter haussa les sourcils.

— Dites, il y a un problème avec les lignes téléphoniques. J'ai voulu appeler ma belle-famille ce matin pour prendre des nouvelles des enfants et ça ne marche pas.

Gerland fit la moue, l'air embarrassé.

— Je vais vous accompagner jusqu'à un téléphone qui fonctionne, avoua-t-il. Par mesure de sécurité, j'ai fait couper les lignes que nous ne pouvons surveiller.

— Pardon ? Vous plaisantez ? Mais où est-ce qu'on est ici ? Un revival de Guantanamo ? Gerland, vous ne pouvez pas empêcher les gens de circuler et de communiquer, cela devient inquiétant, vous comprenez ce que je veux dire ?

— Tout à fait, et si vous-même ou quiconque de l'équipe scientifique voulez téléphoner, ou même quitter les lieux, soit ! Mais je ne peux me permettre de laisser Grohm et ses hommes agir tant qu'ils se foutent de nous.

— Je ne crois pas que ce soit très légal…

— C'est vrai. Mais ce que nous faisons dépasse les règles habituelles, professeur.

— Tout ça commence à bien faire ! Ce secret, cette paranoïa, la présence d'hommes pour faire la sécurité, j'en…

— Tout ce que j'ai fait c'est cadenasser l'accès aux bureaux et poser des questions, le coupa Gerland. Rien de mal à ça. Et vous voulez que je vous dise ? Aucun d'eux ne s'en est plaint ! Personne n'a crié au scandale plus de cinq minutes, et vous savez pourquoi ? Parce qu'ils font des travaux illégaux et qu'ils le savent ! Et ils ne veulent surtout pas qu'on mette la main dessus, encore moins que la loi s'en mêle !

— Lorsque votre enquête deviendra publique il faudra expliquer vos agissements, Gerland. Ça pourrait vous poser quelques problèmes.

— Ce sera mon problème. Pour l'heure, ce que je vous demande, c'est de bien vouloir m'aider à trouver ce qu'ils font.

Il changea subitement d'expression, ses joues se détendirent, son front se relâcha et il posa une main sur l'épaule de Peter.

— Allez, venez, nous allons vous trouver un téléphone pour appeler votre famille.

— Je voudrais des nouvelles de ma femme, lui parler. Je n'en peux plus d'attendre.

— Il est vingt-deux heures là-bas, je doute que ce soit possible.

— Débrouillez-vous.

Gerland hocha la tête.

— Je vais voir ce que je peux faire.

Benjamin Clarin portait une chemise à manches courtes sur un tee-shirt à manches longues au-dessus de son jean. Il entra dans le bureau occupé par Peter.

— J'ai listé environ 80 % des dossiers et il n'y a pas un labo qui ressorte plus que les autres, exposa le jeune sociologue.

Peter hocha la tête, assis dans un fauteuil au milieu des piles de rapports.

— Tout va comme tu veux ? s'enquit Ben face à l'air préoccupé de son beau-frère.

— J'ai cherché partout, je n'arrive pas à rattacher ces radios du crâne et les scanners du cerveau à un seul de ces traitements.

— Tu as tout épluché ? s'étonna Ben.

— Non, bien sûr, mais en survolant je n'ai trouvé aucun lien.

— C'est pourtant quelque part, tu mettras la main dessus quand tu ne les chercheras plus, c'est toujours comme ça. Dis, tu as jeté un œil sur les ordinateurs ?

— Non, pas encore. Mais puisque tu es là…

Les deux hommes se postèrent face à l'écran et Peter le démarra. Une page bleue ne tarda pas à s'afficher avec deux icônes différentes : celle d'un pion d'échec avec « UtilisateurlEstevenard » et celle d'un doigt avec « Connexion par empreinte digitale. Veuillez glisser votre doigt. »

— Il nous faut le mot de passe, pesta Peter.

— Je serais surpris qu'ils nous le donnent. En revanche, pour l'empreinte digitale, m'est avis que ce n'est pas un système bien sophistiqué. On peut peut-être faire quelque chose.

— Quoi donc ?

— Je m'en occupe, tu n'as qu'à te replonger dans les paperasses, je serai de retour avant midi.

Peter regarda Ben sortir à toute vitesse.

— Toi, tu ne changeras jamais…, chuchota-t-il.

Il vérifia l'heure sur sa montre. Dix heures et demie. Il avait passé beaucoup de temps à fouiller les dossiers pour comprendre ce qu'étaient ces scanners et ces radios. Contrairement à Ben, il n'était pas très optimiste sur ses chances de tomber par hasard sur ce qu'il cherchait. *J'ai plutôt l'impression qu'il en manque !* Grohm et les siens s'étaient-ils débarrassés des pièces essentielles avant la « mise sous surveillance » ? *Peu probable… Tout a été très vite, ils n'ont pas pu être prévenus.* Peter parcourut la pièce en tournant sur son siège pivotant.

— Où est-ce que vous planquez ce dossier ? pensa-t-il tout haut.

Dans la chambre d'un des scientifiques ? À moins que ce ne soit à la passerelle, tout là-haut. Soudain Peter s'aperçut qu'il ignorait à quoi servait cette grande salle pleine d'ordinateurs. Elle dominait tout le site, était surmontée d'une immense antenne et voilà tout ce qu'il en savait. Gerland les aurait prévenus s'il avait mis la main sur des éléments importants.

Peter se leva et traversa le couloir pour refermer la lourde chaîne et son cadenas derrière lui. Il naviqua de corridor en escalier, entra son code personnel pour passer le sas de sécurité, grimpa les étages et poussa la porte de la vaste pièce. La baie vitrée en U qui les entourait semblait s'être écrasée quelque part dans les nuages, baignant les lieux d'une lumière blanche, presque bleue. Gerland était en conversation avec Mattias, le garde du corps à l'accent allemand, tandis que Grohm lisait un magazine dans son coin, les pieds sur un caisson, l'air indifférent.

Gerland aperçut Peter, il termina sa phrase et vint à sa rencontre.

— Du nouveau ?

Peter balaya les lieux d'un geste ample :

— Vous nous avez cantonnés aux bureaux en bas mais je me demandais ce qu'il y avait ici, à quoi servait cette… passerelle.

— C'est comme sur un porte-avions. On domine tout. Il y a quelques caméras sur le pic, tout est enregistré ici.

Peter vit en effet une demi-douzaine d'écrans en couleur ; essentiellement des vues de l'extérieur.

— À quoi servent-elles ? Ce n'est pas Fort Knox ici tout de même !

Gerland montra Grohm du doigt.

— Demandez-le-lui ! Officiellement ça date de l'époque où les touristes pouvaient monter, c'était pour garantir leur sécurité, veiller à ce que personne ne se penche par-dessus les parapets, et ainsi de suite.

Gerland répétait les mots de Grohm avec emphase pour bien souligner qu'il n'en croyait rien. Celui-ci, sans lever les yeux de son magazine, lança :

— Votre patron pense que je suis le diable…

Gerland ne releva pas et préféra entraîner Peter plus loin, vers une batterie d'ordinateurs.

— Ici, c'est le pôle de communication, accès Internet – ils ont leur propre serveur d'accès –, télécopieur, télex, scanner, tout y est.

Peter remarqua un ordinateur portable bien plus épais que la normale, une webcam accrochée sur le côté de l'écran.

— Et ça ? demanda-t-il.

— Liaison par satellite !

— Avec qui on veut ?

— Non, c'est un circuit fermé, ce poste ne peut communiquer qu'avec un autre poste prédéterminé. Grohm nous dit que c'est avec Bruxelles. Je suis sceptique.

— Vous ne l'avez pas essayé ?

— Si, il n'a pas fonctionné, cependant il est activé, on le laisse tourner, au cas où… Là-bas, vous avez de quoi faire une vidéoconférence.

Gerland l'entraîna vers une table et huit chaises où un vidéo-projecteur pointait vers un mur d'où pouvait descendre un écran électrique.

— Et les archives tout au fond ? s'enquit Peter.

— Je les épluche ; énormément de paperasse, si vous voulez mon avis c'est l'écran de fumée qui abrite le jackpot.

— J'ai le sentiment que certains dossiers sont ailleurs. C'est grand ici, vous êtes sûr d'avoir fait le tour ? Il n'y a pas d'autres bureaux ?

— Non, rien d'autre. Néanmoins, si cela peut vous rassurer, allez-y, parcourez les installations, mais ça va vous prendre du temps, comme vous l'avez dit : c'est grand !

Peter posa les mains sur ses hanches. Il ne se sentait pas à sa place. Il prit une large inspiration avant de répondre :

— Non, si vous me le dites, ça me suffit. Écoutez, je commence à douter de mon utilité. Tout est très confus, je ne dispose d'aucune information claire, il est possible que nous ne puissions rien vous apporter de concret.

— Vos noms n'étaient pas liés à cet endroit par hasard ? intervint Gerland avec une pointe d'énervement. Il y a forcément des informations que vous pouvez analyser. Cherchez, j'ai confiance en vous.

— Et ma femme ? Vous avez tenté de joindre votre acolyte, ce… comment avez-vous dit qu'il s'appelait ?

— Mongowitz. Ça ne fonctionne pas. Écoutez, professeur DeVonck, je me suis renseigné à ce sujet et… une tempête est passée sur la région. Rassurez-vous, il n'y a rien de grave aux dernières nouvelles. Mais je pense qu'il faudra un peu de temps avant qu'ils ne rétablissent les lignes.

Le cœur de Peter s'accéléra. Il n'aimait pas ça. La colère monta subitement et il dut serrer les dents pour la contenir. L'impuissance le rendait fou. Mais hurler sur Gerland ne l'aiderait pas à obtenir des nouvelles d'Emma.

— Vous avez bien choisi votre moment, lança-t-il au petit homme. Une tempête ici, une autre là-bas ! (Il se reprit aussitôt et s'éloigna.) Je redescends. Prévenez-moi dès que vous aurez du nouveau à propos de ma femme. Si demain soir je n'ai rien, lundi matin Ben et moi rentrons à Paris. Téléphérique immobilisé ou pas, vous vous débrouillerez pour nous faire descendre !

Et il claqua la porte.

Ben retrouva Peter à sa place, dans le bureau mitoyen à la bibliothèque. Il tenait du papier aluminium dans la main.

— Ta-da ! fit-il en entrant, bras tendu comme s'il offrait le Saint-Graal.

— Qu'est-ce que c'est ?

— J'ai fait de la pâte à sel dans les cuisines.

— De la pâte à sel ? répéta Peter, incrédule.

— Oui, ce truc pour les gosses qu'on moule et qu'on chauffe pour durcir. J'en ai fait un petit bout, je suis allé voir Louis Estevenard, souriant et jovial comme toujours ! Je lui ai demandé de me tendre son index, tu penses s'il a trouvé ça drôle. J'ai presque dû le forcer. Avant qu'il ne réagisse, j'ai enfoncé son doigt dans ma pâte à sel et je suis sorti pour tout cuire !

Il exhiba un boudin terminé par une belle empreinte digitale.

— C'est supposé fonctionner ?

— J'espère !

Ben se cala face à l'ordinateur et sélectionna
« Connexion par empreinte digitale ». Il appliqua son
doigt factice en prenant soin de bien poser les sillons
sur la cellule. Une fenêtre apparut avec un message
d'erreur : « Trop court, veuillez recommencer. » Il
répéta l'opération, plus lentement.

Une croix verte leur annonça qu'ils avaient réussi.

— Tu es un génie, murmura Peter sans quitter
l'écran des yeux.

Le bureau n'était occupé que par les icônes
« Ordinateur », « Corbeille » et un porte-documents
« Brevets ». Ben double-cliqua sur ce dernier. Une liste
de noms de laboratoires défilèrent, plus d'une
cinquantaine.

— On n'est pas rendus, commenta-t-il.

Les noms se superposaient par ordre alphabétique.
Peter lui demanda de les dérouler l'un après l'autre.

— Attends, reviens en arrière ! commanda-t-il. Là,
au-dessus. « GERIC » !

— Ça ne me dit rien…

— J'ai déjà vu ce nom plusieurs fois, et ce n'est pas
un laboratoire, en tout cas il n'est pas présenté comme
tel.

Ben ouvrit le dossier et une fenêtre lui demanda le
mot de passe.

— C'est quelque chose de simple, dit Peter. Au labo
on utilise aussi des mots de passe, mais c'est toujours
très rudimentaire pour aller vite et ne pas risquer de
l'oublier.

Il sortit l'ordinateur portable que Gerland leur avait
confié et l'alluma pour sonder les fiches qu'ils avaient
remplies sur chaque scientifique travaillant pour

Grohm. À la page concernant Louis Estevenard, ils avaient noté : « célibataire sans enfant ».

— Encore mieux, ça fait moins de possibilités, nota Peter à voix haute. Tiens, tape sa date de naissance.

Ben s'exécuta, mais sans succès. Il essaya autrement, date partielle, à l'envers, avec le même résultat : échec.

— C'est quel signe astrologique le 11 octobre ?

— Balance, je crois.

Le message d'erreur se répéta.

— Tape « Louis ». Rapide et simple, déclara Peter. Et ça refléterait bien le caractère du bonhomme, pour ce que j'en ai vu.

Tout le contenu de « GERIC » s'ouvrit sous leurs yeux. Des fichiers Word en majeure partie, quelques PDF et des images.

— Qu'est-ce que c'est que cette connerie ?

Peter posa son doigt sur les trois premiers fichiers : « Hommes-vampires », « Hommes-loups-garous » et « Démons ».

D'autres noms tout aussi fantaisistes se succédaient. Ben cliqua sur « Conclusions », s'attendant à un long texte synthétisant le travail d'Estevenard. Seules une dizaine de lignes apparurent, et, plus surprenant encore pour un scientifique : à propos de religion.

Au vu de nos conclusions il n'y a guère que la spiritualité qui me vienne à l'esprit. Le Mal va s'abattre sur terre, je n'ai désormais plus aucun doute. Si Dieu existe bien, Il apparaît comme bon et omnipotent. Or s'il était omnipotent Il *pourrait* détruire le Mal. S'il était bon, Il *voudrait* détruire ce Mal.

Mais le Mal est là.

Je pense aux premiers êtres humains que furent Adam et Ève ; ils furent chassés du Paradis pour avoir désobéi. Leurs propres enfants, Abel et Caïn, furent victime et meurtrier. L'humanité qui suivit fut finalement noyée sous le Déluge parce que devenue mauvaise dans son ensemble. Quel espoir pour nous ?

Le Mal est là malgré l'omnipotence et la bonté de Dieu.

Alors Dieu n'est pas.

Ou il se gausse de nous.

Et de notre malheur.

Car Lui le sait, dès le début, Il nous a faits imparfaits.

Voués à l'échec. Nous ne sommes que les jouets d'une cruelle force cosmique.

Et ici, avec nos travaux, nous l'avons démontré.

20

Les sommets escarpés de Fatu Hiva ressemblaient à la crête d'un animal préhistorique dont seul le haut de la tête dépasserait d'une eau noire. La nuit tombait et les lumières des deux villages brillaient à l'instar de deux yeux inquiétants sur ce crâne étrange.

Pendant que Tim s'affairait à barricader la maison qu'ils avaient choisie pour passer la nuit, Emma s'était dépêchée de rallumer le groupe électrogène. Elle préférait que les rues soient éclairées cette nuit.

Avant qu'il ne fasse totalement sombre, elle aida Tim à pousser un lourd buffet contre la porte d'entrée et un bahut derrière celle de la terrasse. Volets clos, fenêtres scellées par des planches clouées, Tim n'avait rien négligé.

Il s'essuya le front en se laissant tomber sur le canapé.

— Ça tiendra.

— C'était vraiment nécessaire, vous croyez ?

Tim jaugea les barricades.

— Au moins on dormira plus sereinement, non ?

Emma tenait la torche électrique, leur unique source de lumière.

— J'espère que demain nous repenserons à ce moment en riant de notre ridicule, avoua-t-elle.

Tim alla chercher la lampe à pétrole qu'il avait dénichée dans la remise et l'alluma. En une minute le salon prit des teintes plus chaudes, rassurantes. Emma apporta les provisions volées à la cuisine et les disposa sur la table basse. Tim entreprit de couper de fines tranches de saucisson pendant qu'Emma décortiquait les crevettes qu'elle estimait assez fraîches.

— Je peux vous demander pourquoi vous êtes venue jusqu'ici ? demanda Tim.

Emma pouffa.

— Je ne le sais pas moi-même.

— C'est original !

— Je suis docteur en paléoanthropologie et la Commission européenne m'a convoquée ici, mais sans me dire pour quoi faire.

— Et vous avez accepté ?

— C'était une situation d'urgence, on avait *besoin* de moi. (Elle ricana.) Je ne me suis pas posé de questions, j'ai foncé, persuadée d'obtenir les réponses en arrivant sur place. C'est sûr que maintenant je comprends mieux ! Tout est plus limpide… J'ai été idiote. Un peu de mystère dans la vie d'une chercheuse, ça ne se refuse pas ! Ils ont titillé ma curiosité et celle de mon mari et voilà où nous en sommes !

— Votre mari doit venir ?

— Non, il a été envoyé ailleurs. J'espère que tout va bien pour lui. Il est avec mon frère.

— Eh bien ! Quelle famille !…

— Oui, soupira Emma. Avec un peu de recul, coincée ici, je finis par me dire que ce n'était pas innocent.

— Comment ça ?

— Nous contacter tous les trois, ne rien nous dire… Je ne sais pas, c'est juste que ça fait beaucoup. Enfin, je ne crois pas que ce soit le meilleur moment pour en parler, je vais avoir le moral à zéro ! Et vous ? Vous n'avez pas l'air d'un type de la région, je me trompe ?

Tim sourit.

— En effet. Je n'y suis que depuis un an et demi.

— Vous n'avez pas l'accent chantant des îles.

Il acquiesça.

— J'ai grandi à Bordeaux, dans une famille de viticulteurs.

— Un sacré changement ! Pourquoi ?

Tim la fixa dans les yeux.

— C'est très personnel.

— Pardon. Je ne voulais pas me montrer impolie.

Tim lui tendit la planche à découper pour qu'elle se serve.

— J'imagine qu'ici, dit-il tout bas, loin de tout et dans ces circonstances, il y aura un peu de clémence de votre part.

Intriguée, Emma se pencha vers le jeune homme.

— J'étais vétérinaire, confia Tim. J'ai travaillé deux ans dans un cabinet avant de me sentir à l'étroit. J'avais besoin d'espace, de changement.

— Ça venait de vous ou d'une rupture amoureuse ? intervint Emma avec une malice complice.

Tim sourit à nouveau.

— Des deux, je l'avoue. Bref, je suis parti. D'abord l'Afrique du Sud pendant six mois, puis le Kenya, un an dans la réserve du Masaï Mara. Je me suis pas mal occupé des éléphants. De là je me suis spécialisé, on m'a appelé partout où vivaient des éléphants traumatisés.

— Des éléphants traumatisés par quoi ?

— Par nous. L'homme. On ne parle pas de « mémoire d'éléphant » par hasard. Lorsqu'ils sont jeunes, les éléphants assistent au massacre de leurs parents par les braconniers, eux sont épargnés car leurs défenses sont trop petites. Ils grandissent avec le souvenir du carnage, de l'homme marchant sur les corps agonisants de leur famille, tailladant dans la chair encore vivante pour arracher l'ivoire. Plus tard, il leur arrive de devenir violents envers l'homme, surtout lorsqu'ils le côtoient régulièrement, comme ceux qui servent à porter les touristes. Du jour au lendemain l'éléphant se met à attaquer une voiture ou un groupe de passants. Il a subi un tel trauma étant petit qu'il n'est pas totalement équilibré. Un détail, un geste, une couleur, un son, et le souvenir ressurgit : l'éléphant déraille.

— Ces types, les braconniers, il faudrait les enfermer à perpétuité ! gronda Emma.

Tim inspira profondément.

— Justement. À force j'ai… pété les plombs. Je suis parti en croisade contre ces brutes infâmes. D'abord en militant auprès des politiciens, mais ça n'a rien donné. Un beau jour on m'a rencardé sur une expédition clandestine. J'y suis allé, et avant qu'ils puissent s'en prendre aux animaux j'ai canardé leur convoi. D'abord les pneus… puis les vitres. J'ai blessé trois personnes, dont le fils d'un type important dans la région. Ma tête a été mise à prix auprès des mercenaires locaux et j'ai dû quitter le pays. Je suis rentré en France. Hélas, le contraste entre Bordeaux et l'Afrique est trop vif. J'ai eu trop de mal à me réadapter ; j'ai rencontré une fille de l'île de Hiva Oa qui était en vacances en métropole et je l'ai suivie jusqu'ici. Voilà toute l'histoire.

Emma hocha la tête lentement, en contemplant le jeune homme. Il avait à peine plus de trente ans, très séduisant avec son regard clair et sa barbe de trois jours. Étrangement, elle le trouvait encore plus attirant maintenant qu'elle le découvrait, malgré cette violence qu'il confessait. Et tout d'un coup elle se sentit mal à l'aise ainsi enfermée avec lui pour la nuit. Jusqu'à présent elle avait été accaparée par l'île, par cette aventure qui lui tombait dessus. Maintenant elle réalisait qu'elle n'était pas seule et que son compagnon était un bel homme qu'elle aurait aimé sentir contre elle en d'autres circonstances. *Il y a quinze ans ! Tout simplement... Avant Peter, avant les enfants.* Habituellement, elle n'avait aucun problème de conscience lorsqu'elle s'attardait à reluquer le postérieur ou le torse d'un homme parce qu'elle était en paix avec ses sentiments et son désir. Elle aimait son mari, sans aucune ambiguïté dans sa relation de couple. Regarder un autre homme, voire en plaisanter avec des amies, lui semblait plutôt sain. Cette fois, il y avait autre chose. *Peut-être parce que je le trouve vraiment attirant et qu'ici, à l'autre bout du monde, c'est le désir sans risque, on ne se reverra jamais et personne n'en saura rien...*

Emma fronça les sourcils.

Qu'est-ce qui m'arrive ? Je suis en train de délirer ! Il n'était pas question une seule seconde de faire quoi que ce soit avec ce garçon. Séduisant ou pas, isolée ou pas.

— Je vous ai déçue ou... choquée ? Vous faites une drôle de tête, commenta Tim.

— Non, non, au contraire, se reprit-elle. Je trouve ça... stupide et courageux en même temps.

156

Le regard de Tim portait encore la mélancolie et les blessures de son passé.

Ils mangèrent au milieu d'un silence nouveau. Puis Emma rassembla les couvertures qu'elle avait prises dans les chambres pour se faire un lit sur le plus petit des deux canapés. Plus tôt dans la soirée, ils s'étaient mis d'accord pour dormir dans la même pièce, c'était plus sécurisant.

Bien que fatiguée, Emma eut du mal à s'endormir, troublée par ses pensées.

Et lorsque les rêves prirent le relais, ils étaient moites et tout aussi dérangeants.

Soudain les murs de la maison tremblèrent.

Emma se dressa, en sueur, le cœur battant à se rompre.

La lampe à pétrole était éteinte, il faisait nuit noire. Elle prit le temps de respirer, incapable de trier ce qui était réel de ce qui ne l'était pas. Son premier réflexe fut de palper ses draps pour s'assurer que Tim n'y était pas. Elle était seule dans ce lit improvisé, ce n'était qu'un rêve. Elle scruta l'ombre qui l'entourait, un monstre pouvait la guetter, là, au pied du sofa, sans qu'elle parvienne à le voir.

Stop ! C'est vraiment pas le moment de laisser courir mon imagination…

Elle tâtonna les coussins à la recherche de la torche électrique que lui avait confiée Tim.

À présent on frappait si fort contre la porte d'entrée qu'Emma dut étouffer un cri entre ses mains. Des coups puissants, rythmés.

À présent, Emma était totalement éveillée.

Dans ce noir abyssal une main lui effleura le sein droit et la saisit par le bras. Emma faillit bondir en hurlant mais la poigne l'immobilisa et la voix de Tim chuchota :

— Ne bougez pas ! Ne criez surtout pas...

Les coups redoublèrent d'intensité, la poignée se mit à tourner avec frénésie et Emma réalisa soudain qu'on ne frappait pas à la porte, non, on cherchait à l'enfoncer.

On les attaquait. Le bois se fendit, éclata, les coups s'accélérèrent, si rapides et si féroces qu'elle se mit à douter qu'il puisse s'agir d'un être humain. Des gémissements de colère et de frustration filtrèrent au travers des murs. Des grognements.

Puis les assauts cessèrent d'un coup.

Emma transpirait. La main de Tim lui enserrait toujours le biceps. Elle pouvait deviner son souffle chaud sur son épaule.

L'obscurité du salon était dense, lourde à respirer. Une obscurité suffocante. Emma se demanda s'il ne faisait pas déjà jour au-delà de ce sarcophage. *Les ténèbres sont une prison des sens*, songea-t-elle.

Un violent coup contre les volets de la fenêtre la plus proche la sortit de son délire. On frappa encore, et encore, jusqu'à briser des lattes pour découvrir les planches de bois qui scellaient les fenêtres. Emma fut contente d'avoir tiré les rideaux pour ne pas distinguer la silhouette qui les agressait. À ce moment de la nuit, elle ne voulait rien voir, tout ce qu'elle espérait c'était que la chose parte. Qu'elle s'éloigne.

Le silence revint. Puis la terrasse grinça. Des pas rapides. On jeta quelque chose contre la porte, on força la poignée sans parvenir à l'ouvrir.

Les pas s'éloignèrent.

Emma laissa échapper un profond et interminable soupir.

— C'était quoi d'après vous ?

Tim ne répondit pas. Il restait aux aguets.

Emma sentit un objet dur sous sa cuisse et s'empara de la torche qu'elle alluma.

— Je regrette d'avoir été sceptique, s'excusa-t-elle. Vous aviez raison pour les barricades, je vous remercie tellement d'avoir insisté.

Tim se leva et enfila son pantalon de treillis.

— Vous me faites confiance maintenant ?

— Oui, mille fois oui.

— Alors il faut sortir d'ici.

— Quoi ?

— Partons. Je ne sais pas ce que c'était, mais la chose sait que nous sommes à l'intérieur. Je ne voudrais pas qu'elle revienne avec des renforts pour s'en prendre à la maison.

— Vous croyez vraiment que…

— Je n'en sais rien, mais ce que j'ai vu sur la vidéo du caméscope est redoutable.

Emma se frotta le visage. Elle n'arrivait pas à y croire. C'était un cauchemar…

— Dans la cave, il y a une trappe qui remonte à l'arrière du jardin. Je l'ai juste verrouillée avec une barre de fer parce que ça avait l'air costaud. On peut sortir rapidement et sans bruit.

Emma s'habilla, rassembla ses maigres affaires, enfourna quelques provisions dans son sac à dos et se dressa à côté de Tim.

— Je ne remettrai plus jamais les pieds sur une île « paradisiaque ».

Ils descendirent dans la minuscule cave qui sentait le moisi, et Tim l'entraîna vers un escalier en bois couvert de poussière et de toiles d'araignées. Il colla son oreille à la trappe en acier et attendit plus d'une minute avant de faire coulisser le plus silencieusement possible la barre qui bloquait l'ouverture.

Le premier battant s'écarta sur une nuit d'encre.

Tim passa la tête à l'extérieur pour inspecter les alentours.

Emma ne voyait plus que son buste et ses jambes.

Il demeura ainsi un long moment, sans bouger.

Elle finit par se demander si tout allait bien et s'approcha pour murmurer :

— Vous voyez quelque chose ?

Tim ne broncha pas. Une goutte tomba sur la joue d'Emma. Elle l'essuya.

Du sang ? Elle se raidit.

— Tim ? dit-elle, tout haut cette fois.

Le jeune homme bougea les jambes et commença à sortir. Emma lui emboîta le pas. Une fois à l'air frais, elle se rendit compte que des taches sombres s'élargissaient sur le bois de la terrasse.

Tim lui désigna une forme dans l'herbe.

— C'était au pied de la trappe. C'est ce qui a été jeté contre la porte tout à l'heure.

Emma s'approcha et découvrit une tête de chien arrachée.

— Qui que ce soit, murmura Tim, il n'a pas aimé que vous brûliez les chiens.

Emma recula.

— Et si on y allait ? fit-elle, les jambes en coton.

Tim la prit par la main et l'entraîna vers le jardin des voisins.

Ils filèrent en parallèle à la route, longeant l'arrière des maisons, cachés par les arbres et les massifs de fougères.

Un plafond de nuages dissimulait les étoiles et la lune, ils avançaient dans l'obscurité ; mais ni l'un ni l'autre ne souhaitait prendre le risque d'allumer la lampe. Omoa était un petit village allongé au fond d'une cuvette. Si la chose prenait de la hauteur dans les collines, la moindre lumière les ferait repérer.

Ils marchaient en silence.

Emma n'avait aucune idée de là où ils allaient. Elle ignorait même si Tim avait un plan ou s'il les conduisait à l'aveugle.

Ils s'arrêtèrent soudain, bloqués par le grillage du poulailler.

Tim l'entraîna en direction de la forêt pour contourner l'enclos et ils redescendirent vers la route. Le bûcher fumait encore, les carcasses n'étaient plus qu'un amas calciné. On avait sorti le cadavre d'un chien avant qu'il ne soit complètement dévoré par les flammes pour le tirer sur dix mètres. Ses pattes arrière étaient déformées par le feu mais le reste demeurait intact. Jusqu'à la tête. Manquante.

— Je ne crois pas que ce soit une bonne idée de traîner par ici, s'affola Emma.

— Au contraire, c'est là que *ça* ne pensera pas à venir fouiller puisque c'est déjà venu tout à l'heure.

— Mais si c'est animal, ça nous flairera !

Emma avait conscience que toute cette histoire ne tenait pas debout, qu'elle racontait n'importe quoi, ce qui avait cogné contre la maison tout à l'heure ne pouvait être animal, cela avait même attrapé les poignées de portes pour les ouvrir. *Pourtant ça cognait contre les murs si fort, si vite et si brutalement qu'aucun homme ne pourrait en faire autant.*

— Pas ici. L'odeur du charnier couvrira la nôtre.

Il marcha jusqu'au hangar sans murs, et escalada les sacs de grain pour en déplacer plusieurs. Emma faisait le guet pendant que Tim leur improvisait une cachette au cœur de la réserve.

Lorsqu'ils furent installés, assis derrière de grosses balles, Emma remarqua que l'activité de Tim avait soulevé beaucoup de poussière. Elle parvint à étouffer un éternuement mais se demanda combien de temps il faudrait pour que tout retombe. Pour qu'ils ne soient pas repérables.

Elle repensa à l'hypothèse de Tim. Une créature monstrueuse. C'était idiot. L'hypothèse d'un cerveau débridé par la peur et l'atmosphère de l'île.

Au loin, quelque chose cria. Une plainte lente et aiguë. Emma douta alors qu'il puisse s'agir d'un homme.

Mais quelle bête peut faire ça ? Ce massacre...

Un monstre, pensait Tim. C'était une déduction enfantine.

Comme la peur dans laquelle semblait plongé celui qui s'était filmé dans son placard, en attendant l'arrivée de... la mort.

Les monstres n'existent pas. *Tout le monde le sait.*

La chose se mit à crier à nouveau. Un rugissement de colère, de rage cette fois.

Les monstres n'existent pas, se répéta Emma.

Mais déjà, il y avait moins d'assurance dans sa litanie.

21

Sur le pic du Midi, le silence dans le couloir des bureaux était toujours le même, un silence synthétique – bourdonnement des néons et souffle distant de la ventilation. Lorsqu'il s'y trouvait, Peter avait le sentiment d'être le dernier survivant du monde. Le mur blanc contre les fenêtres semblait dire qu'il n'existait plus rien au-delà, et le vent cognait aux vitres avec insistance, sans faiblir, comme s'il savait que tôt ou tard il entrerait et happerait Peter.

Ben avait finalement jugé cet endroit glauque, et y demeurait le moins possible ; il préférait emporter ses lectures dans le salon, face au feu de cheminée.

Peter parcourait les fichiers Word d'Estevenard depuis plusieurs heures. Ce dernier colligeait différentes études et tentait d'en comprendre le mécanisme. À en croire ses notes, il était fasciné par les tueurs en série dont il avait catégorisé les comportements violents en se basant sur quatre schémas mythologico-historiques. Ces tueurs pouvaient être soit loups-garous, soit vampires, soit démons, soit Frankenstein. Le premier concernait les meurtriers qui devenaient des bêtes au moment de passer à l'acte, abandonnant toute humanité, et se comportaient comme des loups-garous, humains le jour, bestiaux la nuit, capables de massacrer avec une férocité incroyable et une totale absence de calcul.

Les seconds, les vampires, étaient au contraire très méthodiques, cherchant à jouir pleinement de leur acte et à prolonger ce plaisir, notamment en utilisant charnellement leur victime. Ils se nourrissaient de l'autre.

Les troisièmes, les démons, pouvaient également s'apparenter à un comportement de Docteur Jekyll et Mister Hyde, puisqu'il s'agissait de meurtriers ayant une dualité de personnalité. Une façade protectrice contre la société, et une autre de brute sanguinaire. À la différence du loup-garou, le démon, une fois à visage découvert, ne se comportait pas comme une bête, il pouvait tout à fait se montrer machiavélique, sadique, jouer avec l'autre, prendre son temps dans la destruction là où le loup-garou n'était qu'une bête sauvage massacrant sa victime purement et simplement. La séparation entre le tueur et l'homme civilisé était très marquée, et la part d'ombre parfois refoulée.

Pour finir, le Frankenstein se caractérisait par une fascination pour les corps morts, l'acte de tuer n'étant qu'un moyen nécessaire mais non jouissif pour obtenir la vraie satisfaction : le cadavre devenait fascinant là où la victime vivante n'avait aucun effet sur le meurtrier.

De ces quatre catégories, deux étaient permanentes : le vampire et le Frankenstein, les deux autres étant épisodiques. Il était précisé que, pour classer les individus, leurs motivations, du moins celles qu'ils prétextaient, importaient peu ; ce qui les définissait comme appartenant à l'un ou l'autre de ces archétypes devait se lire dans leurs actes. Le meurtre étant toujours la réponse d'une personnalité à une situation, il y avait systématiquement dans les faits la signature de cette personnalité.

L'exposé se poursuivait sur une note de psychiatrie précisant que les tueurs dits « loups-garous » avaient tout des psychotiques tandis que les tueurs en série psychopathes correspondaient aux « démons » et « Frankenstein », enfin les sociopathes les plus intelligents se classaient en général du côté des « vampires ». L'étude d'une scène de crime pouvait parfois permettre la classification du meurtrier. Scène chaotique, traces omniprésentes, massacre sans contrôle apparent pouvaient induire un loup-garou, donc un individu mentalement perturbé, ayant du mal à cacher son instabilité, voire une personne déjà suivie psychiatriquement. Une scène démontrant que l'assassin avait exécuté rapidement sa victime pour « s'amuser » avec le cadavre, démembrement, viol dans les plaies… renvoyait au Frankenstein, plutôt un homme renfermé, asocial et timide.

La scène de crime ordonnée, suivant un processus établi, avec souvent torture, viol, manipulation psychologique, témoignait d'une personnalité dite « démon » ou « vampire ». Scène avec traces d'hésitations, de tentatives multiples avant la mise à mort (s'il ne s'agissait tout simplement pas du premier crime), pouvait désigner le démon, ses deux personnalités luttant l'une contre l'autre. De même que des éléments induisant du remords, de la honte (couvrir le visage de la victime pour ne pas affronter son regard par exemple), pointaient vers le démon. C'était en général un homme au-dessus de tout soupçon mais ayant un comportement parfois étrange, noyant sa part sombre dans un excès ou en faisant beaucoup pour se cacher de peur d'être démasqué. Individu souvent très social, presque trop, adepte des apparences. À l'inverse, le vampire, une fois sa routine du crime instaurée, n'a pas de doute, de remords. Il tue et prépare ses crimes, n'exagère pas dans sa vie, préfère tenir ses distances avec les autres, sans non plus vivre reclus. Il cherche à être le plus banal possible.

Peter s'étonna de découvrir ce petit guide de l'analyse criminelle dans les dossiers d'un scientifique et ne voyait pas où cela le menait.

Au fil des pages, Estevenard renvoyait vers des études précises que Peter trouva dans la bibliothèque mitoyenne. Il s'agissait d'ouvrages historiques relatant différents crimes mais également de livres de contes. On y parlait de vampires, de lycanthropes, de chasseurs de cadavres, et ces études tentaient de démontrer que derrière des mythes de monstres se cachaient les actes de pervers monstrueux qui n'avaient rien de fantastique. À en croire ces études, les monstres existaient bien, mais pas ceux que l'on croyait.

Le monstre était parmi les hommes. *En* l'homme.

Le vent s'écrasa brutalement contre la vitre et Peter sursauta.

— Fichue lecture ! gronda-t-il tout bas.

Il regarda sa montre : il était seize heures passées. Il se massa les tempes en s'étirant dans son fauteuil et décida de faire une pause. Il retourna dans le couloir vide et silencieux, passa la porte qu'il referma avec la chaîne et son cadenas, puis gagna les cuisines pour se faire chauffer du café.

Lorsqu'il entra dans le salon, Ben était affalé dans son siège, les pieds sur la table basse, en train de lire une liasse d'imprimés. Les boiseries qui recouvraient les murs et le feu crépitant dans la cheminée rendaient la pièce chaleureuse. Peter se détendit en s'y installant.

— Je commence à comprendre ce que tu dis des bureaux là-bas, avoua-t-il. C'est isolé et froid !

— À force d'y passer leur temps, c'est normal qu'ils soient tous devenus aussi sinistres ! lança Ben en posant sa lecture sur ses genoux.

Peter lui tendit un mug de café.

— Tu avances ?

Ben secoua la tête.

— Oui et non, pas vite, en tout cas. Et je vois les lignes en double ! Je suis vanné. J'ai épluché ce que tu m'as imprimé, c'est souvent inintelligible sans les explications que nous n'avons pas. En tout cas il y a une longue note d'Estevenard sur la répartition des fonds. C'est une note, donc pas une preuve, mais c'est intéressant, d'autant qu'il donne des détails. J'ai l'impression qu'il n'est pas que biologiste, le monsieur, il est gestionnaire ici ! L'argent qui les paye provient de la caisse noire de LeMoll et apparemment celui-ci l'aurait obtenu d'une société appelée le GERIC. Le GERIC dispose d'un autre compte, bien à lui cette fois, et tout ce fric rassemblé formerait une énorme cagnotte. En gros, 50 % de l'argent dépensé par la société GERIC a servi à la construction de quelque chose sur l'île de Fatu Hiva.

— C'est là qu'est Emma.

— Oui. Si je comprends bien les allusions d'Estevenard, la caisse noire de LeMoll servait à verser des pots-de-vin, notamment au maire de Fatu Hiva, pour qu'il ne pose pas de questions, je présume. Comme cet argent provenait de la Commission, ça faisait moins sale, plus acceptable. Sur l'ensemble de la cagnotte, il y a aussi 15 % pour les salaires et les installations du pic, ici. Et 10 % pour les salaires sur Fatu Hiva. Les 25 % restants ont servi à « la localisation et l'acheminement des spécimens ».

— Spécimens ? De quoi ?

— Ce n'est pas écrit, mais d'après Estevenard ça représente environ six millions d'euros ! On peut s'en payer de jolies choses avec ça !

— Pas d'autres précisions ?

— Non. Cependant quand tu vois qu'ils ont acheté « trois kilomètres de fil barbelé », du grillage haute résistance, quatre miradors à monter et des clôtures électriques, je peux te dire que leurs spécimens sont plus que précieux ! Ils ne voulaient pas se les faire piquer !

— Le tout pour Fatu Hiva ?

— Oui, et tu sais le plus dingue ? Ils ont acheminé par bateau et construit par hélicoptère. Apparemment, il n'y a pas de route là où ils sont.

Peter pensa à sa femme et eut un pincement au cœur. Il voulait lui parler. S'assurer que tout allait bien. Gerland n'y était peut-être pour rien si une tempête avait privé l'île de ses moyens de communication, néanmoins il lui en voulait. Ils étaient là à cause de lui.

Non, pas tout à fait. À cause de notre saloperie de curiosité !

Et aussi parce que Gerland leur avait présenté les choses de manière à les leur faire accepter… Soudain, il fut pris d'un doute.

— Il y a une télé quelque part ? demanda-t-il.

— Oui, dans le réfectoire.

— Je voudrais vérifier un truc. Gerland a mentionné une tempête, et il vaudrait mieux pour lui que ce soit dit à la télé, parce que s'il s'amuse à me mentir pour avoir la paix ça pourrait lui coûter cher.

Voyant comme Peter était remonté en sortant, Ben décida de le suivre.

Ils arrivèrent dans la grande salle pleine de tables et de chaises et Peter mit la main sur la télécommande pour allumer l'écran plat qui trônait en hauteur.

De la neige apparut. Peter changea de chaîne sans plus de réussite.

Myriam entra à ce moment et Peter l'interpella :

— Dites, elle marche d'habitude cette télé ?

Myriam, la démarche chaloupée à cause de son poids, s'avança, leva la tête vers l'appareil et fit la moue.

— Oui, Jacques a regardé les infos à midi.

— De mieux en mieux, grommela Peter entre ses dents.

Il attrapa le téléphone de service et composa le raccourci vers la passerelle où il parvint à joindre Gerland.

— Vous avez des nouvelles de ma femme ?

— Non, je suis navré. Et…

— Et quoi ? répéta Peter plus sèchement. Vous croyez que ça m'amuse de vous harceler ?

— Nous avons nous-mêmes un petit souci de communication. Il semblerait que toutes nos lignes soient coupées depuis le début d'après-midi.

— Le mauvais temps ?

— Oui, je suppose.

Peter soupira et raccrocha. Ben le dévisageait, inquiet.

— Qu'est-ce qu'on fait ? demanda-t-il.

— Rien. On ne peut plus descendre, ni joindre le reste du monde. On est coincés.

Après un flottement, Ben posa une main amicale sur l'épaule de son beau-frère.

— Je suis sûr qu'elle va bien. Et elle au moins, elle a la chaleur et la mer !

Peter demeura immobile un moment avant de se redresser.

— Je retourne aux bureaux. Si on veut savoir ce que cache le GERIC, c'est là-bas que les réponses attendent.

Peter disparut dans un battement de porte, laissant Ben bouche bée.

Extrait d'un article paru
dans un journal mexicain :

Les vampires existent.

Et n'allez pas dire le contraire aux habitants du village d'El Tule.

Célèbre pour son gigantesque arbre séculaire, El Tule a été cette fois le théâtre d'une angoisse collective surprenante.

Tout a commencé avec Maria Patureza, lorsqu'elle s'est réveillée un matin, découvrant avec horreur ses draps tachés de sang. Son propre sang. Deux petits trous dans son mollet, des blessures bénignes, en apparence, dont elle n'avait aucune idée de l'origine. Elle avait bien le souvenir d'avoir mal dormi, peut-être d'avoir senti une douleur à la jambe, mais rien de plus.

L'histoire aurait pu en rester là si, dès le lendemain, six autres personnes n'étaient allées se faire examiner par le médecin local. La cause de ces plaies ? Indéterminée. Un lien entre les victimes ? Aucun.

La nuit suivante, dix-sept personnes se firent ainsi « saigner ».

Puis vingt-deux la nuit d'après.

C'était comme si le fléau se répandait sur tout le village.

Les anciens murmuraient déjà le nom du dieu Necocyaotl tandis que les plus jeunes craignaient l'œuvre d'un sadique.

Le seul point commun qui apparut dans chaque agression fut une fenêtre ouverte dans la chambre. C'était en plein été, il faisait extrêmement chaud et il était impensable de se cloîtrer pour dormir.

L'épidémie en était à sa cinquante-quatrième victime lorsque l'une d'entre elles manifesta les signes évidents de la rage.

L'auteur de ces attaques était donc un animal porteur du virus.

Il y en avait bien un, très connu pour cela, qui vivait dans la région.

Jusqu'à présent personne n'avait soupçonné Desmodontinae car les morsures de cette chauve-souris vampire étaient exceptionnelles sur l'homme, et aussi nombreuses en si peu de temps, cela semblait improbable.

Et pourtant, des filets suffirent à capturer quelques spécimens la nuit, le petit vampire était bien le coupable.

Un violent ouragan avait récemment déclenché d'importants feux de forêt, contraignant les agriculteurs à conduire leurs troupeaux beaucoup plus loin, dans des pâturages épargnés. Privés de leur source de nourriture, les centaines de Desmodontinae durent en désespoir de cause se rabattre sur l'homme dont habituellement elles n'apprécient guère le sang.

Après une hausse de la mortalité des abeilles de plus de 40 % dans les centres d'apiculture de la région, voici la preuve, une fois encore, que d'étranges modifications ont lieu dans ce pays, sinon dans le monde ! Ne nous a-t-on pas enseigné que l'abeille est le fusible du monde ? Nous ne l'avons pas pris au sérieux, voici donc que les vampires attaquent !

Si d'aventure vous passez près du village d'El Tule pour y voir son célèbre arbre, pensez à vous munir d'un chapelet d'ail et d'un peu d'eau bénite...

22

Peter reposa la thèse qu'il avait longuement feuilletée : « Monstres : du mythe à la réalité, de la réalité au mythe. Genèse du fantastique », et se massa les tempes. En huit cent cinquante pages, l'auteur, un étudiant en histoire, s'efforçait de démontrer comment la mythologie avait nourri les meurtriers et comment ces derniers avaient à leur tour entretenu le mythe des monstres. Il étayait ses écrits d'exemples précis, affirmant que derrière chaque légende sanglante se cachait en fait un homme, la bête du Gévaudan en était une illustration célèbre. La conclusion, interminable, s'achevait sur une note d'humour : « Reste enfin à saluer le génie des vraies créatures de la nuit, ces vampires, loups-garous et autres monstres pas seulement littéraires qui, profitant de la confusion et de la crédulité, auront réussi à dissimuler leur existence au fil de l'Histoire, et mieux encore : à se transformer en mythes, en improbables contes pour enfants, et donc à protéger leur présence parmi nous. C'est là un vrai grand tour de magie en ce monde ! »

— Et dire que ce type est aujourd'hui docteur ! murmura Peter en s'étirant.

Son regard vogua sur les piles de dossiers. Il ne voyait toujours pas le rapport – s'il en existait un, ce dont Peter commençait à douter – avec sa venue ici, et les travaux que Grohm conduisait.

— Encore faudrait-il que je comprenne ce qu'il fait !

Les radios de crânes, les scanners de cerveaux… Et tous ces médicaments en attente d'être brevetés. Peter secoua la tête. C'était vraiment trop long. Les laboratoires attendaient-ils tout ce temps ?

Non, c'était au contraire une course infernale à qui sortirait avant l'autre tel ou tel remède miracle, comment le dernier maillon de la chaîne ralentirait-il le processus pendant des semaines, des mois ?

Et soudain, Peter eut la conviction qu'il avait sous les yeux des dossiers fantômes. Des dizaines et des dizaines de placebos. Oui, c'était ça, des placebos.

Et si tout cela n'était rien d'autre qu'une mise en scène ? Aucun de ces brevets n'existe, ils ne sont là que pour faire illusion. Que cachent-ils alors ? Où sont les vrais dossiers ?

Peter se leva et s'approcha de la fenêtre. Le soleil se couchait au loin, le grand néant de brume blanche se transformait en rideau bleu au fond duquel brillait une intense lueur rouge. Le monde semblait brûler tout en bas, quelque part dans ce flou. Toute la planète prenait feu tandis qu'ils demeuraient ici, perchés sur leur montagne. Naufragés de l'Apocalypse.

Il manque les vraies pièces du puzzle, ils les ont dissimulées. Bien cachées. C'est pour ça que Grohm se tait, qu'il est arrogant. Il sait que nous n'avons rien, il est sûr de lui, nous ne les trouverons pas.

— C'est peine perdue, dit-il tout haut.

Il sortit de la pièce pour se diriger vers les toilettes à l'entrée du couloir.

Une enveloppe était posée sur le sol, glissée sous la porte.

Peter s'en approcha et la ramassa, l'oreille aux aguets. Rien que la rumeur de la ventilation et le bourdonnement des néons. Il décacheta l'enveloppe et en sortit un feuillet. On s'était servi d'un normographe pour écrire :

« Le cerveau a un disque, 47-3/45-2 pour le lire. Soyez discret. Ils sont dangereux. »

Cela ressemblait beaucoup à la méthode Georges Scoletti, le pharmacien. Avait-il encore changé d'avis ? Peter eut un doute. L'homme avait l'air vraiment effrayé la veille au soir, à tel point qu'un revirement de sa part semblait peu envisageable. Alors qui ?

Non, c'est Scoletti. La lettre sous la porte c'est son genre. Ils ne sont pas deux à faire ça. Peter relut le billet. Il était hors de question d'aller le voir, il risquait de lui faire changer d'avis une fois encore.

Le cerveau a un disque ? Je ne vois qu'une chose qui puisse correspondre…

Peter se souvint du macabre colis qu'ils avaient monté avec eux. *Il est à la passerelle, avec Gerland.*

Peter enfouit le billet dans sa poche, photocopia les notes d'Estevenard sur les fonds de la société GERIC, et s'empressa d'aller rejoindre Ben qui était toujours au salon. Il lui montra le papier :

— Je vais monter à la passerelle. Pendant que j'occupe Gerland, tu mets la main sur le CD-Rom qui était avec le cerveau.

— Pourquoi ne pas le demander directement à Gerland ?

— Je ne sais pas, mais… pas tout de suite.

— Tu deviens mystérieux, Peter, s'amusa le jeune sociologue. Et ça me plaît !

Il bondit de son fauteuil et tous deux s'élancèrent vers l'imposante tour qui dominait les installations du pic. Le crépuscule tombé, la grande salle n'était plus éclairée que par la myriade de boutons multicolores des différentes machines et une demi-douzaine de veilleuses posées sur des bureaux. Il y régnait un subtil mélange de calme et de tension.

Gerland était occupé devant un ordinateur, il entrait des dizaines de mots de passe à la suite, en se référant à une longue liste, pour tenter d'accéder au contenu du disque dur. Grohm, de son côté, lisait sans se préoccuper de la situation, les pieds sur une table. Un des trois gardes du corps que Gerland avait emmenés avec lui était également présent, somnolant à moitié sur son siège. À peine entré, Peter balaya la grande salle du regard.

Il trouva aussitôt ce qu'il cherchait. Posé dans un coin bien en vue, le colis en carton était ouvert, le bocal visible, et son contenu immonde flottait dans la pénombre.

Mais aucune trace du CD-Rom.

— Ah ! messieurs, s'exclama Gerland – ce qui réveilla son homme de main. Dites-moi que vous progressez !

Peter s'approcha et scruta le bureau du petit homme où plusieurs boîtiers de CD s'entassaient en désordre. Il repéra celui qu'ils cherchaient. Peter se positionna de manière à ce que Gerland soit obligé de pivoter pour le voir et de tourner le dos à la pile de CD.

— Nous avons mis la main sur quelques fichiers intéressants, dont une note sur la répartition et surtout la provenance des fonds, lança-t-il en tendant les photocopies qu'il avait faites.

Gerland fronça les sourcils, soudainement intéressé.

— Faites-moi voir.

— Voyez, la société GERIC est, semble-t-il, celle qui a financé la caisse noire de LeMoll, de plus elle a payé la construction d'un site sur Fatu Hiva. Cette opération est dotée d'un budget colossal, plus de vingt millions d'euros.

— Formidable ! Il y a des détails sur les transferts d'argent ?

— Non, c'est une note, sans en-tête, sans précision, juste un schéma pour la présentation générale. Mais il semble que la caisse noire de LeMoll ait servi à graisser la patte, entre autres, des autorités de Fatu Hiva. Le gros de la logistique passait directement par le GERIC.

— Tout ce qui concerne l'argent c'est mon rôle. Si vous mettez la main sur d'autres documents, faites-les-moi parvenir et concentrez-vous sur votre domaine d'expertise.

Peter vit Ben faire mine de s'appuyer sur le bureau de Gerland. Sa main se posa sur la pile de CD.

— Mais justement, nous n'avons rien qui puisse nous concerner. Rien sur la génétique et à peine de quoi occuper Benjamin.

Celui-ci se redressa, le CD-Rom disparut sous sa chemise.

— C'est forcément là, sous nos yeux, insista Gerland. Poursuivez votre fouille des bureaux. Encore une fois, je vous aiderais bien mais j'ai déjà trop à faire ici, j'espère parvenir à déverrouiller leurs ordinateurs.

Grohm se leva et vint vers eux. Sa barbe rousse était devenue noire dans le clair-obscur.

— Puis-je poser une question, à mon tour ? demanda-t-il, tout bas mais avec l'aplomb qui semblait le caractériser.

Gerland l'invita à poursuivre d'un geste.

— Que se passera-t-il dans deux, trois ou quatre jours, lorsque vous n'aurez toujours *rien* ? fit-il en insistant lourdement sur le mot.

— Ça n'arrivera pas, répliqua Gerland. Ces notes sur le… GERIC, ça va vous coûter cher ! Vous pouvez toujours vous murer dans votre silence, nous savons tous que vous n'avez rien à faire dans ces installations européennes. Ce n'est pas la CE qui vous mandate ici, alors votre baratin de brevets médicaux, vous pourriez au moins avoir la décence de ne pas nous le servir à nous ! Voyez-vous, la Commission européenne, c'est moi qui la représente ici, et je sais que vous n'en faites pas partie.

— Si tout est aussi simple, pourquoi ne pas nous dénoncer, nous remettre aux autorités ? suggéra Grohm avec l'assurance de celui qui sait détenir les meilleures cartes.

— Chaque chose en son temps ! Je suis l'éclaireur qui balise le terrain avant l'arrivée des troupes ; on m'a demandé de découvrir ce que vous maniganciez ici, c'est bien ce que je compte faire.

Grohm eut un petit rire sec, étouffé. Il embrassa toute la salle du regard.

— Bon courage. Cependant, si je peux vous donner un bon conseil : abandonnez tout de suite vos investigations, monsieur Gerland. Vous n'avez pas idée du lieu où vous avez mis les pieds.

Et pour la première fois Grohm avait l'air sincère lorsqu'il tourna le visage vers ses interlocuteurs. Il se passa le bout de la langue sur les lèvres, et Peter nota dans son regard une pointe de ce qui ressemblait à de la peur.

— Rangez vos petites affaires, et reprenez le téléphérique avant que la tempête soit trop forte. Rentrez chez vous, et dites à vos supérieurs que vous n'avez rien trouvé. Nous détruirons ce qui doit l'être avant qu'ils nous envoient la cavalerie.

Gerland pouffa.

— Bien entendu ! Pour que vous et le GERIC vous vous en sortiez ! Je vous fais un chèque aussi si vous le souhaitez, s'esclaffa le petit homme.

Avec la même sincérité, presque blessé, Grohm insista :

— Pour le bien de l'humanité, nous détruirons ce qui doit l'être.

— Voilà enfin ce qui ressemble à un aveu ! triompha Gerland. Vous vous décidez à parler ? Il était temps !

Grohm se referma aussitôt. Il secoua la tête, navré, et retourna s'asseoir.

— Je me disais aussi…, railla Gerland.

Peter profita du malaise pour s'éclipser en promettant de poursuivre ses recherches, et ils descendirent en direction des bureaux. Chemin faisant, Ben lui fit remarquer :

— J'ai trouvé Grohm diablement convaincant quand il nous a proposé de partir. Ça m'a même foutu les jetons, pas toi ?

— En effet. Je n'ai pas aimé le ton qu'il avait. Il semblait… effrayé.

— Franchement, tu crois qu'ils trafiquent quoi ? C'est quand même bizarre…

— Aucune idée, mais j'espère que le disque que tu as dans la poche va nous en dire davantage.

Ils ouvrirent le cadenas et s'installèrent dans la pièce du milieu, celle où Peter conduisait l'essentiel de ses fouilles. Le CD-Rom dans l'ordinateur, une fenêtre demandant le mot de passe s'afficha. Peter pianota 47-3/45-2 et le document s'ouvrit :

Dossier 27.
Patient : Mikael Heins. Det : SS2/blc7.
Cat. Lupus.
154 jours.

Patient décédé par suicide (ouvert les veines en se rongeant les poignets).
Note : les premiers tests sur l'inhibiteur de violence neurologique ont été commencés sur ce patient.
Rappel sur le patient : nous avons constaté que l'activité du cortex frontal était réduite comme chez beaucoup d'individus de type violent-impulsif. À l'inverse de C. Colmaz (patient miroir) dont le cortex frontal présente un fonctionnement tout à fait normal, typique chez les individus au sang froid et au système de planification élaboré. En revanche, la zone des amygdales cérébelleuses réagissait un tout petit peu mieux aux stimuli chez Heins que chez Colmaz mais restait néanmoins très largement inférieure à la normale. Cette zone étant le centre de la peur, et donc de la détection de la peur chez l'autre, il est apparu qu'un dysfonctionnement de cette amygdale annihilait l'empathie, parfois même la peur. Aucune trace de lésion n'est apparue chez l'un comme chez l'autre sur cette zone lors des analyses par imagerie.
Pour Colmaz il a été impossible d'obtenir des documents sur l'évolution familiale. En revanche, pour Heins, il a été prétexté une erreur médicale pour faire passer plusieurs tests en imagerie aux parents et

grands-parents. Aucune différence significative n'a été notée entre les grands-parents et les parents sinon une amygdale cérébelleuse plus petite chez le père que chez le grand-père. De même, la taille de l'amygdale cérébelleuse de Mikael Heins est apparue plus petite que celle de son père. En revanche, dans les rares cas où la comparaison a pu être menée chez les autres patients, cette atrophie progressive n'a pu être mise en évidence. Le développement et le fonctionnement complets de cette amygdale n'étant pas encore connus, il est possible qu'à défaut d'atrophie, il y ait un dysfonctionnement interne.

Les réponses de Heins aux benzodiazépines et alcools ont été rapides et spectaculaires, ces substances ont immédiatement activé la transmission GABAergique pour induire une violence accrue et persistante.

En revanche, l'étude, trop courte, n'aura pu mettre en évidence le lien entre l'apport constant en vitamines, minéraux et acides gras oméga 3 et la baisse des pulsions de violence. De même, l'absorption d'inhibiteurs d'activité des monoamines visant à augmenter leur concentration pour jouer sur l'humeur n'a pu être concluante.

Voici donc son cerveau pour dissection et examen in situ des amygdales cérébelleuses, du cortex frontal, et un archivage en lamelles de l'ensemble.

— J'ai comme une boule dans la gorge tout d'un coup, avoua Ben. Tu penses à la même chose que moi ?

Peter se massa le menton, frottant sa barbe naissante.

— Ce colis était bien destiné à Grohm, n'est-ce pas ? Ici même ?

— Oui.

— Alors on est passés à côté de quelque chose, rapporta Peter en se levant.

— Comment ça ?

— Je n'ai vu nulle part d'instruments chirurgicaux, de bocaux de formol, une table de chirurgie, enfin bref, tout ce qui serait nécessaire pour découper ce cerveau.

— Ils attendent peut-être la livraison.

— M'étonnerait. Non, c'est ici, quelque part, et nous n'avons pas su ouvrir les yeux.

— Peter, un tel équipement prend de la place, on l'aurait *forcément* vu si c'était là.

Peter pointa son index vers Ben.

— Justement ! C'est ici mais nous ne l'avons pas vu. Il nous faut… Viens !

Peter se précipita dans le couloir et entraîna Ben vers le réfectoire. N'y trouvant personne, il se perdit dans le dédale de l'observatoire, grimpant vers les coupoles avant de débusquer Jacques Frégent au coronographe.

— Jacques, je suis navré de vous interrompre mais j'ai besoin de vos lumières, fit Peter.

Jacques leva le nez de ses notes, l'air ailleurs.

— Ça ne me dérange pas, je relisais mes travaux du jour. Que puis-je pour vous ?

— Qui dans votre équipe connaît le mieux les installations, y compris celles auxquelles vous n'avez plus accès depuis que Grohm est là ?

Jacques inspira profondément en levant les yeux au ciel.

— Moi, soupira-t-il enfin. Je pense que c'est moi, je suis le doyen ici !

— Pourriez-vous venir ? J'ai besoin d'un service.

Le quinquagénaire ferma son carnet et enfila une casquette sur son crâne dégarni avant de suivre les deux scientifiques vers le couloir habituellement interdit. Une fois entré, Peter prit soin de refermer la porte de l'intérieur et désigna la succession de pièces :

— Seriez-vous capable de vous promener ici et de me dire si chaque salle est de la même taille qu'elle l'était autrefois ?

Jacques Frégent écarquilla les yeux.

— C'est un architecte qu'il vous faut !

Néanmoins il se prêta au jeu de bonne grâce et entra dans les bureaux.

À la moitié des visites il s'immobilisa :

— Franchement, je ne garantis rien. J'ai l'impression que ça n'a pas changé, pourtant… l'atmosphère n'est plus la même.

Ben et Peter échangèrent un regard.

— Continuez, Jacques, il y a encore des salles toutes proches.

Frégent n'eut pas besoin d'aller plus loin. Il s'immobilisa à nouveau et tendit la main vers l'armoire en métal pleine de fournitures qui fermait le couloir.

— Ah, là au moins, je suis formel : ça n'y était pas et il y avait un escalier à la place ! C'est par là qu'on accédait au sous-sol, les réserves du musée.

Peter et Ben se précipitèrent vers le meuble et l'inspectèrent de près. Le sol était éraflé à de nombreux endroits. Peter voulut le tirer mais il était trop lourd.

— Attends, l'interrompit Ben en glissant sa main au bas de la paroi.

Peter se rendit compte que l'armoire était surélevée d'environ un centimètre. Ben détecta une excroissance et tira dessus. Un « clac » résonna dans le rectangle métallique.

— Je crois que j'ai déverrouillé les roues, s'exclama Ben.

Et ils la firent coulisser sur le côté. Un rectangle noir béant s'ouvrit. Ben actionna un interrupteur et deux lampes illuminèrent l'escalier. D'une voix altérée par l'excitation, il jeta :

— « Pour le bien de l'humanité nous détruirons ce qui doit l'être », a dit Grohm tout à l'heure. Je ne sais pas ce que c'est, mais c'est là, au bas de ces marches.

23

Emma ouvrit les yeux. Elle était toute courbaturée d'avoir dormi quelques heures entre les balles de grain, et l'humidité du petit matin la fit frissonner. Tim était recroquevillé comme un enfant, mais il se réveilla dès qu'elle bougea pour se dégourdir les membres.

— Le soleil se lève, chuchota Emma.

— Vous avez vu ou entendu quelque chose ? demanda-t-il d'une voix encore enrouée par le sommeil.

— Pas pour l'instant.

Elle sortit la tête de leur abri et scruta les alentours. La lumière de l'aube était grise à cause du voile de nuages sombres qui recouvrait l'horizon. Des fougères bruissaient lentement dans le vent. Le charnier ne brûlait plus, et il n'y avait aucun autre bruit que les cris d'oiseaux et le ressac lointain de l'océan.

— Je ne vois rien, rapporta-t-elle.

Ils burent un peu d'eau qu'Emma avait emportée et mangèrent des gâteaux secs avant de quitter leur nid.

Durant les premières secondes de marche à découvert, Emma se sentit nue, vulnérable, puis elle s'habitua, sans pour autant relâcher sa vigilance. Il lui avait semblé que la route se trouvait près de la plage et pourtant Tim prit la direction du fond de la vallée.

— On ne va pas à Hanavave ? s'étonna-t-elle.

— Si, dans cinq minutes. Je voudrais vérifier quelque chose auparavant

Il l'entraîna jusqu'à la maison qu'ils avaient occupée dans la soirée et s'immobilisa avant la pelouse.

La porte gisait sur le perron, fracassée.

Emma croisa les bras sur sa poitrine.

— Mon Dieu… gémit-elle.

Tim s'approcha de l'entrée et pencha la tête à l'intérieur, bientôt imité par Emma. Les meubles étaient renversés, les placards vidés sur le sol, un sofa éventré, la vaisselle en morceaux parmi les décombres.

— Celui qui a fait ça était enragé, commenta-t-elle tout bas.

— Maintenant on est fixés. Il y en a plusieurs. Seul, il n'est pas parvenu à entrer, il lui aura fallu des renforts.

Emma allait demander ce que cela pouvait être mais elle se retint. Tim n'en savait pas plus qu'elle et parfois le silence est plus rassurant.

— On y va, déclara la chercheuse.

Ils redescendirent la grande rue et s'engagèrent sur la piste qui serpentait vers l'ascension des falaises de végétation verdoyante et dansante.

En contrebas l'océan battait l'écume sans relâche, aiguisant les rochers de sa force saline.

Emma ne tarda pas à sentir la brûlure de ses cuisses. Ses muscles souffraient. De temps à autre, elle se retournait pour observer le village, sa rue déserte, ses sentiers envahis par les herbes et ses maisons sans vie. Où pouvaient bien se cacher leurs agresseurs nocturnes ? Ils n'attaquaient qu'à la nuit tombée, et devaient par conséquent dormir toute la journée. Dans une de ces constructions ? Elle et Tim étaient-ils entrés sans le savoir dans la bâtisse qui les abritait en cherchant un téléphone ? Ou bien disposaient-ils d'une cache dans la forêt, dans cette impénétrable végétation tropicale qui dominait le village et écrasait toute l'île ? Tim marchait devant, imperturbable, son fusil à l'épaule. Emma suivait en contemplant le paysage. Pour le randonneur lambda, ce devait être idyllique, mais pour Emma, les incroyables roches tranchantes qui jaillissaient de la forêt au sommet des monts ressemblaient à autant de menaces. Elle vivait un cauchemar éveillé depuis deux jours et tout ce qu'elle ressentait passait au filtre de l'angoisse. Comme la luminosité tamisée par les nuages qui la mettait mal à l'aise, ou la nature spectaculaire qui, autour d'elle, l'oppressait. Elle s'efforçait de prendre de la distance. Sans y parvenir. Elle suivait son guide, prête à bondir dans les fourrés au moindre bruit.

Et ils gravissaient le sentier. Un peu plus haut à chaque pas. Les toits en contrebas formaient une mosaïque rouge, blanche et brune ; bientôt ils devinrent aussi petits qu'une maquette. À l'inverse, plus l'océan s'éloignait, plus il gagnait en gigantisme. Ce qui n'était qu'une baie devint un croissant plus large que le champ de vision d'Emma ; il s'étalait au loin, sans fin, chape grise se confondant avec l'horizon de nuages. Cieux et Océan mêlés pour fermer le monde, songea Emma.

Une heure déjà qu'ils grimpaient.

La cadence l'avait hypnotisée, elle n'était plus tout à fait lucide, fatiguée et bercée, en état second.

À sa demande, ils ralentirent l'allure et elle vit que Tim était rouge et essoufflé, ce qui la rassura. Leurs jambes n'étaient plus que muscles tétanisés.

Ils atteignirent un col où ils firent une pause pour boire. Comme elle allait s'asseoir, Tim la mit en garde :

— Ne faites pas ça ! Vous aurez encore plus de mal à repartir.

Emma leva la main pour signifier qu'elle n'en avait que faire, et se laissa choir dans l'herbe.

— Je suis claquée ! J'ai besoin de me poser.

La végétation était moins dense ici, le côté ouest bordé de falaises était exposé aux vents. Plusieurs centaines de mètres d'à-pic.

— Impressionnant, avoua Emma.

— C'est plus haut que la tour Eiffel, et d'ici au moins la vue est gratuite ! plaisanta Tim en contemplant le vide.

La halte s'éternisa et Tim dut tirer Emma par les bras pour l'aider à se relever.

— Courage, encore une bonne heure et ce ne sera que de la descente.

La route s'éloignait des falaises et entrait un peu plus dans les terres.

Voilà plus de trois heures qu'ils avaient quitté Omoa. Emma était toute poisseuse, le temps demeurait menaçant, la température relativement fraîche, mais l'effort et l'humidité suffisaient à couvrir la peau d'un film collant. La forêt tropicale se redressait au fur et à mesure qu'ils gagnaient l'intérieur, les arbres se haussaient, les fougères se déployaient et les lianes dissimulaient des gouffres. Quelque part là-dessous pouvaient se cacher des hommes à la bestialité exacerbée, des bêtes, pensa Emma.

Est-ce que cela existe ? Des hommes capables d'une telle sauvagerie ? Au point de décimer tout un village ?

Ce dernier point, Emma le corrigea. Ils n'avaient aucune certitude, il était envisageable que les habitants aient fui…

Et le garçon du caméscope ? Pourquoi était-il resté ? On l'avait… massacré ! Et les cartouches dans la rue, et les ongles arrachés dans l'église…

Les troncs grinçaient en frottant les uns contre les autres, répandant des plaintes lugubres appuyées par le bruissement du vent dans la canopée.

Emma avait sillonné bien des lieux reculés, passait des heures dans la nature, parfois des nuits dans des sous-sols à étudier des fossiles, elle ne se laissait pas impressionner facilement. Cette fois c'était différent, ce n'était pas la nature qui l'effrayait, mais l'inconnu.

Au détour d'une courbe, la forêt apparut, à perte de vue, puis Hanavave, en bas de la vallée, agrippé sur la pente d'une montagne verte et brune et sous la menace d'un pic jaillissant à plus de trois cents mètres de hauteur. Emma réalisa qu'ils dominaient à tel point le panorama qu'ils allaient devoir redescendre à la verticale sur le village.

Le serpentin de route dessinait un enchevêtrement de boucles, disparaissant par moments dans les bouquets d'arbres et de buissons, et il fallut tirer sur les cuisses et les mollets pour ne pas se laisser emporter par la pente.

Une interminable crête sombre fermait toute la perspective nord de l'île, à quelque mille mètres d'altitude, si abrupte qu'elle semblait inaccessible. Les nuages aux teintes fuligineuses venaient s'éventrer sur les pointes en passant. Emma baissa les yeux et se concentra sur ses pas pour ne pas risquer une chute qui, ici, serait fatale.

Hanavave s'étirait dans sa vallée, plus encastré encore qu'Omoa. Les deux marcheurs parvinrent enfin au village par le fond est de la vallée. Juste avant d'arriver sur ce qui servait de route principale, Tim s'écarta pour suivre une trace dans la forêt. Des branches étaient fracassées sur trois mètres de large.

— Quelque chose est passé par là, et c'était gros ! commenta-t-il sombrement.

Le sillon se poursuivait tout droit vers l'ouest.

Emma vint le tirer par la manche.

— Venez, le village…

Dès les premières maisons le cœur d'Emma s'était recroquevillé dans sa poitrine. Tout était désert… Les portes étaient ouvertes, les moustiquaires battant au gré des courants d'air.

La rue principale était couverte des stigmates du drame qui s'y était joué. La pluie n'avait pas suffi à laver le sang sur les perrons, à balayer les armes improvisées dont on s'était servi. Un chandail accroché dans une clôture en bois s'était déchiré. Une demi-douzaine de maisons étaient noircies par le feu. De nombreuses fenêtres étaient brisées et un drap claquait au vent sur une pelouse, pris au piège d'un arbuste. Des vêtements, des sandales, des baskets éparpillés jonchaient la rue. Les piquets d'une palissade étaient arrachés sur dix mètres, les planches brisées traînaient dans les herbes.

Un ouragan de violence s'était abattu sur Hanavave.

Tout à coup Tim repoussa Emma.

— Ne regardez pas par là, ordonna-t-il.

— Quoi ? Qu'y a-t-il ? s'alarma-t-elle.

La peur d'imaginer pire encore la fit reculer et s'arracher à l'étreinte du jeune homme.

Elle ne vit qu'une basket d'enfant.

Puis le pied à l'intérieur.

Sans chaussette, rien qu'une cheville fragile, ambrée, et les chairs arrachées qui grouillaient de vers. Emma se couvrit la bouche et réprima un haut-le-cœur. Tim la prit par la main et l'entraîna à l'écart.

— Allons-y, dit-il. Continuons.

Le spectacle était aussi sinistre partout. L'assaut avait été d'une férocité primitive.

Tim et Emma remontèrent la rue en direction du port, en silence. Ni l'un ni l'autre n'osait chercher d'éventuels survivants.

— Il y a environ cinq cents habitants sur l'île, c'est bien ça ? fit Emma, la voix blanche.

— Oui, répartis sur les deux villages.

— Où sont-ils ? Ils ne se sont pas volatilisés ! Je veux bien croire qu'il y a eu des... victimes, mais alors où sont les corps, et où sont tous les autres ?

Ils avaient atteint l'extrémité de Hanavave, les derniers bâtiments sur leur droite et un grand terrain de sport sur la gauche, face à la plage.

— En tout cas je sais maintenant où sont passées les voitures, dit Tim le visage fermé.

Il pointa le canon de son fusil à pompe vers l'océan.

Emma y découvrit cinq véhicules immergés jusqu'au toit. On les avait précipités dans la baie depuis la jetée.

— C'est presque rassurant, confia-t-elle. Des animaux ou des... *monstres*, comme vous dites, n'auraient pas su conduire ces 4 × 4.

— Tout dépend de l'interprétation qu'on en a. Et si c'étaient les derniers villageois qui, se sachant perdus, avaient noyé leurs voitures pour que leurs assaillants ne puissent pas rejoindre Omoa ?

— C'est donc qu'ils les pensaient capables de conduire, ça revient au même. Rassurant, je vous dis. D'un certain point de vue au moins.

De gigantesques pitons de basalte encadraient la baie, projetant leurs ombres noires sur l'étendue d'herbe et le liséré de rochers bordant l'océan.

Un paysage oppressant.

Les yeux d'Emma s'habituèrent aux mouvements des vagues et elle remarqua que ce qu'elle prenait pour des paquets d'algues avait des formes plus définies.

Elle pressa le pas.

Des masses d'algues partout. Avec des bras. Des jambes. Et des faces livides aux lèvres bleues.

Les algues étaient des vêtements gonflés d'eau.

Des corps s'étaient échoués sur la grève, il y en avait partout, sur les rochers, autour des voitures. Ils formaient de longues grappes que le ressac ne parvenait pas à briser.

— Ils sont… ils sont attachés ensemble, murmura Emma.

Des larmes coulaient sur ses joues.

Il y avait des femmes, des enfants, des hommes, des vieillards. Par endroits leur peau était arrachée, d'autres n'avaient plus de visage, rien qu'une bouillie infâme que la mer avait colorée de brun.

Plus d'une centaine. Peut-être davantage. Tout se mit à tourner autour d'elle, et Tim, tout aussi blême, ne put la retenir.

Emma s'effondra sur l'herbe, le visage tourné vers les cieux.

C'est à ce moment qu'il se mit à gronder, un roulement lourd et puissant.

L'orage pouvait bien se rapprocher, Emma n'en avait cure. Elle était étendue au milieu des habitants de Hanavave.

Quelque chose avait tué plus de deux cents personnes.

24

Peter et Ben descendirent l'escalier qui donnait sur une salle où s'alignaient de nombreuses armoires métalliques. Des lampes rondes tombant du plafond suffisaient à créer des bulles de clarté dans un long couloir austère, digne d'une prison, qui traversait les installations du pic de part en part.

Jacques Frégent, tout en haut des marches, s'écria :

— Je ferais bien de venir, on a tôt fait de se perdre là-dessous !

Peter voulut l'en dissuader mais le scientifique était à ses côtés en dix secondes.

— Jacques, je vous fais confiance, insista Peter, tout ça doit rester entre nous.

— Je suis un éternel bavard mais j'aime encore mieux me taire que d'avoir des ennuis avec Grohm !

Des portes se faisaient face dans le corridor, une douzaine en tout. Peter parvint à la première, un chariot chromé était rangé devant et il dut le pousser pour entrer. Des classeurs étiquetés couvraient les étagères d'une pièce aveugle. Peter et Jacques s'en approchèrent pendant que Ben, curieux, s'éloignait pour explorer la suite.

Peter passa son index sur les tranches multicolores. Pas de poussière.

— Ce sont leurs archives, les vraies je veux dire.

Peter s'aperçut que les classeurs comportaient un numéro et il chercha les premiers pour les sonder dans l'ordre. Sur les cent sept premiers figurait un nom de famille, un nom différent pour chacun, et ils occupaient à eux seuls tout un pan de mur. Peter fut interpellé par des patronymes qu'il connaissait : « Ménart », « Palissier », « Scoletti » ou même « Estevenard », rien que des membres de l'équipe de David Grohm. Il en conclut que ces cent personnes devaient être celles qui travaillaient avec le GERIC. Ce qui faisait beaucoup de monde.

Ben a dit qu'ils disposaient d'un budget conséquent, plusieurs dizaines de millions d'euros.

Il passa aux classeurs suivants. Une série concernant les budgets, puis tous les autres, marqués seulement d'un chiffre et d'une lettre.

Peter s'arrêta au dernier et le tira à lui. Il était léger. À l'intérieur trois chemises de couleur : « Presse », « Commandes matériel à régler » et « DeVonck/Clarin ».

En lisant ces noms Peter reçut un coup à l'estomac. Il s'empressa d'ouvrir. Des photos d'Emma, de Benjamin, de lui et même de leurs enfants glissèrent au sol. Pour les trois, une fiche biographique était dressée, renseignements administratifs et CV, les professeurs ayant dirigé leurs travaux d'étudiants, leurs collègues actuels et passés, et des notes sur chaque membre de leur famille. Peter reçut le coup de grâce en découvrant les photocopies de ses relevés de comptes. On les avait faites d'après des feuilles froissées et il n'eut aucune peine à comprendre : on avait fouillé leurs poubelles. Et plus d'une fois !

Un simple Post-it concluait le rapport :

Intérêt scientifique
Pression sur famille ?

Ils avaient étudié le meilleur moyen de faire appel à eux et s'assurer qu'Emma, Ben et Peter ne pourraient pas refuser. C'était la note que LeMoll avait reçue. Celle que Gerland avait trouvée.

Pourquoi eux ? Quels travaux menait-on dans la clandestinité sous l'égide du GERIC ?

La voix de Ben le fit sursauter :

— Peter, faut que tu viennes voir !

Jacques lisait les étiquettes des classeurs et échangea un bref regard avec Peter. Ils sortirent. Ben se tenait trois portes plus loin.

— Jusque-là ce sont des bureaux déserts, expliqua-t-il, ils devaient travailler au-dessus, mais en revanche cette salle-là…

Peter pénétra dans une grande réserve, dont Ben n'avait pas allumé les lumières. Les murs étaient couverts de bocaux, des congélateurs dressés au centre, et dans les armoires en acier que Ben avait laissées ouvertes, des instruments chirurgicaux brillaient. Deux soupiraux diffusaient la lueur bleutée de la nuit. Au fond, une paillasse carrelée renvoyait les reflets des lampes du couloir.

— C'est ce que tu cherchais, non ? interrogea Ben.

Peter acquiesça lentement. Jacques se tenait en retrait, n'osant approcher.

— Et ce n'est pas tout, en face c'est pas mal non plus, commenta le jeune sociologue.

Il s'effaça pour dégager la vue sur un rack à fusils. Deux mitraillettes, un fusil à pompe, quatre armes de poing, et des paquets de munitions en nombre suffisant pour tenir un siège pendant une semaine.

— Alors ça… lâcha Jacques Frégent.

— Le reste est désert, affirma Ben. Des salles vides.

196

— Tout ce qu'il nous fallait ce sont ces archives, dit Peter. Maintenant on ne devrait plus tarder à y voir clair. Cependant, procédons comme si nous n'avions rien découvert. Officiellement on trie les dossiers de brevets, personne ne doit savoir.

— Pourquoi ça ? Vous vous méfiez même de votre collègue Gerland ? s'étonna Jacques.

Peter hocha la tête et pointa son pouce vers l'armurerie.

— Mais surtout, je me dis que des gens qui cachent si bien leurs documents et qui sont si bien armés sont prêts à tout pour garder leurs secrets à l'abri. Ne prenons aucun risque.

— Comment… comment puis-je vous aider ?

— Nous allons remonter ensemble, dîner avec tout le monde et vous vaquerez à vos occupations habituelles. La suite nous concerne, Benjamin et moi.

— Je peux vous…

— Non, le coupa Peter, vous éveilleriez les soupçons. Si c'est nécessaire je ferai appel à vous, Jacques ; en attendant, pas un mot et ne changez rien. Merci pour tout.

Et tandis qu'ils remontaient, Ben profita de l'avance qu'avait Frégent pour chuchoter à l'oreille de son beau-frère :

— Je t'ai menti tout à l'heure en disant qu'il n'y avait rien d'autre.

— Quoi ?

— La dernière pièce a été aménagée. Une cellule, avec porte renforcée et chaînes aux murs. Je ne sais pas ce qu'ils manigancent mais je commence à regretter d'être venu.

Peter resta silencieux un moment, avant de murmurer :

— Nous allons le savoir. Cette nuit nous saurons.

25

Assise dans l'herbe, face à l'océan, Emma reçut les premières gouttes de pluie, mais ne bougea pas. Tim était descendu sur les rochers de la grève, il revint en soupirant.

— Toutes les pirogues ont été coulées, on les voit près du bord.

Emma ne répondit pas, les yeux fixés sur le plafond gris qui commençait à s'épancher sur le village.

— Je ne comprends pas pourquoi ils ont fait ça, continua Tim. Endommager toutes les pirogues une fois le village décimé ne servait à rien. À présent ils ne peuvent plus quitter l'île !

Emma ouvrit enfin la bouche, une voix plate, sans émotion :

— C'est donc ce qu'ils veulent, ne plus la quitter. Et que personne n'en parte non plus.

Après un long silence, Tim s'approcha d'elle.

— Ne restons pas là, allons, venez.

— Il faut les enterrer… chuchota Emma, sans force.

— C'est impossible. Il y en a trop. Venez. Et puis ne laissons pas de traces.

Il se pencha et lui tendit le bras. Elle s'y appuya pour se relever, se passa la main sur le front, en évitant de regarder les corps que les vagues animaient.

— C'est un cauchemar, fit-elle, si bas que Tim ne put l'entendre.

Il la poussa doucement vers les palmiers et la rue qui traversait Hanavave.

— Nous devons trouver un moyen de communication avec l'extérieur, annonça-t-il.

— Aucun bateau n'accoste ici ?

— Pas des touristes en tout cas, la mer est trop mauvaise depuis quelques années. Il y a bien le cargo de ravitaillement, mais il ne vient qu'une fois tous les deux mois. Sinon, pour les produits frais, ce sont les habitants de l'île qui partent faire leurs emplettes de temps en temps à Hiva Oa.

— Autant dire qu'on peut rester sans secours pendant un bon moment.

— C'est pour ça qu'il nous faut un moyen de communication.

— Si les téléphones étaient coupés à Omoa je ne vois pas pourquoi ils fonctionneraient ici !

— Non, mais peut-être une radio... Allons, venez.

Ils s'éloignèrent sans un regard de plus vers la mortelle offrande de la marée.

Près de là, une grosse antenne parabolique était fixée sur un mât de deux mètres. Tim se pencha pour étudier le boîtier à sa base.

— C'est pour la télé, dommage.

Plus loin, Emma remarqua une petite église blanche au portail bleu qu'elle n'avait pas vue à l'aller. Elle se demanda s'il y avait à l'intérieur le même genre de spectacle que dans celle d'Omoa. *Les églises sont l'endroit où vont s'abriter les gens en cas de catastrophe...*

Elle fit signe à Tim de la suivre.

— C'est idiot mais je voudrais m'assurer qu'il n'y a plus personne.

Elle poussa le battant et se pencha pour scruter l'intérieur de la petite nef.

— Passez-moi votre lampe, chuchota-t-elle.

Le faisceau blanc balaya les bancs, l'autel, les statues, sans rien révéler de suspect. Aucun signe de violence. *Ils n'ont pas eu le temps de venir s'y cacher...*

Après quoi Tim les conduisit au cœur du village, vers une maison blanche coiffée d'un long mât métallique au sommet d'une butte devant laquelle s'agitait le drapeau français. Les gouttes qui les arrosaient maintenant étaient épaisses, mais peu nombreuses.

— S'il y a une radio quelque part, c'est ici ! s'exclama-t-il plein d'espoir.

Emma insista pour qu'il y aille seul. La vérité était qu'elle n'en pouvait plus de cette violence et craignait de tomber sur une autre horreur qui l'achèverait.

Elle s'assit au sommet des marches qui dominaient le coin de la rue et laissa son regard errer parmi les manguiers, les palmiers et les bouquets d'hibiscus rouges qui envahissaient Hanavave.

Elle se sentait vide. Désarmée. La gorge douloureuse et les tempes bourdonnantes, elle se mit à pleurer. D'abord contenus, ses sanglots firent céder les vannes et elle libéra progressivement la terrible tension.

Il ne resta bientôt d'elle qu'une enveloppe vide. Sans énergie. Sans joie.

Sa vision périphérique capta alors un mouvement. Sa tête pivota d'instinct et ses yeux sondèrent le secteur. Elle chassa les dernières larmes avec ses doigts.

Rien. Aucune présence.

Ce qui ressemblait à un pantalon s'agitait doucement dans le vent, plus loin c'était une affiche partiellement arrachée qui tremblait. Emma se détendit un peu. La pluie lui faisait du bien, elle se sentait moite, rêvait d'une bonne douche chaude. C'était déjà un premier point, un désir, une lueur d'envie vers quelque chose. Le tonnerre claqua quelque part au-dessus de l'océan.

Tim ressortit en traînant les pieds et Emma comprit.

— Il y a bien un poste, mais il est détruit, commenta-t-il d'une voix sombre. On s'est acharné dessus.

— Alors, que fait-on ?

— Il faut continuer, on ne sait jamais. De toute façon on n'a rien d'autre.

Leur ennemi, maintenant, serait le découragement. Emma le comprit.

Ils regagnèrent la rue et se mirent en quête d'un autre bâtiment avec une antenne sur le toit. Sans y croire. Tim s'arrêta plusieurs fois pour effectuer un tour sur lui-même. Après deux cents mètres, tandis qu'ils approchaient de la sortie du village, il se pencha vers Emma :

— Continuez de marcher, ne vous retournez pas, nous sommes suivis.

— Je m'en doutais. J'ai cru voir quelque chose tout à l'heure !

— Pour l'instant j'ai l'impression qu'il est tout seul. On va l'entraîner sur ce chemin et dans le virage je m'écarterai dans les fourrés. Ne vous arrêtez pas, je m'en occupe.

Avant qu'elle puisse répondre, Tim s'engageait dans un sentier broussailleux. Il se jeta dans la végétation épaisse et Emma poursuivit sa route. Elle fit encore trente mètres sans rien entendre, puis commença à s'inquiéter. *Ne te retourne pas. S'il est derrière, il va savoir que tu l'as repéré.* Elle passa une main dans ses cheveux pour en chasser la pluie qui ruisselait maintenant sur son front, dans ses yeux.

— NE BOUGEZ PLUS ! hurla-t-on dans son dos.

Elle fit volte-face pour découvrir Tim qui braquait son fusil à pompe sur un homme à la peau bronzée, vêtu d'un pyjama. Elle accourut vers lui.

— NE TIREZ PAS ! implora l'inconnu en levant les mains.

Emma se posta au côté de Tim. Pendant un instant personne ne broncha. Un silence cocasse et terrifiant à la fois plana sur le trio, puis Emma demanda à Tim :

— Vous le connaissez ? C'est un habitant du village ?

— Je n'en sais rien, je suis loin de les connaître. Je ne viens presque jamais à Hanavave !

Sa voix trahissait une tension qui fit craindre le pire à Emma.

— Oui ! s'écria l'homme. Oui ! J'habite ici ! Je m'appelle Oscar Lionfa ! Je vis ici ! Je vis ici !

— Baissez votre arme, commanda Emma à Tim.

— Quoi ?

— Faites-le, ce type est aussi terrorisé que nous. Rangez ça avant qu'un drame n'arrive.

À contrecœur, Tim abaissa son arme et l'homme s'affaissa pour le compte sur ses genoux. Ses épaules ployèrent et sa bouche aspira l'air longuement. À n'en pas douter, sous la pluie qui couvrait son visage la sueur devait ruisseler.

— Mon Dieu merci, souffla-t-il. Vous êtes les secours ?

Emma secoua la tête. Elle vit qu'il avait les yeux rouges comme s'il avait pleuré toute la nuit.

— Vous avez vu ce qui s'est passé ici ? demanda-t-elle.

Oscar grimaça de terreur et secoua la tête.

— Mais j'ai entendu… Vous avez un bateau ? Il faut quitter cet endroit tout de suite, je vous raconterai mais il faut d'abord s'en aller !

— Nous n'avons plus d'embarcation, rétorqua Tim. Elle est échouée. Qu'avez-vous entendu ? Qui a fait ça au village ?

Oscar se releva et sonda rapidement la forêt tropicale autour d'eux. La pluie continuait de battre les feuilles, leurs vêtements étaient à présent trempés et le tonnerre grondait encore, plus longuement, plus près que jamais.

— L'orage arrive… commenta Oscar.

Emma avait l'impression qu'il était sur le point de s'évanouir, submergé par les émotions.

— Qui a massacré le village ? répéta Tim.

Oscar les fixa, avant de tendre vers eux un doigt vengeur et de lancer froidement :

— C'est vous.

La pluie s'intensifia d'un coup. Elle se mit à crépiter si fort sur la terre et la végétation qu'Emma dut crier pour se faire entendre :

— Comment ça « nous » ?

Peu à peu, elle vit la peur céder la place à la colère sur le visage d'Oscar.

— C'est vous ! Oui, c'est vous qui avez détruit nos vies ! En venant sur notre île, avec vos machines, et tout ce bruit que vous avez fait pendant des semaines et des semaines à creuser la terre là-haut, maintenant la porte est ouverte !

— De quoi parle-t-il ? fit Tim.

— De nous, les gens de la métropole, comprit Emma.

— C'est vous qui avez creusé, là-haut dans nos montagnes, insista Oscar, là où nous n'avons jamais dérangé la terre pendant des centaines d'années ! Vous êtes venus et vous avez tout détruit en quelques jours. Et vous avez ouvert un trou sur l'enfer ! Les démons sont descendus sur toute l'île ! C'est à cause de vous !

— Calmez-vous, répliqua Emma en s'approchant de lui.

Elle remarqua qu'il avait les yeux pleins de larmes.

— Ma fille ! Ils ont pris ma fille ! Et ma femme ! Tout le village ! J'ai vu les corps sur les rochers ! Ils ont massacré tout le monde !

Il se cacha le visage dans les mains, et Emma s'avança vers lui.

— Oscar, je... je suis désolée pour votre famille.

Elle demeura ainsi, silencieuse, tandis qu'il pleurait. Les nuages devinrent charbonneux et la luminosité tomba d'un coup.

— Oscar, répéta Emma, nous ne pouvons pas rester ici sur ce chemin, il faut retourner au village. Venez.

Constatant qu'il ne bougeait pas, Emma l'attrapa par le bras et le tira, ce qui suffit à le sortir de sa bulle. Ils retrouvèrent les premières maisons et Tim les conduisit vers celle qui lui semblait la plus grande. Au moment d'entrer dans le jardin, Oscar s'immobilisa.

— Non, pas ici. On ne peut pas. C'est chez Pierre, il n'aime pas qu'on entre chez lui quand il n'y est pas.

Emma eut envie de rappeler que ce n'était plus vraiment un problème, mais s'en garda.

— Très bien, alors où pouvons-nous aller ? interrogea-t-elle avec toute la douceur dont elle était capable, entre peur et fatigue.

— J'habite là-bas.

Ils le suivirent dans la rue. La pluie tombait si fort qu'elle limitait le champ de vision à une trentaine de mètres. Tim marchait en collant son fusil contre lui pour le protéger de l'eau.

— Ce n'est pas étanche ? s'écria Emma par-dessus le vacarme.

— Aucune idée, je préfère ne prendre aucun risque ! Vous croyez qu'on peut lui faire confiance ?

— A-t-on le choix ?

Oscar les fit entrer dans une petite bâtisse en bois de plain-pied et referma derrière eux. Il leur apporta des serviettes pour se sécher et des couvertures pour se réchauffer. Tous ses gestes étaient mécaniques, ce n'était plus la conscience qui le gouvernait. Emma l'observait.

Il alluma une lanterne à huile – indispensable, comprit-elle, à tout habitant de l'île où l'électricité devait être d'humeur versatile – et mit à chauffer une bouilloire sur le réchaud à gaz.

Lorsqu'ils furent secs, emmitouflés dans leurs couvertures, une tasse de thé chaud à la main, Emma se sentit mieux. Moins fragile nerveusement. Elle savait qu'il était dangereux de craquer en pareille situation, il fallait au contraire garder son sang-froid, se focaliser sur les événements afin de trouver une solution aux problèmes. Cependant, *savoir* et *faire* étaient décidément deux choses différentes. Elle pensa très fort à ses enfants et à Peter. À l'idée de les serrer dans ses bras, elle trouva la force de rester sereine.

Oscar n'avait plus cette énergie. Il n'avait plus d'espoir.

Emma se pencha vers lui :

— Je sais que c'est dur pour vous, mais nous devons vous poser ces questions, Oscar. Nous sommes coincés ici et… ces démons, comme vous les appelez, pourraient revenir. Est-ce que… vous les avez vus ?

Il secoua la tête lentement.

— C'est arrivé très vite. Je dormais… je dors toujours profondément quand j'ai bu un peu le soir, et ce soir-là j'avais bu beaucoup. Quand je me suis réveillé, ma femme n'était plus dans le lit. Je suis allé voir dans la chambre de la petite et il n'y avait personne. J'ai entendu les cris dans la rue. Tous ces cris.

Son regard était perdu dans le néant qui dissociait sa mémoire de ses émotions.

Emma lui posa une main sur l'épaule.

— La porte était ouverte, poursuivit-il du même ton monocorde. Ça faisait longtemps que les démons étaient dans le village. Je n'avais rien entendu à cause de l'alcool mais ça faisait longtemps ! Ils avaient déjà massacré la plupart des amis, je voyais dans la rue les maisons en feu, et j'entendais surtout les hurlements. J'ai voulu sortir, il y avait des silhouettes qui couraient en criant, ils giclaient le sang de partout, de la tête, des bras, du ventre, comme s'ils avaient des tuyaux d'arrosage dans le corps ! Je suis sorti pour aller vers eux, pour les aider, pour trouver ma femme, mais... j'ai fait trois pas et je suis tombé dans les fougères.

Cette fois son menton fut pris de tremblements alors qu'il luttait contre les larmes.

— Vous ne les avez pas vus, ces... démons ? interrogea Tim. Alors comment savez-vous que c'en est ?

— Quand je me suis réveillé au petit matin, j'ai vu le carnage ! Et aucun homme ne pourrait faire ça ! J'ai cherché ma fille et ma femme... J'ai nagé au milieu des corps, mais il y en a tant ! Il faudra m'aider ! Il faudra venir avec moi, à trois nous pourrons nous relayer. Il faut plonger, parce qu'il y en a encore plus sous l'eau, attachés ensemble !

Emma frissonna. L'homme délirait.

Tim enchaîna :

— Vous avez parlé de travaux dans la montagne tout à l'heure. De quoi s'agit-il ?

— C'est de l'autre côté, vers la pointe Matakoo, dans une cuvette près de la baie d'Ouia. Ils ont creusé la montagne et construit un temple au diable !

— De quoi parlez-vous ? insista Tim.

— Il y a environ un an, des bateaux sont venus, ils ont contourné l'île, et puis les hélicoptères ont bourdonné au-dessus de la forêt pendant plusieurs mois. On est allés voir avec des copains. Les gens de la ville sont venus pour bâtir leur temple. Au début on pensait que c'était pour les touristes. Puis il y a eu des cris effroyables qui en sortaient ! Le jour et la nuit, des hurlements ! C'est là qu'on a compris qu'ils faisaient quelque chose de mauvais !

— Et vous n'avez rien rapporté aux autorités ? s'étonna Emma.

— Le gendarme nous a dit qu'on se faisait des idées. Le maire a dit que ces gens avaient bien payé et que ça allait nous apporter beaucoup de progrès sur l'île. Personne n'a voulu nous écouter. Après, les hurlements ont cessé. Quand on marchait jusque là-bas, on n'entendait plus rien, ce qui ne veut pas dire que c'était terminé. Ils ont juste fait plus attention.

— Et depuis le… l'attaque ? s'enquit Tim. Vous avez revu ces démons ?

— Non, personne jusqu'à vous… Personne…

Tim et Emma se regardèrent, et cette fois Oscar s'effondra. Il se mit à sangloter en répétant les noms de sa fille et de sa femme.

Tim s'écarta et fit signe à Emma de le rejoindre.

— Vous en pensez quoi ? lui demanda-t-elle.

— C'est un vieil alcoolo ! Cependant je pense qu'il a raison sur un point : c'est du côté de ces installations que tout est parti.

— Vous sauriez y aller ?

— Là-bas ? Vous avez entendu ce qu'il a dit ? M'est avis que nos agresseurs nocturnes se terrent dans ce coin, je ne vais pas aller me jeter dans la gueule du loup !

— Il a parlé de bateaux et d'hélicoptères, il y a peut-être un quai et de quoi quitter cet enfer ! Au pire on y trouvera sûrement une radio ! Ça vaut le coup d'essayer plutôt que de moisir ici, non ?

— Je ne sais pas, je ne le sens pas. Et puis s'ils ont détruit la radio et les pirogues dans le village, je ne vois pas pourquoi ils en auraient épargné d'autres ailleurs.

— C'est tout ce qu'on a. Combien de temps d'après vous pour y aller ?

Tim soupira en réfléchissant.

— La baie d'Ouia est sur le versant est de l'île. Je ne sais pas, je dirais au moins cinq heures.

Emma examina sa montre.

— On peut y être avant la tombée de la nuit, mais on ne pourra pas rentrer.

— Alors c'est non. Je ne prends pas le risque d'y passer la nuit.

Emma le fixa. Tim était déterminé, elle ne pourrait pas lui faire changer d'avis.

— Bien, on dort ici et on avise à l'aube. Oscar a dit qu'il n'y a personne depuis deux jours.

— S'il a noyé son chagrin dans toutes les bouteilles qu'il a trouvées, je veux bien croire qu'il n'a rien entendu !

— Au moins ça nous apprend qu'en étant discrets nous avons plus de chances de nous en sortir, donc on ne calfeutre pas les entrées. Si les volets sont fermés ou s'il y a des planches aux fenêtres, les… *démons*, comme dit Oscar, sauront que nous sommes là. On ferme à clé, mais rien de plus qui pourrait attirer l'attention sur la maison.

— Les *démons* ? Vous y croyez maintenant ? s'étonna Tim avec un soupçon de dérision.

— Non, mais il faut bien leur donner un nom !

Réalisant qu'ils n'avaient rien avalé depuis le matin, Emma s'en alla dans la cuisine pour préparer de quoi calmer la faim que la peur et le stress, en recul, libéraient à nouveau.

Ils mangèrent des sandwiches en observant la rue par la fenêtre de la cuisine. Il faisait presque nuit à cause de l'orage. Des éclairs illuminèrent le village et redonnèrent, l'espace de quelques secondes, des couleurs à ce qui était devenu terne sous la pluie.

Oscar refusait de s'alimenter. Recroquevillé sur son canapé, il fixait les ongles de ses pieds.

— Qu'est-ce qu'on va faire de lui ? questionna Tim entre deux bouchées.

— C'est à lui de décider. S'il veut venir avec nous, ou s'il veut rester ici. Laissons-lui jusqu'à demain avant de lui proposer.

Elle but une gorgée de soda. Tim en profita pour revenir sur ce qui le tourmentait :

— Je sais que ça vous semble absurde cette hypothèse de démons ou de… monstres, mais vous êtes comme moi, vous avez vu ce qui s'est passé ici, aucun homme ne pourrait faire une chose pareille ! Et la nuit dernière, ce qui s'en est pris à la maison ne se comportait pas non plus comme un homme. Alors… scientifique ou pas, n'y a-t-il pas une petite parcelle de vous capable d'envisager qu'on soit face à une créature que nous ne connaissons pas ? Quelque chose qui vivait ici, et qui a été libéré par les types dans la montagne.

Emma le toisa un instant avant de reposer son sandwich.

— Pourquoi, vous y croyez, vous ? répliqua-t-elle.

Il haussa les épaules.

— Peut-être, j'avoue que je n'en sais rien. Je suis… paumé.

— Je vais vous dire pourquoi je n'y crois pas : les « monstres » n'existent pas, c'est un fait. En revanche vous faites sûrement allusion à une espèce animale évoluée au même titre que l'Homo sapiens. Une espèce que nous n'aurions pas encore découverte.

— Oui, c'est exactement ça.

Elle secoua la tête.

— Non, impossible. Pourquoi ? Parce que ce qui a attaqué cette île est intelligent, le fruit d'une longue évolution. Et ça n'aurait pas pu passer inaperçu aussi longtemps. Nous vivons une ère où la Terre a été parcourue, fouillée, sondée ; à part les profondeurs abyssales, nous en connaissons les moindres parcelles. Et ce que l'homme n'a pas conquis, les satellites l'ont étudié. Conway Morris et Whittington, deux paléoanthropologues célèbres, ont développé une théorie selon laquelle la tendance de la vie est à l'enrichissement de peu d'espèces au détriment de beaucoup d'autres. La vie enrichit ce qui existe, elle aide à l'adaptation pour la survie. Donc la vie ne favorise pas la stagnation, ou la régression. Vous voyez où je veux en venir ?

Tim fit une grimace gênée.

— Pas du tout…

— La vie se développe, elle avance, elle prospère, elle se répand. Une espèce animale ne serait pas restée prostrée ici, sans quoi elle ne serait pas évoluée ! Si une autre espèce avait grandi en même temps que nous sur cette planète pour atteindre un degré de sophistication semblable au nôtre, nous ne pourrions pas l'ignorer aujourd'hui. Si j'applique la théorie de Conway Morris et Whittington à l'extrême, du macro au micro, cette espèce aurait probablement nui au développement d'autres espèces dans son environnement proche, nous aurions constaté la disparition d'espèces mineures, la fuite d'autres pour échapper à leur prédateur… Bref, la vie, particulièrement si elle est très évoluée, donc dominante, ne peut passer inaperçue. Et si on ne la remarque pas directement, on ne peut échapper aux remous qu'elle provoque inexorablement dans le grand bain de l'existence. Et nous n'avons jamais noté ce genre d'incidents.

— Peut-être que c'était une espèce souterraine ? C'est pour ça que nous n'avons jamais rien découvert !

Leurs visages furent fouettés par le flash d'un éclair.

— On a dit « intelligente », Tim ! Suffisamment pour faire sauter des voitures dans l'eau et pour détruire une radio ! Non, c'est grotesque ! Ce sont des hommes qui attaquent cette île, et rien d'autre !

Emma retourna auprès d'Oscar et insista pour qu'il mange, et boive un peu d'eau. Elle était inquiétée par ses lèvres craquelées. Il finit par accepter la nourriture et l'avala sans y penser. Puis il apporta un cadre qu'il tendit à Emma. Une grande photo d'une fillette souriante sur les genoux d'une femme vêtue de couleurs vives et tout aussi joyeuse.

— C'est Pauline et ma femme, Lorette. Elles sont belles, n'est-ce pas ? Je n'en parle pas au passé, ça ne vous dérange pas ? Moi je n'en ai pas envie.

Emma bavarda avec lui un moment, plus pour jauger de son état psychique que par politesse. Elle nota qu'il alternait les moments de lucidité, les passages à vide, proches de la catatonie, et les bouffées de délire, quand il préférait parler de sa famille en « vacances ». Et il insistait sur le mot. Elles étaient parties « pour des longues vacances ».

— Ce qui me chagrine, vous savez, insista-t-il, c'est qu'elles soient parties si vite, sans me prévenir. Je n'ai même pas pu embrasser Pauline ! Mais c'est tout Lorette, ça ! Elle décide d'une chose et il faut que ce soit fait dans la minute !

En fin d'après-midi, Oscar dormait sur son lit, dans une chambre toute proche. L'orage n'avait pas faibli et Tim semblait contrarié. Emma vint vers le jeune homme.

— Ça n'a pas l'air d'aller.

Tim fit la moue.

— Ce temps ne va pas nous aider ! Aucun bateau ne viendra tant qu'il fera aussi mauvais. Et si nous souhaitons quitter le village… les sentiers seront noyés, impraticables.

— Ce qui est valable pour nous l'est pour nos ennemis.

Tim eut un sourire.

— Vous parlez comme un militaire. Vous avez ce côté Sarah Connor, maintenant que j'y pense !

— Sarah qui ?

— Vous n'avez pas vu *Terminator* ?

— Mon truc c'est plutôt les livres. Il n'empêche que cet orage nous dessert autant qu'il nous protège.

— Je l'espère, soupira Tim.

Le soir, ils s'installèrent autour de la lampe à huile et dînèrent. Oscar semblait lucide, néanmoins il ne se lamentait pas. Il n'y avait plus de larmes en lui. Il leur parla du village, du bonheur pour les enfants d'aller jouer au foot sur le terrain face à la baie, de son frère qu'il n'aimait pas et de son amour du rhum. Pourtant, à aucun moment de la journée Emma ne l'avait vu boire de l'alcool, et il n'en manifesta pas l'envie. La tragédie l'avait sevré.

Lorsqu'il alla se coucher, Emma se prit à espérer qu'il puisse désormais rester lucide. S'il devait être leur compagnon de route, il valait mieux qu'il soit apte à se maîtriser.

Tim s'éclipsa pour revenir avec une pile de romans dans les bras.

— J'ai trouvé ça dans la remise du fond. Je me suis dit qu'ils pourraient vous aider à dormir…

— C'est gentil, merci Tim.

Elle observa les tranches et s'arrêta sur Malraux, *La Condition humaine*, qu'elle n'avait jamais lue. Après s'être lavée à l'eau froide, elle s'installa sur le canapé avec une couverture et son livre.

— Vous avez une chambre de libre, l'informa Tim.

— Je sais, mais j'aimerais autant qu'on dorme dans la même pièce, si ça ne vous dérange pas.

Elle n'osa pas préciser : « Mais pas dans le même lit. » Tim l'observa, puis hocha la tête.

— Si je peux vous rassurer.

Il improvisa une couche avec les deux fauteuils qu'il disposa face à face, et la fatigue ne tarda pas à les expédier tous deux dans les limbes des cauchemars.

Emma se réveilla souvent, en sueur, sans savoir de quoi elle avait rêvé, sinon que c'était effrayant.

Elle eut le sentiment qu'il était déjà très tard dans la nuit lorsqu'elle ouvrit les yeux à nouveau. Aucun souvenir vaporeux en tête, aucune bribe de peur dans la traîne de son sommeil.

Emma se demanda pourquoi elle s'était réveillée, cette fois.

La pluie avait cessé, elle n'entendait plus le froissement des gouttes sur la végétation. Il y avait de la lumière autour d'elle.

Elle prit appui sur ses coudes pour se redresser.

Ce n'était pas la lampe à huile du salon, celui-ci était plongé dans la pénombre. Cela provenait de l'extérieur. Emma s'enveloppa dans sa couverture et marcha jusque dans la cuisine.

Par la fenêtre, elle vit Oscar debout sur le perron, une lampe électrique à la main qu'il agitait en direction du village. Deux lanternes dans lesquelles brûlaient des bougies étaient suspendues au-dessus de l'entrée.

Oscar entendit le plancher grincer dans la maison et se retourna. Quand il aperçut Emma, il lui sourit à pleines dents, avant de désigner la forêt et la rue d'un geste ample :

— Tout va bien. Je les ai prévenus que nous étions là !

Le sang d'Emma se glaça.

27

Tard dans la nuit, le vent autour du pic du Midi avait forci. Il battait les flancs de la montagne en soulevant des vagues de neige qui grimpaient dans le ciel en s'enroulant sur elles-mêmes avant d'exploser contre les éperons noirs. De gigantesques gifles impactaient la montagne.

Dans les sous-sols de l'observatoire, traversés par un long couloir sinistre, à l'éclairage blanc sur des murs bruns, la plupart des lourdes portes étaient fermées. Sauf une. Derrière celle-ci, un bureau poussiéreux, une lampe de banquier allumée, et Peter DeVonck, affalé dans son fauteuil, compulsant une pile de classeurs. L'horloge murale indiquait minuit et quart.

Peter avait commencé par parcourir les dossiers du personnel qu'il connaissait. Estevenard, Ménart, Palissier, Scoletti… pour terminer par Grohm lui-même. Celui-ci était docteur en biologie, spécialisé en réorganisation cérébrale liée à l'évolution. Il était passé par l'INSERM, en tant que directeur adjoint de recherche du département de biologie, supervisant les programmes de génétique, biologie du développement et de l'évolution, et biologie végétale. Peter nota un lien entre Grohm et Louis Estevenard, ce dernier ayant travaillé dans le même département, au programme Neurosciences. Ils se connaissaient donc depuis presque dix ans.

C'est bon à savoir. Ils sont probablement amis, en tout cas ils se connaissent bien. Ça pourra servir...

Grohm avait quitté l'INSERM trois ans plus tôt pour rejoindre une société privée dont Peter n'avait jamais entendu parler. Là-bas il avait été en charge du département Recherche et Développement et conduisait en particulier une étude sur la « Plasticité du cerveau ». Peter s'était rendu compte que cinq des six chercheurs présents sur le pic étaient passés par ce laboratoire privé en même temps que Grohm. Il n'y était resté que deux années avant d'incorporer la société GERIC avec son équipe.

Peter s'intéressait à présent à la copie d'un rapport expliquant brièvement les mécanismes de la génomique fonctionnelle, et il s'étonna de cette vulgarisation. Les scientifiques qui travaillaient ici n'avaient nul besoin de ce genre de simplification. Ce rapport était donc destiné à un néophyte. Mais le souci du détail, des justifications de tel ou tel achat de matériel lui fit comprendre qu'il était destiné à un commanditaire. LeMoll ? Quelque haut responsable du GERIC qui n'aurait aucune formation en génétique ?...

La génomique fonctionnelle servait tout simplement à comprendre le fonctionnement des composants du génome, ce dernier étant le matériel génétique d'une espèce, encodé dans son ADN, donc sa carte d'identité et le mode d'emploi de tout le corps à la fois. Ce qui étonna plus encore Peter, ce fut de lire qu'ils travaillaient sur des organismes... humains. Il n'avait jamais entendu parler du GERIC auparavant et pourtant l'étude du génome humain ne pouvait s'effectuer sans ressources conséquentes, avec publications à la clé, travaux collégiaux avec d'autres programmes, d'autant que depuis l'accord des Bermudes, en 1995, tout fragment de séquence déchiffré se devait d'être aussitôt communiqué sur Internet. Bref, rien qui puisse se faire dans la discrétion.

Peter trouva enfin une information sur cette mystérieuse entreprise, à la dernière page. La signification de l'acronyme GERIC : Groupement d'Étude et de Recherche pour l'Innovation Cosmétique. En soi, cela ne voulait rien dire. Qui était derrière cette supercherie ? Un rassemblement de sociétés cosmétiques ayant monté une structure anonyme sans lien direct avec leur nom prestigieux, afin de conduire des opérations douteuses dans la plus grande discrétion ? Quel rapport entre la génomique fonctionnelle de l'homme et la cosmétique ? Trouver *le* parfum parfait ? *La* molécule de maquillage suprême ? Quelle mascarade !

Où en était Ben ? Le jeune sociologue avait emporté de la lecture qu'il avait glissée dans un dossier sans importance du rez-de-chaussée pour donner le change, et il était monté le lire dans le salon, fidèle à son habitude. Avait-il craqué pour aller se coucher ?

La porte en haut des marches se referma assez fort pour que Peter l'entende.

Quand on parle du loup !

Il se leva, les jambes engourdies, le cerveau groggy par la concentration.

Les pas qui descendaient l'escalier se voulaient discrets mais ils résonnaient tout de même dans le long couloir.

Cette précaution alarma Peter. Ce n'était pas Ben. Il s'approcha de la porte.

La chaîne n'est pas mise. Lorsque je suis revenu tout à l'heure, je n'ai pas fermé le cadenas ! Peter maudit sa confiance naturelle, alliée redoutable de la négligence.

Qui cela pouvait-il être ?

Un des hommes de Grohm ?

Jacques. Jacques Frégent peut-être...

Peter glissa un œil par l'entrebâillement de la porte.

Une haute silhouette longiligne apparut dans la pénombre.

— Professeur DeVonck ? Vous êtes là ?

Peter eut un doute, cette voix lui était familière. Il sortit de sa cachette et reconnut Georges Scoletti.

— Que faites-vous ici ?

— Je vous cherchais ! C'était ouvert là-haut, donc je me suis permis, et quand j'ai vu l'armoire déplacée, j'ai compris que vous aviez découvert nos installations. Vous ne l'avez pas dit à David Grohm ?

— Non, je ne suis pas sûr d'en avoir envie.

— Surtout n'en faites rien !

L'expression qui passa sur son visage crispa Peter. Scoletti avait une peur panique de Grohm.

— Ne vous inquiétez pas, ce n'était pas dans mes intentions.

— Sortons d'ici, je ne peux pas rester ; si on me voit sortir de là, ils sauront. Venez, nous serons plus en sécurité dans les cuisines.

Peter s'estimait au contraire à l'abri ici, mais préféra ne pas contredire son unique informateur, lunatique de surcroît. Pour rejoindre les cuisines, Scoletti demanda à Peter de passer devant et de lui faire signe s'il n'y avait personne après chaque porte.

Une fois dans la grande pièce froide, Scoletti alla prendre une bouteille de whisky, deux verres et deux tabourets et ils s'installèrent à l'arrière, près du coin à pâtisserie. L'unique éclairage était la lampe électrique que le pharmacien avait posée entre eux.

Maintenant qu'il était sur les lieux, Peter comprenait mieux la lubie du pharmacien : plusieurs accès étaient proches, et si quelqu'un arrivait Scoletti pouvait disparaître en cinq secondes.

Ce type aurait fait un bon agent secret ! s'amusa Peter.

Mais la tension raidissait Scoletti.

— Merci pour le mot de passe du CD-Rom, commença Peter.

— Vous l'avez lu ?

— Oui. C'était court et assez peu clair à nos yeux de profanes. J'avoue être un peu perdu. Que recherchez-vous ? Au début j'ai pensé à une cartographie cérébrale pour identifier les mécanismes de la violence et développer des inhibiteurs, mais depuis cette nuit je commence à douter. Vous êtes en quête d'un parfum annihilant les pulsions agressives ?

Scoletti emplit généreusement les deux verres et porta le sien à ses lèvres.

— Non, pas exactement, souffla-t-il après s'être brûlé la gorge d'un long trait. Je vais commencer par le début mais, avant ça, vous devez me promettre de m'aider.

— C'est-à-dire ?

— Tout d'abord, tant que nous sommes ici, sur le pic, vous faites comme si je ne vous avais rien dit. Rien du tout. Au moindre sourire ou regard complice c'est terminé. C'est moi qui viendrai vers vous quand je m'estimerai en sécurité. C'est moi qui fixe les règles, c'est à prendre ou à laisser. Ensuite, quand toute cette affaire éclatera, vous ne manquerez pas d'intercéder en ma faveur. J'ai fait une connerie monumentale en me lançant dans ce projet, c'est vrai, mais je le regrette. Je ne cautionne plus du tout ce qu'ils font, je ne veux plus y être associé.

— Pourquoi ne les avez-vous pas quittés ? C'est ce qu'on risque de vous reprocher une fois dehors…

Scoletti secoua la tête vivement.

— Impossible. Une fois intégré au projet, on ne peut plus en sortir.

— Tout de même, vous êtes libre…

Scoletti lui posa la main sur le bras pour l'interrompre.

— Nous savons des choses qu'*ils* ne peuvent pas se permettre de divulguer à la population ! Si ça se savait, ce serait l'anarchie ! La terreur sur terre !

— Mais de quoi parlez-vous ?

Scoletti but une autre gorgée.

— Par le début. Il faut commencer par le début. J'ai travaillé treize ans pour un groupe pharmaceutique…

— Kinkey & Praud, je sais, j'ai lu votre dossier.

Scoletti le fixa dans les yeux.

— Il y a deux ans j'ai été débauché par l'équipe de David Grohm pour incorporer une petite structure avec beaucoup de moyens et des projets ambitieux sur l'étude du cerveau, en particulier sa plasticité. J'ai appris au fil des mois que nos travaux étaient revendus en grande partie à l'armée française. Il y avait beaucoup d'argent à la clé, et une grande urgence pour battre nos concurrents. En recherche, cette équation est souvent celle du diable, si vous me permettez l'expression. Précipitation multipliée par des millions d'euros égale : prêt à tout. Après avoir soudé notre équipe en utilisant tous les artifices possibles : fatigue, succès collégial et travail en autarcie six jours sur sept, Grohm nous a mis peu à peu la pression pour nous faire accepter de dévier des protocoles réglementaires. Avec le recul, ça semble stupide, mais quand vous le

vivez de l'intérieur c'est tout à fait différent : la dynamique de groupe, du succès, c'est une spirale. Ajoutez
à cela l'adrénaline de la réussite, et vous ne pouvez
plus vous arrêter. Votre équipe est la meilleure, elle a
tout donné, tout sacrifié pour en arriver là, elle est à
deux doigts de terminer, d'être la première à y parvenir au monde, mais le concurrent va nous coiffer sur
le poteau, pas parce qu'il est plus fort que nous, juste
parce qu'il a des moyens supplémentaires et qu'il a
bénéficié de nos premières découvertes pour gagner du
temps. Ça, c'est insupportable. Alors on accélère, on
rogne un peu sur ce qui est autorisé, puis un peu plus,
et encore plus. On termine par des expériences totalement illégales sur des cobayes humains qu'on paye
grassement, d'abord des étudiants sans le sou, puis des
clochards parce qu'ils sont moins bavards et que de
toute façon personne ne les croira.

Peter sentit à son tour le besoin d'être réchauffé par
l'alcool.

— Il y a eu un accident ? demanda-t-il.

— Nous maîtrisions parfaitement la situation. Tout
était sous contrôle. Jusqu'à la semaine dernière.

Son regard tomba d'un coup. Il se perdit dans son
verre.

— Nous avons été trop vite. Nous étions épuisés,
personne ne rentrait plus chez soi depuis presque un
mois, nos vies étaient dans ce labo, obsédés par la
quête du résultat. Certains ont perdu leur famille ainsi.
Un soir, un de nos patients a payé le prix fort. Lésions
irréversibles du cerveau. On l'a transformé en légume.
Après ça le projet s'est effondré, on a été battus par la
concurrence et nos vies étaient détruites.

— C'est là que LeMoll est venu vous chercher ?

— LeMoll ? Non, lui c'est un pion ! Au moment où nous nous estimions finis, Grohm est revenu nous chercher. Il avait une porte de sortie pour nous. Un travail particulier, le seul que nous pouvions encore conduire. Très bien payé. Je m'en souviens parfaitement, il nous a dit : « Mais attention, ce n'est pas passionnant, non, pas passionnant, c'est mieux : c'est vital. Pour l'humanité. C'est le type de recherche que chacun d'entre vous rêvait de mener un jour pendant ses études, un fantasme pur, improbable et pourtant bien réel. Si vital et si urgent que personne ne peut s'en charger. Et vous savez pourquoi ? Parce qu'on ne peut se permettre d'attendre des validations politiques, de suivre des protocoles légaux interminables. Il faut aller vite. Il faut bien faire. Parce que l'humanité en dépend. C'est une folle course contre la montre qui s'est engagée. Et cette fois, on va nous donner les moyens de réussir. Pour la survie de notre espèce. »

— Et forcément, vous ne pouviez refuser, compléta Peter.

Scoletti tendit son index noueux :

— Vous savez ce que je pense maintenant ? Que toute cette histoire, auparavant, la lobotomie de ce pauvre type, tout ça n'était qu'un coup monté de Grohm et des hommes au-dessus de lui pour nous préparer. Pour se former une équipe compétente et prête à travailler dans la clandestinité, parce qu'elle n'aurait plus le choix. Ils nous ont manipulés. Ils nous ont détruits, puis reconstruits grâce à leurs actions, pour que nous soyons serviles !

Une porte grinça non loin dans un couloir. Scoletti se redressa, prêt à bondir de son tabouret.

— C'est probablement Ben, voulut le rassurer Peter. Il n'y a que lui qui ne dorme pas à cette heure de la nuit.

223

— Ne croyez pas ça !

Scoletti se leva et approcha du réfectoire, suivi par Peter. La lueur d'une lampe se glissa sous l'accès principal.

— Je ne crois pas que votre ami se déplace avec une lampe torche ! s'affola le pharmacien en se précipitant vers le fond de la cuisine.

— Attendez !

Peter ne put le retenir, Scoletti ouvrait déjà la porte opposée et se retourna pour l'empêcher de venir.

— On ne doit pas nous voir ensemble ! siffla-t-il entre ses dents.

— Il y a une cellule en bas, à quoi sert-elle ?

— À rien, elle n'a jamais servi, finalement nous avons conduit toutes nos expériences sur l'île. Je dois filer.

— Georges, dites-moi ce que vous faites avec le GERIC.

— Trop long à expliquer. Je reviens vers vous demain si possible, j'ai beaucoup à vous raconter.

Peter l'attrapa par la manche.

— Georges, s'il vous plaît. Dites-le-moi. Vous faites des tests sur des cobayes humains, n'est-ce pas ? Des expériences génétiques sur l'homme, c'est ça ?

Scoletti scruta Peter dans la pénombre, son regard se fit bienveillant, et il hésita, comme s'il ne souhaitait pas l'abîmer, le corrompre.

— C'est bien pire que cela, j'en ai peur, lâcha-t-il.

La poignée de la porte du réfectoire tourna doucement. Scoletti s'arracha à l'étreinte de Peter et s'éloigna. Il prit cependant le temps de murmurer :

— Mettez la main sur le dossier « Théorie Gaïa », c'est de là que tout est parti !

28

À minuit et quart cette nuit-là, Benjamin Clarin avait les paupières en plomb. Il épluchait des pages de statistiques depuis plus de deux heures et n'en pouvait plus. En fouillant les archives secrètes de Grohm, Peter et lui avaient mis la main sur cette étude des dynamiques de la violence au fil des siècles. Bien qu'enchaînant des tonnes de statistiques, il s'agissait d'une étude sociologique et Ben l'avait aussitôt accaparée.

Il sortit de sa torpeur lorsque la porte s'ouvrit sur le géant islandais, le moustachu du Sud-Ouest et la jolie Fanny.

— Bonsoir ! salua Olaf en passant sans s'arrêter.

Paul en fit autant et Fanny leur fit signe de continuer sans elle. Elle vint s'asseoir en face de Ben. Tous trois portaient de gros anoraks, bonnets et gants.

— Vous étiez dehors ? s'étonna Ben. Par ce temps ?

— Il y a moyen de rester à l'abri, ça fait du bien de prendre l'air. Alors ce boulot, il avance ?

Fanny lui avait tenu compagnie la veille pendant qu'il décodait péniblement ses lectures. Ils avaient bavardé entre deux chapitres, elle-même plongée dans un roman de Christian Lehmann. Ben avait appris qu'elle était fraîchement divorcée, une histoire de jeunesse qui n'avait pas su devenir celle de deux adultes. Grande sportive, elle se passionnait pour le VTT, courait les semi-marathons et avait pratiqué la boxe française avant d'arrêter après un nez cassé qui lui avait coûté une fortune en chirurgie esthétique. Intellectuelle, dynamique et jolie. Ben était tombé sous le charme.

Détectant une odeur très singulière, Ben leva le nez et inspira profondément.

— Le cannabis, s'écria-t-il. Tu sens le joint ! Voilà qui explique tes escapades !

— Piégée ! avoua-t-elle, amusée. Olaf et Paul ont besoin de leur petit pétard pour bien dormir. Moi je ne fume pas, mais j'en profite pour me rafraîchir. Cependant tu ne m'as pas répondu !

— Oui, ça avance. À son rythme. Dis, tu ne voudrais pas m'emmener dehors ? J'étouffe ici.

Fanny se fendit d'un large sourire.

— Équipe-toi bien !

Vingt minutes plus tard ils se tenaient sur une terrasse, près d'une haute coupole, partiellement protégés par une marquise. Fanny avait mis en marche des projecteurs sur le flanc droit de leur bâtiment et ils contemplaient la neige qui surgissait du vide, soufflée vers le ciel comme une vague contre une digue. Plus loin, Ben distinguait à peine les lueurs de la passerelle, au sommet du grand immeuble de verre qui dominait le complexe.

Des flocons venaient se perdre sur eux, glissant sur leurs écharpes jusque dans leur cou. Il faisait un froid mordant, qui pénétrait les vêtements et s'insinuait lentement dans le corps. Un froid mortel à long terme. Au-delà du rideau de lumière fouetté par cette écume glaciale, les ténèbres s'étaient coulées sur le monde.

— C'est impressionnant, s'écria Ben par-dessus les hurlements du vent. J'ai le sentiment d'être perdu sur une autre planète !

— Tu vois, pas besoin de joint pour s'éclater ! Regarde !

Elle lui attrapa le bras et de son autre main désigna un tourbillon qui développait sa spirale de neige sous un des projecteurs. La tempête les heurtait, et soudain une rafale rugissante vint littéralement les plaquer contre le mur arrière. Ils crièrent autant de surprise que d'amusement. S'il n'y avait eu la rambarde, Ben aurait craint d'être emporté dans le vide, vers cet abîme insondable.

Il comprit que derrière leurs cris et leurs rires se cachait la peur. À bien y réfléchir, ce lieu n'était pas si amusant que ça. Il était terrorisant. Aucun homme ne pouvait se dresser ici, face à la furie de la nature, et ne pas en être effrayé. Il suffisait que la tempête s'énerve brusquement et il s'envolerait vers le néant. Personne ne pouvait résister. Au final, se tenir là et survivre apprenait l'humilité et le respect de notre matrice.

— Ben ? Tu veux rentrer ?

Le jeune homme observa les mèches blondes qui s'agitaient sous le bonnet.

— Je crois que c'est plus prudent.

Ils étaient sur le point de franchir la porte lorsque Ben aperçut le ballet d'une lampe électrique derrière les fenêtres du bâtiment le plus proche.

— C'est normal, ça ? hurla-t-il.

— Les costauds de Grohm… Ils font des rondes la nuit. Ne me demande pas pourquoi, je n'en sais rien ! Allez, viens.

Une fois à l'intérieur ils prirent une minute pour souffler et se remettre de leurs émotions.

— Fumer devient un sport ici ! se moqua Ben.

— Ça remet l'homme à sa modeste place !

Ben la regarda, soudain sérieux.

— C'est marrant ce que tu dis. J'y pensais tout à l'heure. Quand on voit ça et qu'on pense à tout ce qui se passe sur terre en ce moment, les courants qui ralentissent, la température qui monte là où elle devrait baisser et inversement, les tremblements de terre, les tsunamis, les éruptions volcaniques… Tout ça n'a commencé qu'avec le changement des saisons, et regarde où on en est désormais.

— Je sens le coup de déprime qui pointe, glissa Fanny en retirant son bonnet.

Ses cheveux se déployèrent sur ses joues rougies, ses prunelles scrutant Ben.

— Non, c'est plus… du cynisme ? Que peuvent des êtres aussi fragiles que nous face à une rage comme celle qui s'acharne dehors ?

— Notre nombre peut faire la différence, dit-elle. Le nombre de cerveaux, cette ingéniosité qui nous est propre, non ?

— Celle-là même qui nous a conduits là ? À saccager la planète, à détruire ses défenses, à affaiblir ses ressources ? Fanny, soyons lucides, depuis la fin du vingtième siècle l'homme sait qu'il est en train de tout foutre en l'air ! Qu'a-t-il fait ? Pour ne pas heurter l'économie, pour ne pas déplaire aux lobbies qui financent les partis politiques, on a pris des mesures symboliques, qui n'ont rien changé. Quand j'étais gamin, on m'apprenait que je vivais en démocratie et que l'homme était bon. Or je découvre que c'est la lobbycratie qui est au pouvoir et que l'homme est avide.

Fanny demeura silencieuse, bâillonnée par l'exposé aussi cruel que lucide.

Ben fit la moue.

— Désolé d'avoir plombé l'ambiance, s'excusa-t-il.

Fanny s'approcha de lui et l'embrassa. Ben resta les yeux grands ouverts, totalement surpris. Puis il se laissa emporter et lui rendit son baiser avec la même application. Ils descendirent vers les quartiers des chambres et s'arrêtèrent devant celle de Fanny.

— Tu es sûre que c'est ce que tu veux ? lui demanda Ben.

Elle eut un rire tendre et poussa la porte en se collant contre lui. Leurs manteaux s'ouvrirent, les corps dansant l'un contre l'autre. Ben s'abandonna à cette fougue et y perdit toute raison, ses mains passèrent sous le pull et sous le chemisier de la jeune femme, il dégrafa le soutien-gorge et caressa ses seins ronds et doux.

Le désir avait cessé de monter, à présent il explosait et se répandait dans les artères du jeune homme. Le corps gouvernait l'esprit, les instincts prenaient le relais de l'éducation et ils disparurent dans la chambre pour s'étreindre, en quête d'une extase primitive.

Aveuglés par le plaisir, ils n'entendirent ni les pas dans le couloir, ni la porte qui s'ouvrait un peu plus loin.

Et pendant qu'ils jouissaient, le visage de Scoletti gonflait, ses yeux jaillissaient de leurs orbites, ses lèvres bleuissaient, et d'horribles gargouillis crépitaient dans sa gorge.

Des dizaines de veines explosèrent autour de ses pupilles.

À chaque ruisseau de sang qui se répandait, un peu plus de vie quittait son corps.

Son regard fut rapidement inondé d'un marécage pourpre.

Le marais rouge de la mort.

29

Emma ne quittait pas Oscar des yeux. Elle cria :

— Tim ! Tim ! Debout ! On a un sérieux problème !

Tim accourut, torse nu, le visage et la conscience encore fripés de sommeil. Il retrouva ses moyens en découvrant Oscar et les lumières qu'il avait allumées pour attirer l'attention sur la maison.

— Il faut se tirer d'ici ! lança-t-il en courant vers ses affaires.

Emma laissa tomber la couverture qui l'enveloppait et fonça s'habiller. Elle enfila son sac à dos et désigna le perron.

— Et lui, qu'est-ce qu'on en fait ?

— Hors de question qu'il nous accompagne, ce type est dangereux pour lui *et* pour nous ! Il se débrouille.

Oscar vint se coller à la fenêtre pour les informer :

— Je les ai prévenus ! s'écria-t-il au travers du verre qui déformait sa voix. Ma femme et ma fille ! Elles vont rentrer ! Elles arrivent, je les entends !

Tim ouvrit la porte et se tint immobile dans la nuit, les sens aux aguets.

Des cris aigus où se mêlaient rage et frénésie descendirent de la forêt.

— Ils sont là, avertit Tim.

— On peut encore s'enfuir ? s'enquit Emma.

Tim jaugea la situation avant de faire « non » de la tête.

— Ils sont déjà là, j'ai cru voir une forme. Faites rentrer Oscar !

Pendant qu'Emma tirait le pauvre fou à l'intérieur, Tim soufflait les bougies et les jetait dans les fourrés avant de refermer la porte à clé derrière lui.

— Aidez-moi à tirer l'armoire jusqu'ici, qu'on barricade l'accès ! commanda-t-il à Emma.

Oscar vint se mettre entre eux quand ils commencèrent à déplacer le meuble.

— Non ! Que faites-vous ! Ma femme ne va pas apprécier ! Il ne faut pas tout casser !

Tim le repoussa brutalement, la lampe torche qu'il tenait fit chavirer la pièce et Oscar tomba à la renverse. Il se mit à gémir. Les plaintes et les rugissements se rapprochaient.

La porte renforcée, Tim pointa sa lampe vers la salle de bains.

— C'est l'unique endroit sans fenêtre, exposa-t-il, il n'y a qu'une petite lucarne par laquelle ils ne passeront pas.

Emma désigna Oscar sur le sol :

— Si on le laisse là, il est mort.

— Il est dément.

Emma se précipita dans la cuisine et revint en tenant un objet lourd dans une main.

— Que faites-vous ? s'affola Tim.

— Quelque chose d'horrible mais c'est pour son bien.

Elle ouvrit la bouteille de rhum qu'elle tenait et la passa sous le nez d'Oscar.

— Sentez ! lui dit-elle. Vous reconnaissez ? C'est ce que vous adorez. C'est la tranquillité, c'est l'oubli. (Oscar tourna la tête vers elle et examina la bouteille.) Mais si vous la voulez, il faut vous taire et venir avec nous.

— Et ma femme ? Quand est-ce qu'elle rentre ?

— Bientôt, bientôt, mentit Emma en se détestant. Maintenant levez-vous, Oscar, dépêchez-vous.

Les cris dehors cessèrent.

— Ils sont sur la pelouse ! chuchota Tim.

Il coupa sa lampe et plongea l'habitation dans la nuit.

À l'extérieur, la lune était masquée par l'épaisseur des nuages, si bien qu'il était impossible de distinguer quiconque à présent. Les lattes du perron grincèrent à la cadence d'un pas prudent.

Immobile, Emma pivota vers Tim. Elle ne le discernait plus dans cette obscurité totale.

— Ils n'ont pas de lumière ! murmura-t-elle. Ils ne peuvent pas nous voir non plus !

La bouteille lui échappa des mains, Oscar venait de la lui arracher et elle l'entendit boire goulûment.

Une fenêtre explosa, puis une seconde sur le côté. Emma bondit en arrière pour se protéger et s'encastra dans un vaisselier dont le contenu vint se briser dans un vacarme assourdissant.

— EMMA ! hurla Tim. LA SALLE DE BAINS ! TOUT DE SUITE !

Comme elle se redressait, l'épaule douloureuse, elle perçut un mouvement du côté des fenêtres. Quelque chose était entré dans la pièce.

— Emma, répéta Tim plus doucement. Dépêchez-vous, je ne peux pas tirer, je ne vous vois pas !

Emma préféra garder le silence plutôt que d'attirer l'attention sur elle. Elle tendit les bras et palpa le vide à la recherche d'Oscar.

Un nouveau froissement et des craquements lui indiquèrent qu'un autre de leurs agresseurs venait de se glisser à l'intérieur.

Cinq personnes dans un grand salon de cinquante mètres carrés, combien de temps avant qu'ils ne se frôlent ? se demanda Emma.

Elle avait toutes les peines du monde à retenir son souffle, son cœur battait trop vite pour qu'elle puisse respirer en silence. Tim aussi se faisait discret. Il ne parlait plus.

Emma pensait être au niveau d'Oscar lorsqu'elle se pencha. Au même moment, un objet fouetta l'air à l'endroit précis où se trouvait sa nuque une seconde plus tôt. Elle cria.

Elle hurla de toute sa peur, toute sa colère, et roula sur le côté. En s'arrêtant, elle effleura ce qui devait être une lampe sur pied qu'elle lança de toutes ses forces droit devant. Son arme heurta un obstacle et roula sur le parquet.

Oscar se mit à pleurer, les sanglots de qui a perdu la raison, incontrôlés, un son qui raclait ses cordes vocales. Emma devina qu'il s'était redressé et qu'il courait.

Brusquement, ses sanglots se transformèrent en un beuglement de panique. Et Emma crut le voir passer par la fenêtre. Ses cris s'éloignèrent…

Tim aboya de toutes ses forces :

— EMMA ! À TERRE !

Puis deux détonations ravagèrent la pièce, le plancher sous les genoux d'Emma se souleva. Respirant à pleins poumons, les tympans anesthésiés, elle rampa à toute vitesse. Pour sa survie. Elle fonça vers la salle de bains, priant pour ne pas se tromper de direction dans cette nuit infernale.

Un troisième coup de feu termina de la rendre sourde et Tim la saisit par le bras pour la tirer sur le carrelage près de la douche. Il pressa la détente à nouveau et verrouilla la porte derrière lui.

Emma se recroquevilla dans un coin. Un sifflement atroce résonnait dans son crâne.

— … ou… n…… te… a… é ?

Tim insista :

— … ou… né… te… pa… ssé ?

Emma réalisa qu'elle fermait les yeux. Elle les rouvrit et constata qu'il avait allumé sa lampe, pointée vers le sol pour n'offrir qu'un soupçon de lueur. Elle secoua la tête.

« Je n'entends rien », voulut-elle dire, sans savoir si elle l'avait pensé ou vraiment articulé.

De longues minutes passèrent. Tim braquait toujours la porte. L'insupportable bruit s'estompait dans les oreilles d'Emma. Lorsqu'il fut assez bas pour qu'elle puisse s'entendre, elle dit dans un souffle :

— Merci, Tim. Merci.

Il se contenta de lui frotter amicalement l'épaule.

— Ils sont encore là ? demanda-t-elle.

— Je n'entends plus rien.

— Oscar ?

Tim ne répondit pas tout de suite.

— Ils l'ont eu, avoua-t-il enfin.

— Vous êtes certain ? Il est peut-être dehors…

— Il a braillé pendant plus de cinq minutes, à mesure qu'ils l'emportaient, dans la forêt je pense. Il n'y a aucun doute.

Emma perçut l'émotion dans la voix de son compagnon. À son tour elle posa sa main sur la jambe du jeune homme.

— Vous tenez le coup ?

Tim acquiesça.

— C'était comme si… ils voyaient dans le noir, balbutia-t-il. D'abord ils sont arrivés sans aucune lumière, pourtant on n'y voyait absolument rien ! Ensuite ils sont entrés et ont pris Oscar en sachant où il était, j'en ai senti un qui fonçait sur moi, j'ai eu un doute, croyant que c'était vous, j'ai juste fait un pas de côté et il m'a effleuré avec… avec une arme qui sifflait, une lame sûrement ! Alors j'ai frappé avec mon fusil mais il a esquivé ! Il a esquivé mon coup dans le noir complet ! C'est là que j'ai tiré… ils étaient déjà en train de battre en retraite.

— C'est impossible, Tim, personne ne voit dans…

— Je vous le dis !

Emma se souvint du coup qui avait failli la décapiter. Son assaillant savait exactement où frapper…

— À ce rythme, on ne tiendra pas trois jours…, s'affola Tim.

— Tim, Tim ! (Emma vint prendre son visage entre ses paumes.) Vous ne devez pas craquer, on a besoin l'un de l'autre pour s'en sortir. Vous les avez fait fuir, ne l'oubliez pas !

— Ils ne devaient pas s'attendre à une opposition armée, voilà tout. Ils reviendront.

— Pas avant d'être sûrs de pouvoir nous déloger, d'avoir un plan et d'être plus nombreux. Ça nous laisse le temps de nous reposer et de fuir au petit matin. Je compte sur vous, Tim, ne craquez pas, pas maintenant.

Tim renifla et se reprit aussitôt.

— Oui… Oui. C'est bon. Je suis désolé.

— On va attendre le lever du soleil. Ensuite direction ces installations derrière la montagne. On ne peut plus rester à Hanavave, il nous faut un moyen de quitter l'île.

Tim expira longuement.

— Je vais monter la garde, décida-t-il. Essayez de vous reposer.

Emma se rassit sur le carrelage, une épaule douloureuse et un sifflement désagréable dans les oreilles. Elle doutait fortement qu'ils puissent dormir.

Une nuit sans heures.

30

Gerland vint frapper à la porte de Peter, ce dimanche matin. Il était à peine plus de sept heures. Peter terminait de s'habiller.

— Il y a eu un accident cette nuit, exposa Gerland à travers la cloison.

Peter ouvrit.

— Quel genre d'accident ?

Gerland avait des cernes violets.

— Un des membres de l'équipe de Grohm est décédé.

— Vous plaisantez ?

— Georges Scoletti. Son collègue vient juste de le trouver, il s'est pendu.

Peter sentit son énergie le quitter, ses jambes refusaient de le soutenir.

— Il a laissé un mot ? demanda Peter d'une voix blanche.

— Je ne sais pas, je viens de l'apprendre. Je m'y rends et j'ai préféré vous en informer immédiatement avant que la rumeur ne se répande.

— Je viens avec vous.

Peter ne laissa pas à Gerland l'occasion de protester. Il attrapa son gros pull en laine qu'il enfila en chemin.

Son corps lui semblait loin de son esprit, et il était certain de s'effondrer s'il tentait de courir.

Dans le couloir occupé par les scientifiques de Grohm, un attroupement s'était formé devant la porte de Scoletti. Peter reconnut Sophie Palissier qui pleurait sur l'épaule de Ménart, tout aussi ému. L'inexpressif Estevenard était présent aussi, et enfin Grohm. Gerland les écarta pour atteindre le seuil en compagnie de Peter.

La longue silhouette maigre de Scoletti défiait les lois de la gravité, ses pieds ballant à cinquante centimètres du sol. Une simple corde le retenait. Peter n'en croyait pas ses yeux. Il avait discuté avec lui quelques heures plus tôt.

Je suis probablement le dernier à l'avoir vu vivant...

Peter remarqua que la corde était attachée à un gros crochet planté dans une poutre. La plante suspendue dont c'était l'emplacement était posée sur le bureau. Un « miracle » que le corps ait tenu sans tout arracher.

L'odeur parvint à ses narines. Un relent acide, écœurant. Les fluides corporels s'étaient répandus sur le sol, sous le cadavre, pour former une mare immonde. Peter inspecta le bureau dans l'espoir d'y découvrir une note. Il se tourna vers les scientifiques :

— Qui l'a trouvé ?

Ménart leva la main.

— Il y avait un message ?

— Je n'en sais rien. Georges est un lève-tôt, comme je n'arrivais plus à dormir j'ai voulu lui proposer d'aller prendre un thé ensemble. La porte était ouverte.

Ménart ne dissimulait pas son chagrin, les yeux rougis, le visage blafard.

Peter le remercia et entra dans la pièce, au grand étonnement de Gerland.

— Sortez de là, l'incita-t-il. Je vais demander à mes gars de s'en occuper, ils vont le décrocher.

Peter fit comme s'il n'entendait rien et sonda le bureau, le lit et les étagères sans rien trouver. Scoletti était parti en silence.

Pourtant il n'avait pas fini. *Le remords t'a emporté ? C'est ça ? Alors pourquoi ne pas avoir fini ce que tu avais commencé avec moi ?*

Peter inspecta le pendu. Son visage blanc-gris, ses yeux exorbités, sanglants. Tout autour de la corde la peau de son cou était violacée mais elle portait également des marques étranges plus bas, horizontales, près de la pomme d'Adam.

L'odeur lui montait à la tête. La nausée le gagnait.

Il vit l'auriculaire droit du mort en position anormale. En le palpant il découvrit qu'il était cassé.

— Peter ! gronda Gerland. Que faites-vous ?

Le généticien capitula et ressortit sans un mot pour retourner vers sa chambre. Là il se savonna longuement les mains et le visage pour se débarrasser du parfum de la mort.

Assis dans le salon boisé en compagnie de Ben, Peter se réchauffait avec une tasse de café.

— Tu crois vraiment que ça pourrait être... un meurtre ? insista Benjamin.

— Je ne dis pas que le suicide est impossible. Il avait l'air dépressif, c'est vrai, pourtant il y a des détails qui ne collent pas. Ce doigt cassé et les marques sur le cou *sous* la corde.

— Ni toi ni moi ne sommes légistes, il y a probablement une explication ! Il a pu se casser l'auriculaire en cherchant à passer les doigts sous la corde dans un sursaut de survie, et pour le cou... la corde est remontée peu à peu au fil de la nuit... Je n'en sais rien ! Mais un meurtre ?

— Scoletti est venu me parler cette nuit.

Ben se figea.

Peter s'assura que les accès étaient fermés et il se pencha vers son ami :

— Sa conscience le torturait et il savait que leur petite entreprise allait bientôt être démasquée, il voulait couvrir ses arrières. Il pensait à l'avenir. Cette nuit il a commencé à tout me raconter et il allait continuer ce soir ou demain ! Et soudain, alors qu'il n'a même pas fini de nous aider, que nous ne savons presque rien, il décide de se foutre en l'air ? J'ai du mal à le croire...

— Que t'a-t-il dit ?

Peter lui exposa tout ce qu'il avait entendu, et aussi comment Grohm avait peut-être manipulé toute son équipe pour les forcer à accepter ce boulot très particulier. Ben en fut abasourdi.

— Si c'est vrai, alors Grohm est d'un machiavélisme exceptionnel !

Peter ne réagit pas, plongé dans des pensées préoccupantes.

— À quoi songes-tu ?

— Si c'est vrai, ce n'est pas Grohm qui m'inquiète, avoua Peter. Plutôt la structure qu'il a derrière lui. Tu imagines une seconde ce que ça implique ? Fomenter ce plan, le préparer, le financer sur la durée, pour rien du tout, juste pour « former » des scientifiques, s'assurer que leur sens moral sera mis de côté, qu'ils travailleront dans la clandestinité...

— Tu penses qu'ils élaborent une molécule odorante capable d'annihiler les pulsions violentes mais

240

quel lien alors avec Emma ? Moi, le sociologue, pour l'étude de la dynamique comportementale, je peux comprendre à la rigueur, même si le boulot est plutôt de type « documentation », mais une paléoanthropologue ! Qu'est-ce que son nom vient faire ici ?

— C'est pour ça que nous devons trouver ce dossier : « Théorie Gaïa ». Et surtout, sois prudent, je suis peut-être en train de virer parano, mais je m'attends au pire. On pourrait, par exemple, se déplacer ensemble…

— Arrête ! s'amusa Ben. Là tu vas trop loin ! Gardons les mirettes grandes ouvertes, ça suffira. Et puis… pour te rassurer : je ne dors pas tout seul.

Le visage de Peter se détendit une seconde.

— Fanny ?

Ben acquiesça.

— Reste discret, même avec elle. Ne lui parle pas du sous-sol.

— Bien sûr. Hier j'étais avec elle sur le toit et on a vu des lampes torches s'animer à l'intérieur. Il paraît que les gars de Grohm, ses fameux *techniciens*, font des rondes la nuit.

— Plus maintenant, Gerland les a consignés. Un couvre-feu pour toute l'équipe de Grohm. Par contre les trois molosses de Gerland ont pris le relais.

— Ils surveillent les couloirs ?

— J'en ai croisé un cette nuit, lorsque Scoletti s'est enfui. Il patrouillait avec sa lampe. Je pense que Gerland le leur a imposé, pour s'assurer que personne ne cherche à détruire des preuves pendant qu'on dort.

— Ils ont peut-être vu le meurtrier de Scoletti dans ce…

— Non, Gerland l'aurait su, ce n'est pas le genre d'information qu'il nous cacherait. Il nous veut vivants et en sécurité pour l'aider !

— Et si c'étaient eux les assassins ?

Le regard de Peter sonda Ben pour s'assurer qu'il plaisantait. Le jeune homme avait son air pétillant, moqueur. Peter ne releva pas. Ils terminèrent leur café et s'enfermèrent dans le couloir des bureaux. Là, méthodiquement, ils entreprirent de fouiller chaque classeur, chaque pochette, en quête de la « Théorie Gaïa ».

Craignant qu'il soit dissimulé entre deux documents, ils ne se contentaient pas seulement de secouer les classeurs, ils les feuilletaient rapidement, pour s'assurer qu'il ne manquait rien.

En début d'après-midi, ils attaquèrent le sous-sol, la salle des archives. Sans plus de succès. Ils avaient presque tout inspecté quand Ben laissa tomber une liasse de pages. Il les ramassa, en constatant qu'il s'agissait des fiches du personnel employé par Grohm. Un nom accrocha sa rétine.

Lionel Chwetzer.

— Je le connais celui-là… murmura-t-il.

— Pardon ?

— Non, je… ce nom me dit quelque chose.

— Il y a normalement une photo en page 2 ou 3.

Ben ouvrit la fiche et lâcha un juron.

— Un problème ? consulta Peter.

— C'est Lionel Chwetzer. Grohm l'a employé !

— Je ne sais pas qui est ce Lionel.

— Tu n'as pas entendu cette histoire, le type suspecté d'au moins cinq crimes dans la région de Strasbourg ? On n'a jamais pu le coincer, il est tombé il y a cinq ou six ans pour viol, tout le monde est persuadé qu'il aurait tué la fille si elle n'était pas parvenue à s'enfuir.

— S'il est en taule, Grohm n'a pas pu lui filer un job !

— Non, il a dû sortir, probablement cette année. La plupart des peines prononcées pour viol sont deux à trois fois inférieures à ce que la loi prévoit. Il n'aura pas passé plus de cinq ans derrière les barreaux s'il s'est bien conduit.

— Quel intérêt aurait eu Grohm à engager un type pareil ! À moins qu'il ait ignoré à qui il avait affaire.

— Ça m'étonnerait. Et si c'était justement pour faire le sale boulot ?

— Tu penses à quoi ?

— Quand tu te lances dans des expériences douteuses, tu as besoin d'un chef de la sécurité peu regardant. Chwetzer pourrait correspondre à ce profil.

Peter prit un moment pour réfléchir, puis se mit à chercher parmi les classeurs du personnel.

— Ben, tu peux regarder dans son dossier s'il est encore payé ?

— Tu penses à quoi ?

— Je n'ai pas vu cette tête ici, donc, s'il bosse toujours pour Grohm, j'aimerais savoir où. En espérant que ce n'est pas sur une île du Pacifique.

Ben s'immobilisa tout d'abord, puis se mit à chercher fébrilement.

Peter tira une pochette cartonnée qu'il parcourut.

— Je n'ai aucune trace de fiche de paie ! révéla enfin Ben, rassuré.

Peter s'interrompit et d'un ton mi-pensif, mi-contrarié :

— Moi non plus, elles ne sont pas là. En revanche j'ai peut-être le début d'une réponse.

Ben s'approcha. Son beau-frère avait récupéré les dossiers des quatre *techniciens* de Grohm présents sur le pic. Ceux que Fanny pensait être d'anciens militaires. Peter souligna une phrase de son ongle :

« Le sergent Maillard et ses trois soldats sont rattachés aux installations sur le pic du Midi sous la supervision du colonel Grohm pour en assurer la sécurité. »

— Non seulement ils sont toujours dans le rang, fit Peter, mais on dirait bien que c'est l'armée qui tire les ficelles de tout ça.

Extrait du blog de Kamel Nasir sur Internet

Le monde est contrôlé par à peu près six mille individus, soit 0,0001 % de la population mondiale. Ce sont eux qui décident des marchés, des tendances, des dépenses, des besoins, des priorités. Bref, ils façonnent le système. Il s'agit de quelques politiciens, certains militaires, et quelques milliardaires essentiellement.

Pour accéder à ces fonctions, il faut beaucoup d'ambition et un amour immodéré du pouvoir, qui permet de supporter les sacrifices nécessaires et la pression démesurée.

Ces deux facteurs sont les moteurs de ceux qui contrôlent le monde.

Des moteurs pervers, car il s'agit de névroses. De déviance de personnalités déséquilibrées d'une certaine manière.

Ainsi le monde est façonné par des déviants puissants.

Comment notre planète ne pourrait-elle pas prendre une trajectoire de destruction ?

Il faut se rendre à l'évidence.

Il n'y a aucune fatalité religieuse.

Rien qu'une logique animale.

Ce sont les êtres les plus agressifs de notre meute qui ont pris les rênes et nous les suivons aveuglément.

Vers le précipice.

31

La pluie s'était remise à tomber juste avant l'aube, dissimulant l'île de Fatu Hiva derrière un écran gris et noir. Lorsqu'elle se réveilla à nouveau, Emma avait mal partout. Elle n'avait dormi que deux heures depuis l'attaque. Tim s'était assoupi à plusieurs reprises, jamais longtemps, le fusil en appui sur la cuisse, visant la porte de la salle de bains seulement fermée par le verrou.

Ils se décidèrent enfin à sortir pour constater que, si le salon était en désordre, les murs ravagés par les impacts de balles, il n'y avait en revanche aucune trace de sang. Ni celui d'Oscar, ni de leurs agresseurs.

Préférant ne pas s'attarder plus longuement, Emma récupéra deux vêtements imperméables, et Tim dénicha une machette.

Ils sortirent dans la rue principale.

Des volutes couleur de cendre sortaient de la forêt alentour et Emma ne sut dire si c'était la brume ou la pluie.

— Ça va aller ? demanda-t-elle à Tim qu'elle trouvait marqué par la longue nuit.

— On fera des haltes régulières. Avec ce temps on risque de mettre un bon moment avant d'arriver.

Emma lui emboîta le pas et lui tendit des gâteaux secs, de quoi constituer un petit déjeuner frugal. Tim les avala puis s'écarta pour cueillir des mangues.

— C'est tout de même meilleur, lança-t-il.

Malgré leurs vêtements il ne fallut que quelques minutes pour qu'ils soient trempés. Les gouttes chaudes inondaient la terre en jouant une musique lancinante.

Ils parvinrent à l'extrémité est du village. Tim pointa sa machette vers le sillon ouvert dans la forêt.

— Ils sont passés par là, j'en suis sûr.

— C'est pas un peu large ? Une voiture peut-être ?

— Non, elle ne pourrait pas aller bien loin, les pentes sont trop abruptes. Les démons – ou ce que vous voulez – ont ouvert ce passage. Ils ont emmené des habitants du village.

Emma avisa les traces et la largeur irrégulière du chemin. Tim avait raison, c'était le plus probable. *Ils n'ont pas massacré tout le monde. Il y a des survivants, quelque part derrière ces montagnes.* Elle songea à Oscar. Malgré l'horreur qu'il affrontait et s'ils ne l'avaient pas tué, il était possible qu'il retrouve sa femme et sa fille…

— Nous allons passer par là, on dirait bien qu'ils ne sortent que la nuit, mais soyez vigilante.

— Vous êtes certain que c'est sage ?

— Aller où nous allons n'est pas sage, Emmanuelle. Alors autant prendre le chemin le plus direct. Si j'essaye de nous guider par d'autres sentiers, il est probable que nous nous perdrions plusieurs fois avant d'atteindre notre objectif.

Emma approuva, elle le suivit dans la pénombre et l'abri que créait la canopée. La pluie se fit lointaine, et sa litanie hypnotisante perdit en intensité. La voie était toute tracée : feuilles écrasées, branchages brisés, fougères retournées. Mais la fatigue les alourdissait. Plusieurs fois, Emma se prit les pieds dans des racines et manqua trébucher.

Ils grimpèrent à l'assaut d'un abrupt, la terre gorgée d'eau compliquait l'ascension, il fallait s'arrimer aux broussailles et aux troncs, certains plans particulièrement glissants se transformaient en rampes dangereuses. Tim passait devant, il se hissait en cherchant des appuis, des roches en saillie sur lesquelles il posait les pieds, puis tendait le bras vers Emma pour l'aider à progresser.

L'eau dévalait les pentes en une multitude de ruisselets qui ajoutaient une note cristalline aux clapotements sur la cime des arbres.

Après une éternité d'efforts ils parvinrent à une longue corniche et se posèrent, haletants et en sueur. Ils mangèrent du jambon sec et des fruits frais. Tim en profita pour montrer à Emma comment charger le fusil à pompe et comment s'en servir. C'était le genre de chose qui pouvait leur sauver la peau à tous deux. Emma lui demanda de recommencer, et, l'œil attentif, retint chacun de ses gestes.

En fin de matinée ils franchirent le col. De là, ils surplombaient une bonne partie de l'île, coincés entre deux immenses escarpements de roche noire et beige. Les intempéries limitant leur champ de vision, la vallée en contrebas n'était qu'une masse informe noyée sous les cataractes. Emma tentait de percer cette brume, espérant apercevoir enfin les lumières d'Omoa – ils n'avaient pas éteint le groupe électrogène avant de partir –, lorsqu'elle capta un scintillement au loin.

— Cette lueur là-bas, dit-elle, ça ne peut pas être Omoa, n'est-ce pas ? C'est trop haut.

Tim chercha des yeux ce qu'elle voyait, avant de secouer la tête.

— Non, en effet. Il y a quelqu'un au pied de ces parois.

— C'est un coin à grottes ?

— Je l'ignore. On dirait.

— Et s'il s'agissait des survivants d'Omoa ?

— Je ne sais pas, Emma. Il faut se décider tout de suite. Soit on va vers les installations, soit on va vers eux, ce n'est pas du tout le même chemin, et ils sont loin. Si vous voulez mon avis, il faut privilégier la chance de quitter l'île. Donner l'alerte.

Emma approuva, non sans un pincement au cœur. Rencontrer un groupe de rescapés lui aurait fait du bien, l'aurait rassurée.

La descente en direction du versant fut tout aussi compliquée que la montée. Les coulées de boue se succédaient, qu'il fallait enjamber ; jusqu'à ce que Tim glisse et bascule brutalement. Il n'eut pas le temps de crier et disparut aussitôt dans la forêt, happé par la pente.

Arrimée à deux lianes, Emma se précipita dans les fougères pour tenter de lui porter secours, mais il était invisible. Elle finit par l'appeler, aussi fort que possible.

— Je vais bien ! répondit-il, et sa voix venait de très loin en contrebas. Suivez le chemin, je vous attends.

Emma hésita. Il l'avait dévalé un peu trop vite à son goût. Elle y mettrait plusieurs minutes de plus et pas mal d'énergie.

Avec tous ces arbres c'est une chance s'il n'a pas de fracture ! Hors de question que je me jette là-dedans !

La descente fut longue et fastidieuse. Emma suait et haletait sous la pluie quand elle retrouva son compagnon couvert de bleus et d'écorchures.

— Vous auriez pu vous tuer, le gronda-t-elle comme s'il avait voulu jouer au toboggan. Vous êtes abîmé de partout !

— Je m'en serais passé, croyez-moi.

Emma lui toucha le bras.

— Je suis désolée, j'ai eu très peur. En pleine nuit, même s'il ne pleuvait pas encore, beaucoup de prisonniers ont dû tomber ici.

Ils ne purent repartir avant qu'Emma ait inspecté les blessures de Tim, pour s'assurer qu'il n'avait rien de grave.

Lorsqu'ils se remirent en marche, les déductions d'Emma se révélèrent tristement exactes. Trois corps gisaient dans des positions incongrues entre les buissons. Un quatrième les attendait un peu plus loin. Avec un énorme trou à la place du cou, toute sa gorge s'était vidée sur les feuilles, des filaments de chair et des lambeaux de peau tremblaient sous les gouttes.

— Ils l'ont achevé, murmura Tim avec recueillement. Ceux qui n'étaient pas en état de repartir ont été exécutés.

Il tira Emma pour l'éloigner et ils accélérèrent l'allure. Après une demi-heure de marche intensive, ils arrivèrent enfin dans une plaine.

— Ça n'arrête jamais sur votre archipel ? grommela Emma en désignant les nuages.

L'eau était tiède et la température restait au-dessus des vingt degrés, néanmoins l'orage la rendait nerveuse, d'abord à cause du bruit puis de cette eau qui n'en finissait pas de ruisseler sur le visage, dans le cou… elle en perdait patience.

Le sillon creusé dans la végétation s'élargit d'un coup et un autre cadavre apparut sur la route. Semblable à une borne, sa tête dépassait des herbes, trop verticale par rapport au corps étendu. On lui avait brisé les cervicales. Une plaie s'ouvrait dans son dos, large et profonde, et la colonne vertébrale luisait au fond des replis, où un escadron de fourmis se relayaient.

Emma détourna le regard.

En tout début d'après-midi, ils distinguèrent enfin les premiers signes d'approche. La forêt se clairsema et des murs blancs se détachèrent au loin entre les feuilles.

Bientôt, Emma nota la présence de hauts grillages surmontés de fils barbelés. Tim repoussa les dernières branches et se planta au pied d'une clôture de cinq mètres de hauteur sur laquelle se répétaient de petites pancartes : DANGER. ÉLECTRICITÉ. DANGER. Quatre miradors fermaient le site. Au-delà s'élevaient une demi-douzaine de préfabriqués et un immense hangar blanc sur lequel était peint : GERIC. Emma constata qu'une piste pour hélicoptères était aménagée et qu'un sentier disparaissait entre les rochers, à l'opposé de leur position.

— Je doute que la clôture soit encore sous tension, mais on ne passera jamais par-dessus, dit Tim.

— Il y a forcément un passage puisqu'ils sont venus jusqu'ici avec leurs prisonniers.

En sondant le sol il fut facile de repérer et de suivre leurs traces jusqu'à un trou béant dans le maillage d'acier.

— À partir de maintenant vous me collez, ordonna Tim. Je ne sais pas ce qu'on va trouver là-dedans mais il faut craindre le pire.

Ils marchèrent sur les plaques de grillage découpées et se faufilèrent jusqu'au bungalow le plus proche. Tim gravit les marches, penché en avant, et entra. Un couloir desservait six chambres avec des lits superposés.

— Il n'y a rien, dit-il après un rapide tour, sortons.

Emma l'arrêta pour fouiller les placards et se procurer des vêtements secs qu'elle enfila en toute hâte. Elle avait mis la main sur un pantalon de treillis beige comme celui de son compagnon, un tee-shirt propre, à sa taille cette fois, et un gilet bardé de poches dans lequel elle glissa une lampe torche et des barres de céréales qui traînaient.

Dehors, Tim les conduisit vers un baraquement en tôle, sans fenêtre, dont s'échappaient plusieurs gros tuyaux. La porte était entrouverte, il la poussa de la pointe du fusil. Des pupitres constellés de boutons commandaient l'alimentation électrique des différents secteurs de la base. Certains étaient allumés, d'autres éteints, la plupart étant inactifs. Emma remarqua que le tableau dominé par l'écriteau PUISSANCE PRINCIPALE était celui qui ne fonctionnait plus. Une hache était fichée à la base du système.

— Ne touchez à rien, fit Emma en désignant l'arme. C'est un coup à s'électrocuter. Le courant passe encore à certains endroits, reste à espérer qu'on puisse brancher une radio.

— Pour ça il faudrait en trouver une intacte, rétorqua Tim en cherchant des yeux. Tenez, là-bas, il y a des antennes !

Il prit la direction d'un autre préfabriqué entouré de trois grosses antennes paraboliques et d'un mât métallique. Ils refermèrent derrière eux et réprimèrent une envie de hurler de joie en découvrant radio, téléphones et ordinateurs. Différents cadrans clignotaient, indiquant qu'ils étaient sous tension. Emma s'empara aussitôt d'un téléphone et composa le numéro de portable de son mari. Aucun son ne sortit de l'écouteur. Il n'y avait pas de tonalité. Elle essaya avec les autres combinés, sans plus de résultat.

De son côté Tim avait trituré la radio avant de la retourner pour en inspecter l'arrière. Plusieurs câbles avaient fondu.

— C'est réparable ? s'enquit Emma.

— Pas par moi en tout cas.

Emma pesta tout haut.

— À deux doigts…

Tim lui indiqua le fond du bâtiment où brillait un écran. Un grand poste creusé de moniteurs permettait la surveillance de l'île via une douzaine de caméras. Tous étaient éteints sauf trois : neige tressautante pour les deux premiers et vue sur ce qui ressemblait à un quai pour le dernier.

— Un bateau ! s'exclama Tim en pointant l'index sur un navire assez grand. Il faut trouver où c'est.

Des silhouettes s'agitaient sur le quai, sur le pont, tandis que les remous de l'eau à la poupe témoignaient de l'allumage des moteurs.

— Merde, ils se barrent ! lâcha-t-il.

Deux hommes sur la berge pointèrent des fusils en direction du bateau et firent feu. Les flammes jaillirent des canons à plusieurs reprises. Les cordes d'amarrage se tendirent brutalement, l'une d'elles céda net, comme tranchée, avant que la suivante rompe à son tour sous la puissance des machines.

— Trop tard… gémit Emma. Ils partent.

— C'est curieux, je n'entends pas les coups de feu, dit Tim.

— Si c'est loin, avec la pluie ça n'a rien de surprenant.

Les tireurs vidèrent leurs magasins et une fumée épaisse se matérialisa à l'arrière du navire qui continua cependant de s'éloigner tout en perdant de la vitesse. Tim s'appuya sur la console.

— Ce sont les démons d'Oscar qui s'enfuient. Ce sont eux, j'en suis certain, affirma-t-il.

— Et les types sur le quai ? Des gens d'ici ? S'ils les ont repoussés c'est une bonne chose pour nous, mais la situation devient urgente alors.

— Pourquoi ? Au contraire, on est peut-être à l'abri maintenant ! Et ces… monstres sont à la dérive, les moteurs ont été criblés de balles !

— Sauf qu'il y a quelque part un chalutier plein de je ne sais quoi qui pourrait finir par accoster sur une autre île, ou être dépanné par un cargo, et je vous laisse imaginer le carnage ! Il faut trouver un moyen d'alerter les autorités au plus vite.

— Calmez-vous, avec la tempête ils ont plus de chances de couler que de dériver jusqu'à la terre.

— Ne comptons pas trop sur la chance.

À ce moment l'image se brouilla et le bateau réapparut à quai. Les ombres s'agitaient à nouveau et les deux tireurs surgirent.

— Oh, non, c'est un enregistrement qui tourne en boucle, comprit Emma. Ils sont en mer depuis un moment déjà.

— Il faut localiser ces quais. S'il y a un canot, c'est là qu'il sera.

— Et le hangar ? interrogea Emma. La réponse est sûrement dedans. Vous n'avez pas envie de savoir ce que sont ces démons ?

— J'ai plus envie de partir que de savoir.

Emma hocha la tête et le suivait déjà vers la sortie lorsqu'un objet rectangulaire attira son attention. Un ordinateur portable avec une grosse antenne recouverte de caoutchouc.

— Attendez ! s'écria-t-elle.

— Qu'est-ce que c'est ? demanda Tim en se rapprochant.

— Je crois que c'est un ordinateur avec liaison satellite. J'en ai déjà vu dans des régions isolées.

Emma déplia l'écran et pressa le bouton *Power*. Le feulement du disque dur lui redonna l'espoir dont elle commençait à manquer.

Elle navigua parmi les menus jusqu'à trouver le logiciel de communication.

— C'est bien ça, confirma-t-elle tout bas. Il n'y a plus beaucoup de batterie, alors mieux vaut ne pas se planter.

La fenêtre des paramètres de liaison remplit l'image et les autorisations s'égrenèrent. La check-list de connexion se compléta automatiquement et un message les avertit qu'ils pouvaient transmettre.

— Quoi ? C'est tout ? s'étonna Tim. Il n'y a pas le choix du numéro ?

— C'est un circuit fermé, mais c'est mieux que rien. Reste à croiser les doigts pour que quelqu'un en face nous entende.

Emma tira une chaise et se pencha pour parler :

— Je suis le docteur Emmanuelle DeVonck, nous sommes sur l'île de Fatu Hiva, est-ce que vous me recevez ? Je répète, je suis sur l'île de…

32

L'armée.

Peter et Ben s'étaient longuement concertés pour savoir quelle devait être leur réaction.

Savoir l'armée derrière ces expériences changeait la donne.

D'un côté cela ne légitimait en rien la clandestinité de leurs travaux, de l'autre, on touchait au secret défense derrière lequel ni Peter ni Ben ne pouvait deviner ce qu'ils risquaient. Quelle était l'ampleur de ces recherches ? Était-il envisageable qu'en y mettant leur nez, tous deux compromettent des informations sensibles pour la sécurité française ?

Ben avait répliqué :

— Il ne faut pas oublier que dans tout ça on se sert de la Commission européenne pour blanchir l'argent servant à payer des pots-de-vin ! À en croire les notes laissées par Estevenard, chaque fois que le GERIC avait besoin de s'accorder les faveurs d'un décision-naire, il passait par LeMoll et sa caisse européenne pour le rassurer en payant grassement !

— Attends une seconde ! s'était excité Peter. Este-venard est au courant du montage financier entre le

GERIC et LeMoll ! Il est donc forcément dans la confidence de Grohm ! Les deux hommes se connaissent depuis l'INSERM, c'est peut-être même un militaire lui-même. Un de plus sur qui il ne faut pas compter pour nous aider !

— Ce qui n'a pas de sens c'est que l'armée utilise un montage financier privé tout en manipulant un haut fonctionnaire européen ! C'est improbable ! Un coup à suicider tout le pays !

— Sauf que ça n'aurait jamais dû sortir. La caisse noire de LeMoll a été découverte par hasard, rappelle-toi ce que Gerland a dit ! C'était un montage financier complexe et presque indétectable.

— Je n'y crois pas. L'armée n'aurait jamais pris ce risque. Tu imagines deux secondes les répercussions du scandale ! Par contre, si tu me dis « services secrets », là, je veux bien.

— Comment ça ? DGSE, DST ?

— On sait qu'ils emploient des militaires pour leurs opérations spéciales, ce qui expliquerait la présence de Grohm et des quatre soldats, et puis une cellule indépendante, on peut la désavouer en cas de plantage public. Sans compromettre l'armée ou l'État.

Peter avait sifflé, partagé entre l'incrédulité et la pertinence de la déduction.

— Alors qu'est-ce qu'on fait ? Là, je me sens un peu dépassé. Si c'est une affaire d'État, j'aimerais autant qu'on ne s'en mêle pas.

— C'est un peu tard…

— Je voudrais tellement m'assurer qu'Emma va bien ! Écoute, voilà ce qu'on va faire : jouons cartes sur table avec Grohm, et à partir de sa réaction on avisera. OK ?

Ben avait gardé le silence un long moment avant de secouer la tête, dubitatif.

— Je ne sais pas. En frontal avec la DGSE… je ne suis pas chaud.

— Il faut avancer ! Sans lui on ne fera que piétiner.

Ben se triturait le piercing.

— Bon, on n'a pas le choix ? Alors va pour Grohm, capitula-t-il.

Ils avaient dîné avec tout le monde dans le réfectoire, guettant Gerland, mais il ne se montra pas. L'équipe de Grohm était abattue, le suicide de Scoletti plombait les visages, et Peter se demanda s'il n'y avait pas de la peur sous ces gestes agacés, ces phrases courtes, crispées. Envisageaient-ils également que la mort de leur collègue soit un meurtre ? Aucun d'eux n'oserait les approcher désormais. Que savaient-ils vraiment de leur employeur ? Que devinaient-ils au fil des mois ? Assurément, il y avait parmi eux des esprits raisonnables, bourrelés de doutes, prêts à tout dire pour libérer leur conscience, pour se rassurer. Scoletti n'était pas le seul. Sauf que sa mort venait de sceller les lèvres pour un bon moment.

Lorsque les uns et les autres s'éclipsèrent, Peter et Ben montèrent à la passerelle. Grohm était debout et allait sortir, escorté par Mattias.

— Où allez-vous ? s'enquit Peter.

Grohm le dévisagea, comme s'il l'insultait.

— Me coucher. Est-ce un délit sous votre autorité ?

— Je crois que vous aimeriez entendre ce que nous allons exposer, monsieur Grohm, pardon, *colonel* Grohm.

Le rouquin se raidit et fixa Peter. De l'électricité jaillit de ses prunelles.

— Qu'est-ce que ça veut dire ? intervint Gerland. Grohm est un militaire ? Vous sortez ça d'où ?

Peter invita le colonel à regagner la grande salle plongée dans la lumière tamisée des veilleuses et des ordinateurs.

— Le fait est qu'il est colonel, et ses quatre « techniciens » sont des soldats de l'armée française.

Gerland était hébété. Sidéré.

— Et que ces travaux sont probablement une opération clandestine des services secrets, ajouta Ben.

Grohm fronça le nez et applaudit mollement.

— Bravo, bravo, messieurs. Et maintenant, est-ce que vous allez nous présenter vos excuses pour avoir compromis la sécurité de la nation ou est-ce que votre cinéma va continuer encore longtemps ?

Peter lui fit face.

— Jouons franc jeu. Vous nous dites tout et nous aviserons quant à ce qui doit être fait.

— Non, mais vous plaisantez ! s'indigna Gerland. Je vous rappelle que la Commission européenne a été instrumentalisée pour des malversations financières par cet homme et les siens. Je suis pour qu'on se dise tout, ça oui ! Mais je ne peux rien garantir ensuite. Je dois rendre des comptes, et vous aussi, messieurs, tous autant que vous êtes.

Grohm, d'un geste agacé, désigna Gerland :

— Notre souci, c'est lui, dit-il.

— Vous voudriez régler le problème comme vous l'avez fait avec Scoletti ? lui lança Peter.

Grohm darda sur son interlocuteur un regard de braise.

— Ne prenez pas vos fantasmes pour la réalité, l'avertit-il.

— Scoletti ne s'est pas suicidé.

Grohm haussa les épaules.

— Libre à vous de le penser.

Peter recula. Grohm se fichait d'eux. Il ne niait pas avec assez d'énergie et de conviction pour être sincère, et s'en moquait éperdument. Une fenêtre de manœuvre s'était ouverte et il tentait de s'y glisser sans risque.

On ne peut pas lui faire confiance. Soudain, Peter vit en lui le tueur implacable qu'il était. Pas celui qui tient l'arme, mais le commanditaire cynique qui règle les problèmes en les éliminant.

— Ma femme est sur Fatu Hiva, dit-il. Tout ce que je demande, c'est qu'elle soit en sécurité.

— Elle ne l'est pas, rétorqua Grohm froidement.

Peter se jeta sur lui et Grohm ne fit pas le moindre geste pour l'éviter. Les mains du généticien se refermèrent sur son cou et il le plaqua sur une des consoles du complexe.

— Qu'est-ce qu'il y a sur Fatu Hiva ? hurla Peter.

Gerland et son garde du corps attrapèrent Peter et le repoussèrent sans ménagement. Ils durent insister pour y parvenir. Grohm se laissa tomber sur une chaise qu'il fit rouler à l'écart. Il souriait de toutes ses dents.

— La mort ! Voilà ce qu'il y a sur l'île, mon cher professeur DeVonck ! s'écria-t-il. La mort dans ce qu'elle a de plus terrestre. La quintessence du chaos ! Et si vous continuez votre enquête, vous allez la répandre sur le monde !

Grohm s'appuya sur un des bureaux pour reprendre ses esprits. Son cœur s'était emballé. Il n'avait plus l'habitude d'être malmené. Ce qu'avaient découvert ces scientifiques tombait bien après tout. Comment y étaient-ils parvenus ? Scoletti ? Stéphane avait gardé un œil sur lui. Ils savaient tous que Georges était le maillon faible de l'équipe. Et Georges l'avait ouverte.

Ils l'avaient pourtant averti, ils lui avaient fait peur. Grohm s'interrogea. S'était-il suicidé à cause de lui, des menaces sous-entendues, de la pression qu'il lui avait collée ? Mais il n'était pas impossible que *les autres* l'aient éliminé. Ils avaient senti en lui une faille et l'avaient tabassé pour qu'il parle avant de maquiller sa mort en suicide… Possible.

Et si Peter et Benjamin avaient trouvé le sous-sol ?

Ça ne changerait pas grand-chose.

Non, au final, leurs progrès pourraient s'avérer utiles. En jouant la carte de la sécurité nationale, il finirait peut-être par les convaincre de le laisser agir. Gerland était en revanche un réel problème. Éliminer deux scientifiques et un technocrate européen n'était pas envisageable.

Pas tant qu'il restait d'autres moyens.

Un faible grésillement capta l'attention de Grohm. Il pivota vers le portable relié par satellite au site de Fatu Hiva. Il diffusait l'image d'une femme que Grohm ne connaissait pas. Elle semblait soucieuse. Le son réglé sur le minimum, il se pencha.

« … *expériences ! Si vous captez ce message, envoyez-nous des secours. Je suis le docteur Emmanuelle DeVonck et…* »

Qu'est-ce que la femme du généticien faisait là, dans les locaux de GERIC ? Petrus l'avait-il autorisée à pénétrer dans le site ?

Grohm aurait voulu écouter le message dans son intégralité mais il ne pouvait prendre le risque que les autres l'entendent. Restait à croiser les doigts pour que Petrus arrête cette femme avant qu'elle ne recommence.

Il s'assura que personne ne l'observait et il tendit la main pour couper l'alimentation du portable.

L'écran devint noir et le silence revint.

33

Connexion interrompue.

Le message clignotait sur l'écran, nimbant les visages de Tim et Emma d'une lueur verte.

Emma pressa le bouton d'arrêt et fit une place dans son sac à dos pour l'ordinateur.

— Inutile d'insister, on va perdre la batterie pour rien. Nous réessayerons plus tard.

Tim approuva et ils sortirent sous la pluie. Il pointa son fusil en direction du sentier qui se perdait derrière les rochers.

— La côte est juste là, on doit pouvoir rejoindre le quai que nous avons vu sur la vidéo.

Il scruta les alentours pour s'assurer que la voie était libre, et ils s'élancèrent sur la corniche qui descendait en pente raide vers le rivage. La clôture électrique s'arrêtait au bord des falaises pour former un gigantesque U encadré de miradors. Tim et Emma se donnèrent la main pour limiter les risques de chute ; le sentier s'était évanoui sur la pierre glissante et ils n'avaient d'autre choix que de dégringoler jusqu'au quai en bois.

Un autre préfabriqué se dressait sur la courte jetée. Aucun canot n'était visible. L'océan venait plaquer sur les récifs des gerbes d'écume avec un grondement que l'orage ne pouvait couvrir.

Tim fit le tour du bâtiment puis y pénétra.

L'interrupteur ne fonctionnait pas, Emma alluma sa lampe torche. Une odeur de poisson pourri leur sauta aux narines. De grands panneaux de liège, sur lesquels étaient punaisées des listes de matériel et de vivres, tapissaient tout un mur. Quatre essaims d'impacts rapprochés perforaient le dernier panneau, tirés par des fusils de chasse de gros calibre. En face, des caisses en bois s'entassaient mais le faisceau lumineux s'accrocha au sol sur une nappe luisante. Deux corps renversés sur le ventre baignaient dans leur sang.

Tim se couvrit la bouche et s'approcha des cadavres.

— On dirait les mecs de la vidéo, dit-il. En tout cas ce sont eux qui puent comme ça ! Ils sont morts depuis un jour ou deux.

Emma se garda d'avancer. Depuis le seuil, elle braquait sa torche sur Tim.

— Ils sont habillés comme des gardes. Ils ne sont pas beaux à voir, on dirait qu'on leur a planté des…

— Tim ! Je me passerais volontiers des détails.

— Bien sûr. Excusez-moi.

La structure du bâtiment grinçait sous l'assaut des vagues cognant les pilotis. Tim s'assura qu'il n'y avait pas d'armes à récupérer et s'empressa de parcourir les tables à la recherche d'un téléphone par satellite ou de n'importe quel élément utile.

Emma le vit saisir un dépliant cartonné et le déchiffrer avec attention.

— Qu'est-ce que c'est ?

Il prit le temps de vérifier une seconde fois avant de répondre :

— Une bonne nouvelle.

Il reposa son document et traversa la pièce pour rejoindre Emma, le sourire en coin.

— Qu'est-ce qui se passe ? insista-t-elle.

— Ce sont les annuaires des marées. Demain en pleine nuit, ce sera marée haute et un sacré coefficient ! On devrait gagner pas loin d'un mètre d'eau !

— De quoi dégager votre bateau ?

— Croisons les doigts !

Emma inspira longuement. Enfin une lueur d'espoir. Elle commençait à suffoquer sous l'angoisse, et cette pluie qui ne cessait pas, cette pénombre crépusculaire en plein midi, cette bande de tueurs sanguinaires, tout ça était en train de la rendre folle. Soudain au bord des larmes, Emma songea à ses enfants, à Peter et à Ben, à ses parents.

— Ce qui nous laisse une trentaine d'heures pour regagner Omoa, plus qu'il n'en faut, conclut Tim.

— Alors allons-y.

Tim l'arrêta en lui prenant le poignet.

— Écoutez, les conditions climatiques ne nous permettent pas d'avancer à vitesse normale, les sentiers sont dangereux et je ne connais pas le chemin pour aller directement à Omoa. Il nous faudra improviser.

— Je sais. Je ne suis pas du genre à me plaindre, vous avez remarqué ?

— Ce que je veux dire, c'est qu'on ne peut pas repartir maintenant, nous n'arriverons jamais avant la tombée de la nuit. Et se balader en forêt avec nos lampes allumées, c'est un peu comme nager parmi des requins blancs avec de la viande autour du cou, vous voyez où je veux en venir ?

— Vous envisagez de passer la nuit ici ?... Ça me semble risqué.

— Moins que rentrer maintenant au village. Il suffit de bien se cacher. Ils n'ont aucune raison de nous retrouver.

Emma pesa le pour et le contre, et finit par se ranger à l'avis de son compagnon.

Ils remontèrent vers le plateau et passèrent derrière les bungalows pour rester à couvert. Le hangar blanc dominait les toits, l'eau crépitait toujours sur la tôle. Emma se souvint brusquement du DVD que Gerland lui avait confié avant son vol. Il était intitulé « Projet GERIC ». Le même mot mystérieux brillait en lettres bleues sur le hangar. Bien que Tim et elle n'aient pas visité tous les préfabriqués, Emma se doutait qu'ils ne servaient qu'à l'intendance. Ce qui comptait vraiment reposait à l'abri du grand bâtiment.

Elle pensa aux prisonniers conduits à travers la forêt jusqu'ici.

Ils sont là-dedans. Il n'y a que là.

Tim se hissait le long des fenêtres de chaque bâtisse pour examiner l'intérieur et trouver une cachette sûre.

— Nous devrions aller voir dans le hangar, suggéra Emma.

— Vous êtes folle ! Nous savons tous les deux ce qu'il contient !

— Justement, non, nous ne le savons pas. Et s'il y a encore des survivants on pourrait les aider.

— Pour se faire tailler en pièces ? Non merci…

— Si on est nombreux, on pourra les battre !

— Comme à Omoa et à Hanavave ?

Tim marquait un point.

— Au moins jeter un coup d'œil, continua Emma. Si on ne peut rien faire, on rebrousse chemin.

— Sans moi ! Pensez déjà à assurer votre survie avant de vouloir jouer les héroïnes.

Sur quoi il monta dans un bungalow et y disparut.

Emma resta dehors, sous la pluie battante, à fixer l'immense rectangle blanc. Puis elle rejoignit son compagnon qui tirait des matelas sur le sol pour les coulisser *sous* les lits superposés.

— Avec quelques couvertures en désordre sur la couche du bas, personne ne pourra nous voir. Ce sera spartiate mais sûr.

Emma déposa son sac à dos.

— Tenez, je vous laisse l'ordinateur portable.

Tim fronça les sourcils.

— Ne me dites pas que vous y allez !

— Je suis désolée, Tim. Je ne pourrais plus jamais me regarder dans une glace en sachant que j'aurais pu faire quelque chose et que je me suis défilée. Il n'y aura peut-être personne, et si c'est trop risqué, je reviens ici, mais il faut que je sache.

Tim souffla bruyamment. Après un silence, il hocha la tête.

— Très bien, laissez votre barda, on ne prend que le strict nécessaire.

Le visage d'Emma s'épanouit en comprenant qu'il ne l'abandonnait pas.

Ils se faufilèrent dans le vacarme du déluge et tournèrent autour du hangar qui ne comportait aucune fenêtre, avant de remarquer l'entrée. Une petite porte discrète, là où Emma attendait un portail électrique monumental avec caméras et gyrophares.

Le couloir à l'intérieur était plongé dans le noir, seules des ampoules rouges à intervalles réguliers assuraient le minimum pour se repérer. Le choix d'une lumière rouge surprit Emma.

Ils décidèrent de ne pas allumer la torche et se guidèrent dans cette ambiance de submersible.

266

— Vous avez rechargé votre arme ?

— Ne vous en faites pas pour ça. Mes poches sont pleines de cartouches.

Ils suivirent le corridor jusqu'à atteindre une salle de contrôle avec sas de sécurité. Toutes les portes étaient ouvertes. Tim désigna des flaques poisseuses sur le lino. La luminosité particulière les rendait noires mais Emma n'eut aucun doute : il s'agissait de sang. Ils franchirent les sas en prenant soin de ne pas faire de bruit, et dépassèrent ce qui devait être une salle de pause, avec ses banquettes bon marché et ses fausses plantes vertes. Une machine à café était renversée sur les grilles métalliques qui à présent constituaient le sol. Des documents déchirés et des pochettes éventrées jonchaient le couloir.

Emma nota le souffle régulier et pesant du système d'aération qui fonctionnait encore. Cet endroit était lugubre à en faire des cauchemars pendant des années.

Tu aimerais aussi savoir ce que tout ça cache, pas vrai ? Qu'est-ce qu'une paléoanthropologue comme toi était censée faire ici ? Quel lien entre ces massacres et les recherches que tu aurais pu conduire dans ce hangar ? Parce que c'est bien là que Gerland t'envoyait…

Et c'était là que Mongowitz était arrivé pour l'accueillir. Qu'était-il devenu ? Elle prit conscience qu'elle ne s'était pas posé la question. Qu'attendait-on d'elle ?

Le couloir fit une courbe et soudain s'élargit de plus de douze mètres, ouvrant sur un immense espace cerné par une quarantaine de portes rouge vif numérotées en noir. Au milieu, une cabine vitrée parfaitement ronde disposait d'une console éteinte. Une série de tuyaux, semblables à d'interminables lombrics, enfonçaient leurs crénelures dans le plafond. Enfin, tout au fond, un large escalier s'engouffrait vers les sous-sols. Ici la climatisation émettait un souffle irrégulier, sifflant, parfois chaotique.

— Où sommes-nous ? chuchota Emma. On se croirait dans un hôtel dessiné par H.R. Giger !

— Je crois que c'est une prison, révéla Tim en désignant la cabine du milieu. Et c'est par ici qu'ils contrôlent les accès aux cellules.

Emma déambula dans le hall, partagée entre l'excitation et l'angoisse. Que pouvait-il y avoir derrière ces lourds vantaux ? Elle voulut actionner l'ouverture du judas, mais il semblait bloqué. *Ce doit être un système électrique...*

C'est alors qu'elle avisa le vide autour du chambranle. La porte n'était pas fermée. Elle tira sur la poignée – le battant pesait une tonne – et au prix d'un réel effort l'accès s'entrouvrit. C'était une cellule, Tim avait vu juste. Spacieuse mais chichement meublée : lavabo, toilettes, tablette et couchette. Parfaitement anonyme. Rien ne prouvait qu'elle ait servi un jour.

Emma vérifia les autres : même constat. Aucune ne se verrouillait. On avait interrompu l'alimentation qui assurait le mécanisme.

Les parois émettaient des petits bruits aigus, Emma songea à la dilatation d'un matériau quelconque. En fait, le lieu entier vivait, peuplé d'imperceptibles grincements et frottements, si ténus qu'ils donnaient l'impression de provenir d'un autre monde.

Comme sur un navire, la coque se déforme légèrement sous l'impact de l'océan.

Bientôt elle eut la désagréable sensation de ne pas être seule avec Tim. Elle *sentait* une autre présence. *C'est idiot, il fait très sombre mais on ne peut pas se cacher, il n'y a pas de renfoncement.* Une idée la fit soudain se raidir. Une caméra ! Branchée sur le bloc auxiliaire, reliée à un moniteur, là où attendaient les *démons* qui avaient pris le contrôle de l'île ! Dieu qu'elle détestait ce mot : démons. Pourtant il leur allait bien.

Emma inspecta le plafond, ce qui n'était pas aisé avec toutes les buses qui couraient en s'entrelaçant. Rien.

Elle vit Tim qui approchait des marches.

Quelque chose n'allait pas. Emma ne parvenait pas à identifier le danger, pourtant toutes ses alarmes naturelles viraient au rouge. Son instinct lui ordonnait de sortir d'ici. *Je ne peux pas. Il faut continuer. C'est probablement la fatigue et le stress, rien de plus...*

Une des ampoules rouges clignota. *Un faux contact, rien de plus.*

Le souffle de l'aération ne parvenait plus à se réguler. Il semblait provenir de partout en même temps. Discontinu mais d'intensités multiples.

Et au milieu de ce bourdonnement anarchique, un son se détacha.

Tout près d'Emma.

Une longue respiration.

Moins mécanique que celle du système général, une expiration tremblante.

Humaine.

Emma pivota, encore et encore, jusqu'à faire un tour complet. Personne.

À ce premier soupir s'en ajouta un autre.

Et tout à coup, Emma comprit. Son malaise prit sens, ainsi que les bruits étranges. Tout s'expliquait.

Non, ils n'étaient pas seuls ici. Bien au contraire. Ils étaient si nombreux que leurs souffles couvraient celui des machines.

Des dizaines de bouches.

Emma baissa les yeux sur les grilles formant le plancher.

Et les doigts commencèrent à apparaître par les trous du maillage.

34

La panique s'empara d'Emma.

Des doigts sales, écorchés s'entortillaient dans les claires-voies du sol.

Elle voulut appeler Tim mais n'y parvint pas. La peur la tétanisait. Ils grouillaient sur les bords de ses semelles comme de longs asticots.

Emma s'envola.

Une force prodigieuse l'arracha à son calvaire pour la faire tomber un peu plus loin, au-delà des grilles.

Tim la plaqua au mur, la sueur au front.

— Qui sont-ils ?

Emma secoua la tête.

Des murmures s'élevèrent sous les grilles. Des gémissements…

— Je… je crois que… ce sont les prisonniers, réussit-elle à articuler, tremblante.

— Ils font trop de bruit, on va se faire repérer.

De fait, la rumeur enflait dans l'obscurité.

— Il doit y avoir une trappe d'accès, dit-elle d'une voix encore cassée par l'émotion.

Elle entreprit de palper le treillis d'acier pour tenter de localiser une ouverture. Chaque rectangle était riveté à des poutrelles, impossible à soulever.

— Emma, qu'est-ce que vous faites ?

— Je cherche un passage.

— Vous n'êtes pas bien ? Vous n'allez pas descendre là-dedans !

— Non, je veux les faire sortir.

— Oui, siffla une voix en dessous. Nous sortir de là, oui, oui, par pitié !

Des pleurs se mêlèrent aux lamentations.

— Ils font trop de bruit ! s'affola Tim. Ils vont ameuter tout le monde ! Taisez-vous ! Taisez-vous !

Emma tâtonnait lorsqu'elle posa la paume sur un énorme cadenas. Ses arceaux s'enfonçaient entre deux grilles et une poutrelle. L'anse était si grosse qu'elle passait à peine entre les trous.

— On ne parviendra jamais à le forcer, il faut que vous tiriez dessus avec votre fusil.

— Vous êtes folle ! Non seulement ça ne servirait qu'à blesser quelqu'un là-dessous, mais en plus on aura toute la meute sur le dos en une minute !

— On ne sait pas ! s'énerva Emma. Ils ne sont peut-être même pas là !

— J'ai entendu du bruit qui provenait des sous-sols tout à l'heure, je vous dis qu'ils sont là !

Un raclement de gorge résonna au loin, depuis l'escalier.

Tim se redressa d'un coup.

— Ce sont eux ! s'alarma-t-il.

Emma et lui filèrent vers une des cellules dont ils manœuvrèrent ensemble la lourde porte.

Par l'entrebâillement, Emma put distinguer le hall. Les gens sous la grille avaient également entendu et s'étaient tus d'un coup, retenant leur souffle. Emma les devina serrés les uns contre les autres, terrorisés.

Une silhouette haute et décharnée se profila dans l'éclairage rouge. Un homme… Emma ne le distinguait pas très bien, il n'était pas seul. Il traversa le hall, passant à l'opposé de leur cellule, pourtant elle crut remarquer la texture singulière de ses vêtements. Il entra dans le halo d'une ampoule et Emma comprit. Il était entièrement nu. Pourtant sa peau était parcheminée, marbrée de stries noires et couverte de grumeaux sombres semblables à d'énormes grains de beauté. Emma n'eut pas le temps de lever les yeux vers son visage. Elle vit ce qu'il traînait derrière lui.

Une fillette d'à peine plus de dix ans. Et il la tirait par les cheveux, comme un animal en laisse. Elle-même agrippait la main d'un petit garçon bien plus jeune, qui suivait en trébuchant. Ils étaient entièrement nus. L'homme les poussa violemment dans un coin et leur passa une chaîne autour du cou en ricanant. Après quoi il recula pour les admirer et fit mine de humer l'air en penchant la tête en arrière.

La petite fille l'observait, paralysée par la peur. Mais le petit semblait ailleurs, insensible aux gesticulations de leur tortionnaire. Ce dernier se mit à aboyer, en gesticulant et grognant, il ordonna à la fillette d'en faire autant. Emma eut l'impression de contempler le rituel d'un grand singe.

Frustré par l'absence de réaction de ses victimes, l'homme donna un violent coup de pied à la fillette qui s'écrasa contre la paroi. Les muscles d'Emma se contractèrent, la main ferme de Tim se referma sur son épaule, pour la contenir.

Alors l'homme se cambra et urina sur les enfants. Un long jet qui ne suscita aucune réaction.

Puis il se tourna, attrapa un bout de manche à balai et l'enfonça à plusieurs reprises dans les trous de la grille. Un jappement de douleur jaillit et l'homme répondit d'un cri strident où se devinait une joie perverse, presque enfantine. Après quoi il jeta son arme et repartit vers les sous-sols.

Emma attendit une longue minute puis sortit de sa cachette pour aller vers les deux petites ombres recroquevillées. Tim la saisit par le poignet.

— Où allez-vous, Emma ?

— Vous le savez bien.

— On ne peut pas faire ça ! Vous avez vu cet énergumène ? C'est une bête !

— Raison de plus pour ne pas laisser ces enfants avec eux !

La pression s'accentua.

— À la seconde où ils découvriront leur disparition, cet endroit sera fouillé de fond en comble, et ils nous trouveront !

— C'est pourquoi nous changeons de programme. On ne dort plus là, on disparaît dans la jungle, on rentre au village où il sera plus facile de se cacher. (Elle voulut échapper à son compagnon mais il serrait trop fort.) Tim, vous me faites mal.

À contrecœur, il la lâcha.

Emma courut auprès des enfants.

— Surtout, ne criez pas, chuchota-t-elle de sa voix la plus douce. Je vais vous aider.

Ils empestaient l'urine putride.

Emma posa sa main sur la fillette qui sursauta violemment.

— N'aie pas peur, je ne te ferai aucun mal, je vais vous sortir de là, d'accord ?

La fillette hocha imperceptiblement la tête. Emma étudia le nœud de la chaîne et comprit qu'elle n'était qu'enroulée. Elle libéra les deux enfants tremblants de peur.

Tim était derrière elle.

— Et pour le cadenas, vous avez regardé ? lui demanda-t-elle.

— Je vous l'ai déjà dit : il n'y a rien à faire. On ne peut pas les tirer de là.

— Je ne laisse personne, on…

— Emma ! insista-t-il un peu trop fort. On reste ici et on crève tous, ou on tente de survivre en s'enfuyant *maintenant*, avec ces deux gamins, et on prévient les secours.

— Aidez-nous ! Sortez-nous de ce cauchemar ! Ils vont nous tuer ! Ce sont des monstres ! gémit une femme sous leurs pieds.

Tim fixait Emma droit dans les yeux. Elle avait vu la taille du cadenas. C'était désespéré, et elle le savait.

— Très bien, murmura-t-elle. On sort.

Tim la poussa aussitôt vers le couloir, couvrant leurs arrières.

— Non ! hurla quelqu'un en dessous. Ne nous abandonnez pas ! Non !

— Taisez-vous ! ordonna Tim sans élever la voix. Nous ne pouvons rien faire, mais nous allons prévenir les militaires, pour qu'ils viennent.

Des dizaines de murmures s'élevèrent, des prières, des pleurs et des gémissements.

Emma pressa le pas, autant pour retrouver l'air libre que pour ne plus les entendre.

Ils gagnèrent la sortie rapidement, les enfants suivaient sans un mot, mais sans les ralentir. Une fois sous la pluie, Emma prit la direction du bungalow où ils avaient installé des couchettes, mais Tim l'interpella :

— Tirons-nous d'ici avant qu'ils ne remarquent la disparition des gamins ! On n'a pas de temps à perdre !

— Ils ont besoin de vêtements et il faut récupérer l'ordinateur !

Pendant que Tim s'emparait de leur équipement, Emma enveloppa les enfants dans des vêtements beaucoup trop grands. Tim découpa les pantalons au couteau de chasse et ils les nouèrent à la taille.

— Comment vous appelez-vous ? demanda Emma. Moi c'est Emmanuelle, Emma si vous préférez.

La fillette cligna des paupières.

— Mathilde, souffla-t-elle.

— Et toi ? demanda-t-elle au petit garçon.

— Il ne parle plus, confia Mathilde d'une toute petite voix. Il s'appelle Olivier.

Emma, tout en s'affaissant, tentait de maîtriser son émotion.

— Vous êtes frère et sœur ?

— Oui.

— Vous allez devoir marcher vite avec nous, pour qu'on s'en aille loin d'ici, d'accord ?

Mathilde acquiesça vivement.

— Le temps presse, intervint Tim.

Cela faisait presque dix minutes qu'ils étaient dans le préfabriqué.

— Merde, on n'a pas de chaussures à leur taille, pesta Emma. Il en faut pour marcher dans la forêt.

Tim s'empara de tennis dans un casier, il déchira les semelles à l'aide de son couteau et les redessina grossièrement puis, à l'aide de chaussettes et de gros scotch, il improvisa de petites chaussures à toute vitesse.

— Tenez, c'est mieux que rien, maintenant, il faut dégager d'ici !

Lorsqu'ils sortirent, la pluie venait tout juste de cesser.

— C'est bien notre veine ! s'énerva Tim. Nos empreintes ne seront pas effacées !

Il les entraîna vers le trou dans la clôture en les faisant marcher vite et à couvert quand c'était possible. De là ils dépassèrent le sentier qu'ils avaient suivi à l'aller, pour s'enfoncer ensuite dans la forêt.

— On ne prend pas le même chemin ? s'enquit Emma. Une fois le col atteint nous aurions bifurqué vers Omoa, non ?

— C'est par là qu'ils vont commencer à nous chercher. Il y a un autre col, là-bas, on va se débrouiller pour le rejoindre.

— Nous serons tout près de la lumière que j'ai vue ce matin.

— On la contournera par sécurité.

Emma ne chercha pas à discuter. Tim était déterminé et il avait peut-être raison, il fallait privilégier la prudence.

Le premier quart d'heure de marche fut épuisant, Tim ne se servait pas de sa machette, pour ne pas laisser plus de traces qu'ils n'en faisaient déjà dans la terre trempée. Mathilde et Olivier suivaient, la fillette tenait d'une main son frère et donnait l'autre à Emma. Le petit gémissait dès qu'on le séparait de sa sœur. Les chaussures bricolées par Tim tenaient le coup. Ils parcoururent une bonne distance en une heure avant d'atteindre les premières pentes. Là, les choses se corsèrent, le terrain devint glissant, Tim n'eut d'autre ressource que d'employer sa machette pour dégager un passage, et la cadence s'en ressentit. Aucun des enfants ne se plaignit du rythme trop soutenu, ils avançaient en silence, Mathilde rechignant à lâcher la main d'Emma, même pour s'accrocher à une branche afin d'escalader un obstacle.

Ils prenaient un peu d'altitude. Le ciel s'entrouvrit pour laisser passer un soleil de fin de journée qui réchauffa les corps. Emma crut même que cela allait leur donner un peu de courage et de moral mais les nuages se refermèrent presque aussi vite. La luminosité retomba et la chape de plomb qui étouffait l'île depuis trois jours resserra son étreinte, prolongeant les ombres.

Au détour d'une corniche, un trou dans la végétation permit à Emma d'apercevoir l'immense hangar blanc en contrebas. Elle tira discrètement la manche de Tim pour le lui montrer.

Des silhouettes en file indienne sortaient lentement du bâtiment. Emma ne pouvait les distinguer, elle ignorait qui étaient ces gens, néanmoins leur posture et, malgré la distance, ce qui lui parut être une démarche claudicante pour certains la firent songer à des prisonniers.

Tim se remit en route, ils n'étaient pas assez loin à son goût et il accéléra, avant de comprendre qu'Emma et les enfants ne pouvaient plus suivre.

Soudain un hurlement les fit sursauter, venu du bas de la plaine. Un cri lointain mais glaçant. Emma s'empressa de cacher la tête des petits contre son ventre, pour qu'ils entendent le moins possible. Olivier se laissa faire.

Mais les cris reprirent.

Ceux d'un être qu'on torture de la plus abjecte manière, pour faire souffrir, pour que l'horreur dure.

L'homme s'époumona ainsi longtemps.

— Qu'est-ce qu'ils font ? dit Emma dans un souffle.

La chair de poule l'envahit. C'était insupportable, elle pria pour que cela cesse au plus vite.

— Ils passent leurs nerfs sur les prisonniers, devina Tim. Et ils espèrent probablement terroriser les enfants.

— C'est abominable !

— Venez, il faut continuer, on ne peut pas ralentir. Et si vous ne pouvez supporter les cris, pensez à ceux qui sont en bas, ça vous donnera de l'énergie pour fuir.

35

Ce lundi matin, Peter ouvrit les yeux réveillé par les plaintes du vent contre sa fenêtre. La chambre était encore plongée dans l'obscurité, sa montre indiquait : 6 : 17.

Il prit sa douche, puis traversa les couloirs silencieux et froids de l'observatoire. Tout le monde dormait. Un calme qui renvoya le scientifique à la mort de Scoletti. Était-ce à cette heure qu'il était mort ? Non, probablement plus tôt. La veille, à cet instant, l'homme se balançait déjà au bout d'une corde. Peter se demanda où ils avaient bien pu mettre le corps. Certainement pas dans la chambre froide avec la nourriture, du moins l'espérait-il. Il se passa la main sur le visage pour chasser ces pensées malsaines et s'approcha des bureaux, un mug de café à la main.

La chaîne était manquante. Peter se figea. Il enfonça la poignée et la porte bougea à peine, verrouillée de l'intérieur. Était-ce Ben ? Si tôt ? Peter frappa, d'abord doucement, puis avec insistance.

— J'arrive ! répondit Ben après une minute.

Il défit la sécurité et le laissa entrer avant de refermer.

— Tu es drôlement matinal pour quelqu'un qui ne dort pas seul, s'étonna Peter en prenant le chemin du sous-sol.

— Elle rejoint son lit au petit matin, elle ne veut pas que ses collègues sachent pour nous, elle a peur de passer pour la fille qui se fait séduire par le premier venu. Après je n'ai pas pu me rendormir.

— Tu réinvestis les labos ? Finie la lecture au salon ?

— Cette histoire de services secrets m'a foutu les jetons. Et tu sais ce qu'ils ont fait de Scoletti ? Ils l'ont mis dehors ! Pour que le froid le conserve en attendant de pouvoir faire monter la gendarmerie ! Ici au moins on peut s'enfermer ! Au fait, à part toi et moi, qui dispose d'une clé pour la chaîne ?

— Gerland, il me semble.

Ben les entraîna dans un bureau qu'il s'était approprié, et se rassit devant des liasses de papiers en s'emmitouflant dans une lourde couverture.

— Qu'il ne la perde pas ! dit-il. Hier ça m'amusait, mais que Grohm ne nie pas, ça m'a fait pas mal cogiter.

— À quoi ? s'enquit Peter en portant la tasse fumante à ses lèvres.

— D'abord à Scoletti, puis à notre sécurité, et à Emma.

Peter avala le liquide amer et brûlant. Lui non plus n'avait pu détacher son esprit des propos de Grohm. Toute la nuit il avait eu le visage de sa femme en tête, se rongeant les sangs à l'idée de ce qu'elle pouvait affronter. Lui était-il arrivé quelque chose ? Isolé du monde, Peter n'avait aucune possibilité de l'apprendre. Assis contre son oreiller, il avait même envisagé s'enfuir du pic. Mais le téléphérique n'était pas utilisable, son fonctionnement automatisé le clouait sur place, la force de la tempête avait assurément mis tous les systèmes de sécurité en action. La cabine ne décollerait jamais de son abri même si Peter tentait d'en forcer les commandes. Restait la descente à pied. Dans le blizzard, sur une pente aussi raide couverte de neige, sans équipement et sans connaissance de la montagne, autant se jeter directement dans le vide et prier pour que les anges vous rattrapent. Peter s'était calmé : ils ne pourraient quitter l'observatoire tant que le temps ne s'apaiserait pas. Et par la même alchimie qui avait transformé sa colère du début de soirée en angoisse, cette dernière s'altéra au fil de la nuit en résignation. Plutôt que de se laisser envahir par le chagrin, il avait trouvé la force de faire confiance à sa femme. Sa ténacité, son adaptabilité et son intelligence jouaient en sa faveur. Elle avait suivi des fouilles en Somalie, au milieu des guerres de clans, participé à des expertises en Birmanie, dans des conditions extrêmes qui ne l'impressionnaient pas. Et, plus que tout le reste, elle chérissait sa famille, si fort que jamais elle ne prendrait de risques inconsidérés.

— Malgré toute la bonne volonté du monde, tu ne peux rien pour elle en ce moment, résuma Peter. Alors autant accomplir notre part du job, et lorsque les communications reviendront, nous saurons quoi faire, et qui prévenir. Je te le jure.

— Justement, tu ne trouves pas déroutant qu'on soit isolés ainsi ? Si les services secrets voulaient se débarrasser de nous, ils commenceraient par nous priver de tout moyen de…

— Ben, je crois que ton imagination t'entraîne un peu loin. Personne, pas même les services secrets, ne ferait abattre sept astronomes, deux scientifiques et un haut fonctionnaire européen. Et j'oubliais ses trois gardes du corps. Treize personnes, Ben ! C'est impossible.

— Va savoir ! Parfois on entend aux infos qu'un bus plein de ressortissants français a explosé, qu'un groupe de scientifiques a été tué dans un accident, et si c'était de la manipulation ?

— Arrête.

— Et Scoletti ? C'est toi qui ne crois pas au suicide !

— J'ai dit qu'il fallait aussi envisager le pire !

— Si ce qu'ils protègent est si important, alors je te dis que les services secrets n'hésiteront pas à nous faire disparaître. Et nous ne serions pas les premiers ! D'accord ce n'est pas lié, mais regarde Kennedy ! Tu ne vas pas me faire croire qu'il a été buté uniquement par ce plouc d'Oswald du haut de son immeuble ! C'était le Président ! Ils peuvent s'en prendre à n'importe qui, s'il le faut !

Peter secoua la tête, il refusait de s'embarquer sur ce sujet douteux.

— Tu as avancé ? préféra-t-il demander en désignant le paquet de documents que tenait Ben.

Ce dernier fit la moue, comprenant qu'il ne convaincrait jamais son beau-frère. Pourtant, il le sentait, dans cette théorie de la conspiration des éléments de vérité étaient à considérer.

— J'ai mis le nez dans une étude de Grohm. Un projet colossal entre plusieurs universités et laboratoires du monde entier, toujours en cours. Il s'agit de comparer des prélèvements d'ADN humain de différentes époques. Le plus ancien est celui d'une momie de quatre mille ans, un autre d'un corps d'un peu plus de deux mille ans, retrouvé congelé, un troisième du dixième siècle, et les derniers sur des dépouilles du dix-septième et du dix-neuvième siècle.

— Avec quelle finalité ?

Ben fit défiler quatre pages de noms, plus d'une centaine en tout.

— Regarde le nombre de collaborateurs ! s'exclama-t-il.

— On est loin du secret défense à présent. Tu ne m'as pas répondu sur la finalité ?

— Parce que c'est assez vague. Il faudrait mettre la main sur des analyses concrètes, ici il n'est fait que des allusions. J'ai cru comprendre qu'ils veulent comparer le génome humain et son évolution sur plusieurs millénaires. C'est possible ?

Peter écarquilla les yeux.

— Avec du temps, beaucoup de temps, et des moyens énormes, pourquoi pas ? Grohm ne précise pas ce qui l'intéresse ?

— J'étais en train de lire la copie d'un de ses courriers quand tu t'es pointé.

Peter vint se poster derrière le jeune homme pour parcourir le document en même temps que lui.

— Il ne le sait pas lui-même, synthétisa Ben, il explique s'intéresser à la partie reptilienne du cortex cérébral, il travaille à comprendre comment se transmettent, génétiquement, les instincts.

— Il mentionne sa propre étude sur l'agressivité, continua Peter par-dessus son épaule, sur le comportement violent et son développement au fil des siècles chez l'homme. Il espère qu'ils pourront le renseigner sur d'éventuelles avancées à ce sujet en étudiant le génome humain sur plusieurs millénaires et en particulier en le comparant à celui de néandertaliens dont on a pu trouver l'ADN sur des corps bien conservés. Voilà sa motivation.

Ben pivota sur son siège pour faire à nouveau face à Peter. Il prit un air grave :

— Grohm fait des expériences sur des cobayes humains, n'est-ce pas ?

— Tout porte à le croire. Ils ont installé leurs laboratoires sur Fatu Hiva, c'est loin de la métropole et des regards curieux ; là ils enrôlent des gens du cru, moyennant une jolie somme, pour leur servir de sujets d'étude, sans avoir à répondre à des critères de sécurité et encore moins de déontologie. Ils avancent à leur vitesse, et tout est traité ici.

— Pourquoi deux sites aussi éloignés ?

— Un labo qu'ils doivent cacher, très loin, tandis que le pic du Midi c'est à la fois proche de Paris, et en même temps planqué. Les résultats sont analysés par l'équipe de Grohm, ce sont eux qui impriment la cadence, qui donnent les ordres. Sur Fatu Hiva il n'y a que les sous-fifres.

Ben fronça le front.

— Et s'ils avaient séparé les sites par sécurité ?

— Oui, c'est ce que je te dis, l'île est loin des journalistes ou des…

— Non, je veux dire : un *vrai* danger physique. Le choix d'une petite île isolée, presque inhabitée, n'est pas un hasard. Et si leur labo de Fatu Hiva représentait un danger potentiel pour les environs ? Radioactivité par exemple. Au point qu'il soit préférable de séparer les chercheurs des sujets d'étude.

Peter hocha la tête.

— Ils trafiquent le patrimoine génétique de l'homme. Cachés, ils n'ont pas à respecter les lois, les interdits.

— Tu crois qu'ils bidouillent des embryons humains ? Qu'ils font des clones ? interrogea Ben.

— Non, je pense qu'ils étudient la génétique et qu'ils tentent des expériences. C'est pour ça qu'une paléoanthropologue spécialisée dans l'évolution de la vie et n'ayant pas peur des théories un peu sulfureuses les intéressait. Grohm voulait un autre généticien, et un spécialiste de la dynamique comportementale. Nos trois profils correspondent à leurs travaux. Grohm a disséqué le comportement violent de l'homme au fil des siècles, il l'a inscrit dans différents schémas, différentes réponses à des situations, probablement pour séparer l'inné de l'acquis. Quelle part de génétique dans la violence de l'homme ? Et il cherche à contrôler cet instinct agressif au travers de ses expériences génétiques.

— Ça tient la route, approuva Ben.

— Ils commençaient à piétiner et ils ont réfléchi à faire entrer du sang neuf dans leur équipe. Nos trois noms ont atterri sur le bureau de LeMoll. Si le feu vert tombait, il devait nous contacter et trouver un moyen de nous faire accepter le boulot. La Commission nous aurait payés, du moins l'aurait-on cru, pour un projet européen encore secret.

— Tu crois qu'on aurait gobé ? Un projet européen secret ? M'étonnerait…

— Il aurait pu jouer franc jeu également. Je n'en sais rien.

— Quel rapport avec le GERIC alors ?

Peter soupira.

— C'est là que je sèche. Une alliance entre un labo de cosmétiques et l'armée en vue de développer une molécule olfactive qui annihilerait le comportement violent de l'homme ?

— C'est de la pure science-fiction ! J'adore ! plaisanta Ben sans y mettre le ton.

— Je sais… Tu as raison, on est en train d'inventer ce qu'on ignore. Les réponses sont forcément ici, dans ces bureaux. (Il déposa une tape amicale sur l'épaule de Ben.) Pendant que tu continues tes saines lectures, je vais aux archives. Je viderai les rayonnages par terre s'il le faut mais je veux dénicher des réponses concrètes. Trouver cette « Théorie Gaïa » chère à Scoletti.

Lorsque midi sonna à sa montre, Peter n'avait pas exagéré : il se tenait assis en tailleur au milieu d'une trentaine de classeurs et de pochettes ouvertes, le contenu répandu à ses pieds. Il triait : d'un côté les documents sans importance ou incompréhensibles, de l'autre les rapports plus informatifs. Il y en avait tant qu'il s'épuisait. Il voulait organiser plusieurs mètres cubes de documents en quelques heures là où il aurait fallu des jours. Même dans cette pièce dissimulée, Grohm et son équipe avaient pris soin de disséminer leurs papiers de valeur dans des dossiers de comptabilité ou de gestion. Cependant, Peter avait déjà extrait une petite pile qui semblait prometteuse. Dans la matinée, Ben était venu prendre sa part de boîtes en carton pour les étudier dans son bureau, sans rien dire.

L'estomac de Peter grognait, réclamant une pause, mais il se forçait à ne pas entendre, il en voulait plus, il savait que quelque part derrière l'une de ces étiquettes l'attendaient toutes les notes de Grohm.

Il sentait l'hypoglycémie poindre lorsqu'il remarqua la silhouette de Ben dans l'encadrement de la porte.

Immobile, les épaules affaissées, il fixait son beau-frère d'un air catastrophé.

— Ben, tout va bien ?

— Il faut que je te parle.

— Oui, vas-y, et Peter abandonna ce qu'il lisait.

— On s'est trompés.

— Comment ça ?

— On s'est trompés et on est en danger, Peter.

Ben parlait d'une voix sans timbre, comme en état second.

— De quoi parles-tu ?

— On est tous en danger de mort. Je sais ce que sont les « spécimens » achetés par Grohm.

Peter se redressa d'un bond, si vite que sa tête se mit à tourner. Il tituba et vit l'image de Ben se dédoubler lorsque le jeune homme ajouta :

— Grohm est fou. Ils sont tous déments. Jamais ils n'auraient dû faire ça.

36

Les hurlements durèrent presque une heure.

Emma était blême, les nerfs à fleur de peau. S'il n'y avait eu les enfants, elle se serait blottie sous un arbre en se bouchant les oreilles pour ne plus entendre cette ode à la mort. Car, chacun à leur manière, les hommes et les femmes qui s'étaient succédé suppliaient qu'on les achève. Certains lâchaient des couinements de chien, d'autres finissaient par s'étouffer, ce qui provoquait une sorte de hennissement interminable, d'autres encore jappaient longuement.

D'ignobles musiciens jouaient de leur corps comme d'un instrument, sur la partition de la torture.

Mathilde et Olivier semblaient ne rien entendre. Emma n'aurait su dire s'ils avaient déjà vécu ces atrocités ou s'ils étaient trop obsédés par l'idée de fuir très loin pour s'en préoccuper. *On ne peut s'habituer à ça. Ils ne* veulent *plus l'entendre, c'est tout.*

Tim, sans un mot, ouvrait le chemin, marchant inlassablement vers les escarpements qui jaillissaient de la montagne. Il visait une faille entre deux massifs, bien assez large pour les laisser passer vers l'autre versant, à l'ouest. Emma se sentait au bord des crampes, les jambes tétanisées par l'effort, tandis que les enfants ne trahissaient aucun signe de fatigue, sinon un halètement. *Ils sont incroyables. Ce que l'esprit, particulièrement celui des enfants, peut faire lorsqu'il lutte pour sa survie dépasse bien des connaissances.* Il y avait là une leçon à prendre. À sa grande honte, ce fut Emma qui interpella Tim pour qu'ils marquent une pause. Elle fit passer sa bouteille d'eau et ils la vidèrent.

— Ne traînons pas, dit Tim avec autorité.

— C'est calme à présent, vous croyez qu'ils nous suivent ?

Tim baissa d'un ton :

— Je n'en doute pas une seconde, en tout cas ils nous cherchent.

— Avec un peu de chance ils ignorent que les enfants ne sont pas seuls, ils doivent sonder les environs...

— N'y comptez pas. La chaîne qui retenait les gamins était trop haute pour eux, et même si cela ne leur a pas suffi pour comprendre, vous pouvez être certaine qu'un prisonnier aura parlé, pour échapper aux tortures, pour un peu de répit.

Emma examina la vallée si paisible en apparence.

Une nuée d'oiseaux blancs s'envola brusquement, trois kilomètres en contrebas.

— Ce sont eux, commenta Tim. Ils ont retrouvé notre piste.

Cette fois il avait parlé assez fort pour que Mathilde relève la tête et pivote dans tous les sens, terrorisée. Emma la saisit et la serra contre elle.

— On est avec vous, la rassura-t-elle en lui caressant les cheveux. Ne t'en fais pas, je ne vous laisserai pas.

— Il va falloir faire un détour en direction de ces rochers, là-bas, pour perdre nos traces avant de bifurquer vers le col. Pour ça il faut accélérer.

— Ce sont des gosses, Tim, ils ne pourront pas tenir indéfiniment.

— Et vous ?

— Moi ça pourra aller mais…

— Alors prenez Mathilde avec vous, elle a de grandes jambes ; motivée comme elle l'est, elle suivra, je m'occupe du garçon.

Olivier leva le menton vers lui, inquiet, prêt à pleurer.

— Il faut que tu ailles avec Tim, expliqua Emma, c'est important.

Olivier scruta sa sœur qui lui fit « oui » de la tête et le garçon se leva. Tim passa le fusil en bandoulière et prit Olivier dans ses bras ; de sa main libre il s'accrochait aux branches et aux lianes qui jalonnaient la pente. Emma serra ses doigts autour de ceux de Mathilde et elles suivirent, collant leur éclaireur de près.

Le soleil déclinait derrière les nuages, si bien qu'il devenait difficile de distinguer les obstacles du sol. Malgré tout, ils réussirent à atteindre les contreforts au pied des escarpements en une vingtaine de minutes, suants et à bout de souffle. Ils quittèrent la terre mouillée qui imprimait chacun de leurs pas pour atteindre des pierres glissantes. Tim les fit progresser plein nord sur cent mètres, le temps que la boue se détache de leurs semelles, laissant des signes évidents de leur passage, puis une fois leurs chaussures propres, il fit demi-tour.

— S'ils mordent à l'hameçon, ils penseront que c'est l'autre col que nous visons, vers Hanavave, révéla-t-il.

— Je ne sais pas ce que j'aurais fait sans vous, souffla Emma.

La luminosité était tombée en quelques minutes. La nuit approchait.

— Il va nous falloir un abri, ajouta-t-elle.

— On ne peut se permettre une halte longue, Emma.

— Vous savez très bien qu'on ne tiendra pas long-temps à ce rythme, et je ne parle pas des enfants.

— Tant que nos jambes nous portent, nous avançons.

Et il resserra son étreinte autour du garçon pour accélérer. Olivier était arrimé à lui, il avait enfoui son visage contre l'épaule de Tim, rien ne pouvait lui arriver. Emma et Mathilde échangèrent un regard complice, la fillette commençait à lui faire confiance, à croire en elle.

Ils franchirent le col étroit un peu plus tard, Emma trébuchait de fatigue, tout comme Mathilde. Même Tim n'avait plus la démarche sûre, il changeait Olivier de côté assez souvent, lui demandait parfois de mar-cher sur une centaine de mètres, le temps que le sang afflue dans ses bras, et il le portait à nouveau.

La nuit s'était déployée sur la forêt, escamotant les sommets rocheux et buvant l'océan. L'absence de lune réduisait le champ de vision à moins de cinquante mètres.

Ils longeaient une crête aride au dévers moins pro-noncé tout en surplombant la végétation qui s'enroulait en bas du coteau, évoluant sur une bande assez large pour passer à deux de front, quand Emma demanda à Tim :

— C'est ici que j'ai vu la lumière ce matin, n'est-ce pas ?

Tim lui répondit en chuchotant :

— Oui, je guette depuis un quart d'heure le moindre signe de vie.

— Pourtant j'ai l'impression que nous y sommes, je reconnais la saillie au-dessus de nous.

— Encore deux ou trois cents mètres et nous pourrons retourner sous le couvert de la forêt sans risque de nous briser le cou.

Emma scruta les environs et fut prise d'un doute.

— Tim, vous voudriez bien m'attendre un instant ?

— Je ne crois pas que ce soit une bonne idée, répliqua-t-il.

— J'ai juste un besoin naturel…

— Ah, pardon. J'ai pensé que vous vouliez chercher votre lumière.

Emma confia Mathilde à son guide et escalada les rochers pour disparaître un peu plus haut sur un promontoire.

Elle réapparut en moins d'une minute.

— C'est ce que je pensais : le col de ce matin était plus haut, c'est pour ça que nous l'avions remarqué, de là où vous êtes on ne voit rien ! Il y a une lueur un tout petit peu plus loin au-dessus de nous.

— Emma ! À quoi jouez-vous ?

— C'est peut-être notre chance de trouver d'autres survivants !

— C'est surtout une occasion de se jeter dans la gueule du loup !

— Alors attendez-moi le temps que j'aille voir.

— Emma ! Emma !

Mais déjà elle avait disparu, se faufilant entre les rares buissons pour approcher la nitescence palpitante qui sortait d'une anfractuosité. Sa vision s'était habituée à la nuit, elle prenait soin d'éviter les brindilles ou les pierres prêtes à rouler. Elle était toute proche. Les contours se précisaient. Une cavité dans l'éminence de calcaire, ses bords léchés par des halos d'ambre dansants.

Un feu ! Ils font un feu dans une grotte !

Elle se plaqua au sol et tendit la nuque pour apercevoir l'intérieur.

Une ombre, celle d'un homme en chemise blanche à pois noirs, il n'avait pas le type marquisien, plutôt un métropolitain. En face un moustachu, nettement plus local cette fois, discutait tout bas avec une femme. D'autres silhouettes plus lointaines se noyaient dans la pénombre. Leurs visages étaient crispés, ils sursautaient dès que l'un d'eux haussait un peu la voix.

Ce sont des survivants. Pourquoi se cacheraient-ils sinon ?

Emma décida d'approcher un peu plus pour écouter.

« ... au village, il n'y a presque plus rien à manger ». « Demain matin, avec Henri, Jean-Louis pourra venir, il faudra porter de l'eau aussi. »

Emma en était à présent certaine. Ces gens n'avaient rien de tueurs sanguinaires. Ce n'étaient que des habitants de l'île, terrorisés et retranchés dans cette grotte.

Elle sortit de sa cachette et entra dans le boyau assez large, jusqu'à ce que les flammes éclairent son visage.

Tous se figèrent.

— N'ayez pas peur, annonça Emma. Tout ce que je cherche, c'est un peu de chaleur et des explications.

Personne ne lui répondit.

Des dizaines de pupilles l'observaient. Et pas un des huit visages qu'elle contemplait n'avait l'air amical.

Emma fut prise d'un terrible doute.

37

L'homme en chemise et pantalon de lin se leva en premier. Ce qu'Emma avait pris pour des pois noirs n'était que des taches, et son pantalon déchiré s'ouvrait sur des jambes zébrées d'écorchures.

— Vous n'êtes pas suivie ? interrogea-t-il.

— Non.

— Alors vous n'êtes pas les secours ? demanda une femme dans le groupe.

— Non, je suis désolée.

— Venez, il y a de la place, l'invita l'homme élégant.

Emma avisa la grotte qui s'élargissait sur une douzaine de mètres de profondeur.

— Je ne suis pas seule, leur confia-t-elle, je dois prévenir mes amis que je vous ai trouvés, j'arrive.

Elle revint rapidement avec les enfants et Tim, qui se fit prier pour entrer dans ce cul-de-sac souterrain. Dès qu'il vit Mathilde, un des hommes se leva pour venir la serrer dans ses bras en criant son nom, mais la fillette bondit pour se réfugier contre Emma. Celle-ci pivota légèrement pour se mettre entre l'individu et l'enfant.

L'homme s'immobilisa et comprit. Son visage s'affaissa sous l'accablement.

— Je… je n'avais pas le choix, ma petite, c'était un accident, balbutia-t-il. Je ne voulais pas vous faire de mal, c'était un accident !

Mathilde attrapa la main d'Emma et Olivier vint se blottir contre Tim.

— Qu'est-ce qu'il y a eu avec cet homme ? demanda Emma tout bas.

Mathilde avala sa salive avec peine avant de chuchoter :

— Quand les monstres sont venus dans notre village, on s'est retrouvés cachés avec lui dans le local à poubelles. Ils sont entrés et Francis nous a poussés pour se cacher. C'est comme ça qu'ils nous ont attrapés.

Emma dévisagea le Francis en question qui pleurait à présent en bafouillant des excuses. Elle s'accroupit pour être au même niveau que les deux enfants et s'adressa à eux :

— Je peux vous promettre que je ne laisserai personne vous maltraiter, d'accord ? Maintenant, vous allez regarder tout le monde ici et me dire s'il y a un membre de votre famille.

— Elle a été tuée, notre famille, dit Olivier d'une voix cassée.

Emma en eut le cœur déchiré.

— Je les connais tous, sauf lui, dit Mathilde avec plus d'assurance que son frère. Ils sont de l'île. Mais je ne veux pas aller avec eux. Personne ne nous a aidés. Ils ont rien fait pour nos parents. À la fin, ils se poussaient même pour pas tomber les premiers dans la pente.

Emma savait de quoi était capable l'être humain lorsqu'il était acculé, pour sa survie. Les plus faibles avaient péri les premiers, pendant l'assaut des villages. Les bons Samaritains avaient suivi de près, à force de vouloir aider tout le monde, et les courageux s'étaient fait marcher dessus par les vicieux. Elle connaissait cette logique infâme parce qu'elle était l'essence même de l'évolution des espèces. Seuls les plus avides de vie gagnaient le droit de voir le lendemain. Et lorsqu'il était retranché dans ses instincts les plus vils, l'homme redevenait un animal, le prédateur qu'il était et qui l'avait conduit à dominer la chaîne alimentaire.

Mais que deux enfants en soient témoins au point de craindre celles et ceux qui hier encore les faisaient sauter sur leurs genoux rendait Emma malade.

— On veut rester avec toi, lança Mathilde.

Emma acquiesça et leur caressa les cheveux.

— Très bien.

— Ce n'est pas très prudent, dit Tim en désignant le feu.

— Il nous réchauffe et nous éclaire, expliqua l'homme à moustache.

— Nous l'avons vu depuis le col ce matin, d'autres peuvent le remarquer à leur tour. Vous devriez l'éteindre.

— Personne ne touche à notre feu ! s'indigna la femme à ses côtés.

Tous étaient épuisés par l'angoisse, et quelques-uns étaient blessés.

— Je m'appelle Jean-Louis, se présenta le quinqua-génaire dans son reste de costume.

— Mongowitz ? compléta Emma.

Celui-ci devint livide. Sa pomme d'Adam trembla.

— Oui, qui… qui êtes-vous ?

— Emmanuelle DeVonck, le docteur en paléo-anthropologie que vous attendiez.

Emma prit place à la chaleur des flammes, serrant Olivier d'un côté et Mathilde de l'autre.

— Oui, c'est... tout ça semble lointain maintenant.

— Vous pourriez nous dire ce qui est arrivé ?

— Je n'en sais rien, j'ai débarqué mercredi midi avec deux collègues et... le soir même c'était l'enfer. Vous devez mourir de faim, nous n'avons pas grand-chose à vous proposer pour...

— C'est notre nourriture ! aboya un homme dans le fond.

— Tais-toi ! lui rétorqua une femme. Ces pauvres gamins doivent manger.

Elle fit surgir quelques vivres qui passèrent de main en main jusqu'à eux. Emma ouvrit son sac à dos, en sortit les derniers biscuits et fruits qu'elle avait et les partagea avec les enfants qui se jetèrent dessus. Elle se sentit terriblement coupable de ne pas y avoir pensé plus tôt. Dans la précipitation elle avait songé à les protéger, à les rassurer, pas qu'ils pouvaient être affamés. Elle détourna son attention vers Mongowitz pour se calmer. Mal à l'aise, il avait évité le sujet, et Emma se demanda s'il ne craignait pas d'être lapidé par les autres s'ils faisaient le rapprochement entre sa venue et le début du cauchemar. Avait-il une raison d'être à ce point troublé ? Emma décida de le laisser en paix pour l'instant.

Tim mangea un peu, sans se départir de sa nervosité. Il jetait des coups d'œil réguliers à l'entrée de la grotte.

— Moi, je vais vous dire ce qu'il s'est passé, annonça un vieil homme en peignoir qui tituba jusqu'à eux en grimaçant, pour s'asseoir face à Emma. En pleine nuit ils ont surgi de nulle part, je ne sais pas combien ils étaient, peut-être cinq, peut-être vingt, mais ils bougeaient vite, ils avaient des armes et ils étaient si violents que tous ceux qui sortaient dans la rue étaient en état de choc en découvrant leur barbarie. Ils entraient chez nous et ressortaient en hurlant comme des bêtes, des cris aigus, les bras couverts de sang. Dès que quelqu'un tentait de s'enfuir, ils lui tiraient dessus, tout a été très vite. Au début on s'est défendus et puis on s'est rendus, parce que là ils ne nous tiraient plus comme des lapins. Ils nous ont regroupés dans la rue, derrière les voitures, des chaînes étaient accrochées aux véhicules avec des dizaines de cordes et ils nous ont forcés à nous attacher aux chaînes. Bien sûr, personne ne s'est attaché très fort, et ils l'ont vu. Ils ont tiré dans la tête des premiers, parce qu'ils n'avaient pas serré les nœuds. Quand vous avez la cervelle de votre voisin sur les joues, je peux vous dire que les nœuds, vous les serrez ! C'est là que c'est devenu dingue.

Emma serrait les enfants contre elle pour leur boucher les oreilles et ils se laissaient faire.

— Ils ont calé les pédales avec des bûches et ils ont lancé les voitures à toute vitesse dans la rue, en direction de la jetée, poursuivit le vieil homme qui transpirait abondamment. Des vapeurs d'alcool se dégageaient à chaque mouvement de bras. Tout le monde hurlait, la peau en sang en un instant, les jambes coincées dans les visages, les bras tordus, arrachés, ça faisait un vacarme épouvantable, jamais je ne pourrai l'oublier ! (Ses yeux pas plus larges que des fentes de flipper débordèrent de perles brillantes sous la lumière du feu.) Ceux qui n'étaient pas morts se sont noyés ensuite dans la baie. Sur le bord de la route il y avait des tas de morceaux qui bougeaient tout seuls, je vous jure ! Et des gens dont la corde avait cassé. Ils se sont fait descendre, achevés à bout portant dans l'oreille.

— Vous avez assisté à tout cela ? demanda Tim.

— J'étais l'un de ceux dont le nœud n'a pas tenu.

Il écarta son peignoir et dévoila ses jambes d'écorché vif. Plus un lambeau de peau n'était visible jusqu'à l'aine, une chair rouge et noire luisait, infectée. Elle se décollait en attendant de pourrir.

Emma comprit la démarche titubante et l'alcool, il s'enivrait pour supporter la douleur.

— J'ai réussi à rouler dans les fourrés mais la plupart n'ont pas eu cette chance, conclut-il.

— Qui vous a attaqués ? Qui sont-ils ? insista Emma.

Le vieil homme secoua la tête comme s'il ne pouvait le dire.

— Des diables ! Les enfants de Satan ! tonna une femme. Il n'y a que les disciples de Lucifer pour être aussi pervers !

Emma n'insista pas, elle changea de sujet pour soulager les enfants :

— Combien êtes-vous ?

— Onze.

— Huit ! corrigea le moustachu. Félicien et les autres ne sont pas revenus, nous savons tous ce que ça veut dire. (Il fit face à Emma.) Trois des nôtres sont partis chercher des provisions hier, mais on ne les a plus revus. Et vous, qui êtes-vous ?

Les regards se durcirent tout d'un coup. Emma sut qu'il fallait dissiper tout malentendu sans tarder, bien que la présence de Tim à ses côtés la rassurât. De son propre aveu il ne connaissait pas Hanavave mais son visage leur était peut-être familier.

— Je suis arrivée jeudi soir, avec Timothée, expliqua-t-elle, je devais rencontrer M. Mongowitz... Jean-Louis, pour une mission au nom de la Commission européenne.

Cela suffit à faire retomber les sourcils et Emma se rendit compte que Mathilde s'était endormie contre elle. Olivier prenait le même chemin. Elle les allongea sous sa veste, l'un contre l'autre, et mangea à son tour.

Lorsque Mongowitz se leva pour se poster près de l'entrée, Emma le suivit. Il venait d'allumer une cigarette.

— Il m'en reste une, la dernière, vous la voulez ? proposa-t-il.

— Je ne fume pas.

— Et moi je devais profiter de ce voyage pour arrêter. À l'avenir, évitez de me demander des explications sur tout ce qui passe devant les autres.

— Vous craignez qu'ils vous blâment parce que vous êtes étranger à l'île ?

— Vous êtes allée du côté du grand hangar du GERIC ?

— Nous en revenons, c'est là-bas que nous avons trouvé les enfants.

Mongowitz eut un bref regard en arrière et acquiesça.

— Quand je suis arrivé mercredi, c'est la première chose que j'ai faite, demander s'il y avait des installations scientifiques sur l'île. On m'a indiqué cet endroit où une pirogue nous a emmenés. J'ai eu le temps de voir ce qu'ils y faisaient, professeur DeVonck.

Emma se tourna pour voir son regard. Il contemplait la nuit noire, les traits tirés, la barbe naissante.

— Des expériences, chuchota-t-il comme s'il en avait lui-même honte. Des travaux de nazis ! Je ne sais pas ce qu'ils cherchent mais leurs méthodes sont abominables.

— Est-ce lié à la génétique ? Mon mari est généticien et il a été appelé en même temps que moi.

— Entre autres.

— Ils ont joué avec l'ADN de cobayes humains, c'est ça ?

Mongowitz souffla la fumée de sa cigarette et fixa à son tour Emma.

— Non, pire que des hommes.

38

Ben entra dans la pièce, marcha sur les feuilles éparses et tendit un classeur à Peter.

— Ils ne font pas des expériences sur de simples cobayes, Peter.

Peter prit le document et l'ouvrit sur des fiches du personnel.

— Comment ça ?

— Tu te rappelles Lionel Chwetzer ?

— Oui, le criminel que Grohm a engagé.

— Non, il ne l'a pas engagé. C'est l'un des cobayes. Les fameux spécimens qu'Estevenard mentionnait dans ses notes, ce sont des criminels de toute l'Europe. Il y en avait pour plusieurs millions d'euros parce qu'il a fallu monter une opération de très grande envergure pour les enlever. L'opération Recyclage. La plupart de ces types sont morts en prison, ou en hôpital psychiatrique, beaucoup se sont suicidés. Connerie ! s'écria Ben. On a fait croire à leur suicide pour les évacuer sous la supervision de LeMoll, directeur des services de sécurité intérieure et de la justice pénale à la Commission européenne. Tu m'étonnes qu'ils avaient besoin de lui ! Il a payé des directeurs de prison quand c'était possible ; pour les autres, jugés incorruptibles, il a arrosé les médecins-chefs, les gardes, ils ont même organisé un enlèvement directement avec le prisonnier, qui n'imaginait pas dans quoi il s'embarquait ! Quatre-vingts pour cent de ces types sont officiellement morts en prison ! Mais l'équipe de LeMoll et Grohm récupérait les soi-disant corps. Et tu sais qui était dans le coup ?

— Non.

— Les services secrets allemands ! Ils ont aidé à « l'évacuation » de six de leurs ressortissants. Et tous ces criminels ont un point commun de plus : ils sont considérés comme extrêmement dangereux ! Ce sont des tueurs en série ! Tu entends ? Des tueurs en série ! Grohm a fait sortir plus de vingt-cinq de ces meurtriers de neuf pays d'Europe ! Et ce n'est pas fini, neuf autres mecs fortement suspectés d'être des tueurs de ce genre mais qui, en l'absence de preuve, restaient en liberté, ont tout bonnement disparu ou se sont suicidés aussi ! Chwetzer est l'un d'eux.

— Grohm rafle plus de trente meurtriers et personne n'a jamais rien remarqué ? Aucun journaliste pour fourrer son nez dans une affaire pareille ?

— Comment auraient-ils deviné ? Pourtant l'opération s'est étalée sur seulement dix mois. Il n'y a que l'Institut de criminologie de Lausanne qui a fait un rapprochement, en tout cas c'est tout ce qu'il y avait dans les rapports que j'ai trouvés, l'Institut parle d'une vague de suicides sans précédent dans la communauté des tueurs en série, liée selon eux à la nature instable de leur personnalité, à l'absence d'espoir, et à la honte plus qu'aux remords.

— Quoi de mieux comme sujet d'étude sur l'agressivité et la violence humaine que des tueurs en série ? Grohm a fait sa liste de courses, et ils l'ont servi.

— C'est la confirmation que les services secrets français *et* allemands sont là-dessous ! Tu réalises ?

— C'est complètement surréaliste, tu veux dire ! Non, mais tu imagines si l'opération avait échoué, ne serait-ce qu'une seule fois, le scandale que cela aurait provoqué ? Un retentissement mondial.

— Je leur fais confiance : chaque fois une cellule indépendante bien rodée a monté le coup. Si ça foirait, personne n'aurait jamais pu remonter jusqu'aux officiels. On aurait fait passer ça pour le délire d'un groupe de fans du serial killer, telles ces femmes qui finissent par tomber amoureuses de tueurs en prison et qui les épousent.

Peter leva l'index, comme pour figer le temps.

— Attends une seconde, dit-il, les gardes du corps de Gerland, ils ont un accent allemand, tu te rappelles ?

— Mattias ! Tu crois que c'est lié ?

— Je n'aime pas le hasard qui fait bien les choses. Une raison de plus pour être discrets quant à nos découvertes. Je ne veux pas me retrouver pris au piège dans un règlement de comptes entre services.

— Il faut parler à Grohm, acculé il pourrait se montrer plus coopératif.

— Sans Gerland, précisa Peter. Si Grohm ne lui a jamais rien dit et que les seules fois où il s'est exprimé sur le sujet c'était en notre présence, c'est parce qu'il avait un message à nous faire passer. On aura mis du temps à le comprendre. Grohm veut bien collaborer mais pas devant Gerland.

— Et on s'y prend comment ? Gerland ne le lâche jamais ! Il poste même un de ses hommes devant sa chambre quand il dort !

Peter consulta sa montre. Presque treize heures.

— Il déjeune toujours tard, rappela-t-il. Viens, on ne l'a peut-être pas encore raté !

Ils survolèrent les marches et se précipitèrent dans les couloirs pour atteindre les cuisines. Peter prit un panier et jeta des vivres en vrac dedans. Puis ils foncèrent au pied du grand escalier conduisant à la passerelle. Peter poussa Ben dans l'ombre d'un réduit et ils patientèrent ainsi pendant dix minutes, la porte entrouverte.

— On peut attendre longtemps, s'impatienta Ben. S'il est déjà descendu ou s'il ne vient pas…

Une porte à l'étage couina et des semelles claquèrent contre les marches. Peter se serra contre son beau-frère pour ne pas être visible. Gerland leur passa devant en se curant le nez. Une fois qu'il eut disparu, Peter sortit et grimpa vers la grande salle. Un des gardes du corps de Gerland était assis, écrasé par l'ennui, devant les doubles battants. Peter lui montra le panier de nourriture.

— Ils sont là ? demanda-t-il.

— M. Gerland est descendu, vous ne l'avez pas croisé ?

Son accent allemand troubla Peter.

— Non, Benjamin et moi nous discutions aux toilettes il y a une minute, on s'est ratés de peu. Si ça ne vous dérange pas, nous allons l'attendre ici.

Mis devant le fait accompli, le cerbère n'hésita pas, se méfier de Peter et Ben ne devait pas être dans ses consignes. Il leur ouvrit la porte.

Grohm était dans un coin, face aux baies vitrées masquées par la brume qu'il contemplait, le regard vide, les traits creusés.

— Le ravitaillement est là, fit Peter.

Il s'approcha et remarqua que Grohm était menotté d'une main au radiateur.

— C'est une méthode courante à la Commission européenne ? demanda Peter en posant le panier devant lui. Ou c'est propre au renseignement allemand ?

Grohm vérifia qu'ils étaient seuls pour répondre :

— Vous connaissez le BND ? fit-il sans attendre de réponse.

— Gerland est un agent allemand ?

— Certainement pas. En revanche ses trois camarades… je serais moins catégorique.

— Nous savons pour l'opération Recyclage.

Grohm approuva, peu surpris.

— Vous avez donc trouvé le sous-sol. Il vous reste deux options : soit vous m'aidez, soit vous craquez une allumette au milieu de tous les dossiers.

— J'ai une autre option, assena Peter. Vous nous racontez tout et on avise ensuite. De toute façon, compte tenu de la situation, vous n'avez plus grand-chose à perdre.

Grohm eut du mal à avaler sa salive. Il était pâle, il avait les yeux rouges et les lèvres trop foncées. Peter se demanda si Gerland ne faisait que poser des questions.

— Docteur Grohm, vous a-t-on brutalisé ? demanda-t-il.

— Ne vous souciez pas de ça.

— Les molosses de Gerland, ce sont eux, n'est-ce pas ?

— Quand il a le dos tourné, ils savent poser des questions plus pertinentes que celles de ce pauvre abruti.

Peter secoua la tête.

— Les ordures… murmura-t-il.

— Parlez-nous de la Théorie Gaïa, intervint Ben.

Grohm ricana.

— La Théorie Gaïa, répéta-t-il. J'ai détruit l'unique copie le jour de votre arrivée. C'est tout ce que j'ai pu faire avant que Gerland ne me muselle. C'est Scoletti qui a vous en a parlé ?

— Avant que vous ne le fassiez exécuter, rapporta Ben.

— Vous vous faites des idées. Je n'y suis pour rien.

— Et vos *techniciens* ? Ce sont des soldats, ils savent tuer.

— Les hommes du BND ne les lâchent pas, comment voudriez-vous qu'ils fassent ? Vous fantasmez !

— Pardon, c'est vrai, vous êtes innocent, irréprochable, ironisa Ben.

Grohm ne releva pas et enchaîna :

— Les premiers statisticiens et criminologues qui ont mis en évidence l'accroissement de la population de tueurs en série furent taxés d'« alarmistes ». On leur rétorqua qu'il n'y en avait pas plus, mais qu'on les détectait mieux au fil du temps. Pourtant, depuis les années 1960, peu à peu, le nombre de tueurs en série a augmenté, indépendamment de nos outils d'investigation. Même s'il est difficile de toujours s'y retrouver dans les archives de la justice au fil des siècles, plusieurs études ont mis en parallèle les registres de décès par mort violente, les procès, les emprisonnements, les lapidations publiques quand elles se produisaient, les internements, et j'en passe, pour tenter d'établir un chiffrage du nombre de victimes et surtout d'assassins. En particulier les multirécidivistes, les tueurs dit « en série » pour lesquels nous disposons de très nombreuses archives. Certes, les guerres ont tronqué ces données, mais d'une manière générale, on peut considérer que depuis le XVIIᵉ siècle jusqu'aux années 60 donc, le nombre de ce genre d'assassins n'a pas beaucoup varié, en proportion de la population.

— Nous avons parcouru les thèses qui tentaient de démontrer que derrière la plupart des légendes de monstres se dissimulait en réalité un meurtrier, commenta Peter pour que Grohm aille à l'essentiel.

— La réalité est que même si on tient compte de l'accroissement de la population mondiale, il y a de plus en plus de tueurs en série depuis la seconde moitié du XXᵉ siècle.

— Une hypothèse sur les raisons de cette évolution ? s'enquit Peter.

— Êtes-vous familier des écrits d'Adam Smith ? C'était un célèbre économiste du XVIIIᵉ siècle, et il a décrit l'être humain comme un calculateur rationnel. La psychologie de cet *Homo economicus*, comme le nomme Adam Smith, est réduite à la validation de ses intérêts. Il ne poursuit que ses désirs, dépourvu d'épaisseur sociale ! Le « je pense donc je suis » devient « je désire, donc je suis ».

— C'est une vision tirée par les cheveux ! railla Ben. Philosophique et réductrice.

— Pour l'époque peut-être, mais regardez l'homme dans la société actuelle ! Je pense au contraire qu'Adam Smith a décrit les consommateurs que nous allions devenir ! Des individus cherchant sans cesse à calculer leur intérêt dans chaque situation : pourquoi vais-je acheter ce bien à telle personne plutôt qu'à telle autre, pourquoi donner ces informations, pourquoi faire plutôt ceci que cela, quel est mon intérêt avec telle ou telle personne ? Nous sommes ces entités calculatrices ! À se replier sur nous-même, sur nos propres désirs, à chercher à payer le moins cher, à calculer comment gagner plus d'argent, qui autour de nous va nous aider, nous renseigner ? Un repli individuel accentué par le matérialisme où chacun dispose de ses propres biens, *sa* voiture pour satisfaire *ses* envies, *ses* disques, *sa* télé, avec plus de chaînes pour regarder ce qu'il veut. D'une certaine manière, Smith avait prévu que le marché économique qui allait prédominer serait forcément celui qui ressemblerait le plus à la nature même de l'homme !

— Le XIXe siècle a lutté contre ça, rappela Ben, le socialisme s'est insurgé contre un capitalisme libéral débridé.

— Avec quelles conséquences ? Que l'État prenne ses responsabilités, qu'il soit le garant d'un équilibre socio-économique ! Mais regardez nos gouvernements à présent ! Qui dirige le monde ? Ces hommes politiques ou bien les grands groupes industriels qui ont financé leurs campagnes ? Les lobbies sont devenus plus puissants que les gouvernants ! Où est l'équilibre quand celui qui doit y travailler est aux ordres d'un des poids forts de la balance ?

— Quel rapport avec nous, avec les tueurs en série ? demanda Peter.

— J'y viens. Nous grandissons dans un système socio-économique qui nous façonne dès l'enfance, et ce depuis deux siècles. Et personne ne s'est alarmé de la mutation sociale que l'économie a déclenchée sans vraiment le vouloir au fil du temps. Le modèle économique sur lequel se sont construits les États-Unis est celui du profit, des groupes d'investisseurs qui ne regardent au final que les gains. Seul le résultat compte, pas les moyens. C'est ainsi qu'on en arrive à des situations extrêmes, des agissements illégaux.

Mais plus important encore, cette pression s'exerce sur toute la pyramide sociale. Sur le plus grand nombre. Étant *éduqués* de la sorte, la culture du résultat s'est inscrite dans nos systèmes de pensée. Sans que la morale y soit toujours associée. On a prôné la satisfaction à tout prix.

— Le puritanisme américain est tout de même vivace, contra Ben, il se dit défenseur de certaines vertus !

— Le puritanisme est souvent hypocrite ! Il n'est que la réponse d'un excès à un autre. Mais le pays tout entier s'est inscrit dans cette dynamique du résultat à tout prix. Des millions d'individus à qui on colle une pression énorme chaque matin pour qu'ils atteignent les objectifs, peu importe comment, au fil des jours, des années, cela transforme les esprits. Et cinquante ans plus tard, cela transforme une génération.

— Si je vous suis, intervint Ben, cette obsession aurait altéré les valeurs humaines au point de favoriser le phénomène « tueurs en série » ?

— Disons que nous avons développé un terreau propice à leur apparition. Et ce schéma a tardé avant d'atteindre l'Europe, c'est pourquoi le phénomène des tueurs en série est resté longtemps bien plus marginal chez nous. Mais les temps ont changé. La mutation socio-économique a terminé de nous engloutir avec la mondialisation.

— C'est ça votre Théorie Gaïa ? fit Peter, sceptique.

— Non, je dois d'abord établir le cadre pour vous l'exposer. Pour cela, j'aimerais que M. Clarin nous rappelle brièvement ce qu'il exposait le mois dernier dans un article intitulé « L'enfant dompté par la bête ».

Ben parut déstabilisé.

— Vous êtes bien renseigné, une centaine de personnes tout au plus m'ont lu. Que voulez-vous que je dise à ce sujet ?

— Résumez-nous ce que vous écriviez, que le professeur DeVonck nous suive.

— Bien. Je… J'exposais des théories connues : l'homme est toujours une bête sauvage. Nous avons passé des dizaines de milliers d'années dans la nature, à lutter pour survivre, à manger d'autres espèces pour vivre, et c'est parce que nous avons été des prédateurs féroces que nous sommes là aujourd'hui. On ne peut pas imaginer qu'en quelques siècles de civilisation « propre », notre mémoire génétique ait balayé toute la brutalité, l'instinct de chasseur redoutable, qui nous a conduits au sommet dans la chaîne alimentaire. Quand il naît, l'homme est tout de suite entouré de barrières, de fonctions apprises, on lui fait son éducation, les parents et toutes les relations sociales de l'enfant annihilent au maximum ses instincts primaires et implantent la civilisation en lui. Mais cette notion est fragile au début. Par exemple, on entend souvent des histoires d'écoles maternelles où des gamins sont frappés par leurs camarades. Soit par un groupe, c'est l'effet de meute, soit par un seul qui a l'instinct prédateur encore vif. La majeure partie de ces agressions surviennent sur des gosses un peu seuls, qui ont du mal à s'adapter à l'école. Ils chouinent ou ne veulent pas du contact des autres, et ils s'excluent, ils s'isolent. Ils deviennent des proies faciles pour l'instinct de prédation encore présent chez l'enfant. Les petits à la maternelle ne sont pas, bien sûr, des monstres assoiffés de sang, mais ils démontrent bien que la civilisation met du temps à s'instaurer chez l'homme.

— Et parfois elle ne prend pas ! compléta Grohm. À cause de l'environnement ou des parents, et la part sauvage demeure vivace chez l'adulte. C'est le cas de nos tueurs en série.

— Pourquoi m'avoir demandé cet exposé ? interrogea Ben.

— Vous allez comprendre : notre système de consommateur / calculateur a favorisé l'explosion de notre pire ennemi : le marketing. Aveuglés par les excès de la consommation, nous n'avons pas su mettre des barrières morales là où il en aurait pourtant fallu. Notamment en s'attaquant au marketing visant les enfants. Ces mêmes enfants chez qui la notion d'instinct prédateur et de civilisation n'est pas parfaitement établie, comme vous venez de nous le rappeler. À la fin des années 70, le marketing ciblant les enfants s'est développé pour devenir carrément ultra-agressif dans les années 80, avec des shows télé entrecoupés de publicités destinées aux enfants, des publicités de plus en plus subtiles et manipulatrices, accompagnées de campagnes de communication, produits dérivés en jouets, alliances commerciales avec par exemple le secteur agro-alimentaire, martelant toujours le même message : Consommez ! Achetez !

— C'est ensuite le rôle des parents de modérer ces pulsions, nuança Peter.

— En théorie. En pratique la plupart des parents finissent par acheter ce que leurs bambins demandent pour Noël, ou tout simplement pour faire taire les pleurs et les jérémiades. Bref, dans les années 90, on a vu une bataille stratégique pour fidéliser ces jeunes clients, et pire, on a ciblé toujours plus jeune, à grand renfort d'émissions télé, pour nourrissons même ! Ce système a eu des conséquences évidentes et pourtant insoupçonnées de leurs responsables. Et pour cause ! Les gens du marketing ne faisaient qu'atteindre l'objectif fixé par des patrons voulant eux-mêmes satisfaire leurs actionnaires. Encore une fois : personne ne se souciait du mal, seul le résultat immédiat comptait.

— Quel mal, sinon celui, certes cynique, de faire des enfants les futurs consommateurs, ce qu'ils deviendront très vite ? demanda Peter qui se faisait l'avocat du diable.

— Des millions d'enfants ont été éduqués par le marketing, professeur. Sans le savoir, lorsque chaque jour vous les confrontez aux manipulations des campagnes de pub, vous ne vous contentez pas de les fidéliser, vous leur inculquez une réaction : « Je veux ça. » Il faut consommer pour être bien. Avoir ce jouet. Manger cette friandise. « Je veux. » « Moi, je. » « J'ai besoin de. » Très jeunes, trop jeunes, ils développent cet égoïsme latent, et c'est l'autorité des parents qui est remise en cause à force de céder ou de s'engager dans des luttes incessantes. On a favorisé très tôt chez l'enfant l'apparition d'un repli égoïste sur ses envies, ses « besoins » formatés. Peu à peu, c'est un pan entier de sa personnalité qui s'est transformé à une vitesse incroyable pour l'évolution, la vitesse de la communication qui gouverne notre monde désormais. Ces enfants deviennent les hommes que décrivait Adam Smith, et cette fois ce n'est plus philosophique, ce ne sont plus de simples calculateurs rationnels, c'est bien pire : il y a un excès de « soi », un narcissisme dangereux. Une culture de la satisfaction personnelle.

Grohm attrapa une pomme dans le panier que Peter avait apporté et la lustra en concluant :

— Cette dynamique de « satisfaction égoïste » a engendré le culte du désir. Pour caricaturer : disons que les jeunes ainsi « éduqués » grandissent en plaçant leurs envies en totale priorité, y compris sur les autres et les lois. C'est ainsi que, mal construits, un fort pourcentage de ces enfants perdent leurs repères, se sentent mal dans cette société, se replient sur eux-mêmes, et accentuent davantage encore le phénomène. La spirale criminogène les enferme. La violence a ainsi explosé dans le monde et favorisé l'émergence de plus en plus de tueurs en série qui sont exactement ça : des êtres obsédés par leur plaisir qui passe avant tout le reste. Et ce pourcentage autrefois minime ne cesse de croître.

— C'est votre explication de l'accroissement du nombre de tueurs en série ? s'étonna Peter.

— Non, c'est comme ça que j'explique un contexte propice à l'explosion du germe. Parce que je vous ai dit que les tueurs en série étaient plus nombreux. En réalité, selon des études qui ne sont pas rendues publiques pour éviter une panique et une paranoïa qui plomberaient… l'économie, le nombre de ces tueurs n'a pas augmenté : il a littéralement explosé depuis vingt ans. Et tout porte à croire que ce n'est qu'un début.

Extrait d'une conférence du docteur
Emmanuelle DeVonck intitulée :
« Le premier génocide de l'homme »

*L'homme de Neandertal a vécu environ 300 000 ans.
Soit trois fois plus que nous autres Homo sapiens !
Contrairement à l'image de barbare sous-évolué qu'on
en a, les fouilles et les trouvailles de ces dernières
années démontrent que Neandertal a eu le temps de
développer des techniques avec des heurtoirs à poignées, des racloirs, des perçoirs, de maîtriser le feu
pour fumer et stocker sa viande, pour durcir les pointes de ses armes, probablement d'élaborer des cultes.*

*Il a été retrouvé des traces de camps près de cer-
tains fleuves, de cueillettes organisées, et d'une
capacité à se mouvoir pour traquer le gibier. Neandertal savait parfaitement survivre et s'adapter aux
conditions difficiles.*

*Bref, nous sommes à présent loin du mythe de la
brute idiote qui se serait laissée peu à peu disparaître
faute d'adaptation à son environnement changeant.*

*De même, grâce à la génétique et à l'analyse d'ADN
mitochondrial bien conservé de néandertaliens, nous
avons pu démontrer que nos deux espèces n'étaient
pas liées, mais bien différentes du point de vue du
génome.*

*Au moment de son extinction, lorsqu'il côtoie notre
espèce, il est beaucoup plus grand, plus lourd et bien*

plus musclé que nous. Plus étonnant encore, son cerveau est plus développé que celui de l'Homo sapiens ! Il pouvait atteindre un peu plus de 1 700 cm^3 ! Et malgré tout, l'homme de Neandertal a disparu de la planète tandis que nous prenions sa place. Ne s'est-il pas défendu ? Il était pourtant capable de nous massacrer, il avait la supériorité dans tous les domaines !

Il y a probablement eu des affrontements, mais nous n'en avons jamais trouvé le moindre indice. Plus surprenant encore, jamais il n'a été découvert de site sur lequel des néandertaliens se seraient entre-tués, alors qu'ils sont nombreux pour notre espèce.

Tout porte à croire que cette variation de l'homme, ce cousin, n'avait pas l'instinct du tueur. Il savait chasser pour se nourrir, pour s'équiper, mais la prédation ultime, celle du meurtre, il en était dénué.

Son génome étant différent, il y a fort à parier que sa « gentillesse » lui aura coûté la vie, et que ce qui a fait de nous ces créatures civilisées qui se parlent aujourd'hui dans cette salle, au-delà de toutes nos capacités à nous adapter, à évoluer avec notre environnement, c'est le goût du sang. Si bon nombre d'organismes qui peuplent cette terre sont dangereux et puissants, c'est pourtant l'Homo sapiens qui s'est hissé au sommet de la chaîne alimentaire, grâce à la violence.

39

David Grohm mordit à pleines dents dans sa pomme.

Le jus blanc gicla dans sa barbe rousse.

— Si je vous ai fait cette longue présentation, dit-il en mastiquant, c'est pour souligner à quel point nous autres hommes étions arrivés à un point de particulière vulnérabilité.

Peter ne comprenait pas où voulait en venir Grohm :

— Vulnérabilité à quoi ?

— Au phénomène qui est en train de se produire ! Un atavisme. Le plus improbable qui soit. Vous serez d'accord avec moi pour dire qu'il n'y a pas qu'une part de chance dans le succès de l'Homo sapiens ! C'est une impressionnante capacité à s'adapter qui l'a fait survivre jusqu'à dominer la planète. Mais au tout départ, il y avait autre chose. Une bestialité hors norme. Un génie si grand pour la prédation qu'il nous a donné les armes pour subsister, pour qu'un être aussi fragile que nous puisse enterrer des espèces bien plus redoutables en apparence. On ne niera pas que la prédation nous a conduits où nous sommes, cet instinct est si fort que nous n'avons jamais pu, malgré toutes nos civilisations, nous arrêter de nous entre-tuer. Dès le départ, nous avions au plus profond de nos gènes un potentiel de tueurs formidable. Avec le temps, la vie en société, la *civilisation*, nous a imposé de le canaliser, au point de l'étouffer, de le faire disparaître, il ne nous en reste que des bribes, des scories ridicules.

Grohm s'interrompit pour croquer à nouveau dans son fruit et prit le temps cette fois de savourer sa bouchée. Ni Peter ni Ben ne parlèrent, écoutant le silence lourd de suspense :

— J'ai eu un zona une fois dans ma vie, reprit Grohm, je ne sais pas si vous connaissez, c'est très désagréable. À la base c'est une maladie virale due à la varicelle, vous pensez être guéri de la varicelle et en fait celle-ci se dissimule dans vos ganglions nerveux, prête à ressurgir lorsque le corps est particulièrement fatigué. Sauf que lorsqu'elle se manifeste, cette fichue varicelle est devenue un zona, une mutation puissance mille en termes de démangeaisons, parce que là où la varicelle vous grattait, le zona vous fait hurler de douleur. La prédation est un peu comme ce virus, elle se planque quelque part, tout au fond du cerveau, dans les replis du cortex reptilien, et un beau jour, l'homme est épuisé, le terrain est favorable, alors elle ressurgit sous une nouvelle forme, plus spectaculaire encore et plus monstrueuse que jamais.

Peter se pencha vers le militaire :

— Vous êtes en train de nous dire que la mutation socio-économique que vous nous avez exposée a favorisé l'émergence d'un instinct meurtrier qui date de la préhistoire ?

— Ça s'appelle un atavisme, comme vous le savez, et même les généticiens ne réfutent pas son existence.

— Pas sous cette forme ! Là c'est carrément de la régression ! s'insurgea Peter.

— Pas si on le considère comme un programme naturel qui n'attendait que son heure pour s'appliquer, articula Grohm avec un sourire presque pervers.

— Que voulez-vous dire ?

— La nature est d'une ingéniosité qu'on ne démontre plus. Tout y semble parfait, agencé avec exactitude, planifié. Le singe dont nous descendons a su évoluer rapidement, il avait une capacité d'adaptation hors du commun, des poils pour lutter contre le froid, celui de la nuit et des glaciations, des dents différentes pour en faire un omnivore, pour qu'il survive et s'adapte à tous les milieux, toutes les nourritures. Bref, je ne ferai pas l'inventaire ni l'apologie de la biologie si formidable que nous connaissons tous. Disons que dès le départ nous étions une véritable « machine de guerre pour survivre ». Et la nature est si parfaite, messieurs... qu'elle ne laisse jamais rien au hasard. Dans son incommensurable sagesse et complexité, aurait-elle donné naissance à une créature si bien faite qu'elle serait capable d'évoluer au point de régner un jour sans partage et, pire : d'assujettir la nature elle-même à son pouvoir ?

— Vous prêtez à la théorie de l'évolution un dessein, presque une conscience ! s'indigna Peter.

— Non, j'affirme que derrière la *magie* de la nature se cache un tout petit peu plus que le grand coup de bol systématique dont les experts nous parlent pour justifier l'incroyable technologie qu'est la vie sur terre ! Je dis qu'il existe un dernier champ inexploré dans les mécanismes de la vie, qui est celui d'une intelligence de la molécule. C'est ça la Théorie Gaïa ! Une forme d'intelligence qui nous dépasse, si primaire et si globale en même temps, une intelligence orientée vers un seul et unique objectif : la vie, la survie de l'existence. Bien entendu, pas une intelligence avec un langage ou une pensée réflexive, plutôt une logique si vous préférez, une logique qui fait tourner le bouillon biologique. C'est elle qui est à la source de notre fameux « instinct de survie ». C'est elle qui imprime à chaque bactérie, chaque cellule un sens, vers le développement, vers *la vie* ! L'évolution n'est pas seulement la rencontre d'un cocktail chimique avec le hasard, il y a une énergie ! Gaïa !

— Alors, si je vous suis, enchaîna Peter, cette *intelligence*, cette logique, comme vous le voudrez, elle n'aurait pas autorisé l'homme à devenir aussi… puissant sans contrepartie, c'est ça ?

— Oui ! Elle, Gaïa, a armé l'homme d'un arsenal évolutif considérable pour qu'il conquière la Terre tout en faisant de lui une bombe à retardement. C'est inscrit dans nos gènes. Pour dominer, nous sommes capables d'une prédation sans précédent. Et celle-ci ne pouvant dormir indéfiniment, elle se réveille, puissance mille, pour nous détruire. Il ne pourrait y avoir d'arme naturelle plus totale que celle-là. Nous sommes notre propre destruction.

— Quoi ? s'écria Ben qui comprenait subitement ce qu'impliquait le discours. Alors l'agressivité va exploser au fil des prochaines années ? La violence, les tueurs en série, et on est supposés s'entre-tuer ? Cela n'a aucun sens : si votre théorie est juste, cette forme d'intelligence est au service de la vie, et donc pourquoi nous avoir dès le départ programmés pour l'autodestruction ?

— Non, vous ne comprenez pas. Gaïa doit propager la vie, c'est son but, sa pensée unique. Nous n'avons émergé que pour satisfaire cet objectif. Et nous l'avons accompli ! Nous avons envoyé la vie en dehors de la Terre ! Nos bactéries voyagent dans des sondes, des satellites ; un jour, même si c'est dans cinq millions d'années, ces objets s'abîmeront sur des lunes, des astéroïdes ou des planètes. Et la vie repartira. Timidement, humblement, mais elle poursuivra son étendue. Sa *survie*.

Peter croisa les bras sur sa poitrine :

— Ma femme se plaisait à rappeler que l'homme n'est pas la première espèce vivante à dominer le monde puis à disparaître subitement, les dinosaures avant nous sont les plus célèbres ; cependant les paléoanthropologues ont découvert les preuves de cinq grandes extinctions !

Grohm continua :

— Après chacune de ces extinctions, la distribution des rôles principaux a changé, et nous sommes en haut de l'affiche depuis peu ! Comme si la vie avait fait des expériences, sans jamais parvenir à se satisfaire de leur résultat. Jusqu'à nous. Acteurs ultimes qui viennent de dire leur texte avec succès et qu'il faut à présent remercier avant que, dans leur euphorie passagère, ils ne saccagent le théâtre.

Peter allait répondre lorsque la porte s'ouvrit sur Gerland qui s'empressa de venir à eux.

— Il vous parle ? dit-il en désignant Grohm comme s'il montrait un animal derrière une cage.

— Le docteur Grohm nous a fait un cours sur l'art de l'ennui, expliqua Peter. Nous vous attendions.

Gerland les toisa avec suspicion, ses sandwiches dans les mains.

— Est-ce qu'on peut s'entretenir un instant ? demanda Ben pour détourner l'attention.

— Oui, bien sûr.

Gerland les emmena à l'écart et Peter put lui expliquer qu'ils étaient à présent convaincus que Grohm s'était livré à des manipulations génétiques dont il fallait encore trouver les résultats. Il ne fit aucune allusion aux tueurs en série ni aux évasions / enlèvements. Pendant qu'il s'exprimait, le bip feutré d'un ordinateur se mit à sonner.

— Ça n'avance pas assez vite, se plaignit Gerland. Je vais vous envoyer un de mes gars, il pourra au moins parcourir les dossiers et vous soumettre ce qui lui paraîtra intéressant.

— Je ne préfère pas, répliqua Peter. Nous avons enfin trouvé notre rythme, je ne veux pas qu'il soit perturbé par un néophyte qui passera son temps à me proposer des lectures sans rapport avec ce que je fais.

— Très bien, mais essayez d'aller plus vite ; dès que ce fichu temps se lèvera, il faudra envisager la suite de cette opération. Et n'oubliez pas de me donner cette note qui mentionne Grohm comme colonel. Si ce n'est pas du baratin et que l'armée est derrière lui, j'aimerais qu'on ne traîne pas. Je suis venu ici pour noyer le poisson et je me retrouve à pêcher un requin !

— Et les communications ? Rien pour les téléphones ?

— Non, et il ne faut pas compter dessus. Personne ne réparera les lignes avec ce temps !

Agacé par le bip insistant, Gerland fit volte-face pour le couper. Il chercha parmi les machines et se figea en découvrant qu'il provenait de l'ordinateur portable à liaison satellite. Il reprit ses esprits et l'alluma.

Une fenêtre de connexion égrena ses paramètres et soudain une image verte se forma. Puis un visage sortit de l'ombre et se rapprocha de la caméra.

Emma apparut sur l'écran.

40

Emma se tenait sous les escarpements qui dominaient l'île de Fatu Hiva, tout près de la grotte. La nuit étouffée par les nuages masquait les reliefs.

Emma n'avait pu dormir que cinq heures, perturbée par la peur d'être attaquée et les dires de Mongowitz qui, après avoir confié ses craintes, était parti se coucher, incapable d'en dire plus. Tim non plus ne parvenait à dormir, ils avaient chuchoté, il ne voulait pas rester plus longtemps, il estimait l'endroit dangereux, repérable de loin. Emma avait finalement cédé, mais avant de partir, elle voulait tenter une dernière expérience. Mongowitz, qui les avait entendus, suivit le couple à l'extérieur.

Les bips de l'ordinateur s'étaient interrompus et le visage de Gerland apparut. Emma n'en revenait pas.

— Docteur DeVonck ? s'esclaffa le petit homme.

Le visage rond s'agita et on le poussa brusquement.

Peter s'assit en face de la caméra. L'image tressautait et le son grésillait, la liaison n'était pas très bonne.

— Emma !

Celle-ci posa ses doigts sur l'écran pour caresser les joues de son mari.

— Peter ! Il faut que vous préveniez les autorités tout de suite, l'île a été attaquée, il y a des centaines de morts, et…

— Du calme, Emma, je ne comprends pas tout, tu vas trop vite.

Emma inspira profondément et reprit :

— Apparemment une entreprise du nom de GERIC, qui était le site lié à LeMoll, conduisait des expériences sur des hommes, des meurtriers récidivistes, des tueurs en série. J'ai retrouvé Mongowitz ici, il les a vus. Peter, tu dois avertir la gendarmerie tout de suite ! Un groupe de ces tueurs est parvenu à prendre un bateau et a quitté l'île !

— Je ne peux pas, nous sommes privés de tout moyen de communication. Cet ordinateur est tout ce qui fonctionne encore.

— Il doit y avoir une possibilité de le détourner, d'appeler autrement qu'en circuit fermé ! Il faut nous envoyer des secours ! Il y a des blessés, et une bande de dingues est encore présente sur l'île, ils nous recherchent, Peter !

— Emma, écoute-moi ! Je vais faire tout ce que je peux, d'accord ? Mais en attendant, promets-moi de rester cachée où tu es ! Combien êtes-vous ?

— Je ne sais pas, une dizaine dans la grotte, et Tim ainsi que Mongowitz sont avec moi, dehors.

Elle pivota l'ordinateur pour que la webcam réglée sur « vision nocturne » capte ses deux compagnons qui reculèrent, un peu surpris.

— Tu n'es pas blessée ? s'inquiéta Peter.

— Non, ça va. Chéri, demain nous allons tenter de nous enfuir sur le navire de Tim, pendant la nuit…

Des parasites envahirent l'écran.

— Emma ! Je ne t'entends plus, la liaison est mauvaise !

— Préviens les secours ! insista-t-elle. Je coupe la communication pour sauver un peu de batterie, elle est quasiment vide. Je t'aime.

Emma rangea l'ordinateur dans son sac à dos.

— Votre mari, il n'avait pas l'air surpris quand vous avez parlé des tueurs au GERIC, fit remarquer Tim.

— C'est Peter, dit-elle, au bord des larmes. Il lèverait à peine un sourcil si on lui prouvait que notre ADN est d'origine extraterrestre. Le flegme néerlandais.

Tim tapota amicalement l'épaule de la jeune femme qui pleurait.

— Il a l'air d'un homme bien, dit-il.

Emma sécha les larmes qu'elle n'avait pu contenir et se reprit aussi vite.

— Je vous le présenterai quand on sera sortis de cet enfer.

— Emma, comment savez-vous qu'il y avait des… tueurs en série dans le hangar du GERIC ?

Elle désigna Mongowitz du menton :

— Nous avons eu une petite conversation.

Tim se tourna vers lui.

— Qu'est-ce qui s'est passé ?

— Comment ça ? répliqua Mongowitz, mal à l'aise.

— Vous êtes au courant de ce qu'abrite cet endroit, vous devez bien savoir pourquoi la situation a dégénéré, non ?

— C'est que…

— Vous y étiez, oui ou non ?

— Oui.

— Vous avez vraiment vu ces tueurs ou vous nous répétez ce qu'on vous a raconté ?

— Oui, je les ai vus, une partie, les pires.

Mongowitz rejeta la tête en arrière et vida ses poumons. Emma et Tim se regardèrent, partageant les mêmes doutes.

— C'est l'heure des confidences, monsieur Mongowitz, déclara Emma.

Il approuva d'un geste lent, résigné. Puis ils s'assirent, dans l'obscurité des rochers.

— Je suis arrivé au hangar mercredi, en milieu d'après-midi. Au début ils n'ont pas voulu me laisser entrer, puis j'ai décliné mon identité et expliqué que cet endroit et l'observatoire du pic du Midi étaient à présent inspectés par la Commission européenne. Que s'ils ne me laissaient pas entrer, j'allais revenir avec la gendarmerie et qu'il serait alors trop tard pour les explications. Le responsable du site est venu m'accueillir, un vieillard ! Un certain Petrus. Mais s'il était enfermé dans une enveloppe sénile, je peux vous garantir que sous son crâne ça crépitait. Il m'a averti : ce que j'allais voir ici pouvait me choquer, mais il était primordial que je dépasse mes a priori pour comprendre. Il voulait me présenter leurs travaux et ensuite me laisser réfléchir à ce que je *devais* faire.

— Il a voulu vous acheter ? résuma Emma.

— Pas exactement, il comptait sur la pertinence de ses recherches pour me convaincre qu'il ne fallait surtout pas les compromettre en les rendant publiques. Dans le hangar, j'ai découvert une prison. Des laboratoires au sous-sol. Enfin, je devrais plutôt dire des « salles de torture ».

Le ton sur lequel il l'affirmait déclencha la chair de poule sur les bras de Tim.

— Pourquoi faisaient-ils cela ? demanda Emma.

— Je l'ignore. Nous n'avons pas eu le temps d'en arriver là. Il a commencé à me raconter que l'évolution était parfois surprenante, et que l'homme était menacé d'extinction imminente, qu'ils œuvraient justement à l'en empêcher. Ce Petrus avait l'air d'un illuminé quand il disait ça ! C'est là que, dans le couloir, nous avons croisé un de leurs « patients » ! Le type semblait groggy, bourré de calmants, il marchait à peine, l'un de ses deux gardiens devait le porter. Il avait des gouttes de sang sur sa blouse, et je vous jure qu'à cet instant, personne ne se serait méfié ! C'était une épave ! Maigre et à demi évanoui !

— Vous vous êtes approché ? fit Tim.

Mongowitz baissa la tête.

— Oui. Avant que Petrus puisse réagir j'ai repoussé le garde pour inspecter le pauvre homme. Il faut comprendre que je ne savais pas qui c'était ! J'ai cru qu'au nom de la science ils torturaient de malheureux bougres ! J'ai cru que j'étais dans un labo clandestin et que c'était un cobaye innocent ! J'ai pensé bien faire !

— Moins fort ! ordonna Tim, vous allez ameuter toute la forêt.

— Mais en une seconde, ce type a enfoncé son coude dans les côtes de son garde et m'a pris à la gorge. Il s'est saisi de mon stylo-plume et me l'a enfoncé dans le cou.

Mongowitz pencha la tête pour laisser voir une méchante croûte au niveau de la carotide.

— Il a hurlé pour que tout le monde recule sinon il me transperçait. En dix secondes il avait récupéré l'arme d'un garde, m'avait jeté à terre pour prendre Petrus en otage et était remonté. Ce type était très malin, il a compris que le directeur du site lui garantissait une plus grande sécurité que le nouveau venu ! Quand les alarmes se sont déclenchées, il était déjà dehors. Il a commencé par détruire le local électrique.

Puis on a retrouvé le corps de Petrus au pied de la clôture électrique découpée à l'aide d'une pince. Le
hangar était sûr, mais une fois dehors, le site n'était
pas une prison, il n'a eu aucun mal à semer le chaos
avant de disparaître.

— C'est ainsi que les autres prisonniers sont sortis,
devina Tim.

— En fait, non. Il y avait plusieurs sécurités, y
compris dans l'alimentation électrique. Ce qui nous a
perdus c'est notre naïveté. Les gardes sont partis à la
poursuite du fugitif, en quête de traces dans la forêt…
qu'ils ne trouvèrent jamais puisque en réalité il n'avait
fait que les envoyer sur une fausse piste. Ce pervers
n'était pas sorti, il s'était seulement dissimulé dans la
base. Il a attendu le moment propice pour saccager
tous les systèmes de sécurité, et cette fois, il est parvenu à ses fins. Toutes les portes des cellules se sont
déverrouillées. J'étais avec le second de Petrus, c'est
lui qui m'a dit que leurs « cobayes » étaient des tueurs
en série, les pires raclures qu'ils avaient pu se procurer. Une bande de psychotiques fous à lier, des
pauvres mecs qui tuaient parce que c'était leur seule
façon d'avoir du plaisir, et même quelques génies du
crime, des esprits retors et manipulateurs, de vrais
démons. Ce bouillon monstrueux s'est retrouvé lâché
sur le site. Les gardes ont tiré, ils en ont descendu,
mais plus de trente bonshommes comme ceux-là, on
ne les retient pas avec deux ou trois pistolets. Il n'a
pas fallu quatre heures pour que les cris cessent, ceux
des gardes et du personnel.

— Vous avez survécu comment ? s'enquit Tim.

— Dès que ça a commencé, je me suis caché sous
un lit. Le soir, ils ont fouillé tout le camp à la
recherche de survivants comme moi, ils en ont trouvé

et je n'oublierai jamais leurs cris. Jamais. Moi, j'ai eu de la chance. J'ai passé la première nuit ici, et comme ils avaient tous quitté le hangar, j'en ai profité pour m'enfuir dans la forêt. Je voulais rejoindre les villages, les prévenir, mais en passant le col, Henri et les siens m'ont aperçu. Ils m'ont raconté le carnage. Et voilà.

— Vous êtes la cause de tout, alors, conclut Tim.

— Non ! Non ! C'est à cause de Petrus, et d'un gars de Bruxelles, LeMoll ! Moi je n'ai rien fait ! J'ai juste voulu porter secours à un homme que je croyais abusé !

Mongowitz était réellement choqué. Il paniquait presque.

— Vous êtes venu seul ? demanda-t-elle.

— Non, la Commission m'a imposé des « collaborateurs », trois gardes du corps. Mais ils ont dû rester à l'extérieur du hangar. Petrus voulait d'abord que je me fasse une idée avant de décider s'il fallait vraiment partager leurs découvertes. Je lui ai fait confiance. Et je n'ai jamais plus revu mes trois compagnons.

— Combien de temps avant que la Commission ne s'inquiète de votre disparition ? Avant qu'ils envoient la gendarmerie jeter un coup d'œil ?

— Avec la météo ils vont croire que ce sont les lignes qui sont coupées. Et… mes supérieurs préféreront éviter de mêler les gendarmes à tout ça. Tant qu'ils ne sauront pas ce qui s'est passé, ils voudront d'abord les informations. Bien sûr, je peux me tromper.

— Vous êtes en train de nous dire qu'il ne faut pas compter sur eux pour nous sortir du pétrin ?

Mongowitz acquiesça.

— J'en ai peur.

Emma tapa sa cuisse de dépit. Elle se releva et Tim l'interpella :

— Où allez-vous ?

— Je rentre dans la grotte, j'ai laissé les enfants seuls trop longtemps.

— Emma, vous croyez que l'homme est vraiment menacé d'extinction ? Petrus s'est fichu de lui, n'est-ce pas ?

Emma se sentit subitement exténuée. Revoir Peter lui avait fait autant de bien que de mal. Ses forces l'abandonnaient et elle n'eut plus envie de faire d'efforts pour être aimable.

— Écoutez, soupira-t-elle, je n'en sais absolument rien. Mais si ça peut vous aider, au Cambrien, on estime qu'il y avait trente *milliards* d'espèces vivantes, et on pense qu'aujourd'hui c'est trente *millions* d'espèces qui peuplent la Terre. Quatre-vingt-dix-neuf virgule neuf pour cent ont disparu. À cela ajoutez que la durée de vie moyenne d'une espèce est de quatre millions d'années – et le chiffre est très optimiste ! Si maintenant je vous dis que la première souche de l'espèce humaine est apparue il y a cinq millions d'années, vous pouvez aisément penser que oui : statistiquement l'homme a fait plus que son temps et est peut-être au bout du rouleau. La question est de savoir pourquoi et comment nous allons disparaître.

Sur quoi, elle s'engouffra dans la grotte.

41

À peine la liaison satellite avec Emma était-elle coupée que Peter quitta la passerelle et s'enferma trois quarts d'heure dans un bureau. Quand il revint, Gerland discutait encore avec Ben de ce qu'Emma avait dit. Gerland était abasourdi. Des tueurs en série sur l'île. LeMoll lié à cette affaire, et par là même l'Europe. Cette fois ça dépassait, et de loin, les pires prédictions.

Peter tenait une clé USB qu'il enfonça sur le port de l'ordinateur portable.

— Qu'est-ce que vous faites ? demanda Gerland.

— J'ai écrit une lettre à ma femme. Si cet engin envoie des images, il peut bien envoyer du texte.

— Pour lui dire quoi ?

— Vous êtes marié ?

— Non.

— Alors vous ne pouvez pas comprendre. Je lui dis ce qu'un mari aimant a à dire dans ces circonstances. Ça ne vous regarde pas.

— Tout ce qui se passe ici me regarde, professeur DeVonck. Je ne sais pas si vous avez saisi les circonstances, c'est une crise majeure. Dès que la météo le permettra, il faudra prévenir Bruxe…

Peter fit pivoter sa chaise pour plonger ses pupilles dans celles de Gerland. D'un ton glacial il précisa :

— S'il arrive quoi que ce soit à ma femme, je ferai bouillir votre tête pendant huit heures avant de l'expédier à la Commission européenne. Maintenant foutez-moi la paix.

Gerland fit claquer sa langue contre son palais et capitula. Grohm, en retrait, se fendit d'un bref rictus avant de se décomposer. De tous ceux qui étaient présents dans la salle au moment de la communication, il avait été le plus choqué. Ses épaules voûtées accompagnaient un regard désespéré.

Peter récupéra sa clé USB et désigna l'ordinateur en s'adressant à Grohm :

— Qui dans votre équipe peut ouvrir cette bestiole et faire en sorte que la liaison ne soit plus verrouillée ?

Grohm fit signe que c'était impossible.

— Vous perdez votre temps, professeur, cette machine ne peut que capter et envoyer un seul signal, celui destiné à l'autre portable, sur Fatu Hiva.

— Il doit bien y avoir un moyen de détourner ses circuits ! s'énerva Peter.

— Tout ce qu'on fera, c'est perdre définitivement la liaison avec votre femme, c'est ce que vous cherchez ?

Peter ne bougeait plus, tout droit, les mains sur les hanches.

D'un coup il s'en prit à un moniteur tout proche et l'arracha de son bureau pour le lâcher brutalement sur le sol, où il explosa. Le flegme avait ses limites pour un homme qui savait sa femme en danger de mort.

Un peu plus tard, lorsqu'ils furent seuls, et que Peter se fut calmé – résigné –, Ben lui demanda :

— Tu as pu écrire à Emma ?

— L'ordi n'arrivait pas à se connecter mais le document est dans la tuyauterie : dès que la connexion passera, il l'expédiera.

— Tu en penses quoi de cette Théorie Gaïa ? demanda Ben.

— Que je regrette de ne pas avoir toute la confession sur papier signée de la main de Grohm !

Ben arborait un sweat-shirt noir à tête de mort. Il en sortit son téléphone portable qui faisait également PDA :

— Il ne capte pas de réseau mais il sert à bien des choses, assura-t-il en appuyant sur un bouton.

La voix de Grohm, un peu étouffée, sortit du haut-parleur modélisé :

« La prédation est un peu comme ce virus, elle se planque quelque part, tout au fond du cerveau, dans les replis du cortex reptilien, et un beau jour, l'homme est épuisé, le terrain est favorable, alors elle ressurgit sous une nouvelle forme, plus spectaculaire encore et plus monstrueuse que jamais. »

— J'ai enregistré tout son discours, jubila-t-il.

— Tu es formidable ! Garde-le bien au chaud et n'en parle à personne.

— Sinon, de ce qu'il a dit, tu en penses quoi ?

— Pourquoi pas ?

— Pourquoi pas ? Tu es généticien et tu parviens à le croire ?

— Il y a une logique intéressante dans tout ça. Une évolution de notre espèce jusqu'à créer une société gigantesque, où le seul modèle socio-économique qui est parvenu à dominer nos interactions est celui qui nous ressemble le plus. Ce ne serait pas un hasard. Et c'est parce que nous nous laissons absorber par les excès de ce système que les excès de notre nature rejaillissent pour nous détruire. Imparable. Et la démonstration, même s'il a fallu la faire dans l'urgence, est acceptable.

— Mais l'évolution des espèces, leur domination et leur déclin se font sur des millions d'années ! Ça ne peut aller aussi vite !

— Notre chute sera à la hauteur de notre ascension : vertigineuse ! En quelques siècles seulement l'homme a dominé cette terre comme aucune espèce avant lui. Toutes les formes de vie qui ont « régné » sur le monde avant nous ont mis des millions d'années pour y parvenir ! Et elles ont disparu en dix, parfois mille fois moins de temps. Il en sera de même avec nous. L'Homo sapiens est devenu l'Homo economicus sans que nous le réalisions, et celui-ci nous a fait basculer vers notre finalité : l'Homo entropius qui va nous détruire très rapidement.

— C'est insensé !

— Peut-être. En attendant, c'est à notre peau à tous les deux que je pense. Et il va falloir jouer serré.

— À quoi tu fais allusion ?

— J'essaye de comprendre. Reprenons : Grohm est chercheur et militaire en même temps. Probablement recruté par la DGSE puisqu'il continue d'exercer dans le privé tout en étant colonel. Au fil de ses travaux, il développe une théorie sur la nature parfaite, où tout est bouclé : l'Homme devient très puissant pour servir les desseins de la vie mais transporte en même temps le « virus » qui va le détruire pour que, maintenant qu'il est devenu trop fort, il ne puisse pas détruire la Terre, sa matrice. Paré de ses certitudes, et parce qu'il fait partie de l'armée, Grohm n'a eu aucun mal à convaincre ses supérieurs de l'urgence de la situation, surtout lorsqu'il leur a prouvé que le nombre de tueurs en série a explosé et continue d'évoluer exponentiellement. C'est plus de la sécurité nationale, c'est de la sécurité mondiale ! La DGSE lui donne un budget à la hauteur de la crise, Grohm veut des sujets d'étude, probablement pour identifier le mécanisme génétique des instincts, en particulier ceux liés à la violence. Peut-être espère-t-il pouvoir enrayer le processus.

— Pourquoi ne pas rendre publique cette étude ? D'autres chercheurs auraient pu l'aider !

— Tu imagines ce que deviendrait la planète si on disait à tout le monde que nous allons nous auto-détruire très prochainement, pire : que c'est déjà commencé et à moins d'un miracle qu'on n'y pourra pas grand-chose !

— Oui, le chaos, réalisa Ben.

— Donc, Grohm et ses amis décident d'étudier les tueurs en série ; problème : il ne suffit pas de passer des petites annonces dans les journaux. Et compte tenu de l'urgence, les expériences doivent être nombreuses ; pas le temps non plus de s'embarrasser des protocoles et de la déontologie. Il ne reste qu'une solution : enlever les tueurs connus. La DGSE mène une opération sans précédent dans toute l'Europe, mais tout n'est pas possible, surtout si rapidement. Elle doit se résoudre à demander de l'aide au BND, les services secrets allemands. Ceux-ci collaborent, ils n'ont probablement pas toutes les données du problème mais font confiance. Sauf qu'une fois les tueurs dans la nature, le BND perd tout contact, la DGSE leur tourne le dos.

— Comment en arrives-tu là ? demanda Ben.

— Les types qui sont avec Gerland, ils sont du BND, non ? Et ce n'est pas Gerland qu'ils encadrent, ils s'intéressent plus à Grohm. Pourquoi accompagneraient-ils un haut fonctionnaire européen ici s'ils savaient ce que Grohm et la DGSE complotent ? Les notes que tu as trouvées mentionnaient l'aide du BND pour la capture de certains prisonniers, et c'est tout. S'ils sont ici, avec nous, et qu'ils cuisinent Grohm comme ils semblent le faire, c'est qu'ils se sont fait avoir. Et nous, nous sommes coincés entre tout ce beau monde.

— Oh putain… souffla Ben en se tenant le front. Tu as un plan ?

— Non, mais la logique du renseignement c'est que plus tu as d'informations que ton ennemi ignore, plus tu es puissant et plus tu peux négocier. Il faut qu'on aille plus vite qu'eux. Pour l'instant Gerland continue de croire que les archives sont avec lui à la passerelle et il entraîne ses trois cerbères, ça ne durera pas longtemps.

— On va avoir besoin d'aide.

— Et qui ?

— Je sais que ça ne va pas te plaire mais j'ai confiance en elle.

— Fanny ?

— Oui, c'est une fille très intelligente, je te garantis qu'elle nous sera utile.

Peter prit le temps de peser le pour et le contre.

— OK, fit-il. Et on embarque Jacques Frégent également : il a vu le sous-sol, autant qu'il nous aide.

Pendant que Ben allait parler à Fanny, Peter chercha Frégent jusqu'à le débusquer dans le coronographe.

— Tiens, on ne vous voit plus beaucoup ! Vous venez pour un cours ? plaisanta le responsable des astronomes.

— Plutôt pour un service.

— Ah, décidément. Il s'agit de déplacer une armoire peut-être ?

— Non, et je vous remercie d'être resté discret à ce sujet. Grohm et Gerland se livrent une guerre de l'information et nous sommes coincés au milieu.

— S'il s'agit d'emmerder Grohm, je suis avec vous ! À condition qu'il ne le sache pas ; ce type me colle la trouille !

Frégent prenait la situation un peu trop au second degré au goût de Peter.

— Grohm est très probablement lié à la DGSE et Gerland, bien qu'il l'ignore à mon avis, est accompagné par le BND, les services secrets allemands.

Frégent perdit son air guilleret. Il se rassit et scruta les murs en réfléchissant.

— Vous croyez qu'ils pourraient vous faire du mal ? demanda-t-il.

— Je ne sais pas, soupira Peter. Je suppose que si les choses tournent mal ils s'arrangeront pour nous faire porter le chapeau, ternir notre réputation pour discréditer nos déclarations, ce genre de choses, mais la vérité c'est que je n'en sais fichtrement rien.

— Vous voudriez que je fasse quoi au juste ?

— Fourrer votre nez avec nous dans les tonnes de paperasses que nous avons découvertes en bas. Vous avez tout à perdre, je le sais, mais j'ai besoin de vous pour nous faire gagner du temps.

Frégent croisa les bras et réfléchit en oscillant.

— Je n'ai rien pour vous convaincre, avoua Peter, et je comprendrais si vous…

— Non, vous n'y êtes pas ! Je cherche une bonne raison de refuser mais je n'en trouve pas. Alors, j'imagine que mes protubérances solaires pourront attendre deux ou trois jours.

Ben avait disposé une Thermos de café et des pains au lait sur une tablette dans la salle des archives. Fanny serra la main de Peter, les joues un peu rouges.

— Je suis contente de pouvoir vous filer un coup de main, dit-elle.

— Ben vous a expliqué les implications pour vous si…

— Elle sait tout, le coupa Ben.

— Et je suis partante, ça ne me fait pas peur, ajouta-t-elle.

Ce qui ne rassura pas Peter. Il aurait préféré une certaine dose d'anxiété, cela aurait au moins prouvé qu'elle mesurait pleinement les dangers auxquels elle s'exposait.

— Ben va vous montrer tous les classeurs qui contiennent les fiches du personnel, ensemble vous trierez celles qui concernent les tueurs pour en dresser un inventaire complet.

— Des tueurs ? releva Jacques.

— Oui, des tueurs en série. C'est le sujet d'étude de David Grohm. La validation de brevets médicaux c'était du pipeau.

— Rien que ça.

— Pendant ce temps vous et moi nous allons éplucher toutes ces boîtes de dossiers, tout ce qui vous paraît louche, vous me le faites passer.

Ils se mirent au travail. Ben et Fanny emportèrent leur cargaison de documents pour pouvoir en discuter sans déranger. De son côté, Jacques Frégent eut du mal à trouver un rythme régulier la première heure. Il s'arrêtait souvent sur des notes dont il ne comprenait pas le sens ou qui le faisaient jurer. Peter avait décidé de ne plus s'intéresser aux comptes, les listings lui demandaient trop de temps pour peu d'informations, et il s'était rabattu sur des rapports traitant de génétique. Un certain docteur Petrus expliquait qu'il fallait reconsidérer la théorie des « monstres prometteurs » de Richard Goldschmidt comme une cause possible de l'explosion du nombre de tueurs en série. La plupart des généticiens la connaissaient et Peter n'eut aucune peine à s'en souvenir. Goldschmidt affirmait que des mutations touchant les gènes intervenant dans le développement pouvaient engendrer des variétés très différentes d'une même espèce, et ce, en une seule étape. Les individus ainsi transformés étaient mieux adaptés et, dans certains cas, parvenaient à survivre là où le reste de l'espèce ne mutait pas assez rapidement. Petrus écrivait qu'il fallait songer non seulement à cette possibilité de « bonds » mais également envisager de renommer la dérive génétique car selon lui l'évolution d'une espèce ne pouvait être due au hasard, du moins chez l'homme. Peter pouffa. L'absence de toute modération chez Petrus le rendait peu crédible. Encore un illuminé qui voyait en l'homme l'apogée de l'évolution, croyant en une sorte de prédéterminisme génétique.

Peter s'amusait de sa lecture lorsque Fanny et Ben entrèrent.

— Ils sont trente-six, annonça le jeune sociologue. Trente-six tueurs.

— J'ai lu leurs fiches pour vous faire un topo et Ben les a triées en quatre catégories, précisa Fanny.

— J'ai suivi la classification qu'Estevenard avait développée. Loups-garous pour les psychotiques, les tueurs fous, primitifs. Les démons pour les doubles personnalités, ou ceux qui ne s'assument pas ; les Frankenstein pour les solitaires introvertis, et enfin les vampires pour les solitaires intelligents et manipulateurs.

— Et ça donne quoi ? interrogea Peter.

— Il y a un gros tiers de loups-garous, des dingues ! Tu verrais leurs dossiers, Fanny m'en a lu des passages, ce sont vraiment des bêtes pour certains. Ensuite, beaucoup de démons ou de Frankenstein ; je doute qu'ils soient les plus dangereux sur l'île, ils vont se fondre dans le décor et probablement essayer de passer inaperçus pour se tirer de là. Ils n'agiront que si des circonstances propices se présentent, et encore.

— Pas de vampires ?

— Si, neuf. Des pervers de la pire espèce. Dominants, menteurs, joueurs, et sadiques.

— Des femmes également ?

— Non, Grohm s'était centré sur des hommes uniquement ; il faut dire que les femmes tueuses en série, ça reste rare. Je suppose que c'est en partie parce que le chasseur autrefois c'était l'homme, c'est lui, l'instinct du prédateur.

— Merci pour ces précisions. Ça pourra nous servir.

Ben s'approcha de son beau-frère.

— Tout à l'heure, Emma a dit qu'un groupe de tueurs s'étaient emparés d'un navire. Les loups-garous ne le feraient pas, je ne crois pas qu'ils soient assez organisés et prévoyants. En revanche, des vampires qui n'ont qu'une seule idée : fuir pour être libres, pour recommencer à tuer, ça c'est plausible.

— Et ?

— Peter, à l'inverse des autres qui commettent plus d'erreurs, les vampires sont machiavéliques et prudents, on les a arrêtés après des années d'enquête, après des dizaines de crimes. S'ils gagnent la terre ferme, ils parviendront à se fondre dans la nature et ils recommenceront. Et il faudra des années et bien d'autres cadavres pour les retrouver.

— Leurs visages sont connus, non ? hasarda Frégent.

— Je ne doute pas une seconde qu'ils commenceront tous par en changer. La chirurgie esthétique fait des miracles ! Ce que je veux dire c'est qu'une bombe à retardement est lâchée dans le Pacifique, et nous sommes à la merci du temps pour la désamorcer.

42

Michael Lindrow se cramponnait à la barre du voilier. Le temps s'était amélioré depuis quelques heures mais l'océan restait bien agité. Michael détestait naviguer dans l'obscurité. Le boucan lui filait la pétoche, et c'était pire quand il n'y voyait rien comme cette nuit.

Plus de souplesse, plus de décontraction, plus de fluidité, et tout se passera bien.

C'était facile à dire quand on restait dans la baie de San Francisco où il avait pris ses cours.

Au moins avaient-ils passé les creux de six mètres. Là, il avait bien cru que le petite croisière allait tourner court. Heureusement Allan avait barré pendant toute la partie risquée ; ce n'était pas son bateau mais ce chameau n'avait pas son pareil pour les sortir de situations délicates. Pendant ce temps Josie n'avait pas arrêté de vomir. Au début Michael s'était senti embarrassé devant ses amis, lui qui vantait les prouesses de son couple dans les grains du Pacifique Nord ! La vérité c'était qu'ils n'étaient jamais allés plus loin que Vancouver, et c'était déjà un exploit ! Au début, il avait acheté ce voilier pour frimer. Il s'était persuadé qu'il deviendrait un vrai marin avec le temps, mais la finalité de cet achat était d'en mettre plein les yeux à ses associés, et le beau bateau était resté un objet de vantardise plus qu'une passion.

Bien sûr, avec Allan qui se prétendait marin et intrépide, Michael avait surenchéri. Sauf qu'Allan ne mentait pas, lui.

Pourquoi s'était-il embarqué dans cette aventure ? Parce que Carla, la femme d'Allan, le faisait bander ? Parce qu'il n'avait pas voulu se dégonfler devant elle lorsque Allan avait proposé cet « incroyable périple jusqu'en Nouvelle-Zélande » ? Parce qu'il ne savait pas dire non ?

Un peu tout ça en vérité.

Josie l'avait presque émasculé le lendemain.

De toute façon elle n'était jamais contente. Même lorsqu'ils étaient passés par Hawaï, elle avait trouvé le moyen de faire la gueule parce qu'ils n'avaient pas de quoi se faire des mojitos à bord ! Pourtant les premiers jours fleuraient bon la promesse d'une aventure surprenante. Certes, Michael n'arrivait pas à se départir de la boule au ventre, se savoir aussi isolé, vulnérable, si loin de tout, et en même temps le gagnait une euphorie par moments qu'il ne savait expliquer. Était-ce l'ivresse du grand large ?

Allan sortit la tête de la cabine, il tenait le dernier bulletin météo à la main et ne semblait pas s'en réjouir.

— C'est confirmé, la tempête se reforme, et on va droit dessus.

— On ne peut pas l'éviter ?

— Non.

Michael crut qu'il allait rendre son dernier repas.

— C'est la faute à ce foutu pilote automatique ! s'énerva-t-il. Si on ne l'avait pas mis, on aurait ajusté notre trajectoire hier !

Allan eut un sourire plein de malice.

— Je ne crois pas que…

Il s'était tu d'un coup. Michael s'alarma.

— Quoi ? Qu'y a-t-il ?

Allan pointa le doigt à bâbord vers un filament rose qui brillait dans le ciel, surmonté d'une lumière vive.

— Une fusée de détresse ! File-moi la barre.

— Quoi, tu veux qu'on y aille ? s'étonna Michael.

— Mike, tu réalises ce que tu es en train de dire ?

— Mais il y a plein de navires plus gros, plus aptes à une assistance et peut-être plus près qui s'en occuperont !

— Il n'y a personne à des miles à la ronde et c'est tout près de nous !

Michael jura tandis qu'Allan changeait de cap.

Il leur fallut vingt minutes pour approcher le petit chalutier sur lequel six hommes agitaient des vestes et des couvertures pour attirer leur attention.

— On ne pourra jamais remorquer ce rafiot ! déclara Michael.

— Et avec ce temps on ne va pas non plus l'aborder, c'est trop risqué. Va chercher du bout avec de la longueur.

Pendant qu'Allan manœuvrait le voilier au plus près du chalutier, Michael lança par-dessus bord une bouée attachée à l'extrémité d'une corde. Les occupants du chalutier parurent hésiter avant que l'un d'eux se jette à l'eau, avec son gilet de sauvetage. Il nagea jusqu'à la bouée et Michael tira pour le ramener à lui. L'homme hurla de joie lorsqu'il se releva, sain et sauf. Il s'adressa à eux dans une langue que Michael ne connaissait pas et qui ressemblait vaguement à de l'italien. Allan et lui échangèrent quelques mots.

— C'est quelle langue ? demanda Michael.

— Ils sont français ! expliqua Allan. Nous sommes près des Marquises, territoire français.

— Tu parles français, toi ?

— Un peu.

Aidé par le rescapé, Michael recommença et hissa un deuxième homme.

Il ne sentait plus ses bras et transpirait à grosses gouttes lorsque le sixième et dernier monta à bord. Ces types n'avaient pas l'air de pêcheurs ou de marins, ils avaient tous des têtes de cadres ou d'ouvriers, Michael n'aurait su le dire, mais en tout cas des têtes préservées de la mer et des rides que le vent et le sel creusaient habituellement.

Un des leurs se pencha vers lui, des cheveux blancs et courts, le regard perçant, un nez fin et pointu et presque pas de lèvres.

— Vous êtes américains ? demanda-t-il.

Son anglais se teintait d'un fort accent allemand.

— Oui. Et vous, vous n'êtes pas français.

— En effet. Vous n'êtes que deux ?

— Nos femmes sont en bas, elles dorment.

— Ah, vos femmes…

Trois des hommes échangèrent un regard entendu qui effraya soudain Michael.

— Dites, qu'est-ce qu'il vous est arrivé ? questionna-t-il.

— Un accident, répondit l'homme aux cheveux blancs. Lequel de vous deux est le meilleur pilote ?

— C'est quoi cette question ? s'étonna Allan.

L'un des hommes sortit un long couteau et avant qu'Allan puisse lâcher la barre, il avait la lame sous la gorge.

— Alors ? répéta Cheveux blancs.

— C'est moi ! répondit Allan, blême.

Michael avait la mâchoire pendante, il n'en croyait pas ses yeux. C'était impossible. Il allait se réveiller d'un instant à l'autre.

— Combien de temps pour aller à Tahiti ?

Allan secoua la tête.

— Je n'en sais rien…

Cheveux blancs fit une grimace contrariée et le porteur du couteau enfonça lentement sa lame.

— Attendez ! hurla Allan. Je… attendez ! On doit être à mille miles environ. Les vents sont forts, il faut… faut compter trente-six ou quarante-huit heures maximum.

— Débrouillez-vous pour que ce soit trente.

Deux des hommes commencèrent à descendre vers la cabine.

— Qu'est-ce que vous faites ? protesta Michael d'une voix tremblante.

— Mes amis sont communistes, expliqua Cheveux blancs, ils partagent tout. Et ils pensent que tout le monde devrait en faire autant ! Alors, en bons communistes que vous êtes, ils espèrent que vous allez partager vos femmes.

Sa bouche s'ouvrit sur de petites dents jaunes. Son sourire était encore plus glaçant que son regard.

— Non, ne faites pas ça… supplia-t-il.

Il pleurait à présent, ses jambes s'étaient remplies de fourmis et lorsque les deux hommes disparurent dans la coque, sa vessie se vida.

Cheveux blancs le fixa et perdit tout sourire.

— Quant à vous, vous êtes inutile.

Il bondit sur Michael et l'empoigna par les cheveux pour le tirer vers l'avant du voilier. Michael hurla et tenta de se débattre sans force, la peur le tétanisait.

Cheveux blancs lui écrasa le crâne avec le pied et lorsqu'il fut assuré que Michael ne pouvait plus bouger la tête, il saisit la petite ancre en acier, celle avec les bords pointus, et la leva.

— Je dois vous avertir, s'écria-t-il par-dessus le vent, je vais devoir m'y reprendre à plusieurs fois, ça va faire très mal.

43

Dans la grotte le feu n'était plus qu'un tas de braise. Emma rassembla leurs maigres affaires et alla secouer l'homme à la moustache qui faisait office de leader.

— Nous allons partir, l'informa-t-elle. Il faut réveiller tout le monde, c'est trop risqué de s'attarder ici.

— Non, attendez demain matin, nous vous accompagnerons, nous devons nous ravitailler au village.

— Venez avec nous maintenant, demain soir nous allons profiter de la marée pour tenter de fuir.

— Où ça ?

— Dans la baie d'Omoa, Tim a son bateau échoué. Il pense que cela peut fonctionner. Ce sera dans le courant de la nuit.

— Alors restez, nous partirons tous dans l'après-midi.

Emma secoua la tête.

— Vivre au même endroit trop longtemps est dangereux ! insista-t-elle. Si la meute de chasseurs qui sillonnent l'île est attentive, elle ne tardera plus à repérer le feu.

— Il n'est pas visible, nous sommes en hauteur.

— Détrompez-vous, je l'avais aperçu depuis le col sur le sentier de Hanavave. Allez, réveillez-les tous.

L'homme refusa.

— Personne ne voudra sortir tant qu'il ne fera pas jour.

— C'est absurde ! On passe inaperçus avec l'absence de lune !

— Vous pouvez leur demander, on ne quittera pas cette grotte avant le lever du soleil.

— Bon sang ! fulmina Emma. Vous voulez crever ici ?

Plusieurs occupants se redressèrent, rongés par l'angoisse.

— Elle veut qu'on aille avec eux tout de suite ! commenta le moustachu à l'assemblée émergeante.

— Il fait jour ? demanda une femme d'une voix rauque.

— Non, c'est le milieu de la nuit !

— Alors non ! C'est bien trop dangereux !

— Vous préférez jouer votre vie en restant ici ? intervint Emma. En partant maintenant nous serons au village bien avant l'aube, nous aurons assez de temps pour aménager un abri sûr.

Tous refusèrent. Emma était à la fois abattue et en colère contre leurs préjugés. Mathilde se mit à gémir, elle faisait un cauchemar.

— Comme vous voudrez, s'énerva Emma. Nous partons.

— Attendez-nous demain en fin d'après-midi, à l'église d'Omoa, prévint le moustachu.

— Plutôt près de la baie, corrigea Emma qui se souvenait du spectacle dans la nef.

Elle réveilla les enfants, qui eurent du mal à reprendre leurs esprits, puis ils rejoignirent Tim et Mongowitz à l'extérieur.

— Vous leur avez demandé de nous accompagner ? lui demanda le jeune homme sous forme de reproche.

— Ils ne veulent pas.

— Une chance pour nous ! Un troupeau comme ça dans la forêt et nous étions morts !

Emma fixa le grand quinquagénaire au crâne dégarni.

— Et vous ? Nous partons pour Omoa, on y passe la journée planqué et au crépuscule on rejoint l'embarcation de Tim en espérant que la marée la sorte du sable.

— Je viens.

— Très bien. Ne tardons plus.

Ils redescendirent le coteau jusqu'à entrer dans la forêt. Là, Tim sortit sa machette mais s'immobilisa après quelques mètres.

— Je ne vois rien, avoua-t-il.

Emma alluma sa torche et la braqua vers le sol.

— C'est suffisant ?

— De toute façon on n'a pas le choix. Surtout, pointez-la toujours vers nos pieds ! avertit Tim.

Ils reprirent leur marche lente, suivant le passage que le jeune homme leur découpait entre les fougères et les lianes. La végétation, encore humide, bruissait autour d'eux, elle semblait déployer ses grandes feuilles comme des oreilles pour mieux les épier. Mathilde et Olivier ne quittèrent pas Emma, chacun arrimé à une main. Mongowitz fermait la file.

— Votre mari ne vous a rien dit à propos de Gerland ? demanda-t-il.

— Non, pourquoi ?

— Je m'interrogeais sur leur présence au pic du Midi. Qu'ont-ils trouvé là-bas ? Qui est derrière tout ça ?

— N'est-ce pas cette société, le GERIC ?

— Vous connaissez la signification du sigle ?

— Aucune idée, dit Emma.

— Officiellement c'est le Groupement d'Étude et de Recherche pour l'Innovation Cosmétique, c'est ainsi qu'ils se sont présentés dans la région. Ils étudient les vertus des plantes locales.

— Il y a une version officieuse ?

— Oui, Petrus lui-même me l'a confiée. En réalité GERIC est l'acronyme de Gènes, Évolution et Recherche des Instincts du Comportement. J'ignore en revanche si LeMoll n'était qu'un pion à la solde d'industriels peu scrupuleux ou l'instigateur de toute cette horreur. Et qui se cache derrière le GERIC. J'ai peine à croire qu'une société si discrète jusque-là puisse faire surgir autant de fonds pour bâtir ce site, au milieu du Pacifique.

La soif ne tarda pas à gêner Emma mais, puisqu'ils n'avaient plus d'eau, elle préféra se taire.

Ils avaient quitté la grotte depuis une heure lorsqu'un cri si aigu qu'il ressemblait à celui d'un oiseau résonna dans toute la vallée. Pourtant nul dans le groupe ne douta de son origine. Un hurlement, celui d'une femme, suivi, presque aussitôt, d'un coup sec. Mongowitz s'arrêta et se tourna vers les monts qu'il ne pouvait plus distinguer mais qu'il savait tout proches. Nerveux, il se passa la main sur la bouche plusieurs fois. Emma l'appela :

— Venez, ça ne sert à rien.

Tim renchérit, sans même se retourner :

— Ils avaient le choix. Maintenant c'est trop tard, nous ne pouvons plus rien pour eux, et nous n'avons qu'une heure d'avance sur leurs agresseurs. S'ils sont aussi bons pisteurs que tueurs, nous n'avons pas une minute à perdre.

Ils arrivèrent à l'extrémité est d'Omoa vers cinq heures et demie du matin. Le ciel était toujours aussi noir. Leurs corps étaient fourbus, les enfants ne parvenaient plus à marcher droit et Emma désigna une des premières maisons qu'elle aperçut :

— Allons nous reposer, il devrait y avoir de l'eau et des vivres. On dormira jusque dans la matinée et puis tour de garde jusqu'au soir pour que personne n'approche.

— J'aimerais aller jeter un coup d'œil au bateau, fit Tim. Être sûr qu'il est toujours là.

— Je viens avec vous, lança Mongowitz.

Emma accéléra pour leur barrer le chemin.

— Le bateau est encore dans la baie, il n'y a aucune raison pour qu'il en soit autrement. On est épuisés, Tim, on a besoin de repos et de rester solidaires. Ne commençons pas à nous séparer. (Elle ne le sentit pas convaincu et changea de ton, plus doux, plus sincère :) J'ai besoin de vous savoir à nos côtés. S'il vous plaît.

À contrecœur, Tim céda et ils investirent une grande bâtisse à un étage. Emma n'en pouvait plus, elle avait besoin de souffler et ne pouvait envisager de le faire seule avec les enfants. Elle fut rassurée de voir Tim déposer son fusil et pousser des meubles derrière chaque porte. Quand elle retira leurs chaussures bricolées aux enfants, elle mit à nu leurs pieds couverts de sang. Les chaussettes et les épaisseurs de scotch n'avaient pas suffi à les protéger des brindilles pointues, des ronces et des pierres tranchantes. Pourtant, pas une fois ils ne s'étaient plaints. Elle les lava des pieds à la tête, trouva du désinfectant et des pansements dans la salle de bains et prépara un repas avec les restes du réfrigérateur et des placards. Quand ils furent repus, les paupières se firent plus lourdes.

Soudain, le sac à dos d'Emma se mit à lancer des bips réguliers.

Elle en sortit l'ordinateur portable et l'alluma. Un document venait de lui être expédié par la liaison satellite.

— Qu'est-ce que c'est ? demanda Tim.

— Mon mari a rédigé une synthèse de ce qu'ils savent, rapporta-t-elle en même temps qu'elle lisait le message.

Elle cliqua pour ouvrir le document complet et plusieurs pages s'affichèrent. Malgré la fatigue, Emma les avala d'une traite, imitée par les deux hommes par-dessus ses épaules. Peter résumait toute la Théorie Gaïa que Grohm leur avait exposée. Elle eut à peine le temps de terminer que la batterie les lâcha.

— Merde… fit Emma, dépitée. C'était notre unique lien avec le continent.

— Je dois être dans un épisode de *La Quatrième Dimension*, gloussa Mongowitz sans pour autant en rire.

— Vous… vous croyez vraiment que les tueurs en série sont une sorte d'évolution à venir de l'Homo sapiens ? fit Tim, stupéfait.

— Je crois surtout que je suis trop crevée pour réfléchir, répliqua Emma.

Elle prit les enfants par la main et ils montèrent. Elle voulait un peu de temps pour encaisser toutes les informations. Sa première réaction était presque moqueuse, pourtant elle savait que toutes les vérités scientifiques actuelles avaient été des hypothèses lisibles au départ. Jusqu'à ce qu'on y apporte les preuves nécessaires. Elle s'allongea dans la chambre principale avec Mathilde et Olivier dans le même grand lit, s'attendant à méditer un bon moment cette Théorie Gaïa. Elle serra les enfants contre elle, leurs corps chauds se blottirent, et elle s'endormit aussitôt.

La pluie la réveilla.

Il faisait jour, une luminosité triste, grise. La maison était silencieuse. Mathilde et Olivier dormaient toujours, mais ils s'agitèrent dès qu'elle se leva.

Emma, suivie de ses petits gardes du corps, rejoignit la cuisine en bas et s'étonna de ne trouver personne. Ni Mongowitz ni Tim n'étaient entre ces murs.

— Ils nous ont abandonnés ? questionna Mathilde d'un ton déjà résigné.

— Non, bien sûr que non. Ils sont sûrement partis voir le bateau. Vous voulez petit-déjeuner ?

Emma leur prépara des bols de céréales et se servit un verre de jus d'orange en s'efforçant de ne pas laisser paraître son malaise.

Elle était plongée dans ses pensées quand elle remarqua que Mathilde était debout devant la fenêtre.

— Ma chérie, ne reste pas là, lui ordonna-t-elle le plus doucement qu'elle put malgré son angoisse.

— J'ai cru entendre quelqu'un appeler, révéla la fillette.

Emma reposa son verre.

— Mathilde, recule s'il te plaît, on peut te voir de l'extérieur.

— Il y a quelqu'un ! s'écria Mathilde. Pas Tim ou l'autre monsieur, c'est une autre personne !

Emma bondit si brusquement qu'elle renversa son jus d'orange et fit chavirer le lait d'Olivier. Elle poussa Mathilde sur le côté et pencha très lentement la tête pour distinguer la rue derrière la vitre.

Un homme marchait, suivi d'un autre un peu plus loin, en retrait ; ils appelaient en direction des maisons mais la pluie battante empêchait Emma de les comprendre.

Deux gendarmes.

44

Emma s'écarta de la fenêtre.

— Les enfants, mettez vos chaussures, ordonna-t-elle.

— On part ? s'enquit Mathilde.

— On quitte l'île.

Emma les aida à enfiler leurs souliers sales et grossiers et se précipita à la porte d'entrée.

Ils jaillirent dans la pluie et foncèrent vers le premier gendarme. Celui-ci sursauta et fit aussitôt signe à son collègue pour qu'il les rejoigne.

— Vous êtes blessée ? commença-t-il par demander.

— Non, mais arrêtez de hurler comme ça, vous allez attirer l'attention.

— Combien êtes-vous ? Où sont tous les autres ? Il s'est passé quoi ici ?

L'homme n'articulait pas et avait un débit trop rapide, il paraissait effrayé.

— Je vous raconterai tout, mais éloignons-nous s'il vous plaît.

Pour la première fois, Emma l'observa de près à travers le déluge qui les arrosait. Son cœur tressauta dans sa poitrine, il n'était pas rasé depuis plusieurs jours.

Était-ce réglementaire ? Emma commença à s'imaginer le pire mais se reprit aussitôt. Peut-être la discipline était-elle plus relâchée pour les gendarmes des Marquises…

Le collègue fit signe aux enfants de venir.

Emma ne parvenait pas à se défaire de son malaise. Quelque chose ne collait pas.

Les uniformes. Ils n'étaient pas ajustés. La chemise de l'un bâillait, le pantalon de l'autre était trop juste. Emma repéra une tache marron foncé sur le col du premier.

Du sang ?

Emma sentit son cœur lui battre aux tempes.

— Venez, venez, on va vous protéger ! lui répéta le gendarme au débit rapide.

Emma l'entendait au travers d'un filtre, la voix était distante, les mots presque syncopés, les gestes ralentis. Elle analysait tout. Son cerveau, dopé par l'adrénaline qui se déversait en lui comme un torrent, découpait chaque élément pour y glaner des informations.

L'homme n'avait pas peur, comprit Emma. Il mentait. Il jouait un rôle et n'y parvenait pas très bien, trop perturbé par l'excitation.

DANGER ! hurla son cerveau.

Emma fit signe d'attendre et tourna le dos.

— Nous allons chercher nos affaires, dit-elle en prenant les enfants par les épaules pour les forcer à faire demi-tour.

Emma pria pour qu'aucun d'eux ne proteste ou ne précise qu'ils les avaient déjà toutes. Ils n'en firent rien, lui obéissant docilement.

Le vacarme de la pluie ne permit pas à Emma de deviner ce que faisaient les deux « gendarmes ».

Pourvu qu'ils attendent là. Qu'ils ne nous suivent pas.

S'ils lui emboîtaient le pas, Emma ne devait pas céder à la panique, ne pas courir. Avec les enfants elle ne pourrait pas les semer. Elle se souvint avoir vu une arme à la ceinture du premier. Non, il faudrait marcher calmement jusque dans la maison. Les entraîner dans la cuisine. Là, elle pousserait les enfants dans le couloir, refermerait la porte et saisirait l'un des gros couteaux à viande qu'elle avait remarqués sur le plan de travail. Avait-elle une chance ?

C'est mieux que rien.

— Madame ! fit-on derrière elle. Madame ! Attendez !

Mais Emma ne put se résoudre à s'arrêter, elle continuait d'aller en direction de la maison. Elle perçut alors un frottement de vêtement juste derrière elle. Emma projeta les enfants en avant et hurla :

— Courez ! Enfermez-vous !

Et elle fit volte-face.

L'homme était sur elle, matraque télescopique brandie au-dessus de lui. Il déplia son bras pour la fouetter. Emma n'eut que le temps de se laisser tomber dans la boue pour éviter le coup. La chute lui coupa le souffle. Déjà, il était sur elle, réarmant son geste.

Emma lança son pied sur le côté du genou.

Son agresseur cria de douleur et perdit l'équilibre, il s'effondra juste à côté d'elle. Toujours en apnée, Emma roula pour tenter de se relever. L'homme lui agrippa la cheville. Sa matraque était juste devant elle. Elle s'étira au maximum, ses yeux se voilèrent de taches noires. L'air revint dans sa poitrine brusquement, la mécanique retrouvant son élan. Elle referma les doigts sur l'arme et de toutes ses forces frappa l'homme au visage.

Le sang jaillit du nez et de l'arcade, aussitôt dilué par la pluie.

Emma entendit un sifflement.

Derrière elle.

Une autre matraque.

Et sa tête explosa.

45

À Paris, le niveau de la Seine avait déclenché des mesures d'urgence ; les pompiers ne pouvant suffire, l'armée était venue leur prêter main-forte pour installer des digues artificielles et poursuivre le pompage des eaux. Six lignes de métro étaient déjà coupées et une septième sous peu.

Pire, les pluies torrentielles n'allaient pas s'interrompre avant au moins deux jours. C'était la seconde crue de cette envergure en seulement cinq ans.

Fabien arriva rue d'Anjou avec vingt minutes de retard. Il dégoulinait lorsqu'il pénétra dans le bureau de DeBreuil.

— Je suis navré, s'excusa-t-il, c'est devenu impossible de circuler avec…

DeBreuil le fit taire d'un geste agacé :

— Épargnez-moi l'intendance, lâcha-t-il. Alors, où en est-on de notre *situation ?*

Fabien retira sa veste mouillée et l'abandonna sur le portemanteau.

— La tempête qui sévit sur le Pacifique Sud nous prive de toute liaison avec Fatu Hiva. Et je ne peux envoyer personne là-bas pour le moment.

— Et pour le pic du Midi ?

— Un espoir se dégage. Un de mes agents est parvenu à faire un point.

— Je croyais que tous les moyens de communication étaient coupés ?

— C'est le cas. Mon agent dispose d'un GSM par satellite qu'il dissimule aux autres, il ne peut l'utiliser qu'avec précaution et a attendu d'avoir suffisamment d'éléments pour me contacter. Le responsable de la Commission européenne est un certain Gerland, voici son dossier, et il n'est pas venu avec deux chercheurs seulement, il est accompagné de trois agents du BND.

DeBreuil rejeta la tête en arrière et inspira longuement.

— Il fallait s'y attendre. J'avais prévenu nos gars que nos opérations avec le BND n'étaient pas parfaitement hermétiques, qu'il y avait une traçabilité possible jusqu'à LeMoll ! Ils sont remontés jusqu'à lui et ont attendu que ça bouge ! Comment réagissent-ils ?

— Jusqu'à présent : neutralité forcée. Il y a trop de civils. Sept astronomes, les deux chercheurs et Gerland, sans compter l'équipe de Grohm. Mais ça risque de dégénérer. Le BND les a désarmés en arrivant et les cantonne à des déplacements minimes, ils sont inactifs.

— Les chercheurs avec Gerland, vous les avez identifiés ?

Fabien sortit deux autres pochettes de sa sacoche et les posa sur le bureau de son supérieur.

— Les voici, aucun lien apparent avec le BND ou toute autre organisation gouvernementale. Autre chose : un des scientifiques de Grohm est mort. Peut-être assassiné. Georges Scoletti, et cela ne vient pas de nous.

— De mieux en mieux. Vos hommes peuvent-ils être réarmés ? Peuvent-ils reprendre le contrôle du site ?

— Oui.

— Qu'ils se préparent. Le bulletin météo des Pyrénées annonce une baisse des vents pour demain matin. Ils pourront remettre en marche le téléphérique. Ils se débrouillent pour évacuer d'abord les astronomes pour limiter les dommages collatéraux, ensuite vos hommes reprennent le contrôle. S'il est avéré que Gerland et ses deux compagnons ont trouvé des éléments compromettants, on ne prend aucun risque, il faut les éliminer. Que les types du BND ne redescendent pas. Je veux envoyer un message à Berlin : vous n'avez pas voulu suivre nos méthodes, maintenant c'est trop tard, tenez-vous à distance. Qu'ils maquillent l'opération en accident si possible.

— Je sais déjà comment faire. Il reste le problème Fatu Hiva. C'est là que sont tous les cobayes. Si c'est découvert, nous sommes foutus.

— Fatu Hiva, je m'en occupe. J'ai demandé à la marine qu'un de leurs navires s'en approche pour nous faire un point, tout l'équipage sera tenu au secret défense.

— Et s'il y a eu des fuites ? Que le site est compromis ?

— Mon cher Fabien, nous avons pris soin de truffer nos infrastructures d'explosifs dont les commandes peuvent être actionnées à distance, ici même. Si je n'ai pas de réponse claire demain matin, nos installations sur Fatu Hiva seront vaporisées.

— On abandonne toutes les recherches ?

— Dites à vos hommes sur le pic du Midi de faire disparaître tous les documents. Oui, nous stoppons nos recherches. C'était une entreprise démente qui n'aurait jamais dû voir le jour. J'ai suivi Grohm parce qu'il était très convaincant à l'époque et qu'il dispose d'alliés haut placés, mais c'était une folie !

— S'il avait raison ? Si l'humanité était en train de courir à sa perte ?

— De toute façon, si la théorie de Grohm est vraie, je continue de croire que rien ne pourra l'en empêcher. Cinq milliards d'années que cette fichue planète se développe, vous croyez que notre espèce au final très ignorante pourrait s'opposer à sa marche ? Moi pas.

Fabien considéra DeBreuil un moment. La pluie tambourinait contre la fenêtre dans son dos pour lui rappeler qu'ils n'étaient même pas capables de lutter contre les inondations qui submergeaient la capitale. Les saisons n'existaient plus, la couche d'ozone rétrécissait à vue d'œil, et les bulletins sur la qualité de l'air étaient devenus aussi importants que ceux de la météo.

Oui, DeBreuil avait peut-être raison, l'Homme n'était pas très sage lorsqu'il s'agissait de comprendre la nature, et encore moins lorsqu'il fallait agir pour la respecter. N'était-ce pas ce qu'elle lui faisait payer depuis quelques années ?

Toutefois Fabien ne pouvait se résigner à baisser les bras. Qu'allait-il dire à ses enfants ? Devrait-il leur conseiller de ne surtout pas se reproduire, au risque d'engendrer des monstres ? Et s'ils étaient « normaux », leurs enfants grandiraient-ils dans un monde violent, voué à la destruction ?

DeBreuil le ramena à la réalité :

— Fabien, je ne vous demande pas de réfléchir. Je vous ordonne d'appliquer les ordres.

Fabien acquiesça, et ses doutes s'estompèrent. Il avait été formé pour cela. Obéir. Et naturellement le cerveau privilégiait les réflexes rassurants aux angoisses de l'inconnu. Pourtant, au fond de lui, Fabien savait que les incertitudes demeuraient. *Commence par appliquer les ordres, ça ira mieux ensuite...*

— C'est comme si c'était fait, monsieur.

46

Peter avait bu trop de café, il faisait de la tachy-
cardie. Il se massa les paupières avant de se servir un
grand verre d'eau.

— Fatigué ? devina Jacques Frégent.

Ils épluchaient les dossiers des archives depuis cinq
heures, la nuit était tombée, poussée par les vents inépui-
sables. Peter en venait à se demander s'ils descendraient
jamais de cet endroit. Étaient-ils prisonniers ? Cela ressemblait de plus en plus au purgatoire…

— Oui, un peu, avoua-t-il.

Toutefois ce travail se révélait payant. Non seulement ils avaient pu définir les rôles de chacun, mais ils
disposaient d'assez de documents pour les incriminer.
Au milieu de l'après-midi, lassé de devoir répondre à
des dizaines de questions de la part de Jacques sur ce
que signifiait telle ou telle référence dans les pages
qu'il traitait, Peter avait appelé Fanny et décidé de tout
leur raconter. La Théorie Gaïa, les enlèvements que
Grohm avait orchestrés avec l'aide de la DGSE et du
BND. Fanny n'y avait pas cru sur le coup, elle en avait
même ri avant de se figer face aux mines dépitées qui
la dévisageaient.

— Oh, merde, alors vous êtes sérieux, c'est vrai ? avait-elle lâché avant d'entrer dans un long silence dont elle n'était sortie que bien plus tard, en compagnie de Ben.

Frégent, lui, avait acquiescé longuement avant de se remettre à travailler.

Ben agita une pochette devant lui.

— J'ai lu la fiche du docteur Galvin Petrus, expliqua-t-il. C'est lui qui supervise les expériences sur le site de Fatu Hiva. Il est franco-américain et vous ne devinerez jamais sur quoi il a bossé étant jeune ? Le projet MKULTRA !

— Jamais entendu parler, avoua Frégent.

— C'est de la culture underground, plaisanta Ben. MKULTRA, c'est le nom de code donné par la CIA à son projet de manipulation et conditionnement mental. C'est né dans les années 50 sous l'impulsion du directeur de l'Agence, Allen Dulles, un type que certains suspectent d'être à l'origine de l'assassinat de JFK[1]. Avec MKULTRA ils ont étudié les propriétés du LSD, de la mescaline, la psilocybine et j'en oublie, ainsi que l'hypnose sur le cerveau. Privation sensorielle et thérapie aux électrochocs étaient de la partie également. Le but était d'élaborer des sérums de vérité, des méthodes de reconditionnement et même de destruction sélective de souvenirs !

— C'est fondé, tout ça, ou c'est encore un fantasme de la théorie du complot ? railla Fanny.

— Détrompe-toi, c'est réel ! Bien que le directeur de la CIA au début des années 70, Richard Helms il

---

1. Voir *Les Arcanes du chaos*, du même auteur, Albin Michel, 2006 ; Pocket, n° 13381.

me semble, ait ordonné la destruction des archives de ce projet, pas mal de documents ont subsisté, et finalement on dispose de preuves concrètes et même d'aveux de certains hauts dirigeants. Ça fait partie des scandales politiques d'où sont nées les théories du complot ! Au même titre que le Watergate ou l'affaire de la baie des Cochons.

Peter revint à leur sujet :

— Petrus travaillait sur MKULTRA donc ?

— Oui, à la toute fin. Le projet sous toutes ses formes aurait été arrêté en 1988, mais bien évidemment, c'est la version officielle.

— Il ne doit pas être tout jeune ce Petrus, fit remarquer Frégent.

Ben, qui consultait sa fiche, lut :

— Il vient d'avoir soixante-quatorze ans !

— Si Grohm s'est attaché ses services malgré son âge, c'est qu'il était bon dans son domaine, dit Peter qui réfléchissait tout haut.

— Et Petrus n'est pas du genre à s'offusquer d'avoir à diriger des expériences clandestines, ajouta Ben.

— Résumons tout, demanda Peter à ses trois acolytes. Grohm fait partie de la DGSE. Ça, on ne peut pas le prouver, mais on a plusieurs rapports où son grade de colonel est mentionné.

— De même que ses quatre « techniciens », précisa Ben. Tous militaires.

— Grohm nous a exposé sa Théorie Gaïa, j'ai rédigé tout à l'heure ce qu'il nous a dit. Nous avons de nombreuses notes ici, recoupées avec des listings de fonds, et des lignes « localisation spécimen » ou « acheminement spécimen » à rattacher à d'autres dossiers contenant les fiches de tous les tueurs en série enlevés.

— Le BND est impliqué, dans ces documents ? interrogea Jacques.

— Pas officiellement, tout ce qu'on a au sujet du BND ce sont des notes manuscrites du personnel. Je suppose qu'il n'existe aucun document administratif entre le BND et la DGSE ou même le GERIC, ces gens sont bien trop prudents. Il y a en revanche suffisamment de fax et de courriers expédiés depuis Fatu Hiva pour prouver les liens entre ici et l'île.

— Les fax mentionnent ce qu'ils font sur Fatu Hiva ? demanda Fanny.

— Ce sont des synthèses d'expériences, je n'ai pas le temps de les lire en détail pour le moment mais, à ce que j'en ai vu, c'est assez explicite pour envoyer tout ce beau monde en prison. Tests sur le cerveau, privation de sommeil, tests de différentes molécules sans respecter les règles de sécurité, mesure des réactions cérébrales à l'électricité, il y a autant d'analyses médicales que d'études du comportement, et c'est allé très loin ! En colligeant tout ce qu'on a, on peut lier la théorie de Grohm et ces expériences sur cobayes enlevés qui visaient à comprendre les mécanismes de la violence. Grohm espérait localiser l'instinct prédateur dans le génome humain mais comme c'est très long il tentait des méthodes plus archaïques pour reconditionner les comportements... sans succès. Petrus a dû tester tout ce qu'il avait appris lors de son passage à la CIA.

— Et pour cause, les tueurs en série ne sont pas des gens comme les autres, intervint Ben.

— Vous voulez dire que les techniques de reconditionnement qui marchent sur des gens *normaux* ne s'appliquent pas aux tueurs en série ? demanda Jacques.

— Personne, quels que soient les traitements médicaux, les thérapies ou les emprisonnements à court ou long terme, n'est jamais parvenu à en *soigner* ne serait-ce qu'un seul dans le monde ! Et je dis *soigner* mais on ne peut soigner que ce qui est malade ; or les tueurs en série ne le sont pas, ils sont tout simplement *différents* dans leur construction psychique.

— C'est à cause de leur enfance, non ?

Ben, qui s'était intéressé au sujet lors de ses études sur la dynamique comportementale, leva les sourcils.

— À l'heure actuelle, et malgré plusieurs décennies d'enquêtes et d'analyses, aucun expert ne peut définir avec certitude les mécanismes qui conduisent un être humain à devenir un tueur en série. On pensait au début que c'était un traumatisme dans l'enfance, un viol, des maltraitances, qui engendraient un repli sur soi, une perte des repères affectifs et une déconstruction psychique, faute d'un environnement stable. Mais force est de constater que la plupart des enfants qui subissent ces horreurs ne deviennent pas des tueurs en série, 99,99 % de ces victimes grandissent sans être des monstres. Heureusement pour eux et pour nous. En même temps, il y a de plus en plus de cas de tueurs en série dont l'enfance ne semble pas comporter de violences particulières, quelques-uns vivaient même dans un contexte privilégié et bon nombre de ceux qui se sont dits victimes dans leur enfance ne l'ont-ils pas inventé pour obtenir un peu de clémence ? Alors qu'est-ce qui fait qu'on devient un de ces prédateurs ? Personne ne le sait. Et c'est là que l'hypothèse de Grohm est troublante car elle pourrait expliquer les tueurs en série.

Jacques Frégent haussa les épaules.

— Vous avez dit qu'on ne peut pas les soigner, mais on pourrait chercher à les comprendre pour trouver une solution, disons… thérapeutique !

— On ne change pas la nature d'un être. Vous le voudriez que vous n'arriveriez pas à changer votre hétérosexualité pour devenir homosexuel, même si on vous l'ordonnait, c'est un comportement très profond, enraciné en vous. C'est comme vouloir changer vos goûts du jour au lendemain, détester le bleu et adorer le jaune alors que c'est l'inverse, c'est impossible ! Je vais vous donner une statistique : ces dernières années, il y a eu 298 tueurs en série qui, pour une raison ou une autre, ont été identifiés mais relâchés, peine purgée, libération pour vice de forme, etc. Savez-vous combien ont récidivé ?

— Non, la moitié ?

— Les 298. Tuer est plus fort que leur raison, c'est viscéral, c'est un besoin, c'est là, au plus profond d'eux, et ils ne pourront pas s'arrêter.

Un silence pesant tomba sur le petit groupe, seulement perturbé par le vent qui continuait de s'écraser contre les vitres. Fanny se tourna vers Peter.

— Vous n'arrêtez pas de dire « Grohm faisait », « Grohm espérait » ; pour vous, tout ça est terminé ? demanda-t-elle. Je vais me faire l'avocat du diable en vous posant cette question mais n'avez-vous pas envisagé de ne rien faire ? Si Grohm vous a finalement exposé sa théorie, c'est parce qu'il croit que ses travaux sont vitaux pour l'humanité, et que vous allez y réfléchir à deux fois avant de tout faire capoter.

— Ses méthodes ne sont pas acceptables, Fanny. Et pour tout vous dire, je pense que si sa théorie est envisageable, elle doit être disséquée par des experts internationaux. Il n'y a qu'ainsi qu'on pourra trouver une solution.

— Sauf que si demain on dit à tout le monde que nous transportons tous les gènes de notre propre destruction, ce sera l'anarchie !

— Ce n'est pas à nous d'en juger. Grohm a enlevé des êtres humains, criminels ou pas, il les a torturés et je ne peux pas le laisser faire. Pour le reste…

— On verra bien ? C'est ça ? compléta Fanny avec une certaine déception.

Peter la toisa. Ben intervint pour casser la tension :

— On a encore pas mal de boulot avant d'aller dîner, si on s'y remettait ?

Jacques approuva mais Fanny se leva pour sortir.

— J'ai besoin d'une pause toilettes, s'excusa-t-elle.

Peter lut surtout la colère sur ses traits et le besoin d'aller se calmer en s'aspergeant le visage d'eau froide. Il reprit son tri.

Cela faisait cinq minutes qu'il travaillait quand Fanny revint.

Lorsqu'elle passa le seuil de la pièce, elle tenait une arme dans la main.

47

La douleur ressemblait à un son.

Un puissant coup de basse qui partait de l'arrière de son crâne pour se propager sur le cuir chevelu et envahir son cerveau. Plus il s'enfonçait dans sa matière grise, plus il résonnait, et Emma crut qu'une force surnaturelle lui pinçait l'intérieur de la tête. Une piqûre d'abord diffuse qui pulsait et s'intensifiait pour se focaliser sur un point : le cœur de sa cervelle. C'était si douloureux qu'elle en avait mal aux yeux.

Ses paupières ne pouvaient s'ouvrir.

Même les sons étaient déformés, lointains. Le monde tournait, Emma avait l'impression d'être dans la roue d'un hamster, les voix se déplaçaient de haut en bas, d'avant en arrière et recommençaient.

« … tu vois que c'est utile, je t'avais dit de prendre les uniformes sur les deux macchabées… »

Soudain Emma pensa à Mathilde et Olivier. Elle voulut bouger, lutter contre cette souffrance, mais le supplice la terrassa.

Elle resta inconsciente un moment.

Des bruits plus intenses que la pluie, des claquements secs, la firent réagir, mais elle ne put revenir à elle.

Jusqu'à ce qu'une voix plus chaude glisse dans ses oreilles et réactive les connexions sensorielles.

Emma sentit la pluie sur son visage. On lui parlait.

Cette voix… Elle la connaissait…

« … ne me faites pas une hémorragie interne ou un traumatisme crânien ! Allez, réveillez-vous ! »

Tim. C'était Tim qui s'adressait à elle.

Emma ouvrit les yeux ; la lumière du jour, pourtant faible, relança le bourdonnement atroce et elle ne put réprimer un gémissement.

— Emma ! Vous pouvez parler ?

— Doucement, parvint-elle à articuler.

Tim la serra contre lui.

— Ce que je suis content de vous entendre !

— Les… les enfants ?

Elle perçut un subtil changement dans le corps de Tim qui la tenait.

— Pris par les deux types en uniforme.

— Vous… vous ne les avez pas… stoppés ?

— J'avais laissé mon fusil à Mongowitz, j'ai surpris celui qui vous portait, je l'ai bien amoché mais l'autre a couru pendant ce temps, avec les gosses. J'ai à peine pu m'assurer que vous n'étiez pas morte qu'ils s'étaient enfuis tous les deux.

— Par où ? La forêt ? Le hangar… ils vont… vers le hangar ?

— Ils avaient une pirogue avec un petit moteur. S'il n'y avait pas eu cette foutue flotte, on les aurait entendus approcher !

Une pirogue ! Les enfants étaient perdus.

Emma fut secouée d'un frisson. Elle grimaça, autant de désespoir que de douleur. Sa mâchoire s'ouvrit pour poser une question mais aucun mot n'en sortit. Elle sombra à nouveau dans l'inconscience.

Emma revint à elle.

Le lancinement s'était altéré, une névralgie térébrante et ondoyante comme une vague. Chaque poussée enfonçait son flot loin dans le cortex mais elle se contractait aussitôt pour repartir et laisser l'esprit d'Emma à peine touché par cette brève étreinte. La lumière fut plus supportable.

Tim lui tendit un verre d'eau qu'elle avala tout entier.

— J'y ai mis quatre cachets d'aspirine, ça devrait aider.

Ils étaient dans une maison tout en bois.

Emma garda le silence le temps de maîtriser le ressac qui partait depuis l'arrière de son crâne. Anticiper chaque déferlement pour l'accompagner le rendait moins vif. Ça marchait quand elle avait le hoquet, et curieusement là aussi.

— Sont-ils partis vers le large ? questionna-t-elle.

Tim baissa la tête.

— Ils sont sortis de la baie et ont viré au sud, relata-t-il d'une voix triste.

— Quand était-ce ? Combien de temps suis-je restée inconsciente ?

— Trois heures.

— Ils contournent l'île. Ils retournent au hangar.

Tim posa une main délicate sur l'épaule d'Emma, pour l'inviter à se calmer, à ne pas se lever.

— Vous ne pouvez plus rien y faire, dit-il.

— Je leur ai donné ma parole que je ne les abandonnerais pas.

Tim lui prit le menton et la força à le regarder en face.

— Emma, c'est trop tard. S'ils ne sont pas déjà morts, ils le seront, le temps que vous alliez vous faire massacrer.

— J'ai donné ma parole à une petite fille et à son frère, Tim. Je ne vais pas les oublier.

— C'est du suicide, je ne vous laisserai pas faire.

— Restez ici, ce soir vous faites repartir votre bateau et vous venez nous chercher sur le quai du GERIC à minuit.

Tim secoua la tête.

— Hors de question. Vous ne pouvez même pas marcher. Je ne vous laisserai pas vous tuer. Ne m'obligez pas à vous ligoter à une chaise, s'il vous plaît.

Emma chercha du soutien autour d'elle et vit Mongowitz qui assistait à la scène sans rien dire.

— Où étiez-vous ce matin ? demanda-t-elle sèchement, à la manière d'un reproche.

— Il m'a accompagné au bateau, exposa Tim en montrant Mongowitz du pouce. C'est un bon bricoleur et ensemble nous avons pu remettre la pompe à eau en marche, pour écoper tout ce qui est entré pendant la tempête. Nous étions dans un atelier derrière une maison de la plage quand j'ai voulu rentrer vous prévenir. C'est là que je suis tombé sur les deux… tueurs.

— Ils étaient déguisés, souffla Emma.

Elle s'en voulait tellement d'avoir été aussi naïve. Elle avait sauté sur le premier espoir sans se poser de questions, elle avait entraîné Mathilde et Olivier dans l'horreur.

— Ils ont certainement dépouillé les gendarmes de la permanence sur l'île.

— Ils paraissaient normaux, leur visage était presque doux, rapporta Emma d'une voix brisée par l'émotion.

Rien à voir avec ceux qui nous ont attaqués jusqu'à présent. Ceux-là n'étaient pas… bestiaux.

— Mais ils sont repartis vers le hangar ! intervint Mongowitz. Comme tous les autres. C'est leur nid. Je suis sûr qu'ils se sont rapidement établi une sorte de hiérarchie, à la manière d'une fourmilière, avec des ouvriers, des gardes…

— Et une reine ? termina Tim. En tout cas ceux qui nous sont tombés dessus l'autre nuit voyaient dans le noir ! Ça, c'est pas humain !

— Ils ont infesté les sous-sols du hangar, poursuivit Mongowitz, ils vivent comme des insectes, et ces tueurs ne sont pas des humains ! Ce sont des monstres !

— ASSEZ ! s'écria Emma entre deux vagues de douleur. On s'en tient au plan, on se tire d'ici ce soir à marée haute.

Tim la scruta attentivement.

— Et pas de détour, lança-t-il, je sauve nos peaux, ce sont les seules qui peuvent encore l'être.

— Peut-être que Carlos, Henri et les autres nous rejoindront en fin de journée, annonça Mongowitz sans y croire.

Tim le moucha aussi sec :

— Arrêtez, vous avez entendu les hurlements cette nuit, ils sont morts, et à une heure près nous y passions aussi je vous rappelle.

Emma se laissa retomber sur le canapé. Elle avait besoin de recouvrer ses forces. Tim avait raison, elle ne pouvait pas partir dans la forêt dans cet état, elle ne tiendrait jamais. Elle devait dormir, recharger les batteries.

L'alarme de sa montre la réveilla à treize heures. Elle se leva tout doucement, alla s'asperger le front d'eau et prit encore trois aspirines. En passant ses doigts sur l'arrière de son crâne, elle découvrit une énorme bosse et du sang séché dans lequel s'étaient emmêlés des cheveux. Elle avait mal mais c'était nettement plus tolérable.

Tim et Mongowitz étaient dans la cuisine, en train de manger des mangues, des cernes mauves et un teint blafard témoignaient de leur épuisement. Ils n'avaient pas fait une vraie nuit depuis bien longtemps.

— Comment allez-vous ? s'enquit Mongowitz.

— À peine mieux. J'ai encore des vertiges, mentit-elle.

— Retournez vous coucher, lui dit Tim. On s'est occupés du bateau, il est prêt.

— Personne dehors ? s'inquiéta Emma.

— Non. C'est désert. J'ai craint que les deux de ce matin ne nous envoient leurs amis, c'est pourquoi nous avons changé de maison. Mais non, rien du tout. La mer est de plus en plus mauvaise, je doute qu'ils puissent reprendre leur pirogue dans ces conditions, et s'ils viennent à pied, le temps qu'ils traversent l'île… avec un peu de chance nous serons déjà en train de partir !

— Vous avez une sale gueule, lui répondit Emma. Vous devriez vous reposer, si cette nuit vous vous endormez cela nous fera une belle jambe.

Tim acquiesça.

— C'est prévu.

Emma se rallongea et ferma les paupières. Sa respiration se ralentit, et elle finit par émettre un petit sifflement, plus faible qu'un ronflement.

Les deux hommes vérifièrent que les portes étaient bien calées par les meubles les plus lourds et allèrent se coucher sans faire de bruit.

Emma attendit une heure de plus. Elle ne voulait surtout pas que Tim la surprenne. Il fallait être sûre qu'il dorme.

La maison était silencieuse, seule la pluie rythmait cet après-midi gris en courant sur le toit et contre les vitres.

Emma rédigea un mot à l'intention de Tim.

« *Pardonnez-moi. Une promesse à un enfant vaut tous les risques du monde. À minuit sur le quai, je croirai très fort en vous. E.* »

Elle fouilla les tiroirs de la cuisine en prenant soin d'être aussi discrète que possible et s'empara d'un gros couteau qu'elle enveloppa dans un torchon avant de le faire tenir dans une des poches latérales de son treillis. Elle chargea son sac à dos de bouteilles d'eau, puis ramassa la machette de Tim et sortit par la fenêtre qu'elle prit soin de repousser derrière elle pour ne pas attirer l'attention.

D'ici, le chemin lui semblait évident, mais en serait-il de même une fois dans la forêt ? *D'abord plein est, je sors du village, je suis la pente en visant le col, celui à côté de la grotte. Ensuite je redescends dans l'autre vallée, tout le temps plein est, jusqu'au hangar.*

Elle scruta la rue pour s'assurer qu'il n'y avait personne et s'y engagea en tournant le dos à la baie.

La dernière maison ne tarda pas à disparaître sur sa droite.

Un éclaboussement brutal derrière elle la fit s'immobiliser.

Elle se tourna et vit Mongowitz qui se hâtait pour la rejoindre.

— Je ne vous connais pas encore, fit-il, essoufflé, en arrivant à son niveau, mais j'en sais assez sur les gens pour reconnaître une tête de mule lorsque j'en vois une. Et vous n'êtes pas du genre à lâcher Mathilde et son frère.

— Vous pouvez dire ce que vous voudrez, ma décision est prise.

Il lui tendit la main.

— Je m'appelle Jean-Louis.

Déstabilisée, Emma resta sur la défensive :

— Je vais les sauver. Il faudra me tuer si vous comptez me ramener à la maison.

Mongowitz lui passa devant.

— Vous êtes motivée. Tant mieux parce que je viens avec vous.

Mémo en attente de lecture
sur le bureau présidentiel, palais de l'Élysée

La situation environnementale doit être une priorité dans les allocutions du président. Outre l'accumulation des rapports catastrophiques sur l'état de la planète et sur l'accélération de cette dégradation dont nous avons connaissance, il ressort que les Français sont extrêmement préoccupés par les bouleversements climatiques et l'explosion des catastrophes naturelles. Dans un contexte de panique générale, la croissance de 1,8 nécessaire au maintien des budgets sera un objectif inenvisageable.

Nous proposons donc deux mesures à court et moyen terme :

1/ Tout d'abord rassurer les Français. Plusieurs discours rapprochés pour manifester l'engagement du président.

2/ Profiter de la situation pour favoriser toute l'industrie dite « bio », ou « écologique ». Nos partenaires économiques sont prêts, en particulier dans le secteur automobile. Afin de les satisfaire, il faudra appuyer plusieurs points :

— Le GPL a fait son temps, il émet autant de CO^2 que l'essence.

— Les biocarburants (pour lesquels aucun de nos partenaires n'est prêt) ont un taux d'octane supérieur à celui de l'essence.

— Le tout-électrique n'est pas au point, batteries trop faibles et coût important.

Cela afin de favoriser leurs produits hybrides, rassurant à la fois nos partenaires des secteurs pétrolier et automobile.

Pour chaque secteur économique une étude nous sera fournie par les industriels. Nous appuierons nos partenaires en sous-main par différentes annonces.

Non seulement le président rassurera les Français mais en comptant sur l'engagement de nos concitoyens (campagne de sensibilisation), c'est un moyen de relancer une économie moribonde et d'atteindre nos prévisions de croissance.

La pression populaire autour de l'environnement est telle que nous pourrons nous en servir pour lutter contre les éventuelles accusations de jouer le jeu des lobbies. Il faudra forcer l'indignation et répondre aux questions par une question type : Croyez-vous que face à l'urgence mondiale ces insinuations soient acceptables ? Le peuple a rarement été aussi soudé derrière une préoccupation. Elle sera l'enjeu électoral des décennies à venir, il faut l'utiliser dès à présent pour prendre de l'avance sur l'opposition.

Nous préconisons donc des annonces rapides pour gagner la bataille de l'image, même si celles-ci ne sont pas faisables ou profondément utiles, il sera temps ensuite de les modifier.

Dans le même temps il faut lancer la création d'un pôle d'experts qui rassureront l'opinion publique, pôle constitué de proches du président, et d'indépendants piochés dans les listes fournies par nos partenaires industriels.

Ce pôle aura pour objectif de déterminer les mesures à prendre, ces mêmes mesures que nous avons évoquées plus haut.

La situation est inespérée et peut permettre de relancer l'économie, favoriser nos partenaires et enfin assurer une stabilité, voire une avance nette, du président dans les sondages en vue des prochaines élections.

48

Fanny tenait un Beretta 92 entre les mains.

Elle le leva vers Peter, Ben et Jacques, le tenant par la crosse, canon pointé vers le sol.

— J'ai trouvé ça en cherchant les toilettes, dit-elle, et il y en a d'autres !

Peter s'approcha et lui prit l'arme.

— Oui, nous les avons vus. La réserve des quatre « techniciens » de la DGSE je suppose.

— Il faudrait les détruire, non ? proposa Jacques. Les jeter par la fenêtre !

— Ce sont des preuves, jamais un groupe scienti-fique n'aurait dû disposer d'un tel arsenal. On ne touche à rien.

— Vous ne craignez pas qu'ils forcent la chaîne à l'étage et descendent s'équiper ? rétorqua Fanny.

— Ils auraient pu le faire il y a longtemps, mais nos amis du BND les surveillent, je doute qu'ils puissent enfoncer la porte sans être surpris.

Peter alla ranger l'arme de poing avec les autres. Jacques l'interpella à son retour :

— Dites-moi, ces gars de la DGSE, à quoi servaient-ils vraiment ? Ils auraient pu intervenir à votre arrivée, vous renvoyer de force ou vous… Enfin, vous voyez ce que je veux dire.

— Il y a eu une sacrée tension au début, c'était à deux doigts de dégénérer, et maintenant qu'on en sait plus je n'ose imaginer ce que cela aurait donné. Je présume qu'ils assuraient la sécurité du site, au cas où le BND ou tout autre groupe intéressé par les recherches de Grohm se serait amusé à les envahir pour les voler. Ils ne s'attendaient certainement pas à la Commission européenne ! Je me souviens d'avoir vu Grohm faire signe à l'un de ses hommes de ne pas intervenir, il s'est probablement dit qu'il gérerait la crise lui-même. Il doit s'en mordre les doigts désormais.

— C'est bien sympa mais qu'est-ce qu'on fait concrètement pour assurer nos arrières ? demanda Ben.

Peter sortit son appareil photo numérique :

— D'habitude j'immortalise la fin d'une mission en prenant une photo des collègues, cette fois on se contentera de documents. Tout ce qu'on a mis de côté, ce qui est important, je vais en faire des gros plans.

— Et ensuite ? demanda Fanny.

— Il faut s'assurer qu'on quitte l'observatoire vivants. La DGSE est sous l'autorité des types du BND, donc c'est d'eux qu'il faut se méfier ; si quelqu'un doit s'en prendre à nous, ce sera Mattias et ses copains. Alors on va rassembler toutes les notes, les allusions au BND pour les enlèvements et on va leur faire une pochette-cadeau.

— Tu crois qu'ils nous foutront la paix ensuite ? s'étonna Ben. Ils peuvent tout aussi bien nous flinguer en guise de remerciement !

— Je pense au contraire qu'avec ce gage de bonne conduite de notre part on s'ouvre un chemin vers la sortie. Des cadavres c'est bien trop embarrassant, ça attire les autorités et les journalistes ; non, au contraire, je pense qu'ils seront satisfaits de s'en tirer à si bon compte.

— Si Scoletti ne s'est pas suicidé – et, à en croire Grohm, ce sont les types du BND qui l'ont buté ! –, ils n'avaient aucune raison objective de l'éliminer !

— Ils patrouillent dans les couloirs la nuit et le jour, ils peuvent l'avoir vu glisser l'enveloppe sous ma porte, ou l'avoir surpris la nuit de son suicide lorsqu'il rentrait dans sa chambre. Ils l'ont questionné sur ce qu'il nous avait dit, ça a dégénéré, et ils ont maquillé le crime en suicide.

— Machiavélique. Tu as encore plus d'imagination que ma sœur !

— Vois le bon côté des choses, ils n'ont pas augmenté leur vigilance à notre égard, ça veut dire que Scoletti n'a rien dit !

— Ou qu'il s'est vraiment suicidé.

Jacques entra dans la conversation :

— Un suicide, passe encore, mais quatre ou cinq ? Non ! Ça devrait vous rassurer.

Peter conclut :

— Je ne vois pas ce qu'on a de mieux sinon. Une fois dehors on balance toutes nos photos à la Commission européenne et à la presse ; à l'instant où ce sera public, nous serons protégés vis-à-vis de la DGSE. Allez, dépêchons-nous.

Il régla le mode le plus adéquat sur son appareil photo pour de très gros plans et commença à numériser toutes les pages. Jusqu'à l'heure du dîner ils se relayèrent pour disposer chaque fiche du personnel, chaque note, mémo, analyse, et rapport qui mentionnait les activités de Grohm, ici ou sur Fatu Hiva. Puis Peter enchaîna sur les livres de comptes.

À vingt heures passées, les yeux éblouis, il décréta une pause et ils rejoignirent le réfectoire, prenant soin d'arriver séparément. Peter fut surpris d'y trouver les autres astronomes, l'équipe scientifique de Grohm mais aussi les quatre *techniciens* ainsi que les trois agents du BND. Gerland et Grohm en personne occupaient le fond de la salle.

Tout le monde était rassemblé.

Maintenant qu'il en savait un peu plus sur chacun, Peter s'émerveillait qu'autant d'intérêts à ce point opposés aient pu cohabiter sans explosion. *Ils savent tous que le premier qui s'énerve entraîne tout le monde avec lui. Chacun avance ses pièces en espérant la faute de l'autre, tout en sachant qu'à un moment ou un autre il faudra en finir. Il y a des civils, c'est un lieu contrôlé par une institution importante, Grohm avait bien prévu son coup !*

Un autre élément était venu perturber la situation, réalisa Peter. Le temps. Non seulement il les avait bloqués sur place, mais c'était un peu comme s'il avait figé chaque clan. Nul ne pouvait sortir, et il ne fallait surtout pas prendre de décision hâtive, en sachant qu'il n'y avait pas de retraite possible.

Dès que la tempête s'arrêterait, on tenterait l'échec et mat, d'un côté ou de l'autre.

Peter se servit des spaghettis dans l'énorme marmite qu'un des astronomes avait fait chauffer et slaloma entre les tables pour rejoindre Ben, déjà assis à l'écart, tout seul. Gerland semblait déprimé et Grohm abattu.

— Tu as vu la tête qu'ils tirent ? s'amusa Ben.

— Le message d'Emma les a cueillis à froid, rappela Peter sans sourire.

La présence de sa femme sur une île infestée de tueurs en série n'avait rien pour le réjouir. *Au moins est-elle vivante et cachée.* Elle avait un plan pour s'enfuir. La nuit suivante, avait-elle précisé avant que la communication ne se brouille. Avec le décalage horaire cela faisait… demain midi pour lui.

Ben perdit sa spontanéité en songeant à sa sœur.

— Pour Grohm c'est terminé et il le sait, commenta-t-il. S'il espérait vaguement qu'on puisse l'aider après son petit exposé, maintenant qu'il sait l'île aux mains de ses propres cobayes, c'est foutu.

Gerland vint s'asseoir avec eux.

— J'attends la clémence de la météo et je préviens Bruxelles, les informa-t-il. Notre rôle ici est dépassé. Des tueurs en série ! Il ne manquait plus que ça. La gendarmerie va être saisie et ils vont monter arrêter tout le monde. Ne vous inquiétez pas, je vous ferai rapatrier sur Paris par le premier vol, moi je dois rester.

— Avec vos trois colosses ? questionna Peter.

— Je n'en sais rien, c'est à mon supérieur d'en décider, je ferai le point avec lui dès que les réseaux reviendront.

— Et si cela doit durer encore plusieurs jours comme ça, avec ce blizzard ?

Gerland leva les bras au ciel.

— Qu'est-ce que vous voulez que j'y fasse ! Je ne suis pas magicien ! Je sais que la situation est invivable pour vous, pour votre femme, je vous garantis que la première chose que je ferai sera de lui envoyer les secours. Mais je ne maîtrise pas le climat !

— Je voudrais vous poser une question et j'attends une réponse franche, répliqua Peter. Les types en bas au téléphérique à notre arrivée, il s'agissait véritablement de gendarmes ?

Gerland avala sa salive et se mordit la lèvre inférieure.

— Non, finit-il par avouer. Des détectives privés. Nous ne pouvions pas mettre la gendarmerie dans le coup sans que ça prenne une tournure officielle. En quelques heures l'affaire serait arrivée aux oreilles des journalistes.

— Pourquoi nous avoir menti ?

— Avais-je le choix ? Je savais que ce que nous faisions était juste, que LeMoll avait beaucoup à se reprocher, mais aurais-je réussi à vous embarquer avec moi aussi rapidement si je vous avais dit : Nous allons opérer discrètement, sans prévenir ni la police ni votre gouvernement ? Déjà que je ne savais rien, que je n'avais aucune donnée concrète à vous présenter ! Au final personne ne vous reprochera rien ! Nous sommes venus faire une visite de contrôle, vous étiez présents parce que LeMoll citait vos noms, à titre d'assistance technique, et nous avons mis au jour toute cette machination. Ne vous faites aucun souci.

— Et à ma femme, vous lui direz quoi ? demanda sèchement Peter.

Gerland secoua la tête, confus.

— Je n'avais aucune raison d'imaginer une horreur pareille, je suis profondément navré et…

— Vous nous avez manipulés dans le sens qui vous arrangeait, sans vous poser plus de questions, il n'y a rien d'autre à ajouter. Si vous le voulez bien, j'aimerais dîner en paix.

Gerland les considéra un moment, blessé, et se leva. Ben l'observa s'éloigner et ironisa :

— Il est la parfaite incarnation du modèle de… comment s'appelait-il déjà ? Ah, oui, Adam Smith ! Un calculateur rationnel. Il n'agit qu'en fonction de ses intérêts. Assurer la mission que ses supérieurs lui ont confiée, pour lui, pour sa carrière, peu importent les moyens !

— Gerland va faire son rapport à la Commission, un rapport plein de trous, d'interrogations, il ne sait presque rien. C'est parce que Emma a parlé de tueurs en série et du GERIC qu'il a compris que Grohm utilise des cobayes singuliers, et qu'il sait que la situation a déjà explosé. Ils en ont perdu le contrôle. Maintenant il va prier pour pouvoir rentrer le plus vite possible. Et quand j'enverrai tout ce qu'on a à ses supérieurs il passera pour un con.

— Il va comprendre qu'on s'est foutu de lui, cela ne va pas lui plaire.

— Il l'aura bien cherché.

Peter et Ben terminèrent leur repas et retournèrent aux sous-sols pour finir les photos et constituer la pochette pour le BND. En fin de soirée, Peter laissa Jacques, Fanny et son beau-frère pour livrer la pochette à Mattias. Il trouva l'homme dans un couloir en train de patrouiller. Peter lui tendit le document.

— Tout ce qui vous concerne est là, expliqua-t-il. Les rares informations qui pouvaient compromettre le BND sont à présent entre vos mains. Moi, je n'ai rien vu, je ne veux pas d'ennuis. Bonne nuit.

Mattias ne broncha pas et Peter put regagner les sous-sols, les jambes tremblantes.

Ben vint à sa rencontre dans le couloir.

— Je sais que tu ne vas pas aimer, dit-il, mais je préfère couvrir mes arrières.

Il leva son sweat-shirt sur la crosse d'un des Beretta dépassant de son pantalon.

— En effet, tu ferais mieux de le remettre à sa place tout de suite avant de te tirer dans le pied.

— Sauf qu'en cherchant les munitions je n'ai pas trouvé que des balles. Viens voir.

Ben l'entraîna dans la petite réserve et souleva les boîtes de 9 mm pour atteindre un carton qu'il ouvrit.

— Je voulais mettre la main sur des chargeurs vides pour m'équiper quand j'ai trouvé ça.

Il sortit un coffret en métal sur lequel était peint « DANGER C-4 » en rouge. D'autres rectangles identiques remplissaient le carton.

— C'est de l'explosif, il y en avait au moins dix kilos, vu le nombre d'emballages. Et ils sont tous vides.

49

Emma ouvrait le chemin à coups de machette.

La pluie, en partie contenue par la densité de la végétation au-dessus de leurs têtes, et l'absence de soleil visible ne rendaient pas l'orientation aisée. Emma continuait d'avancer depuis une heure, tout en se demandant si elle n'avait pas dévié de sa trajectoire.

La sueur et l'eau lui collaient les vêtements à la peau et elle marqua un premier arrêt pour s'hydrater.

— On est toujours dans la bonne direction ? s'enquit Mongowitz.

— Je l'espère. J'attends que la forêt s'ouvre un peu pour repérer le col. Déjà on est sur une pente, c'est un point positif.

Mongowitz s'inonda le visage pour se rafraîchir.

— Vous êtes paléoanthropologue, n'est-ce pas ? Alors cette Théorie Gaïa, comme Grohm la présente, vous en pensez quoi ?

— D'abord, l'hypothèse n'est pas de lui. Il s'en est approprié une partie et l'a revue à sa manière, mais elle date de la fin des années 70 et est de James Lovelock, un chimiste britannique, et Lynn Margulis, une microbiologiste américaine. À la base de cette hypothèse il y a deux questions : à quelle échelle doit-on parler de biosphère plutôt que d'organisme ? et : si la Terre était perçue comme un organisme ?

— Vous adhérez à cette vision ?

— Que l'écosystème a développé une autorégulation, oui, mais pour la forme d'harmonie globale, j'ai mes nuances.

— Ce qui me dérange le plus c'est cette idée de boucle : l'Homme finit par se détruire et tout cela est logique parce que les mécanismes qui l'ont conduit à dominer le monde sont les mêmes qui vont provoquer sa chute ! Ce n'est pas un peu fantaisiste ?

— L'Homme est apparu à une époque où la diversité biologique était considérable. Et malgré ça, c'est cet être fragile en apparence, bien plus que des milliers d'autres espèces robustes ou plus nombreuses, qui s'est imposé. Parce que nous avions des capacités hors norme.

— Vous ne prêtez pas à notre évolution une destinée un peu mystique pour une scientifique ?

Emma eut un sourire indulgent, elle avait l'habitude de cette remarque. Elle incita Mongowitz à reprendre la marche et répondit :

— Jusqu'à présent, la seule explication sur laquelle tous les paléoanthropologues s'accordent pour expliquer l'incroyable survie et finalement l'improbable succès de l'Homo sapiens, c'est la chance ! Nous aurions eu une « chance prodigieuse », presque incroyable. Et s'il était temps d'inclure d'autres facteurs dans cette équation ? Un regretté confrère, Allan Wilson, disait que le cerveau pilote sa propre évolution à travers la lignée qui a conduit à l'Homme, il pensait que la sélection naturelle favorise les prédispositions génétiques à l'innovation et à l'apprentissage. Pourquoi aurions-nous eu ces prédispositions s'il n'y avait une logique à cela ?

— Alors admettons que nous, Homo sapiens, ayons eu cette *destinée* spectaculaire parce que la Nature nous a donné un petit coup de pouce au départ, parce que la Nature voulait s'assurer que la vie se propagerait par le moyen d'une espèce évoluée, admettons. Vous ne croyez pas qu'après autant de progrès, avec nos civilisations et notre intelligence actuelles, nous ne serions pas à même de prendre le recul nécessaire pour éviter de nous entre-tuer ? Une sorte d'émancipation : nous sommes grands maintenant, merci maman, mais il est l'heure pour nous de devenir autonomes !

Emma éclata de rire.

— Vous trouvez que nous sommes émancipés de nos instincts ? L'histoire ne regorge-t-elle pas d'exemples, même récents, où nous avons essayé de nous entre-tuer ? Mais je vous suis, vous placez notre raison éduquée au-dessus de nos instincts. Heureusement qu'il n'en est rien ! Pardonnez-moi d'être triviale mais qu'est-ce qui continue de gouverner le monde encore aujourd'hui sinon le sexe ? Dans le genre instinct ancestral on ne fait pas mieux ! Plus sérieusement, vous voudriez faire de notre espèce celle d'êtres modérés et raisonnables sous prétexte que nous sommes civilisés ? L'homme est un chasseur-cueilleur depuis 150 000 ans, et nos premières civilisations datent d'il y a 5 000 ans. Soit à peine plus de 3 % de vie « civilisée » contre 97 % de chasseur primitif, de vie animale, gouvernée par nos instincts ! Et encore, je ne tiens pas compte du tout début de notre apparition sur terre. On n'efface pas une telle ardoise en si peu de temps !

Les coups de machette hachuraient son débit tandis qu'elle ne ralentissait pas au milieu des hautes fougères.

— Oui, bon, sous cet éclairage peut-être, cependant la théorie du docteur Grohm nous réduit à de simples entités calculatrices, c'est réducteur ce raisonnement !

— Pourquoi ? Parce qu'une fois encore nous savons *réfléchir* ?

Mongowitz compléta avec emphase :

— Oui, nous nous adaptons, l'intelligence et la raison prédominent.

— Pourtant, nous détruisons les forêts tropicales du monde entier, alors qu'on connaît leur importance, sans compter la biodiversité qu'elles recèlent et qui se perd jour après jour, toutes les vertus pharmaceutiques que nous aurions pu y trouver ; 25 % de nos médicaments sont à base d'extraits de plantes et on les ravage. De même qu'on continue de polluer, de saccager la Terre, c'est la logique économique que l'on privilégie, et non celle de l'avenir. C'est ça l'homme civilisé ?

Mongowitz ne répondit pas, laissant à Emma le temps de reprendre son souffle ; la pente commençait à s'accentuer.

— Une espèce ne peut pas disparaître ainsi, finit-il par dire, regardez les dinosaures, il aura fallu un astéroïde ! Ce n'est pas la Terre qui détruit ses propres créations !

— L'extinction à la fin du Crétacé est une exception. Je vais vous raconter une autre anecdote de notre planète : quelque cent cinquante millions d'années avant la fin des dinosaures, la baisse du niveau des mers a mis à l'air libre des plateaux continentaux couverts de matière organique. Celle-ci a subi une oxydation qui a absorbé l'oxygène de l'atmosphère pour la remplacer par du carbone. On pense que l'oxygène atmosphérique a pu diminuer de moitié, entraînant la mort de nombreuses espèces. Voilà une autre extinction qui a entraîné la disparition de près de 95 % des espèces, et celle-ci n'a pas eu besoin d'intervention extérieure.

— C'est l'exception qui…

— Non, c'est une des cinq grandes extinctions massives qui ont jalonné l'histoire de cette planète. Mis à part la dernière, celle des dinosaures, toutes ont plus ou moins eu les mêmes symptômes : changement brutal du niveau des océans, modifications climatiques globales, une bonne dose de prédation et une compétition acharnée et sans merci entre les espèces.

— Charmant, à vous écouter la vie est d'un sordide !

— Je vous rappelle Darwin, le père de la théorie de l'évolution : « La nature est tout entière en guerre, les organismes luttant les uns contre les autres. » Une construction meilleure conduit l'organisme supérieur à la victoire dans la course à la vie. La pitié est une notion d'homme *civilisé*, se moqua Emma, la nature ne la connaît pas.

— Vous avez dit quoi comme symptômes avant chaque grande extinction ?

— Changement brutal du niveau des océans, modifications climatiques globales, une bonne dose de prédation.

Mongowitz siffla.

— Ça ressemble pas mal à ce que nous vivons depuis cinquante ans.

— La sixième extinction a déjà commencé, lança Emma en s'accrochant à une branche pour franchir une rampe de boue glissante. Et pour la première fois dans l'histoire de notre terre, elle est le fait d'une seule et unique espèce : l'Homo sapiens. Environ 50 % des espèces vivantes, depuis notre avènement, ont disparu à cause de notre activité. C'est la plus grosse catastrophe biologique depuis 65 millions d'années. Et il ne nous aura fallu que 5 000 ans de *civilisation*, comme vous dites. Alors, l'« Homme », toujours un modèle de sagesse ?

— Je n'en savais pas autant. Vous êtes très calée sur ce sujet en particulier, c'est votre spécialité ?

Il y avait subitement de l'humilité dans son ton.

— Je me suis en effet intéressée aux extinctions, haleta-t-elle. Je suppose que c'est pour cette raison que mes travaux ont attiré l'attention de Grohm. Mais… je ne fais pas l'unanimité dans ma communauté, loin s'en faut.

— Pourquoi ? Sur quoi travaillez-vous ?

Emma inspira longuement et répondit :

— J'essaye de définir les différentes forces qui permettent à la Terre de vivre en homéostasie.

— Qu'est-ce que ça veut dire ?

— Que la Terre parvient à maintenir une certaine stabilité dans son fonctionnement malgré les variations que lui impose l'extérieur. En particulier nous, les êtres humains.

— Vous voulez dire qu'elle compense ? Comme un organisme vivant ! Voilà pourquoi vous connaissez l'hypothèse Gaïa de Lovelock !

La pluie frappait les hautes cimes, l'humidité avait réveillé toutes les odeurs de la forêt qui enivraient les deux marcheurs.

— Je ne suis pas d'accord avec tout, mais quand on étudie l'histoire de notre planète à travers les fossiles et la géologie, on peut se poser des questions. En particulier cette constance avant chaque grande extinction, changement du niveau des océans et des climats, cela semble correspondre à un mode opératoire chronique, une réaction de la planète.

— Une réaction à quoi ?

— À un manque ou un surplus de dynamisme des espèces, une mauvaise trajectoire générale ; provoquer une extinction permet de donner un coup de fouet pour relancer la vie !

— En éradiquant 95 % des espèces vivantes ?

— Cinq pour cent, c'est plus qu'il n'en faut pour repartir. Regardez, nous en sommes la preuve !

— Vous êtes… surprenante ! Et d'après vous, ce qui se passe depuis quelques décennies, toutes ces catastrophes naturelles à répétition, c'est quoi ?

— L'Homme, avec son industrialisation massive et son agressivité vis-à-vis de sa matrice, n'a fait qu'accélérer un processus déjà amorcé. Si mon fils aîné était là, il se plairait à dire que si la Terre a un rhume, nous sommes les microbes.

— La cellule que nous avons infectée est en train de se défendre ? Ce qui se produit dans nos corps appliqué à grande échelle ?

— Pourquoi pas ? L'univers n'est finalement fait que de ça : une répétition de la même logique, de l'infiniment petit au gigantesque. Tous les êtres vivants vivent en homéostasie, pourquoi pas la Terre ?

— Mais cela impliquerait une sorte de… conscience !

— Pas du tout, chaque cellule d'un être vivant fait son travail et s'adapte, parfois évolue, et elle n'a pas besoin de conscience pour cela. Les mécanismes de l'existence l'animent. C'est ce que Grohm considère comme une sorte d'énergie suprême, l'essence même de la vie qu'il appelle Gaïa.

— Alors comment la Terre saurait-elle qu'il est temps de réagir contre nous ?

— C'est ce que je vous disais : notre activité est devenue trop lourde, nous ne respectons plus la Terre, nous tentons de la soumettre. Ce qui se produit à très grande échelle est encore une fois ce qui arrive des milliards de fois chaque jour à l'échelle microscopique. C'est une règle de la vie : prenez les bactéries que nous avons dans les intestins, en petit nombre elles ne nous dérangent pas, elles nous rendent même de précieux services. Lorsqu'elles se mettent à pulluler, elles nous rendent malade. Un trop grand nombre de bactéries engendre fatalement une plus grosse activité, qui nous nuit, et nous n'avons d'autre choix que de les détruire, du moins de réduire drastiquement et rapidement leur nombre. Notre corps active ses systèmes de sécurité.

— Nous sommes des bactéries… répéta Mongowitz avec ironie.

— Une extinction massive que nous avons commencée est sur le point de s'achever. Et la nature est si bien faite qu'elle agit toujours partout en même temps : pendant que la planète s'énerve, nos instincts primaires, destructeurs, remontent à la surface, pour entrer en harmonie avec la Terre.

— Vous êtes en train de me dire que cette débauche de violence que Grohm prédit, ce retour vers des instincts primitifs à la puissance vingt, l'explosion des tueurs en série, c'est une démonstration de l'homéostasie du monde ?

Emma s'arrêta pour reprendre son souffle, avant de répondre :

— Si la nature est si bien faite, si la Terre est à considérer comme un organisme plus qu'une biosphère, et s'il y a une logique à la vie, alors peut-être que la théorie de Grohm est juste. Et le clou de cette sixième extinction que nous avons orchestrée, ce sera nous.

50

La nuit tomba sur Fatu Hiva en quelques minutes ; aidée par les nuages, l'obscurité s'empara des moindres recoins, conférant à la forêt tropicale une profondeur d'abysse marin. Emma dut se résoudre à allumer sa lampe électrique.

Elle était épuisée, l'incessant martèlement des gouttes sur les feuilles, l'humidité poisseuse et l'angoisse de ne pas arriver à temps avaient eu raison de ses forces et de son moral.

Toutefois elle n'avait pas ralenti. De courtes haltes pour reprendre haleine et ils engloutirent les kilomètres pour franchir le col et redescendre dans la vallée. Jean-Louis Mongowitz suivait sans rechigner. Alerte, il guettait le moindre bruit suspect qui leur parvenait derrière celui de la pluie.

Les cieux se mirent à gronder, le vent gonfla et les premiers éclairs firent trembler l'horizon.

Emma avançait avec rage. Celle de sauver Mathilde et Olivier.

Les ampoules de ses pieds se mirent à saigner, des brûlures qui s'intensifièrent peu à peu. Jusqu'à devenir insupportables.

Elle pensait aux enfants. À ce qu'ils pouvaient endurer. À la terreur qui devait les écraser. Ses petites blessures ne pouvaient pas la ralentir, dût-elle en perdre le pied.

L'orage les rattrapa. Il dégringola entre les monts, ruisselant sur les falaises et les troncs. Les palmiers grinçaient, entrechoquant leurs corps fins et interminables. Le tonnerre cogna, brutal, aussitôt suivi d'une autre rafale d'éclairs qui griffèrent l'obscurité de la petite île. Le fracas qui les accompagnait résonnait d'un pic à l'autre jusqu'à se perdre au-dessus de l'océan.

Ils étaient partis depuis presque six heures lorsque Mongowitz lui tapota l'épaule :

— On ne devrait plus être loin, non ?

Il était obligé de crier pour se faire entendre.

— Nous sommes dans la vallée, mais je n'ai toujours rien vu. Il faudrait que la forêt s'éclaircisse, avec ce temps c'est l'enfer pour se repérer.

— Vous avez élaboré un plan pour entrer ?

Emma réalisa qu'elle n'avait rien prévu. Elle était partie avec la certitude de devoir les sauver, peu importait le moyen, sa conviction lui avait suffi, persuadée qu'elle improviserait. À présent que l'intervention se précisait, les choses lui paraissaient moins simples.

— Non, avoua-t-elle, j'ai réussi à pénétrer le hangar sans accroc avec Tim la première fois.

— Maintenant que des prisonniers se sont enfuis une fois, ils auront peut-être disposé une garde !

— Ça n'a pas l'air d'être le genre.

Un nouvel éclair illumina les troncs noirs et Emma crut apercevoir un dégagement dans la végétation. La salve de flashes suivante se refléta sur le grand mur du hangar blanc. Emma saisit le bras de Mongowitz pour l'arrêter.

Elle coupa sa lampe et ils approchèrent, accroupis, jusqu'à l'orée de la clairière. La clôture restait ouverte sur le côté. Emma ne repéra aucun signe de vie, pas la moindre activité.

— Soit ils sont à l'intérieur, soit ils sont partis, analysa-t-elle en se redressant pour foncer.

— Soit ils sont bien cachés, fit Mongowitz en la retenant à son tour.

Il tendit l'index vers le baraquement en tôle d'où était régulée l'électricité de la base. Un nouvel éclair permit à Emma de voir brièvement un individu assis dans l'ombre, le visage mutilé. Une masse proéminente et noire lui déformait le haut de la tête.

— Je ne l'avais pas vu, confia-t-elle. Il n'a pas l'air normal.

Mongowitz demeura concentré, essayant d'en localiser d'autres.

— C'est le seul que j'aie repéré, finit-il par dire. Mais ils peuvent être ailleurs, dissimulés, notamment là-haut, dans les miradors.

— La porte du hangar est dans son champ de vision, il ne pourra pas me manquer.

— Il faut attendre un peu, ils vont se découvrir.

Emma resserra sa poigne sur le manche de la machette.

— Non, les gamins sont à l'intérieur, Dieu seul sait ce qu'ils souffrent, on ne peut pas se permettre de les laisser plus longtemps.

— Si vous foncez maintenant, vous ne leur serez pas d'une grande utilité, Emma. Faites-moi confiance. Mieux vaut perdre une demi-heure et localiser nos ennemis que de courir au massacre gratuit.

Emma soupira et, de colère et d'impuissance, planta la lame dans la terre.

Des trombes d'eau se déversaient sans discontinuer sur le site du GERIC. Aucun autre garde que celui qu'ils avaient repéré.

Au bout de vingt minutes, Emma explosa :

— J'y vais. J'essayerai de passer derrière son abri pour le surprendre. À nous deux on peut le neutraliser.

— Avec votre machette ? Vous êtes sûre de pouvoir y arriver ? C'est… difficile, même si le type en face est un monstre, c'est difficile de tuer quelqu'un, encore plus à l'arme blanche.

— Ne sous-estimez pas ma fureur.

Mongowitz étudia encore le terrain et grinça des dents. Sa chemise était déchirée tout comme son pantalon, il était couvert d'écorchures mais ne s'était jamais plaint, ni n'avait ralenti. Il avait tout du bureaucrate, à peine une couronne de cheveux, le front haut, les mains habituellement manucurées, et pourtant il répondait présent à l'appel du danger. Il ne l'avait pas lâchée.

— J'ai une autre idée, déclara-t-il. Je suis sûr qu'il n'est pas tout seul à faire le guet. Je vais les faire sortir et les attirer dans la forêt, pendant que la voie est libre vous entrez et faites ce qu'il faut pour récupérer les enfants.

— Jean-Louis, c'est de la folie, ces types sont des animaux, ils voient dans le noir, ils vous rattraperont.

— Ça reste à prouver. À minuit si je ne suis pas au quai, c'est que vous aviez raison.

Avant qu'elle puisse le retenir, Jean-Louis Mongowitz sortit de leur cachette et courut vers la clôture. Emma la regarda s'éloigner avec une boule dans la gorge. Ce type qui ne devait pas payer de mine dans les couloirs de la Commission européenne avait plus de cran que la plupart des hommes.

À peine parvint-il au niveau du mirador que la sentinelle du baraquement électrique se jeta hors de sa tanière. La créature déplia ses longs bras, si longs qu'ils touchaient le sol, et se mit à courir vers lui. Emma tremblait, parcourue d'un frisson. Comment était-ce possible ? Jean-Louis était encore dans la pénombre, il semblait difficile de le repérer si vite.

Une seconde créature surgit d'un bungalow et s'élança dans le sillage de la première. Elles couraient en lançant des jappements lugubres.

Ce n'étaient pas des hommes. Emma s'était trompée.

Jean-Louis les entendit et s'immobilisa avant de s'enfuir dans la forêt.

Emma ne sut s'il hurlait pour les attirer à lui ou s'il venait de comprendre sa folie.

Lorsqu'ils eurent tous les trois été avalés par les feuillages, Emma s'empara de sa machette et bondit en direction du hangar.

Créatures ou pas, Mathilde et Olivier ne mourraient pas entre ces murs.

Emma se faufila, à couvert le plus possible, et sonda la clairière aménagée pour être sûre que personne ne l'avait prise en chasse.

Puis elle entra dans le hangar.

51

Peter avait du mal à s'endormir, il venait d'avaler des cachets, et à une heure du matin il continuait de se retourner dans son lit.

Il ne pouvait s'empêcher de penser à Emma. Que faisait-elle ? Était-elle restée cachée comme il le lui avait demandé ? Dans quelques heures elle tenterait de s'enfuir sur le bateau d'un de ses compagnons. Peter se rongeait les sangs d'impatience. Quand aurait-il des nouvelles ? Pas avant de quitter cet endroit lui-même…

Et l'explosif manquant ! Ni lui ni Ben n'étaient en mesure de dire si le carton était plein les jours précédents ou s'il venait d'être pillé. Si c'était le cas, cela voulait dire que quelqu'un était parvenu à s'introduire dans les sous-sols. Ni Peter ni Ben ne s'étaient séparés de leur clé. Gerland ? Cela semblait peu crédible… Seuls les scientifiques de Grohm et les quatre hommes de la DGSE devaient connaître l'existence et l'emplacement du C-4. Or, ils étaient tous sous surveillance. Les couloirs étaient sillonnés par les colosses allemands.

Les gars du BND ne sont que trois, en activité nuit et jour… avec les relais, ils n'ont pu être totalement imperméables…

Pour finir, Peter se rassura en se disant que le carton était probablement vide depuis longtemps, peut-être n'avait-il jamais contenu d'explosifs… Il se l'était répété sans y croire. De toute façon qu'y pouvaient-ils ? Personne ne ferait sauter quoi que ce soit tant qu'ils étaient ensemble. Et puis il était impensable qu'on déclenche une telle opération ici, c'était injustifiable. Déjà le suicide de Scoletti était limite, si en plus on y ajoutait un attentat au C-4, tous les journalistes du pays s'empresseraient d'accourir. La DGSE était assurément plus subtile.

Malgré les somnifères, Peter se réveilla tôt. Le soleil n'était pas encore levé.

Un grand changement se profilait à sa fenêtre. Le vent ne hurlait plus et la ouate aveuglante qui ne les avait pas quittés pendant quatre jours s'était dissipée. Peter ne put distinguer d'étoiles dans le ciel, en revanche les ombres massives des montagnes environnantes se devinaient dans la lueur du petit matin.

L'espoir l'envahit et il s'habilla sans prendre de douche ni se raser. Il fallait vérifier tout de suite si les communications passaient à nouveau.

Il fit néanmoins demi-tour pour prendre son appareil photo numérique. Il contenait de précieuses données et il jugeait préférable de ne pas s'en séparer.

Il traversa tout l'observatoire plongé dans le silence, pianota son code personnel pour franchir le sas de sécurité entre les installations scientifiques et l'extrémité nord, occupée par le donjon d'acier et de verre qui surplombait le fortin.

Il arriva devant la double porte de la passerelle, fermée par une chaîne et un cadenas à chiffre.

Gerland avait tout bouclé. Pour lui, son enquête était terminée, il n'attendait plus que de faire son rapport à ses supérieurs avant que les autorités ne prennent la relève.

— Gerland, vous m'emmerdez, murmura Peter, agacé.

Il hésita. Si les lignes téléphoniques étaient rétablies il n'y avait pas de temps à perdre. La vie d'Emma pouvait en dépendre.

Peter dévala les marches et fonça jusqu'au couloir de sa chambre. Inutile de réveiller Gerland, il ne se montrerait pas coopératif, Peter en était convaincu. Il frappa à la porte de Ben.

— Benjamin, c'est moi Peter. Ouvre.

Ben apparut presque aussitôt, torse nu, son immense tatouage tribal contrastant avec la peau pâle de son bras.

— T'as du bol que je ne dorme plus…

Peter jeta un coup d'œil et s'étonna de ne pas voir Fanny, avant de se souvenir qu'elle préférait finir la nuit dans ses appartements.

— J'ai besoin que tu m'aides, fit Peter. À trouver un pied-de-biche ou un truc dans le genre pour forcer une chaîne.

— Rien que ça ? À sept heures du matin ?

— Gerland a collé un cadenas à code sur l'entrée de la passerelle. Je n'ai pas la combinaison et je veux y entrer. La tempête est tombée, les liaisons sont peut-être revenues.

Ben prit son téléphone portable sur la table de chevet et secoua la tête.

— Pas pour moi en tout cas, je ne capte pas.

— C'était déjà le cas à notre arrivée, rappelle-toi ce que Frégent nous a raconté, les réseaux publics sont tombés « en panne » lorsque Grohm s'est approprié les

406

lieux. Mais il y a des lignes terrestres là-haut, ça vaut le coup d'essayer. Pour Emma.

Ben fronça les sourcils.

— Attends une seconde. Tu as bien dit que c'était un cadenas à code ? Les gros machins ronds avec une molette qu'on tourne ?

— Exactement.

Un sourire illumina le visage du jeune homme.

— C'est pas d'un pied-de-biche dont on a besoin mais d'une canette et d'une paire de ciseaux !

Ben enfila un tee-shirt et son sweat à tête de mort, revissa son piercing sur l'arcade et s'empara d'un paquet de tissu que Peter ne put identifier et qui disparut à l'intérieur du sweat. Puis Ben fonça vers les cuisines. Là il vida une canette de soda dans l'évier et découpa un M dans le métal souple. En rabattant les pattes il obtint une pointe qu'il leva devant lui.

— Voilà comment l'ingéniosité triomphe de la force, chuchota-t-il, fier de lui. Quand tu es très motivé pour ouvrir les casiers des filles au lycée, tu tentes de jolies expériences !

— Je colle mes enfants chez les curés dès que je rentre.

De retour au sommet de la tour, Peter regarda Ben arrondir son sésame sur son pouce avant de l'enfoncer contre l'arceau maintenu dans le cadenas par une clenche. Il força à peine, le fit coulisser, et un petit déclic lui découvrit les dents de joie.

— Gerland a cru mieux faire avec un modèle à code plutôt qu'à clé, raté…

Tout ce qui pouvait nuire à Gerland semblait satisfaire Ben.

Ils investirent la passerelle. Les ordinateurs étaient éteints, les imprimantes et autres appareils en veille.

Peter fonça sur les téléphones. Il les essaya tous avant de vérifier le fax et l'ordinateur portable à liaison satellite.

— Rien, lâcha-t-il, déçu.

— Et pas de message d'Emma ?

— Non, mais elle a dit qu'ils n'avaient plus de batterie.

Une puissante sonnerie retentit dans tous les couloirs, toutes les salles de l'observatoire.

— Merde, on a déclenché une alarme, s'affola Peter.

— Non, ce n'est pas nous. Il n'y a rien ici, pas de détecteurs sur les battants de porte ou dans la pièce. C'est autre chose.

Peter se précipita contre la baie vitrée d'où il put inspecter les dômes, terrasses et façades de pierre en contrebas. Des ampoules s'illuminaient ici et là. Les projecteurs du hangar au téléphérique projetèrent leurs feux ensemble.

— Je crois qu'ils se barrent, rapporta-t-il.

Ben s'élança dans les escaliers.

Il ne connaissait pas le chemin le plus court pour se rendre à la gare du téléphérique, il ne l'avait pris que le jour de leur arrivée et il se perdit en route.

Ils durent faire demi-tour et emprunter un autre accès terminé par une lourde porte fermée. Ben tambourina dessus sans que personne vienne.

— Il faut retourner vers le réfectoire, ragea-t-il.

Peter le suivit et pendant qu'ils couraient, un roulement mécanique puissant se mit en branle. La cabine venait de quitter son quai.

Ils trouvèrent Gerland, affolé, juste avant de franchir le sas. Il courait presque.

— Vous êtes là ! s'écria-t-il. On vous a cherchés partout, venez, dépêchez-vous !

Gerland avait enfilé son manteau et portait une sacoche pleine de documents.

— Qu'est-ce qui se passe ? s'inquiéta Peter.

Mais trop occupé à porter ses affaires tout en accélérant, Gerland ignora la question. Peter et Ben lui emboîtèrent le pas. Un des militaires de Grohm les attendait à un embranchement. Il leur fit signe de prendre sur la gauche et ils débouchèrent au grand air, sur la passerelle du téléphérique, surplombant le vide de la montagne. L'air froid les saisit aussitôt, transformant immédiatement chaque respiration en un nuage éphémère. Stéphane, le sous-officier, se tenait devant un pupitre de commande. Grohm, Jacques Frégent et Fanny attendaient devant la grille d'embarquement qu'une autre cabine remonte.

— Il ne manquait plus que vous ! s'exclama Stéphane. Vous avez raté le premier départ.

— Qu'est-ce qui se passe ? demanda Peter.

— Vous n'avez pas senti ? s'étonna le petit costaud.

— Senti quoi ?

— Le gaz ! s'écria Gerland. Ça pue le gaz autour des cuisines et dans les chambres !

— Une canalisation a dû péter, précisa Stéphane, il faut évacuer d'urgence.

— Et vous êtes en charge de la manœuvre, souligna Ben.

— Je vous rappelle que je suis le chef de la sécurité ici, que ça vous plaise ou non, et de toute façon, *tout* le monde évacue. Personne ne reste.

Tout allait trop vite pour Peter, son esprit analysait les données et ne parvenait pas à se concentrer, bousculé par les questions qui ne cessaient de jaillir.

— Tous les autres sont déjà descendus ? s'enquit-il.

— Mon équipe de travail ainsi qu'une partie des astronomes, intervint Grohm.

Les machines vrombissaient derrière eux et les câbles sifflaient au-dessus de leurs têtes.

— Et tout remarche ? s'étonna Peter en désignant les immenses roues. C'est assez sûr ?

— On n'a pas le temps de faire des tours de chauffe, si vous voyez ce que je veux dire, s'énerva Stéphane.

Le cerveau de Peter était en ébullition malgré le froid piquant.

Son métier lui avait appris à détester le hasard. En génétique rien ne se faisait par hasard. Un être humain entier naissait d'une cellule, celle-ci se multipliait jusqu'à ce que, du même patrimoine de départ, environ deux cents types de cellules différentes émergent, chacune bien spécifique, celles du foie, des poumons, de la peau… et chaque fois qu'une cellule se spécialisait, elle éteignait ses gènes inutiles pour être efficace, chacune ne gardant que les matériaux nécessaires à son ouvrage pour ne pas risquer d'accident. C'était comme si chacune devait régler un gigantesque tableau de bord avant d'être en état de marche. Toute l'opération se répétait ainsi des milliards de fois jusqu'à aboutir à un être vivant. Si le hasard avait dû intervenir, alors jamais les cellules n'auraient pu reproduire deux fois un être humain avec les mêmes critères d'espèce. Ce qui engendrait ensuite les disparités de chacun n'était que le résultat d'une fusion de deux patrimoines génétiques différents et, même là, Peter supposait des lois et des mécanismes encore insoupçonnés.

Peter avait acquis la conviction que bien souvent le hasard servait d'explication pratique pour boucher les trous dans les connaissances humaines – n'avait-on pas déjà prouvé que la couleur des yeux répondait à certaines règles et non à la chance ? Le hasard était l'équation magique qu'on faisait surgir lorsque nos limites ne nous permettaient pas de comprendre.

Et Peter se méfiait autant du hasard qu'il le détestait.

La fuite de gaz pour évacuer tout le site le jour où la tempête se levait activait toutes ses alarmes internes.

L'explosif disparu.

Les pièces du puzzle s'assemblèrent. La DGSE avait trouvé un moyen de s'en sortir à moindre coût.

La cabine vide apparut au loin ; suspendue sur son filin, elle se balançait à plusieurs centaines de mètres au-dessus des gouffres.

À peine seraient-ils parvenus dans la vallée que l'observatoire tout entier exploserait, volatilisant toutes les preuves.

52

François DeBreuil raccrocha le téléphone de son bureau, à son domicile.

Il ne perdit pas de temps à réfléchir, la décision s'imposait. Il composa le numéro du portable de Fabien et lui donna rendez-vous au siège du GERIC une heure plus tard.

Lorsqu'il sortit, Camille, sa petite derrière, manqua le faire trébucher, allongée sur le sol derrière la porte avec ses poupées.

DeBreuil se rattrapa à la rampe et se racla la gorge avant de parler. Il ne s'énervait plus avec ses enfants, plus depuis qu'il avait refait sa vie avec Lauren, sa seconde épouse. Ses grands enfants, il y avait presque vingt ans, auraient pris une bonne gifle pour ça. Mais plus maintenant. Était-ce la douceur de Lauren ou le poids des années qui ramollissait ses instincts ?

Probablement Lauren…, songea-t-il. Pour son travail il avait rarement été aussi impitoyable.

— Ne joue pas ici, Camille, la réprimanda-t-il sans aucune colère. D'ailleurs tu ne devrais pas être à l'école ?

— Non, y a pas école aujourd'hui ! Y a un arbre qu'est tombé dans la classe !

— *Il y a un arbre* et pas « y a un arbre » ! Allez, file. Non, attends !

Il lui déposa un baiser sur le front et d'une tape sur les fesses l'envoya jouer ailleurs. Il rejoignit le grand salon de leur villa sur les hauteurs de Saint-Cloud et ajusta le nœud de sa cravate dans le miroir près de la cheminée.

Lauren entra dans la pièce, souriante et radieuse, comme à son habitude.

— Tu pars bien tard aujourd'hui, fit-elle remarquer.

— J'attendais un coup de fil. Par contre, je ne rentrerai pas pour le dîner, j'ai une grosse journée en vue.

Lauren ne manifesta aucune contrariété, elle avait l'habitude. DeBreuil l'embrassa. Même après huit ans de vie commune il ne parvenait pas à se lasser de sa beauté. Quinze ans de moins que lui, cela jouait-il ? Était-il si futile en fin de compte ? Il s'était toujours demandé ce qu'elle pouvait lui trouver. Les premières semaines il s'en était même méfié comme de la peste ! Persuadé de flairer un coup des services étrangers. Les Ricains en étaient capables. Les Anglais aussi. Ceux-là, pour la monarchie ils pouvaient sacrifier leur existence, former un joli agent et le coller dans les pattes d'un directeur de cabinet pour lui subtiliser des informations. Lui, il n'avait rien dit. Jamais. Lauren était restée. Malgré sa méfiance, malgré ses sautes d'humeur, ses absences à n'en plus finir lorsqu'il y avait des crises à gérer. Sans jamais demander d'explications. Un jour elle lui avait dit qu'elle était prête à tout supporter pour peu qu'il soit lui, vraiment lui, lorsqu'il était présent. Entier, sans mensonge. Il s'y était efforcé. Souvent il s'était attendu à trouver un mot un matin, même après la naissance de la petite.

Un mot pour lui dire qu'elle le quittait, qu'elle n'y arrivait plus. Lauren était encore là ; huit ans déjà.

Il l'embrassa et sortit sur le perron. Le chauffeur était au volant, en train d'écouter la radio. Il remarqua son patron du coin de l'œil et s'empressa de jaillir de l'auto pour lui ouvrir la porte.

— Au bureau, se contenta de dire DeBreuil.

Une heure plus tard, lorsque Fabien entra, DeBreuil fixait les flammes dans la cheminée.

— Asseyez-vous, commanda-t-il. Une frégate de la marine a croisé ce matin même autour de l'île de Fatu Hiva. Le capitaine en personne a sondé la côte à distance, en particulier le flanc est, que nous lui avions indiqué. À six heures ce matin, huit heures du soir heure locale, il n'a décelé aucune activité humaine. Pire, les deux villages semblent abandonnés. La tempête qui fait rage les a empêchés d'approcher mais la situation est très préoccupante.

— Le site du GERIC pourrait être compromis ?

DeBreuil darda ses prunelles sur le jeune homme.

— Vous ne m'avez pas écouté ? demanda-t-il froidement. Les deux villages sont désertés. J'ai ordonné au navire de s'éloigner, qu'on ne l'aperçoive surtout pas dans le secteur. (Il regarda sa montre.) Dans moins d'une heure un de nos avions va survoler la zone et y larguer une bombe au phosphore qui incendiera toute l'île. Avec la tempête, il n'y aura pas de témoin.

En face, Fabien déglutit bruyamment.

— Comment va-t-on justifier un acte pareil ?

— On ne justifie rien. Dans les prochaines vingt-quatre heures les statuts et tous les dossiers de la société GERIC seront remplacés pour faire du GERIC une entreprise chimique qui avait installé ses laboratoires en toute discrétion sur Fatu Hiva pour s'éloigner des concurrents curieux. Le laboratoire expérimentait des innovations à base de phosphore, nouveaux engrais, dentifrices, additifs, tous les domaines d'application. Compte tenu de l'isolement, d'énormes quantités de cette matière étaient conservées, sans respect des normes de sécurité. La tempête aura provoqué un dysfonctionnement entraînant l'explosion du site. Le phosphore a tout brûlé, les analyses le confirmeront. Une tragédie pour les cinq cents et quelques habitants, un scandale industriel. Procès, dédommagements. Dossier classé.

— Et c'est tout ?

— Oui, c'est tout, trancha DeBreuil. Il y aura des morts, s'ils ne le sont pas déjà tous. Mais on le savait en s'installant sur une île non déserte. C'était un choix assumé par tout le monde dès le départ. Les îles françaises convoitées en premier lieu étaient sous la surveillance de diverses mouvances écologistes, nous ne pouvions pas y aller. Fatu Hiva était idéale pour sa discrétion, l'inconvénient étant la présence de civils de l'autre côté des montagnes. On a joué, on a perdu, c'est ainsi.

— Des têtes vont tomber. Les dirigeants du GERIC seront poursuivis, vous.

— Un certain Rodolphe Biello qui nous posait quelques problèmes dans une autre affaire vient, sans le savoir, de devenir le nouveau patron du GERIC. Si tout se passe bien, il sera « suicidé » dans l'après-midi ou la soirée. Les autres cadres auront soit pris la fuite, on ne les retrouvera jamais, soit péri dans l'accident.

— Vous croyez que ça peut tenir ?

— Des opérations plus bancales sont passées comme des lettres à la poste. Si vous et moi nous tenons droits dans nos chaussures, il n'y a aucune raison que ça foire. (DeBreuil changea de ton et se fit plus insistant.) En fait, il est hautement préférable que ça ne foire pas ; je doute qu'on nous laisse le choix si nos noms apparaissent à un moment ou un autre.

— Je comprends.

— Par sécurité je vais enclencher l'ordre d'autodestruction de nos infrastructures sur l'île, la bombe nettoiera le reste. Bref, il n'y a guère plus que votre part du boulot à surveiller. Où en sommes-nous ?

— Tout est sous contrôle. Les archives seront bientôt détruites. Mes hommes sont opérationnels et tandis que nous parlons, j'ai bien peur qu'un terrible accident de téléphérique vienne d'endeuiller la communauté scientifique.

— Parfait. Rentrez chez vous et, si vous n'avez pas de contrordre dans trois jours, prenez une semaine de vacances loin de Paris. Je vous recontacte pour faire le point à votre retour. Dans une heure, toute l'opération Gaïa ne sera plus qu'un filet de cendres dans l'atmosphère.

53

L'intérieur du hangar du GERIC était encore éclairé par les ampoules rouges. Une luminosité oppressante.

Des canalisations avaient été arrachées du plafond depuis le dernier passage d'Emma, elles rendaient le couloir plus étroit. Des câbles électriques jaillissaient des murs, tranchés, des gaines pendaient au milieu de grilles tordues, et elle comprit pourquoi l'air semblait si lourd. Ce n'était pas seulement l'angoisse ; l'aération était endommagée. Une odeur de renfermé flottait, poisseuse. Emma avança parmi les décombres, sa paume était si moite qu'elle en perdait la bonne tenue de sa machette. Ses jambes ne la portaient que sur le commandement de la rage. Elle se demanda si elle pourrait réagir face à un danger. *Pour les enfants, oui, je n'ai pas le droit de faiblir.*

La peur suintait dans le bâtiment, elle accompagnait Emma, sans un bruit et pourtant si présente, prête à liquéfier ses muscles, à figer son esprit pour qu'elle tombe en catatonie.

La peur était l'antichambre de la folie, et Emma s'y enfonçait, tremblante.

Elle franchit le sas sans noter le moindre signe de vie. Aucun mouvement ni aucun son ne s'échappait du long couloir. Elle parvint à l'immense pièce ronde s'ouvrant sur les cellules et réalisa qu'elle allait devoir marcher au-dessus des prisonniers.

Sont-ils encore en vie ?

Les hurlements avaient duré si longtemps dans la vallée qu'Emma en avait déduit leur mort à tous. Le silence le confirmait. Son regard fouilla immédiatement l'endroit où les enfants étaient enchaînés la première fois.

Son cœur fit un bond dans sa poitrine.

Il n'y avait personne, juste la chaîne abandonnée. Rien ne prouvait qu'ils étaient repassés par ici. Ils pouvaient être n'importe où ailleurs, encore sur la pirogue, noyés par la tempête… L'image de leurs deux petits corps flottant entre les rochers s'imposa à Emma qui secoua la tête violemment pour la chasser.

Elle contourna le poste de contrôle et s'assura que personne n'y était tapi, avant de vérifier chaque cachot. Tous vides. Ce qu'Emma avait d'abord pris pour une odeur de renfermé stagnait maintenant avec plus d'acidité, l'atmosphère en devenait écœurante.

Emma se refusait à croire que les petits n'étaient pas ici.

En bas, dans les sous-sols.

Elle se souvint de ce que Mongowitz leur avait raconté, des laboratoires qu'il avait appelés « salles de torture ». *C'est en bas qu'ils sont, les tueurs qui ne se sont pas échappés de l'île se sont repliés dans l'endroit le plus sombre, le plus sordide, un lieu qu'ils connaissaient, un lieu à leur image.*

Emma hocha la tête et essuya sa main crispée sur la machette.

Elle posa chaque pas avec précaution sur les marches métalliques. L'odeur méphitique s'accentuait.

Elle pénétrait dans l'antre de la bête.

L'endroit ressemblait plus à une usine qu'à des laboratoires, avec tous les tuyaux et la peinture noire qui tapissaient les cloisons. Seuls deux chariots couverts de matériel médical témoignaient de ce qui s'était passé ici. Emma avançait prudemment le long de ce qui était l'accès principal – elle avait ignoré les deux couloirs latéraux pour ne pas se perdre –, de grandes fenêtres se faisaient face, donnant sur des cabinets d'examen plongés dans la pénombre.

Emma progressait lentement, vérifiant à travers chaque vitre que les pièces étaient vides.

L'avant-dernière était entrouverte ; Emma n'y aurait pas prêté attention s'il n'y avait eu un feulement à peine perceptible à l'intérieur. Elle écarta le battant du bout du pied, serrant fermement son arme, et tâtonna ses poches à la recherche de sa lampe électrique qu'elle alluma.

Le bruit se répéta, et maintenant qu'elle l'entendait mieux, Emma l'identifia : un râle d'agonie, sans force. Son faisceau balaya une table d'examen et se posa sur la masse suintante qui y était allongée.

Elle respirait à peine.

L'auréole de lumière se déplaça et Emma retint un cri.

C'était un être humain qu'on avait pelé comme un fruit, sa peau formait un monticule de lambeaux sanguinolents par terre, et à présent tous ses muscles, son système nerveux et veineux étaient exposés à l'air. Le sang s'évadait par dizaines de gouttelettes qu'une bâche en plastique disposée sous la victime orientait vers un seau. À cette distance il était impossible d'affirmer s'il s'agissait d'un homme ou d'une femme.

Emma s'approcha, vacillante. Elle se prit les pieds dans des vêtements et les repoussa avant d'être prise d'un terrible doute. Elle les reconnaissait.

Se pouvait-il que cet homme soit...

Elle se pencha au-dessus de lui et, d'une voix étouffée par la terreur et la révolte, demanda :

— Oscar ?

Les yeux glissèrent vers elle. Des sons mous, écœurants, remontaient depuis ses entrailles. Tout un maillage de muscles s'activa depuis l'épaule, parcourant le bras jusqu'à la main pour lever les doigts. Il se mit à suer encore plus de sang.

— Non, ne bougez pas, le supplia Emma. Mon Dieu... Oscar.

Un souffle plus fort traversa la bouche de l'écorché vif – il n'avait plus de lèvres –, dans une tentative d'articulation. Il essayait de lui parler.

« ...ue... », fit-il. « ...ué... ». « ...oua... »

« ...tuuuué......oua ! »

Les paupières d'Emma se fermèrent.

Elle serra les mâchoires et secoua la tête, elle refusait d'entendre.

— Ne me demandez pas ça, Oscar, chuchota-t-elle par-dessus ses larmes.

Les gouttelettes tombant dans le seau rythmaient le temps, sablier de ses derniers instants. Emma était la seule à pouvoir l'arrêter. Et mettre fin à sa géhenne.

Elle fut prise de violents sanglots.

Oscar gémissait.

L'index d'Emma coupa la lampe et les plongea dans un clair-obscur teinté de rouge. Elle la rangea et prit le manche de sa machette des deux mains sans rouvrir les yeux. Ses larmes coulaient sans discontinuer, inondant sa bouche.

Emma voulut frapper fort, mais la force avait déserté ses membres, le tranchant d'acier s'enfonça de moitié seulement dans l'abdomen d'Oscar qui fut pris de soubresauts. Emma ravala son hurlement et poussa. Les membres sous elle se contractèrent, se convulsèrent, avant de se relâcher ; le corps finit par s'immobiliser.

Oscar n'était plus.

Il avait rejoint sa femme. Et cette pensée permit à Emma de se ressaisir. Elle retira la lame et l'essuya sur une blouse qui traînait avant de quitter la pièce. Pour la survie de Mathilde et d'Olivier, elle ne devait plus se laisser hanter par ce qu'elle venait d'accomplir. Plus maintenant. Il fallait foncer.

Être forte.

Après cinq mètres, le couloir formait un coude. Emma se plaqua dans l'angle pour se pencher lentement, afin d'être sûre que la voie était libre. Elle transpirait abondamment. Son cœur battait vite et fort, soulevant son tee-shirt.

Ce qu'elle vit la paralysa.

Sur environ quinze mètres le corridor ne ressemblait plus qu'à l'intérieur d'un viscère. Les parois avaient disparu, recouvertes de peau, de chair pourrie, d'organes écrasés, aplatis.

Une vision d'horreur d'où surgissaient des visages humains, des bouches obscènement ouvertes, des paupières tombantes, des mains pendantes, Emma vit un sein et ce qui ressemblait à un sexe masculin étiré, disloqué. Même le sol était jonché de débris et des filaments poisseux pendaient du plafond. Elle était sur le seuil d'une gorge gigantesque.

Cette fois c'en était trop.

Elle vomit toute la bile qu'elle put entre ses jambes.

Elle demeura ainsi, un filet de bave aux lèvres, haletante, incapable de se redresser. Une minute interminable s'écoula.

Un cri suraigu traversa les sous-sols, celui d'une fillette.

Il électrisa Emma, terrassa les émotions qui l'accablaient et elle bondit en avant. Il ne restait plus en elle que cette colère qui l'habitait depuis le matin. Une envie de punir le Mal, de renverser le monde, mais surtout de retrouver Mathilde et Olivier et de les sortir de cet enfer.

Elle s'élança dans le boyau où la viande en décomposition dégageait un tel bouquet qu'il lui fit à nouveau monter les larmes. Combien d'individus étaient ouverts, étalés contre ces murs ? Vingt ? Cinquante ? *Non, beaucoup plus.*

Quel cerveau avait pu concevoir une boucherie pareille ? Emma ne parvenait pas à comprendre, une telle démence ne pouvait être contenue dans un esprit d'homme. Le seul fait d'en effleurer la pensée aurait poussé n'importe qui au suicide. Ceux qui s'étaient livrés à cet immonde carnage avaient renoncé à toute humanité.

Emma accéléra, elle fut déglutie, chacun de ses pas s'enfonçant dans une substance glaireuse. Elle traversa l'organe jusqu'à un embranchement qui s'enfonçait plus loin dans la base, tandis qu'un escalier menant à des niveaux inférieurs fermait le chemin d'en face. Elle se concentra sur le souvenir du cri. D'où provenait-il ? La fureur s'empara d'elle.

Gauche. C'était dans le passage de gauche.

Elle dépassa une pièce plongée dans l'obscurité pour se concentrer sur la suivante où il lui sembla capter des mouvements.

L'air était irrespirable, Emma s'efforça néanmoins de réguler son souffle. Elle passa sous une ampoule rouge et brandit la machette, prête à frapper.

Des voix masculines provenaient du renforcement qu'Emma avait repéré.

La première mielleuse :

— Allez, retire ce pantalon, c'est moi qui te dis quoi faire, il ne faut pas me contrarier.

La seconde, dure et froide :

— Fous-lui une tarte, elle obéit, un point c'est tout.

Emma entra dans la pièce. Les deux hommes qui l'avaient agressée à Omoa se tenaient face à Mathilde et Olivier. Le premier, celui qu'elle avait bien amoché, portait encore son uniforme de gendarme, tandis que l'autre venait de se déshabiller, entièrement. Mathilde protégeait son frère qui se recroquevillait dans un coin. La fillette tremblait, de la tête aux pieds, de véritables soubresauts de terreur et de haine mêlées.

Emma sauta sur le premier pédophile et déplia son bras avec toute la force et le dégoût qu'elle avait accumulés. La machette siffla, fendit les deux joues horizontalement et cassa plusieurs dents avant de se ficher au fond de la gorge. La mâchoire inférieure s'affaissa dans un bouillon de sang.

Emma pivotait déjà, la main dans sa poche de treillis pour saisir le manche du couteau de cuisine qu'elle leva ; le torchon qui l'emballait se déploya et la lame pointue déchiqueta le cou de l'homme nu qui se mit à gargouiller, les yeux exorbités.

Son sang toucha le sol avant le torchon.

Emma attrapa les deux enfants d'un geste ample et les serra contre elle.

Olivier se mit à pleurer.

Dans leur dos les deux pervers se convulsaient, à l'agonie.

Une sirène hurla tout à coup dans le complexe.

Toutes les ampoules rouges se mirent à clignoter et une voix synthétique grésilla dans les haut-parleurs :

« ÉVACUATION IMMÉDIATE… ÉVACUATION IMMÉDIATE… ÉVACUATION IMMÉDIATE… »

54

Peter contempla les aiguilles rocheuses qui sour-
daient de l'escarpement sous ses pieds. La nuit
touchait à sa fin, les ombres de la vallée se dilataient
vers le ciel.

La cabine du téléphérique remontait à toute vitesse,
elle serait bientôt parmi eux. Il en était à présent inti-
mement convaincu : l'observatoire allait exploser dès
lors qu'ils seraient saufs, à La Mongie. Ils verraient
une boule de feu envahir le ciel, et plus d'une
dizaine de témoins certifieraient qu'il y avait une fuite
importante de gaz au réveil. Peter faisait confiance à la
DGSE pour s'arranger ensuite des différentes
expertises.

Grohm reprenait le jeu en main ; faute de poursuivre
ses expériences, il en détruirait la moindre preuve.
Peter fut pris d'un doute : Grohm était-il vraiment au
courant ? Pour la DGSE il allait devenir un nom
embarrassant et s'il ne tenait pas sa langue…

Puis Peter vit les visages de Fanny et Jacques Frégent sur la passerelle.

Tous ceux qui savaient. Tous ceux qui pouvaient
encore compromettre le grand secret. Il ne manquait

que les trois gardes du corps de Gerland, les agents du BND.

Stéphane avait volontairement fait descendre en premier ceux qui ne représentaient aucun danger pour son équipe.

L'aube blanchissait l'horizon derrière les montagnes, de l'autre côté de la gare, et lança un ourlet rose à l'assaut des sommets.

Peter aperçut la neige qui brillait au loin. Elle scintillait avec un éclat qu'il n'avait que rarement remarqué. Les prismes colorés dansaient pour le soleil. L'oxygène lui parut aussi plus pur. Il sentait l'air gonfler ses poumons, faire battre son cœur. Le vent, bien que nettement retombé depuis la veille, soufflait une agréable mélodie à ses oreilles.

Peter prenait conscience de la vie autour de lui, *en* lui.

Son corps et son esprit semblaient vouloir profiter pleinement de cet instant, comme s'ils savaient que c'était le dernier.

Peter était brusquement détendu, tout à fait zen.

Alors l'évidence lui sauta à la conscience.

Il se pencha pour apercevoir la cabine qui ralentissait et demanda à Grohm :

— Vous embarquez pour ce voyage ?

— Bien entendu.

Peter pivota vers Stéphane :

— Vous la prenez également ?

— Non, dès que vous serez tous en sécurité. Je dois tout couper avec mon équipe pour éviter un accident, nous redescendrons à pied.

Peter acquiesça. *Bien sûr.*

— Un problème, professeur DeVonck ?

Peter ne masqua pas son rictus quand il le toisa.

— Je présume que nos trois accompagnateurs allemands sont déjà repartis ? demanda-t-il d'un air faussement innocent.

— Hein ? Oui… Oui, balbutia Stéphane.

Gerland parut seulement remarquer leur absence.

— Quel sens du devoir ! railla-t-il.

— Ne leur en veuillez pas, corrigea Peter. Ils n'ont probablement pas entendu le signal d'alarme.

— Il faudrait être sourd ! se moqua Gerland.

— Ou mort.

Stéphane changea d'attitude, ses traits se crispèrent, ses mains plongèrent dans les poches de son anorak.

— C'est l'altitude qui vous fait délirer ? dit-il.

— Leurs cadavres seront brûlés par le gaz et l'explosion du C-4 j'imagine.

— Vous racontez n'importe quoi ! Tenez-vous plutôt prêt à embarquer, on n'a pas de temps à perdre.

Une ombre passa devant les projecteurs et la cabine vint se poser délicatement parmi eux. Les portes coulissèrent. Gerland allait grimper à l'intérieur lorsque Peter le retint.

— Je serais vous, j'éviterais, l'avertit-il.

Gerland le considéra une seconde avant de hausser les épaules.

— Et vous voulez que je m'en aille comment ? En luge ?

Peter devina Ben à ses côtés, prêt à tout.

— Cette cabine va avoir un accident, dévoila Peter. Avec tous ceux qui les gênaient à son bord. Vous, Benjamin, moi. Fanny et Jacques également ; je ne sais pas comment c'est arrivé, mais ils nous ont aidés hier et cela s'est su. Même vous, docteur Grohm, vous êtes de ce dernier voyage ! Trahi par vos propres hommes.

David Grohm fixa Stéphane.

— Qu'est-ce qui se passe, Stéphane ?

— Il délire ! Maintenant pressez-vous, si le gaz s'enflamme vous n'aurez pas de seconde chance !

— C'est comme ça qu'opère la DGSE ? insista Peter. Lorsqu'une opération s'écroule, on efface tout, même ses alliés, ses collègues s'il le faut ? Grohm allait devenir embarrassant. Et je ne parle même pas de nous !

Cette fois Stéphane s'approcha de lui et posa une main menaçante sur son bras :

— Libre à vous de vouloir rester, mais n'entraînez pas les autres dans votre paranoïa !

Peter recula d'un pas.

— Je préfère que vous m'indiquiez le chemin pour retourner dans la vallée à pied, répondit-il.

Stéphane soupira, agacé :

— Ce n'est pas possible.

— Il y a une minute c'est pourtant ce que vous m'avez dit, c'est votre itinéraire de sortie, non ?

— C'est trop dangereux pour vous qui ne connaissez pas la montagne.

— Je prends le risque.

Peter entendit un déclic mécanique et une voix féminine, à bout de patience, ordonner :

— Bon, maintenant vous grimpez dans cette cabine.

Il vit Fanny le mettre en joue.

55

Emma dut tirer sur les bras des deux enfants pour qu'ils la lâchent.

— Je suis là, les rassura-t-elle par-dessus le vacarme de l'alarme. Je vais vous sortir d'ici mais laissez-moi me relever. Vous allez me suivre, d'accord ?

Elle n'eut pas besoin de confirmation, Mathilde prit son frère par la main et ils se précipitèrent derrière elle.

Emma voulut couvrir les deux cadavres encore chauds pour protéger les enfants mais réalisa que c'était complètement stupide, ils avaient assisté à la scène et probablement vécu bien pire encore. Elle enjamba le premier et n'osa pas récupérer sa machette.

Il me faut une arme ! Je ne peux pas quitter cet endroit sans arme, pas avec tous ces malades qui rôdent !

Elle chercha la ceinture du gendarme et lui prit son pistolet, un Glock plutôt léger. C'est en se redressant qu'elle aperçut l'équipement posé sur une table au fond de la pièce : fusil à pompe, lampe, menottes, et une étrange paire de lunettes qui recouvrait la moitié du visage.

C'est ce qu'ils portent ! C'est un système de vision nocturne ! C'est pour ça qu'ils voient dans le noir !

Elle se souvint également du « monstre » qu'elle avait cru difforme, celui qui pourchassait Mongowitz, les lunettes dans la nuit lui donnaient cet aspect terrifiant !

Jean-Louis s'imposa dans son esprit. Était-il encore en vie ? Et Tim ? Viendrait-il jusqu'ici les rechercher ?

Oui, j'ai confiance en lui, il sera là.

Elle s'empara du fusil à pompe. Par chance c'était le même modèle que celui de Tim, et Emma sut aussitôt charger les cartouches à l'intérieur et comment le tenir. La leçon qu'il avait insisté pour lui donner portait ses fruits.

— À partir de maintenant, vous faites tout ce que je fais, expliqua-t-elle aux enfants, si je me couche vous vous couchez, si je me colle à un mur, vous en faites autant. C'est parti !

Ils sortirent dans le couloir. Les ampoules rouges clignotaient en alternance, et le cri de la sirène était insupportable ; rauque et extrêmement puissant, il pulsait sur un rythme infatigable. Emma tenait le fusil devant elle, il était lourd mais rassurant dans ce cauchemar. Mathilde et Olivier marchaient juste derrière elle.

Le couloir tapissé d'êtres humains était barré par un violent jet de vapeur qui jaillissait du plafond. Emma hésita. Ils pouvaient tenter de rouler par-dessous.

Ce machin doit être bouillant !

— Oh putain ! marmonna-t-elle entre ses dents.

Mathilde perçut sa colère et désigna le passage :

— C'est par là la sortie.

— Je sais, ma puce, mais on ne peut pas y aller, c'est trop dangereux, on va se brûler. Venez, je suis sûre qu'il y a un autre accès.

C'est obligé, se répéta-t-elle. *Un site comme celui-ci se doit d'avoir plusieurs sorties, par sécurité...* Mais avaient-ils l'air de s'être souciés des normes ?

Emma fit demi-tour et ignora l'escalier qui descendait dans les entrailles du complexe pour prendre sur la droite. La voix synthétique se mêlait à la sirène toutes les trente secondes pour ordonner l'évacuation d'urgence. Que se passait-il ? L'air était toujours aussi dense et moite, l'odeur de putrescence ne se dissipait pas.

Ils couraient.

Des portes, des buses fumantes, des chariots renversés, un brancard sur roues, des seringues entassées au milieu de centaines de flacons.

Emma avait mal aux tympans, la tête lui tournait, elle était perdue.

Un homme surgit de derrière un rideau, nu, la peau marbrée de sillons noirs, et Emma reconnut celui qui avait attaché les enfants avant de leur uriner dessus. Il ne les avait pas remarqués et tenait un seau à la main quand il se mit à crier :

— TA GUEULE, SALOPE ! C'EST CHEZ MOI ! JE TE BOUFFE LE CON ! JE TE BOUFFE LE CON ! JE RESTE CHEZ MOI ! TA GUEULE ! TA GUEULE !

Il portait les cheveux longs, et se renversa le contenu du seau sur le front. Un liquide poisseux se déversa sur lui. Il était couvert de sang séché, de lambeaux de peau, voilà ce qui lui donnait cet aspect ignoble. Mathilde s'écrasa contre la jambe d'Emma, terrorisée.

Emma profita de ce qu'il avait toujours la tête rejetée en arrière, à savourer sa douche, pour déplier la crosse du SPAS-12, et caler son bras dans le crochet comme Tim le lui avait appris.

— C'EST ÇA LE SECRET ! LES AUTRES NE ME CROIENT PAS ! MAIS C'EST ÇA ! LE SANG ! L'IMMORTALITÉ ! JE SUIS IMMORTEL !

Emma ajusta sa cible. Un grand psychotique, diagnostiqua-t-elle.

Soudain, comme s'il était doté d'un troisième œil, il tourna la tête vers eux et contracta ses cuisses.

Emma ne lui laissa pas le temps d'attaquer. Le canon cracha une flamme si longue qu'elle brûla l'homme en même temps que son abdomen explosait. Il fut soulevé du sol sur plus d'un mètre et s'écrasa dans une pile de cartons. Emma fit des moulinets avec son poignet malmené par le tir, avant d'entraîner les enfants en avant. En passant devant le psychotique tressautant, Olivier le dévora du regard, fasciné par la vengeance qui venait de s'abattre sur lui.

Ils bifurquèrent une fois, puis une autre, avant de tomber sur un cul-de-sac.

L'alarme beuglait, le clignotement des ampoules hypnotisait Emma et elle se sentit brusquement abattue. Ils ne sortiraient jamais vivants d'ici.

Elle ralentit sa course sans s'en rendre compte et Mathilde lui rentra dedans. Sa présence ranima toute sa hargne.

Je n'ai pas le droit de baisser les bras ! Je n'ai pas le droit de leur faire ça !

Elle rebroussa chemin pour emprunter un autre passage, haletante, couverte de sueur. Tous les couloirs se ressemblaient sous cette lumière sinistre.

Pourtant elle fut prise d'un doute. Celui de gauche lui rappelait quelque chose. Fusil devant, elle s'y enfonça. Un mouvement au loin. Emma visa. Rien.

Ce sont ces foutus flashes rouges !

Elle pressentait que l'urgence allait tôt ou tard se révéler. Chaque seconde comptait et ils avaient déjà largement entamé leur marge de sécurité.

Et puis l'escalier apparut.

Ses marches métalliques pleines de promesses.

Emma fonça dessus, talonnée par ses protégés. Ils traversèrent le hall des cellules, franchirent le sas, déjà l'air semblait plus respirable.

Emma poussa la porte de la sortie et la tempête les gifla en plein visage.

Mais que c'était bon. Cet oxygène sain, cette fraîcheur !

Dehors aussi la voix s'époumonait dans le rugissement du vent, elle ordonnait la fuite sans délai depuis des haut-parleurs installés aux sommets des mâts. Emma cala d'une main son fusil sur l'épaule et de l'autre attrapa Mathilde. Elle fit courir les enfants en direction du petit sentier, celui qui se perdait dans les rochers jusqu'au quai.

Tout à coup, l'alarme se tut.

— Pourquoi ça s'arrête ? s'écria Mathilde sous la pluie battante.

Emma ne vit qu'une possibilité : il était trop tard. Quelle que soit la menace qu'elle annonçait, celle-ci allait émerger d'une seconde à l'autre. Elle passa la sangle du fusil sur sa poitrine et commanda :

— Il faut aller plus vite ! Le plus vite que vous pouvez ! MAINTENANT !

Les enfants puisèrent dans leurs réserves et obéirent aussitôt, ils filèrent entre les bungalows, surveillés de près par Emma.

Une vibration colossale fit trembler la terre sous leurs pieds.

Puis une fleur monstrueuse souleva le hangar, son éclosion fut instantanée, ses pétales de feu vertigineux, elle se déploya au-dessus de la clairière et déversa son nectar mortel.

56

Ben avait perçu dans l'attitude de Peter que quelque chose n'allait pas. À mesure que son beau-frère s'adressait à Stéphane, Gerland et Grohm, il s'était rapproché de lui, prêt à agir. Il n'avait aucune idée de ce qu'il pourrait faire, mais si Stéphane comptait en venir aux mains il trouverait à qui parler. Depuis son militantisme actif à Greenpeace, Ben se laissait moins impressionner par la tension qui régnait sur une scène d'affrontement. Il n'avait plus les jambes en coton ou les mains tremblantes, il n'était plus impressionné, voire paralysé par la peur. Il l'avait trop souvent vécue, face à des pêcheurs de thon rouge en Méditerranée ou lors de confrontations avec les CRS lorsqu'ils s'enchaînaient aux voies de chemin de fer pour empêcher le passage d'un convoi de déchets nucléaires.

Pourtant, lorsque Fanny dégaina le Beretta de sa doudoune pour le braquer sur Peter, Ben perdit tous ses moyens.

Son air soudainement fermé, autoritaire, contrastait avec la douceur qu'elle lui avait montrée ; plus de petite femme taquine et timorée, rien qu'un bloc froid et déterminé. Comment était-ce possible ? Il la revit le soir dans le salon lorsqu'ils bavardaient, joyeuse, complice ; ses boucles blondes qui ondulaient sur ses épaules quand ils faisaient l'amour, cette façon qu'elle avait de s'enrouler dans les draps pour aller à la douche, tout cela ressurgissait en même temps.

Stéphane dégaina à son tour, en soutien de la jeune femme.

— Je n'ai pas pu trouver l'appareil photo en fouillant vos chambres tout à l'heure, c'est donc qu'il est sur vous. Donnez-le-moi, ordonna Fanny. (Elle tendit le bras pour assurer sa ligne de tir.) Ne testez pas ma patience !

Peter soupira de colère.

— Très bien, céda-t-il.

Il enfonça sa main droite dans la poche de sa polaire et Fanny s'écria :

— Tout doux ! Ne jouez pas avec moi, Peter. Sortez l'appareil sans geste brusque ou je vous abats.

Peter acquiesça et prit le temps d'extraire le rectangle coloré très lentement pour qu'il n'y ait pas de confusion. Stéphane le lui arracha des mains et poussa Gerland dans la cabine du téléphérique.

— Entrez tous là-dedans, commanda-t-il. Vous aussi David.

Grohm, anéanti, se cramponna à la rambarde.

— Vous ne pouvez pas me faire ça, Stéphane, gronda-t-il.

— Ne me forcez pas à rendre les choses plus désagréables encore, lui rétorqua-t-on.

— Mais je suis votre supérieur !

— Les ordres ont changé.

— Toutes les communications sont coupées ! Je suis en charge de cette opé…

—"C'est moi qui pilote désormais, le coupa Fanny. Grimpez là-dedans ou Stéphane sera obligé de vous défoncer le crâne pour vous y jeter.

Ben n'en revenait pas. Elle l'avait manipulé, elle avait joué avec lui. Qui était-elle réellement ? Un agent de la DGSE, assurément. Comment n'y avait-il pas pensé ? Des recherches aussi importantes, secrètes, qu'ils conduisaient sur un site financé par la Commission européenne pour noyer tout soupçon, les services secrets français n'avaient pris aucun risque. Certes, il fallait partager l'observatoire avec des civils, mais cela offrait en contrepartie une couverture formidable. À condition d'avoir un œil sur ces civils… Ben se souvint de Fanny le premier jour, elle avait avoué être arrivée *après* Grohm et son équipe, tout récemment. Le temps d'être formée aux rudiments de l'astronomie pour faire illusion ?

— Tu t'es bien foutue de moi, lança-t-il.

Fanny l'ignora et poussa Frégent dans la cabine avec Gerland. Jacques Frégent levait les mains en signe de soumission ; à l'expression qu'il arborait, il était clair qu'il ne comprenait rien à la situation.

— Ça fait quoi de se faire baiser au nom de la nation ? s'emporta Ben à l'adresse de la jeune femme.

— Calme-toi, tenta Peter.

Fanny braqua son Beretta en direction de Ben.

— Entre, lui commanda-t-elle sans émotion.

Il comprit que ce serait sa réaction, quoi qu'il dise. Elle avait dressé un mur entre eux, et il sut en sondant ses prunelles qu'elle ferait feu s'il le fallait. Il n'y avait plus de Fanny souriante, de Fanny tendre, les reniflements contenus quand elle jouissait, c'était fini. Il l'avait perdue. Cela avait-il même existé ? En lui mentant elle lui avait volé ses souvenirs, la réalité n'était pas celle que Ben avait vécue.

Alors il prit sa décision. Puisqu'il fallait en arriver là. Puisqu'elle l'avait trahi.

D'un mouvement rapide il ouvrit la fermeture Éclair de son sweat et exhiba son tee-shirt :

— Tire, cracha-t-il plein de morgue, le cœur est juste là, mais tu dois savoir où il est pour jouer avec, à défaut d'en avoir un.

— Ben, je vais te coller une balle dans le front si tu fais encore un pas.

— Ah, maintenant tu m'appelles Ben, c'est bien pratique, hein ?

Il passa ses mains sous les pans de son sweat pour les poser sur ses hanches, l'air sûr de lui, défiant la mort.

Grohm profita de la diversion pour se jeter sur Stéphane. Fanny eut une seconde d'inattention pour évaluer les réactions de son soutien. C'était tout ce qu'espérait Ben. La crosse du pistolet qu'il avait pris le matin dépassait du mouchoir en tissu enfoncé entre son pantalon et sa peau. Il la saisit et leva l'arme en faisait coulisser la sécurité.

Les yeux de Fanny revinrent sur lui, son angle de tir avait dévié, elle le corrigea aussitôt et trois détonations claquèrent.

Ben avait pressé la détente aussi vite et fort que possible, trois projectiles fusèrent et un au moins impacta l'épaule de la jeune femme dont le tir ricocha à vingt centimètres de Ben. Un autre coup de feu sépara Stéphane et Grohm tandis que ce dernier reculait en se tenant le ventre, mortellement touché.

Peter s'était jeté sur la porte, Ben fit feu à deux reprises pour couvrir leur retraite et ils se collèrent contre le mur une fois à l'intérieur, Beretta pointé en direction de la sortie.

— Il faut récupérer Jacques et Gerland ! s'écria Peter encore sous le choc.

Ben haletait, enivré par la poudre et l'adrénaline. Il n'avait mal nulle part. Elle ne l'avait pas touché. Un miracle.

Gerland hurla, un cri sec de protestation avant qu'un coup de feu le fasse taire. Deux autres balles suivirent. Ben et Peter n'eurent aucun besoin de parler. Ils savaient qu'on venait d'exécuter le fonctionnaire et l'astronome. Grohm vaincu, il ne restait plus qu'eux. Ben poussa Peter vers le fond du couloir.

— Il ne faut pas rester là, ils vont nous prendre en sandwich, les soldats de Stéphane sont encore entre ces murs !

Il passa devant Peter pour ouvrir le chemin, bras tendu, index crispé, prêt à lâcher la mort. Ils franchirent un sas, dépassèrent plusieurs bifurcations et se rapprochaient du réfectoire quand Loïc, un des « techniciens » de la DGSE, surgit, mitraillette sur la hanche. Il courait et perdit une précieuse seconde à ralentir pour ajuster sa mire.

Ben n'en fit pas autant. Il vida six cartouches devant lui, arrosant ce qu'il pouvait. Le 9 mm arracha l'oreille de Loïc, siffla autour de lui et finalement lui perfora la joue en projetant des rayons rouges contre les fenêtres.

Pris dans l'action, Ben enjamba le corps qui se trémoussait en geignant. Peter eut plus de difficulté à ignorer le mourant. Il le contourna, ne pouvant détacher son regard de tout ce sang.

— La mitraillette ! hurla Ben. Prends-lui sa mitraillette !

Peter cria pour se dégager de sa fébrilité, pour chasser le dégoût et la terreur. Il arracha l'arme des mains tremblantes et suivit Ben.

— Je n'ai plus ma clé, Fanny a dû me la piquer ce matin, rapporta Ben, tu as la tienne ?

— Qu'est-ce que tu veux faire ? Si on se terre dans les labos, ils vont nous tirer comme des lapins !

— Justement, on quitte le navire. Il y a une porte tout en bas, ça devait être une sortie de secours ou je ne sais quoi.

Peter remonta une clé de sa poche de pantalon mais ils n'en eurent pas besoin. L'accès aux bureaux était béant, la chaîne sur le sol. Ils traversèrent le couloir et n'étaient pas encore parvenus en haut des marches que des pas résonnèrent dans leur dos. Peter et Ben firent volte-face pour découvrir Stéphane et un de ses hommes ; le Beretta et la mitraillette assourdirent les laboratoires. Des éclats de plâtre volèrent en tous sens, dégageant une poussière blanche, et les deux agents de la DGSE durent battre en retraite.

En passant devant les archives, Ben désigna un pain de C-4 dans lequel était planté un détonateur.

— Ils vont tout faire sauter !

Ben s'agenouilla devant l'explosif et Peter voulut le retenir quand il s'en empara.

— À quoi tu joues ?

— Fais-moi confiance, dit-il en arrachant le détonateur qu'il abandonna sur place, c'est très stable !

— Il y en a certainement partout ailleurs, on ne pourra jamais les désamorcer tous !

Ben fourra le rectangle malléable dans son sweat et fonça au réduit qui servait d'armurerie. Il était vide.

— Fanny l'a dévalisée ce matin avant de dispatcher les armes à Stéphane et ses gars, comprit-il. Je n'ai plus beaucoup de balles !

Peter lui montra la mitraillette qu'il tenait.

— La porte, c'est le plus important !

Ben le conduisit dans la dernière pièce qui servait de remise, où ils firent sauter la serrure à bout portant.

Ils se retrouvèrent sur le flanc de la montagne, au sommet d'une pente couverte de neige, sans manteau ni chaussures adéquates.

Un dévers de plus de huit cents mètres.

57

La tôle du hangar se déchira en un battement de cils. Un flash surpuissant envahit la clairière et une vague de feu se répandit. Les flammes bouillonnaient et s'enroulaient sur elles-mêmes, dansant sur la surface fumante comme du lait en ébullition. Pendant cinq secondes le chaos triompha des intempéries.

Emma eut à peine le temps de pousser Mathilde et Olivier en avant, dans l'herbe trempée, que l'onde de choc les balaya, giflant leurs tympans. Une nuée de particules d'acier en fusion les survola. D'autres morceaux, plus gros et chauffés à blanc, se fichèrent tout autour de leurs corps recroquevillés. La chaleur monta d'un coup, roussissant leurs cheveux, asséchant leur peau.

Un des bungalows explosa à son tour, son toit éclata en lames tranchantes qui décapitèrent les arbres.

Emma prit appui sur ses coudes. Il fallait repartir avant que les baraquements proches subissent le même sort et les criblent d'éclats. Un vertige puissant fit chavirer ses sens. Elle poussa un long gémissement de douleur. Un filet de sang s'échappa de son nez.

Un autre préfabriqué s'envola dans le rugissement d'une explosion.

Se relever. Entraîner les enfants. Vite.
Vite !

Emma s'enfonça les ongles dans les paumes pour garder le contact avec la réalité, elle ramena ses genoux sous elle et se hissa sur les avant-bras. Elle se releva sous une pluie de brandons que la tempête faisait tournoyer telle une invasion de lucioles. Olivier saignait du nez également mais réussit à tenir sur ses jambes. En revanche Mathilde demeura clouée au sol. Deux auréoles pourpres maculaient ses vêtements, à la cuisse et au milieu du dos. Elle était inconsciente. Emma tâta son pouls et s'assura qu'elle respirait.

— Elle a reçu des éclats. Aide-moi, Olivier, s'écria-t-elle en luttant contre l'évanouissement.

Le petit garçon n'était guère plus vaillant. Il tenta d'attraper le bras de sa sœur et perdit l'équilibre.

L'abri du répartiteur électrique détona à son tour.

Emma se servit de son fusil comme béquille et souleva Mathilde qu'elle serra contre sa poitrine. Le paysage se mit à tanguer mais elle tint bon.

— Tu peux marcher ? demanda-t-elle à Olivier par-dessus le vacarme.

Il hocha la tête et ils s'élancèrent du même pas vers le sentier. Les uns après les autres, les bungalows s'envolaient en libérant leur boule de lave.

Emma fila sous la protection d'un gros rocher et entreprit la périlleuse descente vers le quai. La pierre glissait, le déluge masquait les dangers et ils étaient encore désorientés par l'onde de choc. En bas l'océan venait frapper contre la grève.

Aucun navire en vue. Ni même la pirogue avec laquelle les deux ravisseurs étaient venus, elle devait être dissimulée plus loin dans une des criques.

Emma tenait à peine debout, il lui était impossible d'aider Olivier.

— Fais très attention, lui rappela-t-elle bien que cela fût inutile.

Le garçon se mit à quatre pattes pour ne pas prendre de risques. Emma jeta un dernier coup d'œil vers le hangar.

Des formes humaines s'avançaient dans la nuit, elles provenaient de la forêt et convergeaient vers un même point. Emma.

Le quai, ils rejoignent le quai !

Il était trop tard pour faire demi-tour, il fallait dévaler le sentier le long de la falaise.

Une nouvelle explosion emporta deux hommes dont l'un s'enflamma comme une torche et courut en brûlant vif, avant de s'effondrer, carbonisé.

Emma rattrapa Olivier et fut bientôt contrainte de suivre son rythme lent. Les premiers cris surgirent, par-dessus l'orage et la destruction. Ils se rapprochaient.

Mathilde bougea, la douleur lui arracha une longue plainte aiguë. Elle naviguait entre conscience et torpeur. Les êtres hurlant à leurs trousses gagnaient du terrain, les premiers entamaient la descente.

Le temps qu'Olivier atteigne le quai et la petite maison voisine, Emma vit les tueurs accélérer et se tenir à moins de trente mètres dans son dos.

— Entre là ! s'écria-t-elle à Olivier.

Le garçon s'exécuta et se heurta à l'homme qui sortait au même moment.

Emma n'eut pas le temps de reprendre son arme, elle trébucha et s'étala en arrière.

Une main se tendit pour l'aider à se redresser et à travers la pluie ; elle reconnut Mongowitz.

Emma lui confia Mathilde. Le martèlement des foulées sur la pierre l'alerta. Il n'y avait plus une seconde à perdre.

Elle cala le crochet de la crosse au-dessus du creux de son coude et fit parler le canon.

Un langage de fer et poudre. Sans conditionnel.

Rien que de l'impératif létal.

Cinq hommes arrivaient à toute vitesse, certains nus, d'autres armés, mais tous avec cette espèce de folie meurtrière peinte sur les traits. Tout ce que les geôles comptaient de psychotiques s'était rassemblé pour former un clan diabolique, obscène. Leurs cerveaux malades leur dictaient des gestes incohérents, des bonds rapides ou des courses insensées, dans une totale absence de contrôle. Et Emma se souvint des coups portés contre la maison lors de sa deuxième nuit sur l'île. Elle avait cru à une bête, mais à présent qu'elle constatait leur démence, elle comprenait mieux cette frénésie. Ils étaient capables de se fracasser les mains, s'il le fallait, pour satisfaire leur soif de mort. Leurs cris ressemblaient à des rires de hyènes, et ils portaient des lames ; l'un d'entre eux brandissait une longue corne de bœuf, probablement arrachée à un trophée.

Le fusil d'Emma amputait, décapitait, trouait des torses…

Elle reconnut alors celui qui avait pourchassé Jean-Louis, plus tôt dans la soirée, et brusquement elle comprit : il empoignait en fait deux bras humains tranchés, rigidifiés, qu'il agitait comme des massues.

Son genou fut arraché et l'élan l'entraîna dans une chute sans fin, jusqu'à ce qu'une vague énorme le happe au plus profond de l'océan noir.

Les cinq tueurs étaient tombés.

Emma actionna la pompe et la dernière cartouche s'éjecta.

Deux hommes attendaient sur le sentier, au milieu de la falaise.

Ils contemplaient le carnage. Emma comprit que ceux-là n'étaient pas pareils. Il y avait de la retenue et de l'analyse dans leur observation. Les meneurs. Ceux qui avaient exhorté leurs camarades à libérer leurs pulsions les plus folles. Ils s'étaient servis de leur charisme, de leur malignité, pour influencer les autres, car il ne peut y avoir de clan sans leaders.

Emma voulut prendre le Glock dans son dos mais ne le trouva pas. Elle l'avait perdu dans la fuite.

— Jean-Louis ! hurla-t-elle. Êtes-vous armé ?

L'homme avait couché Mathilde et tenait Olivier à l'abri.

— Non.

Emma s'était rapprochée.

— Je n'ai plus de munitions, et dès qu'ils vont s'en rendre compte ils nous tomberont dessus, dit-elle à voix basse.

Mongowitz examina les deux hommes sur la falaise. Ils ne bougeaient pas, les observant en retour. Soudain ils rebroussèrent chemin.

— Ils partent ! s'étonna Emma.

— Ne vous laissez pas duper. C'est pour mieux revenir. Je les ai vus à l'œuvre tout à l'heure dans la forêt, ils ont supervisé ma traque. Ce sont de vrais chasseurs.

— Mais vous avez survécu, non ?

— Uniquement parce que j'étais caché par la végétation. Là, ils savent où nous trouver.

— Quelle heure est-il ?

— Vingt-deux heures quinze.

Emma ferma les paupières un instant, vaincue.

— Encore au moins deux heures avant que Tim ne vienne, fit-elle.

Mongowitz retourna dans la petite maison.

— S'il vient, lâcha-t-il.

58

Ben posa les pieds sur la neige et s'enfonça de cinquante centimètres. Ses enjambées étaient espacées, rapides mais épuisantes. Peter le suivit, mitraillette au flanc. Tout l'horizon se colorait de rose tandis que le soleil émergeait quelque part de l'autre côté de la montagne. Les sommets semblaient se redresser de leur nuit, les crêtes et les pics s'affûtaient sous cette lame rougeoyante.

Peter se pencha pour aviser la pente. Escarpée. Des saillies tranchantes perforaient la neige. Puis un goulet vertigineux, la promesse d'une mort interminable.

Il se sentit brusquement attiré vers le vide et rebascula immédiatement du bon côté.

Ben s'éloignait par le nord, longeant les murs en direction du téléphérique.

— Qu'est-ce que tu fais, on retourne vers eux par ici !

— Regarde ! Sous la gare il y a cette langue de neige plus praticable. On doit pouvoir descendre par là.

— Ben, ils sont armés…

— Leur plan est fichu. En abattant Frégent et les autres ils n'ont plus besoin de faire tomber la cabine, ils vont l'emprunter pour rejoindre La Mongie avant nous. Ils vont faire péter l'observatoire avec les cadavres en espérant qu'on sera encore dedans, et nous attendre au village, au cas où…

Pourtant la cabine était toujours à quai.

— Ils ne peuvent descendre Fanny par le téléphérique, comprit Peter. Elle a pris une balle dans l'épaule, il y aura du monde en bas, ils ne peuvent se permettre d'attirer l'attention. Ouvre les yeux, ils ne doivent pas être très loin.

Peter attrapa son arme et pour la première fois s'attarda à en comprendre le fonctionnement. Il n'avait fait que presser la détente lorsqu'il avait ouvert le feu sur Stéphane et l'engin s'était envolé. Il repéra le grip sur la poignée et s'assura de l'avoir bien en main. S'il devait l'utiliser à nouveau, il serait peut-être capital de parvenir à viser.

Si seulement je savais où passe le sentier, nous pourrions les localiser !

Ben évolua entre de gros blocs de pierre jusqu'à surplomber le couloir encaissé qu'il avait repéré. À skis, seul un champion aurait pu s'y risquer, songea Peter. Alors, en chaussures et sans crampons… Il suivit son beau-frère qui entamait la descente en se tenant aux parois. Le moindre mouvement appelait la concentration pour ne pas risquer le drame.

Le coup de feu s'envola dans la vallée en même temps qu'éclatait un morceau de calcaire tout près du visage de Peter.

Il repéra le tireur de l'autre côté de la gare du téléphérique. Stéphane, suivi de Fanny, le bras en écharpe, et deux hommes à moins de cinquante mètres dans la neige.

Il tira à nouveau. Peter baissa la tête et accéléra sa foulée. Il n'avait même pas songé à riposter. Il leva sa mitraillette au-dessus de lui et pressa la détente.

La rafale beugla. Peter perdit à nouveau le contrôle de son arme, il aperçut quelques impacts dans les murs.

La neige glissait, des centaines de particules se détachaient à chaque pas, dévalant la pente pour s'y perdre.

Aucun abri possible.

Stéphane n'avait plus qu'à ajuster et il serait débarrassé du problème.

Une question de secondes avant de sentir la morsure dans le cou, ou peut-être directement dans le crâne. *Y aurait-il une douleur ?* se demanda Peter. Pas sûr. S'il était tué sur le coup, alors…

Ben se tourna pour le fixer dans les yeux.

— On n'a pas le choix, dit-il, alors que la peur montait en lui.

Peter ne comprenait pas. Il ne voulait pas comprendre.

— Non, fit-il, c'est du suicide.

— On est morts de toute façon, si on reste là.

Peter secoua la tête. C'était au-dessus de ses forces.

Ben le devina.

Alors il attrapa la main de son beau-frère et le tira violemment en avant.

Vers le vide.

Et ils chutèrent dans la neige.

59

Les premières secondes, Peter eut le sentiment d'être emporté, secoué par une vague, rebondissant contre les fonds marins. Puis les culbutes ainsi que les tonneaux s'intensifièrent, la poudreuse l'aveugla et il perdit tous ses repères. Il frappait le sol de plus en plus fort. Avant de ne plus savoir où se trouvait son visage, il se protégea la tête. Il prenait de la vitesse. Chaque bond l'écrasait avec plus de violence à l'atterrissage. Il allait s'empaler sur un rocher avec tellement d'élan que son crâne exploserait comme une pastèque lancée du toit d'un immeuble. Il avait de la glace dans la bouche. Dans le nez. Il en mangeait, il en respirait. Tous ses muscles se contractaient pour amortir les chocs... Il ne savait plus s'il était en train de brûler, de voler, de se noyer ou de mourir de froid. Son cœur cognait si vite qu'il parut se figer. Il n'était plus qu'un bloc compact, roulant et bondissant dans la pente. Sa conscience se délita, tout son corps craquait, s'enfonçait, il n'eut plus la force de hurler, la mort se rapprochait, inéluctable.

Pourtant la torture baissa de rythme, Peter se stabilisa sur le dos tout en continuant de glisser. La douleur apparut, depuis son épaule jusqu'au coude. Les joues et le menton en feu, les mains écorchées. Le paysage filait tandis qu'il poursuivait sa descente dans le goulet.

Enfin il ralentit jusqu'à ce que ses talons le freinent assez pour s'arrêter.

Une piqûre vive lui transperça le bras droit et il ne put contenir un cri.

Ben cria également, quelque part au-dessus, mais c'était de joie, d'excitation, il était en vie.

— Peter ! Peter !

Celui-ci toussa pour retrouver sa respiration et releva les yeux ; il aperçut son jeune compagnon qui se coulait jusqu'à lui.

— J'ai un mal de chien à l'épaule et au bras, avertit Peter en s'asseyant.

— L'épaule est démise, remarqua Ben. Laisse-toi faire.

Il l'enjamba et se colla contre lui pour imprimer une violente traction sur l'épaule qui s'emboîta correctement. Peter hurla.

— Voilà, tu devrais aller mieux, fit Ben. Souvenir de mes années de rugby.

Peter grimaçait toujours.

— J'ai aussi le bras cassé, je crois.

Ben l'aida à se relever. Ils n'étaient plus qu'à une cinquantaine de mètres d'un lac gelé. Plus haut, le soleil projetait ses rayons dans le dos de l'observatoire, le nimbant d'une aura angélique.

— Il ne faut pas rester là, commenta Ben.

Peter avait les mains congelées, la neige s'était insinuée dans ses vêtements, il avait perdu la mitraillette également. Du sang coula de son nez.

— Merde !

— C'est rien, tu es couvert d'écorchures, viens.

Ben saignait également, son front avait récolté une dizaine de minuscules plaies. Peter enfonça jusqu'au poignet son bras cassé dans la poche de sa polaire et entreprit de suivre son beau-frère.

Des claquements secs percutèrent le versant de la montagne depuis le sommet. Peter avisa et vit Stéphane, Fanny et les deux autres qui descendaient par le même sillon, mais ils ne dévalaient pas la pente, ils la survolaient. C'était leur plan, comprit Peter, évacuer à skis, pour quitter les lieux au plus vite.

— Ils arrivent ! prévint Peter en essayant d'accélérer sans tomber à nouveau.

Les coups de feu reprirent. À cette distance et avec l'instabilité des skis il y avait peu de chances qu'ils fassent mouche, cependant il ne leur faudrait pas longtemps pour être là, songea Peter.

— Suis-moi ! dit Ben en changeant brusquement de direction.

Une petite butte sortait de la neige à leur droite, suffisamment haute pour les protéger des tirs, et ils se jetèrent derrière.

— Il te reste combien de balles ? demanda Peter.

— Aucune idée, plus beaucoup. Mais j'ai un plan.

Il sortit de son sweat le pain de C-4 qu'il était parvenu à ne pas perdre pendant la chute et le lança au milieu du goulet. Il s'allongea sur la pierre, et prit le temps de bien le viser avec son Beretta.

— Dès qu'ils approchent, je les fais sauter.

— Comment en est-on arrivés là… murmura Peter, anéanti.

La douleur était vive mais plus grand encore était son désespoir. Ils étaient à deux doigts de mourir et leur salut dépendait de l'habileté de Ben. Pour survivre il devait *faire exploser* des êtres humains ! Disloquer leurs membres. Prendre leur vie.

Les feulements des skis se rapprochaient, les tirs avaient cessé.

Nous ont-ils vus nous abriter ici ?

Les raclements ralentirent.

Le froid engourdissait Peter, il ne pourrait jamais fuir assez rapidement. Il osa un coup d'œil. Il vit Stéphane et ses deux soldats à moins de vingt mètres, Fanny plus à l'écart, près des rochers opposés.

Ils nous ont perdus !

Peter modéra sa joie, il savait que ce n'était que provisoire, Stéphane sondait les renfoncements dans leur direction, il savait qu'ils n'étaient pas loin.

Ben pressa la détente. Plusieurs fois.

Il avait pris tout son temps pour bien viser, malgré cela les balles éclaboussèrent tout autour du pain de C-4 sans le toucher.

Jusqu'à la dernière du chargeur.

Elle pénétra en plein cœur de la brique, et rien ne se passa.

Ben espéra que cela pouvait prendre un instant avant d'engager la réaction en chaîne, et pria pour qu'un bouquet de neige jaillisse tout à coup.

Rien.

Il ignorait que la stabilité du C-4 est telle qu'il faut absolument un explosif primaire pour amorcer la détonation, ni le feu ni les balles n'ayant cette puissance.

Stéphane localisa la provenance des tirs et sonna la riposte. Ben eut tout juste le temps de reculer à l'abri avant qu'une pluie d'impacts érode en dix secondes ce que la nature mettait dix mille ans à effacer.

Cette fois ils étaient fichus. Peter palpa son flanc comme si la mitraillette pouvait y réapparaître. Ils n'avaient plus de munitions. C'était fini.

Stéphane n'en sait rien ! Il n'osera pas approcher avant de...

Le vacarme cessa et un petit objet rond, de la taille d'une balle de tennis, rebondit tout près d'eux en émettant un tintement métallique.

Peter le vit tout de suite.

Une grenade.

Sa main gauche agrippa Ben et il poussa de toutes ses forces sur ses jambes pour les propulser en bas du talus. Ils heurtèrent le sol tandis que la grenade explosait. Peter n'eut pas le temps d'entendre la fin de la détonation, ses oreilles cessèrent de fonctionner et il eut le souffle coupé.

De l'autre côté du triangle rocheux, l'onde de choc fit trembler le manteau neigeux qui recouvrait les pentes. Il y eut un ronflement bref et une immense plaque blanche se détacha pour grossir, prendre du volume, et foncer droit sur la vallée en produisant un mugissement effrayant. Stéphane et les deux autres devinèrent aussitôt le danger. Ils lâchèrent leurs armes en s'élançant, penchés en avant pour fuir le monstre écumeux qui leur courait après. Sa gueule s'élargit, ses dents aiguisées apparaissant dans une brume de flocons. Les trois skieurs furent rattrapés aussitôt, la bouche vaporeuse retroussa ses babines et abattit sa grosse lèvre sur eux, les trois soldats furent engloutis, mâchés, avalés et digérés presque en même temps. La pression sur le corps de Stéphane fut telle qu'elle écrasa le détonateur à distance dans sa poche. Fanny, qui était la plus proche des bords du goulet, put s'écarter assez vite pour éviter le gros de l'avalanche mais sa traîne la fit déchausser, comme balayée d'un coup de queue, elle partit en culbute dans la poussière blanche et se perdit dans ce nuage hallucinant.

L'observatoire du pic du Midi s'embrasa dans le prolongement du soleil.

Un cocon flamboyant l'encercla tout à coup et dispersa sa matière, des débris enflammés se répandirent partout en traçant des sillons noirs dans le ciel.

Peter reprit ses esprits à cause de la souffrance dans son bras. Ses tympans sifflaient si fort qu'il ne comprit pas ce que Ben disait en ouvrant les paupières. Un panache de fumée blanche montait dans le ciel de l'autre côté du talus, tout le long du couloir naturel.

— Une avalanche…, balbutia-t-il, il y a eu une avalanche !

Ses propres mots étaient distants, prononcés de l'autre côté d'une cloison.

Puis il remarqua les flammes et la coiffe moutonneuse qui grimpait vers l'espace depuis le sommet de la montagne. Tout avait explosé.

Il vit les lignes du téléphérique se dandiner en sifflant avant de disparaître au loin, comme aspirées.

Une fois debout il éprouva une réelle difficulté à maintenir son équilibre. Ben était dans le même état. Ils gravirent l'éperon qui les avait protégés et observèrent le torrent qui s'était déversé sur leurs assaillants.

— Il faut y aller, fit Peter.

Ben l'avait entendu, il lui fit signe de se calmer, il n'était pas encore remis de l'onde de choc.

— Maintenant qu'on est débarrassés d'eux, on a cinq minutes, s'il te plaît ! Je ne suis pas en état, s'écria-t-il pour être compris.

— Si Emma est parvenue à quitter l'île, je veux m'assurer qu'il ne lui arrivera rien ensuite. Que la DGSE la laisse en paix.

— Et comment tu comptes t'y prendre ? Je te rappelle qu'on n'a plus l'appareil photo, et tout a flambé là-haut ! Nous n'avons que le témoignage de Grohm, et je doute qu'un journaliste se lance sur une histoire pareille avec la simple bande-son d'un type mort !

Peter plongea sa main dans la poche de sa polaire et en sortit la carte-mémoire de l'appareil photo.

— Le miracle du numérique, triompha-t-il.

De la neige était parvenue à entrer dans la poche et la carte était mouillée. Ben la lui prit pour la sécher, et s'empara de son téléphone PDA pour la glisser dans une fente idoine. Son visage se crispa tandis qu'un message indiquait « Essai de lecture carte-mémoire ».

La photo d'une page de document envahit l'écran.

— Ça marche ! s'esclaffa-t-il en tendant l'appareil à Peter.

Celui-ci fit un zoom, la définition était excellente, la moindre ligne lisible. Il fit défiler les clichés avec la molette ; tout y était. Fiches du personnel…

Même les photos sur les fiches étaient de bonne qualité, on reconnaissait parfaitement les uns et les autres. Elles défilaient sous les yeux de Peter.

Tous ces individus qu'il ne connaissait pas, sur l'île.

Avec Emma.

Soudain un visage l'interpella. Il zooma pour s'assurer qu'il ne se trompait pas. Il avait déjà vu cet homme quelque part…

— Oh non ! souffla-t-il.

— Quoi ? s'alarma Ben. Un problème avec la carte ?

Peter lui montra l'écran.

— Tu le reconnais ?

— Euh… oui, ça me dit… C'est un des deux types qui étaient avec Emma !

Ils les avaient vus au travers d'une webcam, celle de l'ordinateur portable dont Emma s'était servie pour leur parler. L'image n'était pas bonne, cela n'avait duré qu'un court instant, néanmoins Peter en était certain. C'était l'un des deux compagnons de sa femme.

— Il s'appelle Yvan François, lut Peter, et avant d'être enlevé par Grohm, il purgeait une peine de prison à perpétuité pour douze assassinats avec violences. C'est un sadique manipulateur qui adore contrôler la situation. Son truc, c'est de se faire passer pour un autre et de jouer avec sa victime pendant des heures avant de la tuer.

Cette fois Ben se précipita vers la vallée.

60

Mathilde délirait. La fièvre la faisait trembler depuis presque deux heures.

L'orage vociférait à l'extérieur et pendant ce temps l'océan projetait contre l'un des murs du préfabriqué ses rouleaux qui cognaient et engloutissaient le bâtiment.

— Comment va la petite ? demanda Mongowitz.

— Elle a besoin de soins, rapidement, précisa Emma. J'ai pu retirer le premier éclat mais le second est trop enfoncé dans la cuisse, je ne veux pas prendre de risques. Vous ne les voyez toujours pas ?

Mongowitz secoua la tête. Il faisait le guet depuis deux heures sur le seuil, tenant le fusil à pompe d'Emma pour faire illusion, maintenant qu'il était vide.

— Mais je sais qu'ils sont quelque part là-haut, à nous observer. Je me suis rendu compte que certains d'entre eux disposaient de lunettes de vision nocturne !

— Je les ai vues aussi.

Emma caressait le front de Mathilde et serrait Olivier contre elle. Le garçon avait fini par fermer les yeux et semblait dormir malgré l'odeur écœurante.

Les deux cadavres que Tim et Emma avaient découverts ici lors de leur première visite s'y trouvaient encore lorsqu'elle avait rejoint Mongowitz. Ils s'en étaient débarrassés dans l'eau mais la pestilence résistait.

— Avec un équipement aussi sophistiqué ils ne doivent pas en rater une miette, dit Mongowitz. Ils savent que nous sommes coincés par les falaises, sans bateau, la seule sortie c'est ce sentier, et je parie qu'ils nous attendent en haut.

— Quelle heure est-il ?

— Minuit.

— J'espère que Tim va réussir à libérer son bateau et qu'il va venir. Qu'il ne nous abandonnera pas.

— C'est un type droit ?

— Je ne sais pas. J'ai l'impression.

— Moi je ne crois pas.

— Pourquoi dites-vous ça ?

— Il a refusé de sauver Mathilde et Olivier.

— Il les croyait déjà morts. Il pensait que c'était du suicide et il n'avait peut-être pas tort.

— Mais vous l'avez fait, vous.

— Bien sûr. J'ai des enfants, une mère ne pouvait pas faire autrement.

La pluie entrait par la porte ouverte, arrosant Mongowitz qui ne s'en souciait pas. Il regarda Emma dans la pénombre, les deux petits corps lovés contre elle.

— Je sais pourquoi vous êtes venue à leur secours, annonça-t-il. Parce que vous êtes déchirée entre la réalité terrifiante de vos connaissances et l'espoir. Vous croyez à cette « sixième extinction », vous savez que l'Homme court à sa perte, et c'est une certitude intolérable lorsqu'on a des enfants. En défiant la mort pour venir libérer Mathilde et Olivier, c'est l'espoir que

459

vous voulez sauver, c'est l'avenir de vos propres enfants. Vous voulez y croire. Tout est possible. Je me trompe ?

Emma resta sans voix. Elle n'en savait rien elle-même, sinon qu'elle n'aurait jamais pu vivre avec la lâcheté d'être partie sans rien tenter pour ces deux malheureux gamins innocents.

— C'est pour cette raison que Tim ne viendra pas, poursuivit Mongowitz. Il n'a pas, ou plus, d'espoir. Il n'en a pas besoin. Alors il va sauver sa peau et se tirer loin de cette île.

— Non, protesta Emma. Pas après ce qu'on a partagé. J'ai confiance en lui.

Mongowitz avait une lueur triste dans le regard.

— Vous êtes trop optimiste vis-à-vis des hommes, regretta-t-il.

— Si je perds ça, alors que me reste-t-il ?

— Emma, je vous le dis pour qu'on sache à quoi s'attendre. Dans deux ou dix heures, nous serons encore là à attendre. Et les types en haut finiront par descendre nous chercher. Nous n'avons plus de munitions, nous ne résisterons pas longtemps et vous savez comme moi ce qu'ils réservent à leurs prisonniers.

— Vous êtes en train de me suggérer quoi ? Qu'on se suicide ?

Mongowitz baissa le regard.

— Il ne faut pas se faire d'illusions, ajouta-t-il tout bas.

— Je n'ai pas enduré tout ça pour finir ainsi !

— C'est pourtant le propre de nos existences, tout ce qu'on fait au final ne sert pas à grand-chose ! On crève à la fin.

— C'est la politique qui rend cynique ? Mathilde et Olivier vont quitter cette île et vivre une longue vie, et oui, ils feront partie de cette humanité si dangereuse, ils vivront cette extinction massive, mais peut-être qu'ils contribueront à sauver notre espèce, nul ne peut savoir !

— Vous croyez vraiment qu'il existe une solution ? Quand la nature tout entière se ligue contre nous, que peut-on faire contre notre origine ?

— Je ne vous reconnais pas, Jean-Louis. Cet après-midi encore vous étiez sceptique lorsque je vous parlais de la Théorie Gaïa et maintenant vous êtes le plus résigné de nous deux ?

Il pivota pour guetter l'extérieur où ses yeux se perdirent dans le néant.

— J'ai eu peur ce soir, avoua-t-il. Si peur que cela a fait fondre mon vernis, mes convictions rassurantes. J'ai vu ces types me poursuivre, me passer tout près lorsque j'étais tapi dans les buissons ; des animaux, non, pire ! Des monstres. Si méconnaissables et pourtant si... proches. Je ne pourrais pas dire qu'ils avaient perdu toute humanité, non, bien au contraire, ils m'étaient familiers, c'étaient bien des hommes, terrifiants, mais des hommes. C'était plutôt comme s'il y avait dans l'humanité cette nature monstrueuse et qu'elle avait éclos. Nous pensions l'avoir étouffée à coups de civilisation et en fait elle a continué de se développer dans nos cortex reptiliens. Pour eux, elle est arrivée à maturité.

Mathilde gémit et trembla plus fort. Emma lui embrassa les cheveux pour la rassurer. Il fallait que Tim vienne. Et vite.

Mongowitz changea brusquement de position et scruta la nuit.

— Les voilà, s'affola-t-il.

— Vous les avez vus ?

— Non, mais il y a eu une ombre, un mouvement à l'entrée de la jetée !

Emma se déroba à l'étreinte des deux enfants et s'approcha.

— Comment peuvent-ils être là, vous les auriez vus descendre la falaise, non ?

Mongowitz respirait fort.

— Ils l'ont contournée, dit-il. Ils ont fait le tour ! C'est pour ça qu'ils ont mis si longtemps !

— C'est possible. C'est praticable ?

Le ton monta, il s'énervait, paniquait :

— Je suppose, je n'en sais rien, je ne connais pas la topographie du coin !

— Calmez-vous. Je vais aller voir.

— Vous êtes folle ?

— S'ils sont vraiment là, je ne veux pas être acculée dans cette maison, il n'y a pas d'autre sortie ! Donnez-moi le fusil.

N'obtenant pas de réponse, elle le lui prit des mains et s'exposa à l'orage qui grondait encore. Le vent chantant au-dessus de l'océan en furie s'empressa de la surprendre en la poussant. Emma tituba et retrouva son équilibre, le fusil à pompe devant elle. Il était difficile d'y voir clair au travers de la pluie, et encore plus d'entendre un son qui aurait pu la mettre en alerte. Elle progressa lentement sur la jetée, prête à se servir de son arme comme d'un gourdin.

Personne.

Mongowitz avait déliré.

Elle faisait demi-tour au moment où une silhouette apparut dans le dos de Mongowitz qui attendait sur le seuil du préfabriqué.

— Jean-Louis ! hurla Emma.

Mais le tueur l'avait déjà agrippé pour lui passer un long couteau de chasse sur la gorge. Emma mit en joue les deux hommes.

— Lâchez-le ! s'écria-t-elle.

— Je le saigne comme un porc si tu avances encore ! répondit le tueur.

C'était un homme classique, séduisant, il avait le même physique que Kevin Spacey, Emma ne s'en serait jamais méfiée si elle l'avait croisé dans d'autres circonstances.

— Lâchez-le ! répéta-t-elle. Je vais vous faire sauter le crâne !

— Si vous tirez avec un engin pareil, vous le tuerez aussi ! se moqua-t-il, tout sourire.

— Je sais ce que vous nous ferez si on se rend. Je préfère sacrifier une personne.

— Allez, soyez raisonnable, insista le tueur avec une étrange légèreté.

Sa décontraction apparente ne collait pas avec l'intelligence qui brillait dans son regard. Il risquait gros, ainsi menacé par un fusil à pompe, et il ne pouvait savoir qu'il était vide. À moins que…

Soudain Emma eut un flash.

Deux.

Ils sont deux !

Il gagnait du temps !

Elle comprit que l'autre devait se tenir juste derrière elle, il allait surgir pour la maîtriser.

Emma prit le fusil par la crosse et frappa de toutes ses forces en se retournant.

Le canon fendit la pluie sans rien toucher.

Mais l'autre tueur était bien là, à deux mètres à peine, ses traits étaient déformés par l'excitation, crispés comme un chat prêt à bondir sur une souris. Une machette dans les mains.

Emma voulut frapper à nouveau, elle amorça le geste et le tueur déclencha son attaque à ce moment, la machette et le canon se heurtèrent en tintant. Le tueur fut le plus prompt à réagir, il attrapa Emma par la gorge et serra.

Une poigne redoutable.

Elle voulut lui tirer la main en arrière mais n'y parvint pas tant il serrait fort.

Il y eut un sifflement accompagné d'un gargouillis, puis l'homme desserra son étau ; une flèche en acier lui traversait le ventre. Emma le cogna du poing à la pommette et s'éloigna.

Elle ne chercha pas à comprendre, elle fit face à l'autre, celui qui tenait Mongowitz en otage. Mais tous les deux avaient roulé au sol, le tueur sur le dessus, tenant son couteau à deux mains et pesant de tout son poids pour enfoncer la lame dans le cou du bureaucrate qui résistait en hurlant. Il faiblissait et un petit geyser de sang commençait à l'éclabousser.

61

Une corne de brume déchira l'orage en même temps qu'un projecteur se braquait sur le quai.

Un petit chalutier qu'Emma reconnut tout de suite affrontait la furie des vagues.

Tim ! Il est venu !

Mongowitz ferma les yeux et son cri s'étouffa derrière ses mâchoires serrées, les lèvres retroussées. Le couteau le pénétrait, violait sa chair, répandait le précieux fluide que la pluie balayait aussitôt.

Emma se jeta sur le tueur, ils roulèrent sur les planches de la jetée et lorsqu'elle voulut se relever pour le frapper, il lui tira brutalement les cheveux en arrière et lui assena un coup de poing en pleine tempe. Le sang gicla en même temps que le paysage.

— Garce ! hurla le tueur. Je vais te défoncer !

Un autre coup la cueillit à la joue et cette fois elle s'effondra.

À peine consciente, Emma entendit une voix familière interpeller le tueur :

— Vincent !

Le bruit d'un choc entre un objet lourd et un corps mou suivit, et le tueur s'écrasa à côté d'Emma. Sa tête bourdonnait, elle n'était plus tout à fait sûre de comprendre ce qui se passait. Elle avait l'impression que les gouttes la matraquaient.

Lève-toi. Va chercher les enfants. Dépêche-toi.

Mongowitz la souleva d'un bras, il tenait son cou dégoulinant de sang de l'autre main.

— Allez, dit-il en haletant, me lâchez pas maintenant !

Emma l'accompagna à l'intérieur du préfabriqué et ils prirent les enfants. Olivier était terrorisé, la corne de brume l'avait réveillé en sursaut et il tremblait.

Tim les aida à grimper à bord. La férocité de l'océan malmenait le bateau et Emma crut qu'ils n'allaient jamais y parvenir. Pourtant, le temps qu'elle retrouve ses esprits, le quai s'éloignait et avec lui l'île des cauchemars.

Mathilde et Olivier furent installés sur une couchette dans la cabine, Emma ne parvenait plus à s'empêcher de les embrasser. Ils allaient survivre.

Mongowitz s'était pansé le cou avec une bande, et le tissu suintait, il respirait fort en fixant le plafond, allongé sur la banquette.

— Tenez bon, lui dit Emma. Tim va nous ramener au port le plus proche.

Il lui prit la main.

— J'avais tort… murmura-t-il.

— Ne parlez pas, gardez toutes vos forces. Vous serez à l'hôpital avant l'aube, alors accrochez-vous.

Elle palpa encore le pouls de Mathilde et remonta sur le pont. Tim barrait contre les éléments déchaînés.

— Ils sont dans un sale état ! rapporta Emma. Il faut se dépêcher de rentrer ! Jean-Louis a perdu beaucoup de sang, il est de plus en plus faible ; quant à Mathilde… j'ai peur que l'infection soit grave, je n'y connais rien mais…

466

— Vous l'avez laissé tout seul en bas avec les gosses ?

— Pourquoi ?

— Emma, méfiez-vous de lui !

— Qu'est-ce que vous racontez ?

— Sur le quai, tout à l'heure, il a appelé un des deux types par son prénom ! Je n'arrête pas d'y repenser : comment pouvait-il le connaître ?

Vincent ! se souvint Emma. Tim ne mentait pas.

— Il… Il l'a peut-être entendu, ils l'ont pourchassé tout à l'heure dans la forêt !

— Je n'aime pas ça ! Et s'il jouait un rôle ?

— Non, pas lui… C'est impossible. Il aurait pu nous tuer dix fois déjà !

— Ce n'est pas ce qu'il cherche ! Il nous manipule pour quitter l'île !

Le doute s'empara d'Emma. Il se mua en paranoïa. Et si Tim lui mentait ? *Non. Tim est venu jusque sur l'île de Hiva Oa pour me chercher. Si l'un d'eux est un des tueurs échappés de cette prison, ça ne peut être que Jean-Louis.*

Elle se souvint de son courage, de sa volonté, son endurance. Elle en avait même été surprise pour un fonctionnaire de son genre.

— Prenez la barre ! aboya Tim.

— Non, je ne sais pas faire, je…

Tim ne lui laissa pas le choix, il la poussa aux commandes pendant qu'il sautait dans la cabine. La proue tomba dans un creux obscur, une vague se reformait déjà en face, gigantesque, aspirant toute l'eau qu'elle pouvait pour croître avant de fracasser le bateau.

L'étrave remonta et s'empala dans le mur. Toute la coque grinça et le plancher trembla tandis que des trombes s'abattaient sur le pont.

Tim réapparut et reprit la direction des opérations.

— Qu'est-ce que vous avez fait ? s'inquiéta Emma.

— Rassurez-vous, je l'ai attaché. Il est tellement faible qu'il ne fera de mal à personne de toute façon.

— Il s'est laissé faire ?

— Pas quand il a compris mais c'était trop tard.

À travers la tempête Emma crut distinguer une lourde détonation. Elle chercha autour d'elle et remarqua une boule de lumière rouge au loin sur l'île de Fatu Hiva. La boule grossissait à toute vitesse, une barrière de feu dévalait les pentes et sur le coup Emma crut à une éruption volcanique.

Mais le rempart de flammes allait trop vite, il submergea toute l'île en cinq secondes à peine ; un éclair illumina le ciel au même moment, et le temps qu'Emma reprenne sa respiration il ne restait qu'un tapis ardent de braises jaunâtres.

— Mon Dieu… souffla-t-elle.

Tim aussi l'avait vu, il était bouche bée.

— Une bombe, dit-il. Ils ont largué une bombe.

— Qui ça « ils » ?

— À votre avis ? Il n'y a que l'armée qui peut lâcher une bombe pareille !

Une autre vague les secoua violemment. Emma se cramponna puis prit la direction de la cabine.

— Je redescends au chevet de Mathilde.

Elle poussa la porte et dévala les marches. En redressant la tête, elle vit tout de suite que la banquette était vide. Mongowitz n'y était plus.

Son regard passa immédiatement aux enfants, toujours allongés.

Puis elle perçut un mouvement dans son dos.

62

Emma s'était attendue à voir Mongowitz les épaules inondées de sang, le visage défait, prêt à l'agresser.

C'était en fait Tim qui descendait la rejoindre. Il arborait un air étrange, les muscles du visage relâchés, le regard vide.

— Il n'est plus là, l'informa Emma, paniquée.

Tim ne sembla pas s'en soucier. C'est là qu'Emma remarqua le fusil à harpon qu'il tenait. D'une manière ou d'une autre Tim avait compris ce qui se tramait et venait armé, concentré sur le moindre mouvement.

Emma s'effaça pour le laisser entrer.

Il fit deux pas et pivota pour pointer son arme sur le menton d'Emma.

— Il y a deux façons de procéder. Docile ou barbare. À vous de choisir.

— Qu... quoi ?

— Vous faites ce que je veux ou je vous fais morfler. Je déteste qu'on me désobéisse, ça me fout dans un état de *rage*. Vous n'avez pas envie de me voir furieux ?

Plus que la situation improbable, c'était la violence avec laquelle il avait prononcé le mot *rage* qui terrorisa Emma.

— Mais Jean-Louis a disparu…

Une part d'elle-même refusait d'accepter la réalité, elle s'accrochait à l'idée d'un malentendu.

— Il se vide dans le placard, je lui ai réglé son compte. Maintenant écoutez-moi bien. Je n'ai pas buté les gamins parce que si vous m'obéissez, je vous jure que je les laisserai en vie, je les abandonnerai sur une plage. Mais si vous décidez de me résister, je les pends à un cordage et je les laisse se noyer derrière le bateau. Vous m'avez compris ?

Emma était sous le choc. La pointe s'enfonça dans son menton, déchirant un petit trou de peau d'où perla le sang.

— Oui, gémit-elle.

— Alors déshabillez-vous.

— Tim…

Elle vit ses mâchoires rouler sous ses joues.

— J'ai dit : déshabillez-vous.

Emma avait le cœur qui s'accélérait. Elle cherchait une solution, un espoir, sans rien entrevoir. Ce n'était plus du tout le garçon qu'elle avait connu. Celui-ci était froid, sans expression dans les yeux, il respirait l'agressivité.

Tim changea de cible et braqua Mathilde qui dormait avec son frère.

— Très bien, c'est la petite qui va prendre.

— Non ! Non ! D'accord, vous allez avoir ce que vous voulez.

Emma fit tomber son gilet et s'assit sur les marches pour défaire ses lacets de chaussures.

— Qui êtes-vous, Tim ? demanda-t-elle pour gagner un peu de temps.

Il se fendit enfin d'un sourire, celui-ci était cruel.

470

— Je ne m'appelle pas Tim mais Yvan. Tim c'était le connard qui devait venir vous chercher à l'aéroport.

— Je ne comprends pas, bafouilla Emma.

— J'étais un pensionnaire du GERIC, voilà tout ! Quand tout a pété, je suis parti en vitesse avec les autres. Lorsqu'on a attaqué Omoa, il y avait ce Tim et son bateau. Un fax parlait de vous, qu'il fallait venir vous chercher et vous amener ici. J'ai trouvé l'idée séduisante.

Sa voix claquait aux oreilles d'Emma, si concrète, si violente, et dans le même temps, ses mots n'avaient pas de sens. Elle les entendait sans bien les comprendre. Emma réalisa qu'elle refusait la réalité. *Que va-t-il me faire ? C'est impossible… pas lui… Je vais me réveiller. Non, pas lui…* Gagner du temps. Elle devait le faire parler. *Parce que tu sais très bien ce qu'il va te faire.* Et après ? Quand il l'aurait prise, la tuerait-il ? *Peut-être… peut-être qu'il nous laissera en vie. Si je lui donne mon corps, je sauve les enfants.*

Les larmes inondèrent ses yeux. Elle ne pouvait s'y résoudre. *Je ne peux pas. Je n'y arrive pas.* Elle se trompait. Même soumise, elle n'obtiendrait pas sa grâce.

Il faisait partie de la meute. Des cobayes.

Cet homme n'était pas le Tim qu'elle avait côtoyé.

Il était Yvan. Un tueur en série.

Il fallait l'occuper. Vite. S'intéresser à lui, le faire se raconter.

— Pourquoi ? Pourquoi êtes-vous revenu avec moi jusqu'ici ? s'efforça-t-elle de demander par-dessus sa terreur. Vous auriez pu vous enfuir avec le bateau !

— Et le plaisir ? L'ivresse de tout savoir alors que vous ne saviez rien ! Sur cette île je pouvais tout me permettre. Tout vous faire, j'étais le maître.

— Mais les autres, ils ont essayé de vous tuer aussi !

— Ce sont des animaux, c'est tout. Et puis le danger pimente un plat, non ? On savoure d'autant plus son triomphe après.

— Vous êtes…

— Non, Emma ! Ne dites pas ça. Je n'ai fait qu'apprendre à vous connaître. Je me suis approprié votre esprit. Celui qui boit à l'instant où il a soif ne fait que boire. En revanche, celui qui attend, celui qui court un marathon va désirer cette eau, la fantasmer, et lorsqu'il la possédera, lorsqu'elle touchera ses lèvres, là elle n'aura plus la saveur de l'eau, non, ce sera la jouissance !

Emma s'attaqua à l'autre chaussure, elle tremblait comme feuille dans le vent.

— Et vous aviez besoin de revenir sur cet enfer pour ça ?

— On m'a offert l'occasion de vivre plusieurs jours avec vous, sans personne pour nous déranger sauf cet enfoiré de Mongowitz. Celui-là je l'avais pas prévu. Ni les gamins !

Elle comprenait mieux maintenant pourquoi il ne voulait pas les sauver, découvrir qu'elle avait désobéi avait dû le plonger dans une colère noire. *Continue, il se confie, vas-y, donne-toi du temps.*

— Tout ça c'était juste pour jouer alors…

— Ne dites pas « juste ». C'était une injection d'adrénaline pure ! Il y a bien des millions d'abrutis qui payent pour sauter d'un pont à l'élastique ou se jeter d'un avion pour chuter ! Ici j'étais comme Dieu, Emma ! Je savais tout, je pouvais jouer avec vous, vous observer, et personne ne pouvait m'empêcher de vous avoir. Chaque minute, chaque nuit, j'ai rêvé de vous lécher la peau, sur cette île, l'espace de quelques jours, il n'y avait plus de lois, *j'étais* la loi ! Je pouvais faire ce que je voulais de vous. Et j'ai attendu. Le principe de l'eau et du marathonien ! Pour que cet instant soit explosif. (Ses lèvres se découvrirent totalement, il était en extase.) Et nous y voilà.

Emma n'en revenait pas. Il la dégoûtait. Et dire qu'elle l'avait presque désiré… Son estomac se contracta mais elle se maîtrisa.

Il avait joué son rôle à la perfection.

Pourtant, sous ce jour, des détails s'expliquaient. D'abord sa peau blanche alors qu'il était supposé vivre sous le soleil des Marquises. Puis sa maladresse parfois avec le bateau, ce n'était pas le sien. Emma se souvint du fusil à pompe. Ce n'était pas un hasard s'il s'agissait du même modèle que celui qu'elle avait trouvé dans le hangar. Il avait pris le sien là-bas en s'évadant. Elle se souvint de sa chair de poule lorsque Mongowitz avait évoqué les salles de torture du GERIC. Combien de fois lui avait-il menti à Omoa en l'emmenant dans la maison de soi-disant amis ?

— Vous avez tout inventé, sur l'île, dans les villages, tout ça c'était du baratin !

— Non ! Pas tout. Merci, Tim, il gardait un guide complet de l'île dans son bordel, j'ai eu le temps de le lire pour me familiariser avec les détails. Question de crédibilité.

— Vous m'avez baladée juste pour me connaître…

— Pour vous goûter, sourit-il avec son air pervers. Que vous m'apparteniez.

Le chalutier se souleva par la proue et retomba brutalement, faisant trembler la cabine. Emma tenta une autre approche :

— C'est de la folie de laisser le bateau sans pilote ! protesta-t-elle d'une voix cassée.

Pourtant elle n'en avait que faire. La peur était trop forte, pire : elle en vint à espérer qu'ils s'écrasent contre les rochers.

Tim haussa les épaules.

— Y a le pilote automatique. Là, j'ai juste envie de m'occuper de vous. J'ai les crocs, si vous voyez ce que je veux dire.

L'occuper. Il faut l'occuper.

— Vous avez fait exprès de nous échouer le jeudi soir ?

Son débit était trop haché, elle n'était pas crédible. Tim allait s'en rendre compte. *Il le sait, je le vois dans son attitude !* Il faisait ce que les chats font avec les souris. *Il joue, cruel, il sait qu'il a déjà gagné.*

— C'était l'unique moyen de nous coincer sur l'île. Au pire, si les secours étaient arrivés plus vite que je ne l'attendais, il y aurait eu un tel foutoir compte tenu du massacre que j'aurais pu m'éclipser rapidement. Je vous aurais entraînée dans une maison, vous seriez devenue mienne et terminé ! Yvan dans le vent, et personne n'a rien vu !

Il avait une forme de plaisir à partager son plan, Emma devina l'égocentrique qu'il était en fait, fier de montrer comme il avait tout pensé, tout contrôlé.

Il aime d'autant plus que c'est à moi qu'il le dit, celle qu'il veut prendre, celle à qui il dévoile la supercherie, sa victime totale ; en me mentant de la sorte, en me manipulant, il s'est assuré de me posséder par l'esprit...

Avant d'en faire autant avec le corps.

— Prends ton temps, tu as raison, lui dit-il, on n'est pas pressés, mais ne me prends pas pour un con. Allez, continue à virer tes fringues.

Emma ôta son tee-shirt.

— Votre vie à Bordeaux, en Afrique, tout était faux aussi ?

— Non. C'est vrai. Je n'ai menti que sur mon nom.

— Laissez-moi deviner, les braconniers… vous ne les avez pas seulement blessés, n'est-ce pas ?

Soudain l'expression de ses traits s'altéra. Il devint plus sombre, un voile glissa sur son regard. Le trouble, devina Emma. Un soupçon d'émotion.

— En effet. Je les ai tués. Tous. Criblés de balles. J'ai achevé les derniers au couteau, je les ai mutilés comme ils le faisaient avec les éléphants. Je leur ai arraché les dents et les couilles. Tous, les uns après les autres.

Il y avait une faille dans ce masque pervers, et elle s'ouvrait à présent, une blessure qui n'avait jamais cicatrisé. Emma s'y engouffra :

— C'est la première fois que vous avez tué.

— Oui. Je ne l'avais pas prémédité, pas consciemment du moins, pourtant quand j'ai pris le fusil j'ai su que ce n'était pas les pneus qu'il fallait viser.

— Ce sont toutes les horreurs que vous avez vues en Afrique, ces massacres d'éléphants, qui vous ont traumatisé, Tim. Il n'est pas trop tard, vous…

Il se referma brusquement et son sourire factice redécouvrit ses dents brillantes.

— Arrête avec ta psychologie de comptoir et dépêche-toi avant que je saigne la petite.

Emma fit tomber les bretelles de son soutien-gorge et Tim perdit toute joie, fasciné par ce qu'il attendait. Emma avait les mains moites, ses jambes tremblaient. Elle dégrafa le soutien-gorge et dévoila sa poitrine. Tim soupira, il avait l'air d'un type affamé qui contemple un plat chaud. Emma n'en pouvait plus. Il fallait trouver une échappatoire, n'importe laquelle mais ne pas se laisser entraîner dans son jeu.

— Allez, le pantalon maintenant, ordonna-t-il.

— Tim, il y a d'autres moyens, vous n'êtes pas obligé de…

— Garde ta salive, elle pourrait bien servir…

Emma fouilla la cabine du regard. Trouver une arme, une solution.

Tim pointait toujours son harpon en direction de Mathilde. Emma craignait qu'avec l'excitation son index se contracte et qu'il la tue. Si elle tentait le moindre geste brusque, la fillette serait empalée.

Non !

Le choix commençait à se restreindre. Obéir ou sacrifier Mathilde.

Emma défit sa ceinture.

Gagner du temps pour trouver une solution.

— C'est vous qui avez crié le nom de Vincent tout à l'heure, fit-elle.

— En effet. C'était une connerie, ça m'a échappé. Avec la tempête j'ai cru que vous n'aviez rien entendu mais je n'étais pas sûr. Je les ai perforés tous les deux avec ceci. (Il désigna le fusil à harpon.) Je n'allais pas les laisser me piquer mon goûter tout de même !

Son rire sonnait creux. *Il se force, il n'a pas d'émotions, tout est artificiel. C'est pour ça qu'il a besoin de cette mise en scène, pour se mettre en condition, c'est seulement là qu'il éprouve quelque chose !*

Emma descendit son pantalon. Son cœur allait si vite qu'il lui faisait mal. Elle ne savait plus quoi faire.

— À poil, fit Tim, plein de sous-entendus qui firent frissonner Emma. Complètement à poil je veux.

— Tim, pardon, Yvan, il doit y avoir un moyen de s'arranger, je peux…

— Tu peux fermer ta gueule à présent et te foutre à poil ! hurla-t-il. Tu crois que je me suis donné autant de mal pour m'arrêter là ? Cinq jours sans dormir, à te surveiller, à surveiller ces connards psychotiques, à jouer la comédie, cinq jours à attendrir la viande pour finalement rester comme un con alors que je crève la dalle !

Soudain Emma se demanda si toutes ces allusions à la nourriture étaient innocentes. Qu'allait-il faire après l'avoir violée ? La colère avait déformé ses traits, une veine palpitait sur son front, et il était secoué de tics nerveux qu'elle ne lui avait jamais vus auparavant.

Le bateau tangua brutalement et Tim s'accrocha tout en la fixant. Impossible d'agir, de lui sauter dessus sans risquer qu'il tue la fillette.

— Si tu ne vires pas cette culotte, dans trois secondes, elle est morte, dit-il, plein de rage contenue. C'est fini, pas de fuite possible. Et ne compte pas sur moi pour changer d'avis. Tu te rappelles ce que ton mari t'a écrit ? Je suis un tueur en série, je suis l'avenir de l'humanité. Et crois-moi, depuis que je sais ça, je le vis bien mieux ! Allez ! aboya-t-il.

Emma obtempéra et se recroquevilla.

Tim sortit une paire de menottes de sa poche. Où se les était-il procurées ? Dans le hangar lors de sa fuite assurément…

— Mets-les. Si tu ne serres pas vraiment, je défonce la gueule de la gamine.

Emma acquiesça, pleine de larmes, et se passa les menottes aux poignets. Il était trop tard pour réfléchir. Elle le devinait au bord de la rupture, prêt à massacrer Mathilde.

— Ils ont des prénoms, trouva-t-elle la force de dire par-dessus les sanglots qui l'envahissaient. Depuis le début vous ne dites que « gosses » ou « gamins », mais ils ont des prénoms.

Tim vérifia que les menottes étaient bien fermées et posa son arme à côté de Mathilde.

— Tu es attachée, je suis beaucoup plus fort que toi, et j'ai l'habitude, prévint-il. Si tu tentes quoi que ce soit, je te cogne, et ensuite je viole la petite avec mon harpon. C'est clair ?

Emma n'avait plus la force de répondre.

Tim tendit la main vers ses seins et les caressa. La nausée s'empara d'Emma.

Le piège s'était refermé sur elle sans qu'aucune idée ne la sauve. Jusqu'à la dernière seconde elle avait prié pour que survienne un *deus ex machina* salvateur.

Tim prit un ruban de soie et le lui passa autour du cou.

Il respirait la bouche ouverte et semblait ailleurs.

Ses mains tirèrent sur le ruban et Emma eut la gorge écrasée. Le pervers afficha un rictus quasi extatique. Il dégrafa les boutons de son treillis et fit disparaître une main à l'intérieur.

Sa langue traça un sillon humide sur le ventre d'Emma, depuis ses seins jusqu'à son pubis. Elle trembla de dégoût et Tim serra encore plus fort le garrot. Une écume blanche s'accumula à la commissure de ses lèvres.

Emma ne parvenait plus à respirer, elle inspira un maigre filet d'air en émettant un sifflement.

Puis Tim l'écrasa de tout son poids, il lui écarta les cuisses sans ménagement et lui lécha le visage comme un enfant se jette sur une glace. Ses odieuses mains lui malaxèrent les seins pendant qu'il lâchait un râle de plaisir. La veine de son front palpitait encore plus vite, son nez se retroussait et il écarquillait les yeux pour ne rien perdre, dévoré par l'excitation. Emma étouffait. Ses jambes tressautaient, elle porta les mains à sa gorge pour tenter d'agripper le lien sans y parvenir, ses propres ongles lui entaillaient la peau jusqu'au sang.

Des taches noires apparurent à la place du corps convulsé de Tim.

Elle n'était plus sûre de ce que subissait son corps, sa conscience s'évadait, elle était aspirée par un siphon tout au fond de son crâne. La lumière tombait peu à peu.

Elle vit Tim se cambrer et entendit comme un coup de fouet.

Du liquide chaud gicla sur elle, aspergea son torse, sa bouche.

La strangulation se relâcha.

Tim était figé, tous les muscles bandés.

La pointe du harpon traversait son cœur.

Olivier lâcha le fusil.

63

La Mongie était en ébullition. Des ambulances venaient d'accourir depuis la vallée, et un hélicoptère survolait le pic du Midi.

Peter marchait sur les trottoirs enneigés de la station touristique qui retrouvait une activité inhabituelle. Son bras le faisait atrocement souffrir mais il avait plus important à faire. Il avait commencé par appeler les renseignements depuis une cabine téléphonique. Il s'était fait donner plusieurs numéros de téléphone à Hiva Oa qu'il savait proche de Fatu Hiva. La plupart n'avaient rien donné, les lignes étaient coupées à cause de la tempête qui sévissait sur place ou il était trop tard – c'était le milieu de la nuit là-bas. Il parvint enfin à joindre un avocat à qui il expliqua que sa femme était en danger de mort, qu'il fallait envoyer des secours immédiatement sur Fatu Hiva. L'homme l'avait pris pour un fou en décrochant, avant de se raviser.

À présent, il devait s'occuper de la DGSE.

Si Emma s'était échappée, les services secrets français seraient son pire ennemi. Ils en savaient trop.

Tout au long de la descente, il n'avait cessé de s'interroger. Comment joindre la DGSE ? Grohm et

Fanny faisaient partie d'une cellule indépendante à n'en pas douter. Il ne pouvait appeler le siège et dire qu'il voulait parler à un responsable de l'opération GERIC. Personne ou presque ne devait en connaître l'existence. Le temps que cela remonte aux oreilles concernées (et *si* cela se faisait), Emma serait morte. Ben et lui également.

Non, il fallait entrer en contact avec les membres de la cellule.

Sauf qu'ils étaient tous morts sous une avalanche.

Le début d'après-midi fit grogner l'estomac de Peter qui l'ignora. Il n'avait rien avalé depuis la veille.

Il avait finalement eu l'idée en parcourant les rues de La Mongie, transi de froid. Deux cafés bouillants, l'achat d'un manteau et d'un gros marqueur avaient suffi pour mettre son plan à exécution. Il commença par expédier Ben dans un taxi, avec toutes les preuves.

Peter ne pouvait croire que la cellule en charge de l'opération GERIC allait se désintéresser de ce qui s'était passé ici. D'autant plus que tous ses agents sur place demeuraient silencieux.

Ils enverraient quelqu'un au village. Il ne pouvait en être autrement.

S'il n'était pas déjà là, à attendre le retour de Stéphane.

Qu'il vienne ou qu'il finisse par repartir, il n'y avait qu'une seule route pour rejoindre le village depuis Lourdes, Pau ou Tarbes.

C'est sur le bord de cette route que Peter s'installa.

Il avait ramassé un bout de carton sur lequel il avait écrit en gros : « GERIC ».

Et il attendit ainsi tout l'après-midi.

Il vit arriver les camions de journalistes de télé, France Régions 3 en tête. Puis les radios et enfin la presse écrite. Personne ne manifesta le moindre intérêt pour ce pauvre type avec son panneau. L'explosion de l'observatoire et la mort présumée d'une dizaine de personnes focalisaient tous les esprits.

Vers seize heures pourtant, un homme muni d'un calepin et d'un stylo s'approcha de lui. Il avait des lunettes rondes et un visage très fin, l'air nerveux.

— Vous devriez baisser ce carton, professeur DeVonck.

Peter s'exécuta et demanda :

— Vous êtes ?

— Quelqu'un qui sait ce que GERIC signifie.

— Prouvez-le.

— Vous venez de passer cinq jours là-haut, avec David Grohm. La Théorie Gaïa. Ça suffit ?

— Je veux parler à un responsable de la DGSE.

— Vous êtes très culotté, professeur.

— Je sais que vous ne m'abattrez pas ici, en plein jour, encore moins tant que vous ne saurez pas ce qui s'est passé avec vos autres agents. Je veux donc parler à un responsable.

— C'est impossible.

— J'ai une proposition qu'ils ne peuvent pas refuser.

L'homme aux lunettes rondes changea de ton, il devint plus agressif :

— Vous vous prenez pour qui ?

— Pour celui qui a de quoi créer le plus grand scandale depuis le *Rainbow Warrior*. Et à côté du séisme qu'il pourrait provoquer, croyez-moi, celui-là c'était une bise sur la joue.

L'homme toisait Peter. Cherchant à cerner le personnage.

— Vous attendez que je vous croie sur parole ? demanda Lunettes rondes.

Peter sortit une photo de sa poche. Avant que Ben ne parte, ils étaient passés chez l'unique photographe pour se faire imprimer un des clichés de la carte-mémoire.

— Regardez de plus près, vous verrez qu'on peut très bien lire. C'est une des cinq ou six cents que j'ai en ma possession, les archives de l'opération GERIC. Plus un enregistrement de Grohm expliquant très clairement *sa* Théorie Gaïa. Le tout est en sécurité, loin d'ici, et sera entre les mains de plusieurs notaires et avocats ce soir, tous prêts à envoyer cette grosse enveloppe cachetée aux journalistes s'il m'arrivait malheur, ainsi qu'à ma femme et Benjamin Clarin.

— Je veux les récupérer.

Peter se pencha et d'un ton tranchant répondit :

— Non, vous ne voulez rien, parce que vous ne pouvez rien. Maintenant la situation est simple : vous nous oubliez et ma famille s'efforcera de vivre avec ce qu'elle sait et le poids des morts. Un jour, lorsque je serai très vieux, je détruirai ces documents, et même vos successeurs n'auront pas de souci à se faire. C'est clair ?

Lunettes rondes prit le temps d'enregistrer et d'analyser les données.

— Je ne prends pas les décisions, dit-il.

Il allait s'éloigner lorsque Peter lui saisit le bras – ce qu'il sembla ne pas apprécier du tout.

— Une dernière chose : ma femme est quelque part sur Fatu Hiva ou dans les environs, je veux que vous me la rameniez chez moi.

L'homme se dégagea vivement.

— Ne poussez pas le bouchon, DeVonck. C'est pas police secours non plus !

— S'il lui arrive quoi que ce soit, vous êtes tous foutus, tous, vous m'avez compris ? Alors réfléchissez bien !

64

Allan était au bord de l'évanouissement.

Il n'avait pas dormi depuis deux jours et son cœur n'avait pas retrouvé un rythme normal depuis qu'ils avaient embarqué cette bande de malades. Il en était à un point où le suicide lui semblait une solution. Ils ne le surveillaient pas vraiment ; tant qu'il ne quittait pas la barre, les types lui fichaient la paix. Ce qu'ils voulaient c'était qu'on les conduise à Tahiti. Et ils passaient le temps avec Carla et Josie. Les premières heures, elles avaient hurlé, c'était insupportable. Même la tempête ne couvrait pas leurs plaintes. Puis elles s'étaient tues. Allan avait même cru à leur mort, jusqu'à ce qu'elles gémissent à nouveau. C'était cyclique, à chaque fois qu'une de ces ordures voulait s'amuser.

Avait-il le droit de se jeter par-dessus bord et d'abandonner les deux femmes ? Elles n'étaient déjà plus tout à fait vivantes, de toute façon. Ces dégénérés ne les épargneraient pas, il fallait voir la vérité en face. Allan les avait surpris en train de discuter en français. L'un d'eux disait pouvoir leur procurer des faux papiers, il suffisait d'être discrets le temps de les obtenir et ils pourraient partir où bon leur semblait.

Être discrets et ne pas laisser de témoins, avait compris Allan.

Sauf que depuis dix minutes l'espoir renaissait.

Cheveux blancs s'approcha, c'était un Allemand et il dirigeait plus ou moins le groupe.

— Alors ? dit-il.

— On doit être tout près, maintenant que le grain est tombé, c'est plus facile, expliqua Allan. Je m'y retrouve, j'ai fait une connerie, c'est vrai, mais à présent on est sur la bonne voie.

Il prenait le ton le plus suppliant possible, espérant ne pas prendre de coups, il n'en pouvait plus d'être battu pour un oui ou pour un non. Certes il leur avait fait perdre un sacré bout de temps mais avec la tempête et la peur, c'était humain, ils pouvaient bien comprendre ça au moins !

Cheveux blancs lui lança un coup de pied dans les reins qui le plia en deux.

— Je t'avais demandé trente heures et tu vas le faire en soixante ? Tu joues au plus malin avec moi ?

— Non, non, non, je vous jure que…

Nouveau coup de pied, dans le flanc, cette fois. Allan sentit qu'une côte se brisait.

— Pourtant je te traite bien, je ne t'ai pas arraché les couilles ou coupé la langue, alors ?

Allan pointa le doigt sur son équipement.

— Regardez, je vais vous montrer, fit-il en grimaçant, on y est presque ; avant la nuit, on y sera, je vous le garantis ! Avant la nuit !

Il pleurait à présent.

Cheveux blancs secoua la tête, dégoûté.

— Je te ferai boire de l'essence et j'y mettrai le feu si tu me mens. Prie pour que je voie la terre avant le crépuscule.

Allan attendit qu'il s'éloigne et remit le radar en marche.

L'écho se rapprochait toujours ; à présent, Allan pouvait même dire qu'il leur fonçait dessus.

Les secours. Il faut tenir jusque-là.

Une heure plus tard, un bâtiment de la marine surgit sur l'horizon, et il se passa un bon quart d'heure avant qu'un des tueurs ne le remarque.

— Merde ! C'est l'armée !

Cheveux blancs accourut.

— C'est toi qui les as appelés ?

— Non, non ! supplia Allan. J'y suis pour rien, il faut se conduire normalement et ils passeront en nous ignorant !

Il n'en croyait pas un mot. En fait, il espérait tout le contraire.

Cheveux blancs n'ajouta rien mais la promesse d'une mort lente et douloureuse s'afficha dans son regard, Allan en était certain.

La corvette se rapprocha jusqu'à leur niveau.

Un haut-parleur se mit à rugir : « Mettez en panne et préparez-vous pour accueillir un canot ! » Le message se répéta plusieurs fois.

— Si on n'obéit pas, ça va dégénérer, avertit Allan dont les nerfs ne tenaient plus, partagé qu'il était entre espoir et terreur.

Trois des violeurs s'y opposèrent et Cheveux blancs les fit taire en intervenant :

— Si on prend la fuite, ils n'auront aucune peine à nous arrêter, bande d'abrutis ! On n'a pas le choix ! Alors toi tu descends et tu me planques les gonzesses, fais en sorte qu'elles la ferment. (Il se tourna vers Allan.) Et toi, si tu lèves le petit doigt, je t'égorge, même si c'est la dernière chose que je dois faire.

Allan acquiesça et fit stopper son voilier.

La corvette s'immobilisa à trois cents mètres.

— Pourquoi ils sont si loin ? demanda un des agresseurs.

— Je ne sais pas, murmura Allan avec franchise.

Ce qui l'intriguait encore plus c'était l'absence d'activité sur le pont, aucun canot en vue, personne ne semblait prêt à les aborder.

Soudain les tourelles avant se mirent à pivoter dans leur direction.

Allan fut pris d'un terrible pressentiment.

Les six canons pointèrent leur gueule noire droit sur lui.

La dernière chose qu'il vit fut les flammes gigantesques qui en sortaient.

65

Peter retrouva Emma à la base aérienne de Villacoublay.

Elle était méconnaissable lorsqu'elle descendit de l'avion ; pâle, le regard blessé, elle se jeta contre lui et s'effondra. Peter la serra jusqu'à l'engloutir en lui malgré l'attelle qui lui tenait le bras droit. Il voulait sentir son cœur, sa chaleur, lui dire qu'il l'aimait et lui faire oublier toute l'horreur qu'elle avait affrontée.

Il se rendit compte que ses yeux s'embuaient également.

Deux enfants accompagnaient Emma, un garçon et une fillette dans une chaise roulante que poussait un soldat.

— Je te présente Mathilde et Olivier, fit-elle en séchant ses joues.

Peter s'accroupit pour les saluer. Mathilde était blême, une perfusion accrochée au-dessus de sa tête.

— Les médecins militaires se sont occupés d'elle, expliqua Emma, elle a deux vilaines plaies et aura besoin de soins tous les jours mais ça va aller, pas vrai, Mathilde ?

La fillette hocha la tête et l'esquisse d'un sourire se peignit sur son visage.

Olivier prit la main d'Emma.

— Et voici mon sauveur.

— Bonjour, sauveur, fit Peter.

Le garçon ne répondit pas et jeta un œil inquiet vers Emma.

— Il va avoir besoin de temps, dit-elle tout bas.

— On va tous en avoir besoin.

Un homme en civil s'approcha, c'était celui qui avait conduit Peter jusqu'ici.

— Un monospace vous attend pour vous ramener chez vous, dit-il.

— N'oubliez pas, avertit Peter, au moindre problème, les enveloppes partent.

— Nous avons un accord.

— J'ai quelque chose à vous demander, intervint Emma. C'est à propos de ces enfants, ils me disent que toute leur famille était sur Fatu Hiva. Je vais me renseigner, mais si c'est vrai vous vous débrouillerez pour nous permettre de les adopter officiellement.

— Je ne suis pas sûr que…

— C'est dans votre intérêt, ajouta Emma. Nous saurons les choyer pour que les traumatismes s'estompent et vous n'aurez pas deux orphelins gênants sur les bras.

L'homme finit par acquiescer.

— Je verrai ce que je peux faire.

— Et les recherches de Grohm ? voulut-elle savoir. Vous les abandonnez ?

— Vous n'avez pas à vous en soucier.

— Et s'il disait vrai ? Ses méthodes étaient barbares mais si vous rendez au moins publique sa théorie, des groupes de recherche pourraient se former un peu partout, étudier la génétique humaine, et peut-être parvenir à comprendre ces instincts et à les brider !

— La sécurité nationale c'est notre boulot, faites le vôtre et tout se passera bien.

— C'est de l'avenir de l'humanité dont nous parlons.

— J'ai la garantie de mes supérieurs qu'on vous laissera en paix à condition que vous oubliiez tout, je vous le rappelle.

Peter approuva :

— Je vous l'ai promis : une amnésie totale.

L'homme observa Emma comme pour dire à Peter qu'il fallait mettre tout le monde d'accord. Il les raccompagna jusqu'au monospace et tendit une carte à Peter :

— Je m'appelle Fabien, c'est tout ce que vous avez besoin de savoir. Voici un numéro au cas où, laissez-y un message et je vous recontacterai si c'est réellement nécessaire. Mais en ce qui me concerne, tout ça est terminé et nous ne devrions plus nous revoir.

Lorsque la voiture s'éloigna, Peter prit sa femme dans ses bras. Elle regardait le paysage défiler sans un mot.

— C'est fini, on rentre à la maison, dit-il en lui baisant le front.

— Ils ont acheté notre conscience, murmura Emma.

Peter répondit tout aussi bas, de l'émotion plein la voix :

— Je n'avais pas le choix.

— Je sais.

Elle lui prit la main et la pressa contre elle.

Extrait du journal de bord
du docteur David Grohm

L'instinct du prédateur n'a fait que dormir en l'homme. Avec quelques pics d'activité, des réveils brefs, violents, mais nous n'avons encore jamais vu cet instinct parfaitement éveillé depuis que nous sommes civilisés. C'est pour bientôt. Le déchaînement de la violence depuis plusieurs décennies (les deux guerres mondiales ont-elles été l'amorce ? jamais l'humanité n'avait connu boucheries d'une telle envergure, faisant régner sur la planète une aura belliqueuse et effrayante pour des générations et des générations) et le nombre exponentiel des tueurs en série me laissent penser que notre instinct le plus vil est en pleine sortie d'hibernation. Et comme tout ce qui dort longtemps, il est affamé, puissant.

Dès lors que la violence sera un facteur omniprésent parmi notre population, le phénomène va littéralement exploser. Et ce, pour une raison toute biologique.

Car l'homme va s'habituer à cette agressivité, il a déjà commencé, il va même devoir évoluer, car la violence engendre la violence, on ne peut toujours la fuir, au risque de finir acculé et de disparaître (n'est-ce pas ce que le docteur Emmanuelle DeVonck disait lors de sa conférence à laquelle j'ai assisté sur l'extinction de Neandertal ?). Même si certains hommes ne mon-

trent pas un caractère particulièrement guerrier, l'humanité devra donc s'adapter ou périr sous les assauts d'un petit nombre ; notre taux d'agressivité montera inéluctablement, une réponse évolutive pour conforter notre sécurité individuelle.

Et cela va se transmettre. Pas seulement par l'oral, l'éducation, mais viendra un moment où l'organisme lui-même intégrera ces variations de comportement, considérées comme positives puisque assurant la survie de l'espèce. Car nous savons que les comportements se transmettent bien par les gènes. Il suffit de regarder les saumons qui remontent les rivières où ils sont nés, ou bien les oiseaux qui migrent ; même s'ils sont seuls, s'ils n'ont pas « reçu une éducation », c'est inné. Le comportement répété d'une espèce, si celui-ci permet sa survie, finit par s'inscrire dans l'unique base de données transmissible dont disposent nos êtres : l'ADN.

Au fil des générations, la montée des instincts de prédation deviendra une norme adaptative, intégrée au pool génétique de certains membres de notre espèce. Et la sélection naturelle fera son travail, elle appliquera ses mécanismes connus : une construction supérieure entraîne la victoire dans la guerre pour la survie. L'humanité mutera, comme tout organisme vivant ; pour résister, elle intégrera au plus grand nombre ces gènes nouveaux.

Ainsi nous serons tous dotés de ces instincts agressifs réveillés et d'une facilité à les utiliser.

Il est ironique de finalement constater que le développement d'un comportement ultraviolent ne sera pas une « régression » comme nos esprits éduqués peuvent l'affirmer aujourd'hui mais bien un progrès, selon les lois de la nature qui nous a faits en tout cas.

Et en ce sens, nous ne pouvons l'en empêcher.

66

Huit mois plus tard, Peter sortit profiter de la tiédeur du début de soirée.

Ils avaient loué un chalet à la campagne pour y passer l'été. Leurs premières longues vacances en famille depuis le drame. Une famille agrandie.

Peter s'étira en contemplant les étoiles.

La porte s'ouvrit dans son dos, laissant échapper les cris des enfants qui chahutaient ensemble. Mathilde et Olivier s'étaient rapidement accoutumés à leur nouveau foyer, à leur nouvelle vie. Même Zach, dont Peter avait craint la réaction, s'était employé à faciliter leur intégration. C'était comme si les deux enfants dégageaient une aura bienveillante. Olivier éprouvait plus de difficulté que sa sœur, il parlait moins, cultivait sa solitude. Ses cauchemars étaient encore fréquents, et il s'était mis à faire pipi au lit peu après son arrivée.

Mais Peter était confiant. C'était dans son tempérament. Olivier était un cours d'eau que la vie avait obstrué, le contraignant à devenir souterrain. Mais son eau était vive, pleine de ressources, se répétait Peter. Il suffisait de l'aider à creuser la surface et tôt ou tard, elle ressurgirait à l'air libre.

Emma vint se blottir contre lui.

— Besoin de calme ? devina-t-elle.

— Envie d'une promenade pour digérer. Tu m'accompagnes ?

Il la prit par la main et ils s'approchèrent de l'étang qui bordait la forêt.

Un hibou s'invita de son chant, tout proche.

Les milliers de points blancs qui brillaient dans le ciel se reflétaient à la surface de l'eau.

— C'est magnifique, murmura Peter.

— Quand la Terre nous offre des moments d'accalmie comme celui-ci.

— J'ai pas mal réfléchi à tout ça, dit-il en sortant une clé USB de sa poche.

— Qu'est-ce que c'est ?

— Toutes les archives de Grohm et son témoignage. La dernière copie.

— Il n'y a plus d'enveloppes chez les notaires ? comprit Emma.

— Il n'y en a jamais eu.

Peter contempla la nature, puis regarda sa femme avec tendresse.

— Qu'est-ce que tu as en tête ? lui demanda-t-elle.

— Si cette planète a décidé de se débarrasser de nous, il n'y a pas grand-chose à espérer.

Emma, bercée par la chaleur de son mari, se voulut plus optimiste :

— Elle a peut-être sous-estimé notre résistance.

— C'est pourquoi le mal vient aussi de l'intérieur. Contre nos instincts, contre ces pulsions de destruction qui grandissent, viendra un jour où nous ne pourrons plus rien.

— C'est pour ça qu'ils n'ont pas abandonné les recherches, j'en suis sûre. Grohm a été remplacé par un autre, et ils ont recommencé, différemment j'espère.

— Tu crois vraiment qu'on peut quelque chose contre nos propres gènes ?

— La recherche c'est l'espoir. Je voulais rendre publics les travaux de Grohm pour cette raison. Tous ensemble nous pourrions peut-être y parvenir.

— Non, tu peux t'acharner à triturer la génétique d'une espèce, la vie est plus forte que cela. Elle trouve toujours un chemin pour reprendre ses droits. C'est exactement la leçon qu'est en train de nous donner la Terre.

Peter soupesa la clé USB. Puis il s'approcha du bord de l'eau, prêt à la lancer. Emma anticipa son geste :

— Tu veux priver nos enfants d'un espoir ?

— Je veux leur préserver encore un peu d'innocence.

— Mais ce qui est sur cette clé pourrait changer bien des choses.

— Ce n'est pas de l'espoir, c'est de l'illusion. Nous n'y changerons rien, c'est écrit.

— Tu cites les Écritures, maintenant ? plaisanta sa femme d'un ton grave et doux à la fois.

— C'est dans nos gènes que c'est écrit. Mais l'Apocalypse religieuse me fait dire que tout au fond de nous, depuis le début, nous savons que c'est inéluctable.

Emma posa sa paume contre la sienne et enferma la clé.

— Viens, dit-elle, je voudrais t'enseigner la plus belle histoire que cette Terre nous ait jamais contée. Et après m'avoir écoutée, tu feras ton choix.

Elle l'entraîna vers l'herbe et l'allongea sous la lune.

— C'est une histoire sans mots. Une histoire de sens. D'instincts.

Et elle se déshabilla.

ÉPILOGUE

Lauren DuBreuil traversa le hall de la gare de l'Est, à Paris.

Il était tard, les quelques voyageurs encore présents s'empressaient de rejoindre le métro ou les taxis pour rentrer chez eux. Une balayeuse mécanique passa à toute vitesse devant elle tandis qu'elle s'approchait du banc où l'attendait son contact qui lisait un journal.

Elle s'assit et lui déposa sur les cuisses une petite enveloppe blanche.

— Tout est là, dit-elle. J'ai copié tous les fichiers de mon mari.

— Parfait. Ça nous mettra sur un pied d'égalité avec la DGSE. Il ne s'est rendu compte de rien ?

— Non, je suis prudente.

— La DGSE a tout nettoyé, il ne reste plus rien nulle part ?

— Plus rien. Un groupe de cobayes s'était enfui de l'île, mais en analysant les photos satellites ils s'en sont rendu compte, heureusement avant de les perdre dans la nature. La chronologie des photos a permis de retracer leur parcours et finalement de les repérer, ils avaient pris en otage un voilier qui a été détruit.

— Radical. Je reconnais les méthodes de DuBreuil. Et vous êtes sûre que les travaux de Grohm ne seront pas poursuivis ?

— Certaine. Mon mari commanditait toute l'opération, il a décidé d'arrêter les frais. « Peine perdue », écrit-il dans ses notes, vous lirez.

— Bon boulot.

— Le BND est satisfait ? demanda-t-elle avec sarcasme.

— Ne le prenez pas sur ce ton, Lauren, je vous rappelle qu'ils nous ont bien enculés. Pour nous demander notre aide ils sont forts, mais au moment de partager les infos, ils savent se faire oublier ! Sécurité nationale mon cul ! L'armée espérait surtout parvenir à des applications militaires des travaux de Grohm sur la violence ! Ça, ils ne partagent pas…

— Bon, je peux partir maintenant ?

L'homme jeta un coup d'œil à son interlocutrice.

— Vous allez comment ? Je vous trouve tendue.

— Bien. J'ai une vie confortable, beaucoup de gens pourraient m'envier.

— Beaucoup de gens ? Prêts à vivre avec quelqu'un qu'ils n'aiment pas ?

— Je connais François DuBreuil mieux que tout le monde à présent. Je connais ses petits secrets, ses manigances et les cadavres qu'il entasse dans ses placards. Au début il me dégoûtait. Mais aussi cruel soit-il dans son métier, il reste humain. Et lorsqu'on vit auprès d'un être humain pendant longtemps, on ne peut le haïr totalement. Je vais même vous dire, je me suis attachée à lui.

— Tâchez de ne pas trop verser dans l'empathie. Un jour il est possible qu'on vous demande de partir, pour qu'on puisse régler le problème.

— Régler le problème ? C'est assez brutal comme formulation. Ne m'en demandez pas trop, j'ai une fille avec lui je vous rappelle. Ça vous a bien servi que je m'attache, non ?

— Nous. Ça *nous* a bien servi. N'oubliez pas de quel bord vous êtes, Lauren. Et arrêtez de dire « mon mari », c'est déjà un bon début pour prendre vos distances.

Elle pouffa :

— Un jour il faudra que les services comme les vôtres se souviennent que même leurs agents restent des êtres humains.

Elle se leva et s'éloigna sans rien ajouter.

L'homme rangea l'enveloppe dans la poche intérieure de sa veste et plia son journal qu'il abandonna sur le banc. Il n'avait plus qu'à rentrer à Berlin tout mettre en sécurité. L'information, toujours l'information ; même quand celle-ci concernait une opération terminée, il était préférable d'en savoir autant que son ennemi. C'était là l'équilibre du pouvoir.

Tôt ou tard, des politiciens pour qui ces dossiers ne représenteraient que des noms sur des mémos sauraient en faire bon usage pour obtenir des services auprès de leurs « alliés » européens.

Il sortit dans la cour devant la gare, son hôtel était juste en face. Les quelques passants défilaient sans lui prêter attention.

C'est comme ça que j'aime les gens ! songea-t-il. *Le nez sur leurs pompes. Continuez de regarder où vous marchez, nous on s'occupe de ramasser la merde bien en amont.*

Il traversa la rue et sentit une petite sueur sur son front.

Minuit passé et il fait encore une chaleur à crever !
C'est la pollution...

Sur le trottoir il tomba sur une immense publicité illuminée. Ce qui ressemblait à un voleur, avec un masque noir sur les yeux, tenait un nounours adorable et le menaçait d'un pistolet. En très gros était écrit : « Si tu veux sauver ton nounours, mange du DANOS ! »

L'homme trouva l'accroche plutôt bien faite et ricana.

Avec un truc pareil, se dit-il, les gamins n'avaient pas fini de faire des cauchemars.

« À l'échelle des temps géologiques, notre planète saura prendre soin d'elle-même, elle laissera le temps effacer la trace des coups portés par l'homme. »

Stephen Jay Gould,
« The golden rule – a proper scale for our environmental crisis ».

REMERCIEMENTS

Fin d'un cycle.

Lorsque j'ai entamé la rédaction des *Arcanes du chaos*, j'avais en tête trois histoires très différentes qui convergeaient vers le même but : dresser un portrait de l'Homo sapiens moderne dans ce qu'il a de plus troublant, sans fard ni mensonge, cet *Homo entropius* dont il est sujet ici. Les *Arcanes* m'ont permis de gratter le vernis historique, pour souligner la démence de quelques hommes prêts à tout pour le pouvoir, l'argent. Bien sûr, ce n'est qu'une fiction, quoique…

Avec le suivant, *Prédateurs*, c'est l'essence du crime qui m'a intéressé. De quoi sommes-nous tous capables finalement ? La guerre des hommes, celle de l'intérieur. Lorsque Peter fait cette analogie entre un cours d'eau et la personnalité d'Olivier, c'est un renvoi à *Prédateurs*, où cette analogie est développée pour décrire l'enfance d'un tueur en série…

Vous venez donc de lire la conclusion thématique de cette réflexion. Évidemment, l'homme ce n'est pas que ça. Mais c'est aussi ça.

Bien sûr, nous pouvons nous rassurer en répétant : ce ne sont que des romans.

Je présente toutes mes excuses à la communauté de Fatu Hiva pour avoir fait de son île un enfer. C'était pour les besoins d'un roman ! De même, je me suis permis de réinventer un peu l'observatoire du pic du Midi dans cette « anticipation » pour lui conférer cette atmosphère parfois pesante ; l'équipe scientifique dépeinte dans cette histoire n'a rien à voir avec les scientifiques qui œuvrent là-bas en réalité, aucune ressemblance n'est à noter et, pour ce que j'en sais, la DGSE n'y a pas (encore) élu domicile.

La théorie développée dans ce roman est le fruit de ma petite cervelle. Cependant, il aura fallu bien des lectures pour en arriver là, et donc, je voudrais remercier tous ces spécialistes qui m'ont alimenté de leurs travaux.

Je ne peux que citer et remercier Richard Leakey dans les ouvrages de qui j'ai puisé pour découvrir la paléoanthropologie, et la rendre vivante dans ce roman.

Pour ce qui est de l'évolution, merci à Élisabeth Vrba, Stephen Jay Gould, Simon Conway-Morris, Harry Whittington, Allan Wilson, et bien sûr à Charles Darwin !

J'ai repris les informations de la préhistorienne Marylène Patou-Mathis à propos de Neandertal, pour y ajouter la vision « prédatrice » d'Emma DeVonck.

Merci à Sébastien P. pour les notes sur Adam Smith.

Merci aussi à Stéphane Bourgoin (www.au-troisieme-œil.com) dont Ben cite la statistique édifiante sur la récidive des tueurs en série.

C'est en terminant un ouvrage de Richard Leakey alors que je rédigeais le roman que j'ai découvert James Lovelock. Je vous laisse imaginer ma surprise quant aux similitudes.

Écrire c'est un peu comme se construire un bateau avec des mots et naviguer sur des mers inconnues. Par chance, j'ai la sécurité d'avoir toujours la lumière d'un phare pour m'orienter. Ce phare c'est mon éditeur. Merci à toi, Françoise, experte ès charpenterie et étanchéité, mon bateau flotte sur la distance grâce à toi ! Merci également à Richard qui, nul ne sait comment, maîtrise les vents et les oriente jusque dans mes voiles.

Enfin merci à toute l'équipe d'Albin Michel, je poursuis mon voyage et vous êtes la preuve que pour bien réussir une traversée en solitaire il faut un travail d'équipe !

Enfin, merci à mes proches, à ma famille, à J. qui me soutiennent. Et croyez-moi, c'est très méritoire !

www.maximechattam.com

La vérité est à l'intérieur

(Pocket n° 13173)

Marion, secrétaire à l'Institut médico-légal, doit quitter Paris. Menacée de mort, elle est prise en charge par la DST qui la conduit en secret au Mont-Saint-Michel, et la confie à une étrange confrérie. Isolée, épiée, constamment sur ses gardes, Marion ne s'y sent pas en sécurité. La découverte d'un mystérieux journal intime, écrit au Caire et daté de 1928, va la plonger dans les méandres d'une ténébreuse enquête…

Il y a toujours un Pocket à découvrir

Et si tout n'était qu'illusions?

(Pocket n° 13910)

Yael, jeune Parisienne sans histoire, est le témoin incrédule de phénomènes surnaturels : des ombres viennent lui rendre visite dans le miroir de son appartement et l'invitent à s'intéresser aux symboles et aux vérités cachées. Effrayée, elle reçoit l'aide de Thomas, un journaliste canadien qu'elle vient de rencontrer. Peu à peu, les Ombres vont les guider vers des secrets, aussi troublants que dangereux, sur le monde qui les entoure. Traqués, menacés de mort, Yael et Thomas comprennent alors qu'ils sont au centre d'une lutte sans merci entre deux factions des Ombres…

Il y a toujours un Pocket à découvrir